Heike van Hoorn

Sturmfluch

Ostfriesland-Krimi

Weltbild

Besuchen Sie uns im Internet
www.weltbild.de

Genehmigte Lizenzausgabe für Weltbild GmbH & Co. KG,
Werner-von-Siemens-Straße 1, 86159 Augsburg

Umschlaggestaltung: Atelier Seidel - Verlagsgrafik, Teising
Umschlagmotiv: istockphoto
Satz: Datagroup int. SRL, Timisoara
Druck und Bindung: GGP Media GmbH, Pößneck
Printed in the EU
ISBN 978-3- 96377-307-5

2022 2021 2020 2019
Die letzte Jahreszahl gibt die aktuelle Lizenzausgabe an.

Sturmfluch

Die Autorin

Dr. Heike van Hoorn wurde 1971 als älteste von drei Schwestern im ostfriesischen Leer geboren. Die promovierte Historikerin war u.a. Redenschreiberin des Hessischen Ministerpräsidenten, Kommunikationschefin des Flughafenverbandes ADV und ist heute Geschäftsführerin des Deutschen Verkehrsforums. Van Hoorn ist verheiratet und lebt mit Mann und Kindern in Berlin.

Prolog
20. November 1984, Karibik

Er friert, während er sich an der Reling festhält und das Wasser heftig gegen den Schiffsrumpf klatschen hört. Vor ein paar Tagen stand er schwitzend an derselben Stelle und sah auf die Lichter der Hafenanlagen von Ilhéus.

Jetzt sind sie nördlich von Grenada. Ein Sturm ist angekündigt, wie so oft in dieser Gegend. Auf dem Wasser schimmern die Schaumkronen in der Dunkelheit.

Gustav hasst Wasser. Er hasst das Meer. Er hasst die Karibik. Er hat keine Angst vor dem Meer, dafür ist er schon zu lange Seemann. Aber er traut dem Wasser nicht.

Am meisten hasst er das stille Wasser der Häfen. Unter der spiegelnden Oberfläche verbirgt sich eine schmuddelige Brühe aus Schlamm, Schrott, Einleitungen aus Industrie und Kanalisation, den sich zersetzenden Körpern von Möwen, betrunken hineingefallenen Seemännern und weiß der Teufel was noch.

In Ilhéus lagen sie fünf Tage im Hafen fest. Fünf Tage. Eine Folter für ihn. Einen Tag löschten sie Ladung, am nächsten Tag luden sie Container. Dann hätten sie ablegen können, aber sie legten nicht ab. Nach zwei weiteren Tagen kam noch mehr Ladung. Am Ende waren es 457 Container in vier Lagen.

Der Stau- und Zurrplan erlaubt drei Lagen von Containern übereinander.

Er hat nichts gesagt. Er hat schon nichts gesagt, als sie in Rotterdam die deutsche Mannschaft durch Philippinos ersetzt haben. Unter den Mannschaftsdienstgraden ist jetzt kein einziger Deutscher mehr.

Er ist zweiter Offizier. Er will irgendwann erster Offizier werden. Als erster Offizier kriegt er mehr Geld und kann vielleicht früher damit aufhören, zur See zu fahren. Darum hält er den Mund.

* * *

Als er den verqualmten Raum betritt, muss er sich räuspern: »Was spielt ihr denn?«

»Lütje un dicke Tuffels. Setz dich hin, Gustav, sonst fangen wir ohne dich an«.*

Man kann die Hand kaum vor Augen sehen. Natürlich ist Rauchen hier unten verboten, aber wer hält sich schon an Verbote, 7.000 km von zu Hause entfernt? Gustav nimmt einen tiefen Schluck aus der Bierflasche, dann hebt er den Knobelbecher und lässt die Würfel darin klappern.

»Wo ist eigentlich unser Kapitän?«

»Guck auf der Brücke nach. Da ist er doch immer.«

»Ach lass man. Wenn er meint, dass er da dauernd aufpassen muss, soll er halt oben bleiben.«

Das Schiff schaukelt heftig. Die leere Bierflasche fällt um und rollt vom Tisch. Gustav hebt sie auf und sieht nacheinander in die Gesichter seiner Mitspieler. Joke gähnt, Harald popelt sich etwas zwischen den Zähnen heraus, und Jorge sieht ihn mit zusammengekniffenen Augen an.

»Was ist? Willst du nun spielen oder nicht?«

---

* Kleine und dicke Kartoffeln, Ostfriesisches Würfelspiel

»Der Sturm…«, beginnt Gustav. Er weiß nicht, wie er weitermachen soll und sagt dann: »Die Ladung macht mir Sorgen.«

»Klaus ist oben und hält die Ladung höchstpersönlich fest. Und wenn's hart auf hart kommt, dann treibt Pietro uns schon auf unsere Posten, verlass dich drauf. Spielst du nun endlich?«

Gustav lässt den Becher auf den Tisch sausen und spürt sein Herz hämmern.

»Glück muss der Mensch haben! Zwei Dreier und eine Zwei«, nuschelt Harald und ergreift mit der Hand, die er gerade vom Mund gezogen hat, den Knobelbecher. Seine feuchten Finger hinterlassen dunkle Flecken auf dem speckigen Leder.

Jorge verliert den ersten Durchgang, Joke den zweiten. Dann müssen die beiden gegeneinander antreten. Harald holt die Zigarren hervor und steckt sich eine an. Sekunden später ist der kleine Raum in noch dichtere Rauchschwaden gehüllt.

* * *

»Wer wird denn gleich in die Luft gehen…« steht auf der Butterbrotdose, daneben ein fröhliches Männchen im gelben T-Shirt mit einer Zigarette in der Hand. Sein Sohn hat ihm vor langer Zeit den Aufkleber auf die Tupperdose gepappt. In der Dose liegt eine Plastiktüte, die mit einem Gummiband verschlossen ist, darin ein halbes Dutzend Schulhefte. Gustav schreibt nur Tagebuch, wenn er sich unbeobachtet fühlt. Es ist ihm unangenehm. Er kennt keinen erwachsenen Mann, der sowas macht. Er hat die Taschenlampe so platziert, dass sie bei dem Geschaukel nicht herunterfallen kann und nur einen kleinen, hellen Kreis auf sein Heft wirft. Um ihn herum ist alles dunkel. Er

sitzt oben auf der Doppelstockkoje und hört die Männer nebenan schnarchen, obwohl es draußen stürmt und grollt.

»Diese Reise ist merkwürdig, anders als andere«, schreibt Gustav. »Aus Brasilien sind wir kaum weggekommen, aber seit wir unterwegs sind, kann es nicht schnell genug gehen. Unser Kapitän Pietro ist ein netter Kerl. Er kommt aus Italien und spricht kein Deutsch. Wir sehen ihn kaum, weil er immer auf der Brücke ist. Jetzt machen wir wieder Tempo, als ginge es um unser Leben. Das Schiff fährt ständig unter Volllast. Wir haben viel zu viel Ladung an Bord, und ich mache mir Sorgen, dass die alte Anne *einen Sturm nicht übersteht.«*

Gustav kaut auf seinem Bleistift herum. »Den Sturm« müsste er schreiben, besser noch: »den Orkan«. Denn es wird ein Orkan werden.

Schon als kleiner Junge empfand er Unbehagen gegenüber dem Meer. Er nahm sich vor, niemals zur See zu fahren. Sein Vater, der stolz auf die Familientradition war, verstand ihn nicht. Gustav erinnert sich an die seltenen Telefonate. Wochenlang hatte er darauf hingefiebert, ihm von seiner Zwei in Mathe zu erzählen, von seinem ersten Sprung vom Dreier oder dass er freihändig Fahrrad fahren konnte. Und dann klingelte es, er hörte das Knacken und Rauschen in der Leitung und die blecherne Stimme seines weit entfernten Vaters. Wie es ihm ginge, fragte der. Gut, stammelte er. Was die Schule mache. Gut. Ob er seiner Mutter folge. Ja, sagte er. Dann fragte Vater nach Mutter, und er lief und holte sie ans Telefon. Niemals hat er es geschafft, seinem Vater zu erzählen, was ihm wirklich wichtig war.

In seinen Tagebüchern will er wenigstens seinen eigenen Kindern Bericht erstatten. Auch wenn sie sie erst viel später lesen werden.

Er schiebt das Heft zurück in die Plastiktüte. Es befindet sich auch eine Filmrolle darin. Er macht Fotos von seinen Reisen. Die Fotos sind ebenfalls für seinen Sohn. Er fühlt sich ihm nahe, wenn er für ihn dokumentiert, was er von der Welt sieht.

Er bindet sich die Schuhe auf, zieht sie aber nicht aus. Legt sich hin. Mit hinter dem Kopf verschränkten Armen starrt er in die Dunkelheit und horcht auf das Knarren des Schiffes und das Heulen des Sturms. Denkt an seine Familie und ob er noch einmal versuchen soll, einen Job bei VW in Emden zu kriegen.

In zwei Stunden muss er Klaus ablösen.

Dann schläft er ein.

* * *

Er schreckt auf, als das Telefon schrillt. Hat er die Ablösung verschlafen? Ein Blick auf die Uhr: viertel vor zwei.

Klaus ist dran. Er versteht ihn kaum: »Komm hoch … haben Probleme. Die Maschinen…«

Gustav springt aus dem Bett, stolpert los, fällt beinahe über seine offenen Schuhbänder. Als er sich die Schuhe zubindet, irritiert ihn etwas. Er kommt nicht gleich darauf, was es ist.

Dann begreift er: Die Maschinen, sie laufen nicht mehr. Das Schiff ist manövrierunfähig. Er reißt die Tür auf, macht zwei Schritte, rennt zurück zum Bett, greift seinen Seesack, wirft die Tupperdose hinein, läuft an Deck.

Die Tür schlägt hinter ihm zu. Wind und Regen peitschen ihm augenblicklich ins Gesicht, schütteln ihn hin und her. Der Kampf ums Gleichgewicht betäubt das klare Denken. Er hangelt sich an Zurrgurten und Seilen vorwärts und sucht nach Klaus. Dort hinten steht er, vor den Containern, hält sich mit einer Hand fest und fuchtelt mit der anderen in der Luft herum, um den Philippinos verständlich zu machen, was sie tun sollen.

Dass sie kein Deutsch verstehen, ist im Moment ohne Belang. Man hört ohnehin nur das Brausen und Zischen und ohrenbetäubende Platschen, wenn wieder eine Welle auf das Deck schwappt. Auch wenn sie etwas von der Seefahrt verstünden, würde es ihnen jetzt nicht mehr helfen. Wenn sie es nicht schaffen, das Schiff zu stabilisieren, wird die Anne Kuhlmann *auf jeden Fall sinken, das steht fest. Ob sie das Schiff, das in einem karibischen Orkan hilflos herumtreibt, überhaupt stabilisieren können, ist ungewiss.*

Er ist bei Klaus angekommen. »Wir müssen die Laschung kontrollieren und die Container stabilisieren«, brüllt der ihn an.

»SOS schon raus?«, schreit Gustav mit dem Kopf Richtung Brücke nickend zurück.

Klaus hebt den Daumen. Gustav kämpft sich zu den Containern durch und blickt an den Lagen empor. Beim Gedanken daran, die Leiter zu den obersten Containern hochzusteigen, wird ihm übel. Er tut es trotzdem. Er weiß, was ihn erwartet: Die vierte Lage ist nur mit Laschdrähten und Spannschrauben gesichert, statt mit der vorgeschriebenen Laschung. Was soll er hier ausrichten?

Er spürt, dass das Schiff zu rollen beginnt. Die Wellen schlagen seitlich mit Wucht gegen den Rumpf, zehn, fünfzehn Meter hoch. Da die Anne Kuhlmann *nicht steuern kann, schwankt sie wie eine Nussschale in der aufgepeitschten See. Unter diesen Umständen ist die Ladung nicht zu halten. Er muss runter, die ganze Mannschaft muss in die Rettungsboote. Er kommt ge-*

rade unten an, da rutschen die ersten Container und kippen in die See ab. Das Schiff sackt mit Schlagseite nach Backbord.

Gustavs Blick rast hin und her. Wo ist der Kapitän?

Durch die Gischtschauer erkennt er am Achterdeck eine Gruppe Philippinos, die sich an einem der Rettungsboote zu schaffen macht. Es sieht so aus, als hätten sie Schwierigkeiten.

In den grellen Blitzen, die die Finsternis zerreißen, versucht er zu erkennen, wer da ist. Er sieht Harald und Joke bei den Containern, Jorge, der sich mit angestrengt verzerrtem Gesicht an der Reling festhält.

Gustav weiß, wann es Zeit ist aufzugeben. »Weg hier!«, brüllt er. »Zu den Booten!«

Er will den Philippinos helfen. Sie müssen so schnell wie möglich die Rettungsboote zu Wasser lassen, was bei einem Schiff in Schieflage lebensgefährlich ist. Aber wenn sie untergehen, werden sie ohne Boote alle ertrinken. Er macht sich auf den Weg zum Heck. Er packt seinen Seesack, den er hinter eine Leiter geklemmt hat. Während er den Sack losreißt, sieht er, dass Harald und Joke ihm zu den Rettungsbooten folgen. Er wendet den Kopf, um Jorge ein Zeichen zu geben.

Jorge macht sich an den Containerlaschungen zu schaffen. Ist er denn verrückt geworden? Gustav wirft Harald seinen Seesack zu und dreht sich um. Dem Wind und seiner Angst zum Trotz macht er sich auf den Weg zu Jorge.

Mit jedem Schritt kommt es ihm vor, als lege sich das Frachtschiff etwas mehr auf die Seite. Es vergeht eine Ewigkeit, bis er bei Jorge angekommen ist. Sein Kamerad hat sich wieder an der Reling festgeklammert und starrt auf die verrutschten Container, die noch nicht über Bord gegangen sind.

»Wir müssen in die Boote!«, schreit er ihn an. »Lass die Container, das hat keinen Zweck!«

Jorge bewegt die Lippen und Gustav liest das Wort »Klaus« davon ab.

Gustav folgt Jorges Blick. Sieht, was der sieht. Hinter einem der Container, die sich an die Reling drücken, schaut ein Arm hervor.

Ein Augenblick der Erstarrung, dann packt er Jorge und schubst ihn vor sich her zu den Rettungsbooten. Eine große Welle wirft sie beide zu Boden, sie schlittern die letzten Meter und prallen hart gegen die Bordwand. Dann wird alles schwarz.

* * *

Um 1:57 Uhr empfängt das Motorschiff Wismar *einen Funkspruch: »MS Anne Kuhlmann Position 12°46’N, 61°26’W. Maschinenausfall. Schwere Schlagseite. Mehrere Container von Deck verloren. Erbitten dringend Hilfe.« Die* Wismar *ist 230 Seemeilen entfernt. Um 2:14 Uhr empfängt die* Wismar *einen letzten Funkspruch: »Besatzung von 24 Mann geht in die Rettungsboote. Schiff sinkt«.*

Samstag, 8. Juli 2000

Sein Fuß stieß gegen eine Bierflasche. Es klirrte leise. Sofort hatte er wieder einen der blöden Handwerkerwitze im Kopf: Zwei Maurer spazieren über eine Wiese und finden einen halb vollen Kasten Bier. Fragt der eine Maurer den anderen ganz erstaunt: »Weißt du, wer hier baut?«

Stephan Möllenkamp verfluchte seine Kollegen aus dem Fachkommissariat I. Kaum dass sie von seinem Vorhaben erfahren hatten, in Esklum einen Resthof zu renovieren, hatten sie ihm das Buch mit den Handwerkerwitzen geschenkt.

Einstweilen baute hier noch niemand. Im düsteren Licht eines selbst für Ostfriesland ungewöhnlich rauen Hochsommertages lag vor ihm eine Bruchbude aus rotem Backstein, in der er nur mühsam den stolzen Gulfhof von einst erkennen konnte. Leider fiel ihm die Vorstellung, was er und seine Frau Meike aus diesem angeblich laufend modernisierten Hof machen würden, auch nicht leichter.

Ein ostfriesischer Gulfhof bestand ursprünglich aus dem Vorderhaus, dem Wohntrakt und dem angrenzenden Stall- und Scheunentrakt, dessen Dach weiter herabgezogen wurde, so dass er breiter war als der Wohntrakt. Im Zentrum des Scheunentraktes befand sich der »Gulf«, ursprünglich eine Lagerfläche für Heu, Erntegut und Gerät. Dieser hintere Bereich nun sollte zu einem Wohnzimmer mit großen Terrassentüren ausgebaut werden, die den weiten Blick über das Land ermöglichten.

Darum hatte er sich heute mit Herrn Groll verabredet. Nein, mit Werner. Möllenkamp stöhnte leise. Der Architekt und Bauleiter war ihm von Anfang an viel zu jovial gewesen und verfügte über eine verdächtig unverwüstliche Laune.

»Was ist, wenn der Typ Mist baut und wir ihn von der Baustelle schmeißen müssen?«, hatte er Meike nach dem ersten Treffen gefragt. »Hoffentlich redet Johanna dann noch mit dir. Hast du mal drüber nachgedacht, zu welchen Verwerfungen das führen kann? Allein, dass ich nicht *Sie* zu ihm sagen darf, weil er irgendwie zu unserem Bekanntenkreis gehört.«

»Du siehst Gespenster«, hatte seine Frau gelacht. »Werner Groll hat fünfzehn Jahre Erfahrung in dem Geschäft und alle nötigen Qualifikationen. Warum sollten wir ihn von der Baustelle schmeißen? Es kommt nur darauf an, dass wir alles genau mit ihm absprechen.«

Oh ja, wie recht sie hatte.

»Wir wollen das Gebäude so herrichten, dass es dem Originaleindruck möglichst nahekommt.« Was war an dieser Aussage falsch zu verstehen? So falsch, dass man Kunststofffenster mit innenliegenden Sprossen vorschlug, »damit ihr nicht so viel Arbeit mit dem Putzen habt«. Sie hatten ihm mühsam die Kunststofffenster und -türen ausgeredet und auch den Laminatfußboden abgelehnt. Der Wunsch nach gebrannten Tonziegeln, hochkant und im Fischgrätmuster im Hausflur verlegt, hatte Grolls Augenbrauen nach oben schnellen lassen. Dann hatte er versucht, ihnen den Dielenboden in den Wohnräumen auszureden, weil sich darunter nur schlecht eine Fußbodenheizung montieren ließe.

Außerdem beunruhigte es Möllenkamp, dass Werner darauf bestand, nur mit Handwerkern seines Vertrauens zusammenzuarbeiten. »Die Jungs sind von mir ausgesucht. Ich arbeite mit denen schon seit zehn Jahren. Wir verstehen uns blind.«

Der letzte Satz hatte sich in seinem Kopf festgesetzt und schwebte jetzt wie eine kleine dunkle Wolke darin herum. Vor allem, seit er die Truppe kennengelernt hatte.

»Dass die sich blind verstehen, ist toll. Aber sehend wäre mir lieber«, hatte er Meike zugeraunt, die ihn mit einer unwirschen Handbewegung zum Schweigen brachte. Und so dachte er, während ihm die einzelnen Handwerker vorgestellt wurden, an das Gedicht vom Blinden und vom Lahmen und hoffte, dass sich die offensichtlichen Unzulänglichkeiten der Gestalten vor ihm am Ende doch noch zu einem harmonischen Gesamtbild fügen würden.

Nervös fuhr Möllenkamp sich mit der Hand durch die dunklen Haare. »So, nächste Woche kreist hier die Abrissbirne!«, hörte er hinter sich den fröhlichen Bass des Bauleiters, den er so hasste. »Freut ihr euch schon, dass es endlich losgeht?«

»Jaha«, zwang sich Möllenkamp zu einem Grinsen. »Aber bitte nicht zu viel abreißen, ja?«

»Tja, wie ihr meint. Wenn ihr mich fragt, hättet ihr den Schrott hier besser ganz plattgemacht und einen Neubau hingesetzt. Schöne Toskanavilla mit großen Fenstern und modernster Technik. Isolierung, Heizung, Elektrik, Fenster – alles auf dem heutigen Stand. Aber wie heißt es so schön: Der Kunde ist König.«

Möllenkamp war beim Wort »Toskanavilla« zusammengezuckt und hatte das Gesicht verzogen. Werner klopfte ihm auf die Schulter. »Ruhig Blut. Ihr kriegt, was ihr wollt, und auch der Dielenboden ist drin. Jetzt wollen wir aber mal die Außenanlagen und die Zufahrt besprechen.«

Im Folgenden beschrieb ihm Werner, wie er das Grundstück roden würde, um es für eine schöne breite Zufahrt und die Anlage eines pflegeleichten Gartens zu präparieren.

»Für die Baufahrzeuge wäre es viel leichter, wenn ihr die Kastanien an der Zufahrt gleich fällen würdet. Außerdem macht das Laub viel Arbeit, im Herbst fallen euch die Dinger ständig aufs Auto, und dann kommt die Miniermotte und erledigt den Rest.«

»Werner, vielleicht könnten wir uns doch auf die Arbeiten am Haus konzentrieren?«

»Ich mein ja nur. Ihr braucht sowieso ne Doppelgarage und Meike bestimmt ein bisschen mehr Platz zum Wenden.«

Auf das verschwörerische Augenzwinkern ging Möllenkamp nicht ein. Stattdessen strebte er dem Hinterhaus mit seinem großen hölzernen Tor zu, das inzwischen halb verfallen war. Hier sollten nach dem Umbau Terrassentüren über die ganze Breite des Gebäudes hinweg den Blick auf den Hammrich öffnen.

Es gelang Möllenkamp, mit Werner Groll das Thema Abzug für den Schwedenofen sachlich zu erörtern und sich über Hinweise auf die Vorzüge einer Fußbodenheizung hinwegzusetzen. Als jedoch der Vorschlag kam, die Terrasse zu überdachen und an beiden Seiten mit einer Glaskonstruktion einzufassen, beschloss er, dass es jetzt an der Zeit sei, sich nach Hause zu begeben. Er wollte am Nachmittag noch zum Fußball und das ganze Bauprojekt für den Rest des Tages lieber vergessen.

Wieso eigentlich war Meike nicht hier? Schließlich war die Vorstellung vom romantischen Eigenheim auf dem Lande doch auf ihrem Mist gewachsen. Er hätte sich problemlos weiterhin mit dem gemieteten Reihenhaus in Leerort arrangieren können. Seinen verrückten Nachbarn Müller hätte er zur Not auch mit einer Rolle Natodraht von ihren 250 Quadratmetern Grund und Boden ferngehalten. Aber es mussten ja 2500 Quadratmeter sein, damit neben Hochbeet und Gewächshaus auch noch der Traum vom Obstgarten in Erfüllung gehen würde.

»Meine liebe Frau«, pflegte er zu sagen, »ist dir bekannt, dass der geplatzte Traum vom luxuriösen Eigenheim für ungefähr ein Viertel der Fälle verantwortlich ist, die ich aufzuklären habe?« Er wusste nicht, ob das mit dem Viertel stimmte, aber es war auch egal, weil Meike sowieso nur mit ihrem hellen Lachen darauf reagierte. Seinen nächsten Versuch – »Kennst du mich eigentlich gut genug, um das Risiko einzugehen, mit mir in die Einöde zu ziehen, wo dir niemand helfen kann, wenn du schreist?« – verkniff er sich dann wegen mangelnder Erfolgsaussichten. Er war eben ein Pantoffelheld.

* * *

»So ein Tag, so wunderschön wie heute. So ein Tag, der dürfte nicht vergehn.« Sie sangen schon seit der zwanzigsten Minute. Genau genommen, seit dem 4:0, das Arno Jansen geschossen hatte. Möllenkamp kannte Arno Jansen nicht, aber der Name war vom Stadionsprecher so oft wiederholt worden, dass selbst er ihn sich merken konnte. Außerdem hatte Arno Jansen auch schon für die drei vorigen Tore gesorgt. Damit war das Fortkommen seiner Mannschaft, des TUS Weener, auf dem Weg zur Niedersachsenmeisterschaft der Altherren ebenso gesichert wie sein eigener Platz an der Fotowand des Vereinsheims. Vielleicht würde es mit der Niedersachsenmeisterschaft am Ende nichts werden, das Foto von Arno Jansen aber würde bleiben und die nächsten Jahrzehnte an der Wand langsam vor sich hin vergilben.

»So ein Tag«, krächzte es neben Stephan, und er warf verstohlen einen Blick nach rechts. Gertruds breites Gesicht hatte eine ungesunde Farbe angenommen. Sie hatte den blau-gelben Schal des TUS Weener dick um ihren Hals geschlungen und schwenkte euphorisch ihre Bierflasche. Als sie merkte, dass sie beobachtet wurde, stieß sie ihn an.

»Jetzt mach mal ein bisschen mit. Du musst langsam hier reinkommen, Stephan. Dich akklimatisieren. In Ostfriesland ist Fußball Nationalsport, da muss man mitmachen. Erzähl mir doch nicht, dass das in Osnabrück anders ist. Gleich in der Halbzeit stell ich Dir ein paar Leute vor.«

»Hast du mir nicht mal erzählt, dass Sport dich nicht so interessiert?«

Sie verdrehte die Augen. »Es geht doch gar nicht um den Fußball. Hier kommen die wichtigen Leute zusammen. Auf dem Platz und neben dem Platz. Hier erfährst du alles, was du wissen musst. Kannst du vielleicht mal brauchen, wenn wieder jemand im Rheiderland ermordet wird.«

Dann hab ich ja dich, dachte Möllenkamp. Gertrud Boekhoff, die durchsetzungsstarke Lokalredakteurin des

Rheiderländer Tagblatts, hatte ihm vor nicht allzu langer Zeit geholfen, den Mord an dem alten Polderbauern Tadeus de Vries aufzuklären. Ihre Methoden hatten die Grenzen des Erlaubten einige Male überschritten. So dankbar er ihr war: Der Fall nagte immer noch an ihm, denn den Täter hatten sie zwar identifiziert, jedoch nicht gefasst. Seit einem halben Jahr war Herbert Klatt verschwunden, wie vom Erdboden verschluckt. Und mit jedem Tag schwanden Möllenkamps Hoffnungen, ihn jemals zu kriegen, mehr dahin.

Ein Pfiff ertönte zur Halbzeitpause. Man versammelte sich vor der Bierbude und unterzog die Geschehnisse der ersten Halbzeit einer genauen Analyse.

»Suurhusen is ja nix vandaag.«

»Dat de sük overhoopt trauen, sünner Troff hier uptelopen.«

»De hebben ja sehn, wat se daarvan hebben, ha, ha.«*

Die wenigen Fans des SV Concordia Suurhusen hatten sich der Bierbude gar nicht erst genähert. Wer den Schaden hatte, brauchte für den Spott nicht auch noch selbst zu sorgen. Es galt außerdem, sich den Mut für die zweite Halbzeit nicht durch die Fans der überlegenen Weeneraner weglachen zu lassen. Und für eine veritable Schlägerei waren sowieso alle noch zu nüchtern. Die musste bis nach dem Spiel warten.

»Moin Gertrud, wo geit di dat? Hest du'n nei Fründ? Mooi Kerl is dat. Und wat hest du mit dien Rudi Dutschke makt?

---

* »Suurhusen ist ja nichts heute.«
»Dass die sich überhaupt trauen, ohne Troff hier aufzulaufen.«
»Die haben ja gesehen, was sie davon haben, ha, ha.«

Fangt de Poggen?«[*] Der rotgesichtige kleine Mann am Bierstand grinste die Redakteurin herausfordernd an.

»Ja, deit he. Und wenn du neit uppasst, dann kummst du ok in sien Terrarium. Du deist da sogar noch rinpassen.«[**] Sie ließ ihren Blick ebenso herausfordernd an ihm empor- und wieder herabgleiten, bis sein Grinsen zur Maske gefror. Erst dann drehte sie sich zu Möllenkamp um: »Stephan, darf ich vorstellen: Hartmut Reck, Bauunternehmer hier in Weener. Sein Betrieb fällt aber eher in die Zuständigkeit deiner Kollegen von der Organisierten Kriminalität. Er hat zwar viele Leichen im Keller, aber die meisten nicht selbst umgebracht, sondern nur geholfen, sie in schlecht gemischtem Beton verschwinden zu lassen. Nicht, Hartmut?«

Hartmut lachte gezwungen.

»Ach so, ja. Fast vergessen: Das hier ist Stephan Möllenkamp, Leiter des Fachkommissariats I der Polizeiinspektion Leer. Mord, Totschlag, Drogen. Also nimm dich in Acht.« Die Männer schüttelten sich die Hand und gaben vor, sich zu freuen.

»Den magst du ja richtig gern«, stellte Möllenkamp fest, als sie sich ein Stück entfernt hatten.

»Ja, Hartmut kenn ich schon aus der Schule. Hat das Bauunternehmen von seinem Alten übernommen und kann seitdem vor Kraft nicht laufen. Immer große Schnauze und hält sich für unwahrscheinlich komisch.« Gertrud schnaubte.

---

* »Moin Gertrud, wie geht's dir? Hast du einen neuen Freund? Schöner Kerl ist das. Und was hast du mit deinem Rudi Dutschke gemacht? Fängt der Frösche?«

** »Ja, das tut er. Und wenn du nicht aufpasst, dann kommst du auch in sein Terrarium. Du würdest da sogar noch reinpassen.«

»Also empfiehlst Du mir nicht, das Bauunternehmen Reck anzufragen, wenn ich meine Ruine in Esklum sanieren will?«

Gertrud sah ihn verwundert an. »Ihr habt in Esklum eine Ruine gekauft?«

»Na ja, von außen sieht es aus wie ein hübscher Resthof. In Wirklichkeit ist es aber eine Ruine.«

»War's wenigstens günstig?«

»Das kann ich Dir erst hinterher sagen, wenn wir fertig oder pleite sind.«

»Junge, Junge, das ist aber mutig«, stellte Gertrud fest, während Möllenkamp wieder dieses komische Gefühl im Bauch bekam, das ihn immer überfiel, wenn er an den anstehenden Hausumbau dachte.

»Wer ist eigentlich Rudi Dutschke?«, fragte er, um sich davon abzulenken.

»Rudi Dutschke war eine Führungsfigur der Studentenbewegung und wurde 1968 von einem Attentäter so schwer verletzt, dass er…«

»Ja, ja, schon gut, so weit reicht es bei mir auch noch. Aber der war ja wohl nicht ›dein‹ Rudi Dutschke und fängt auch keine Frösche.«

»Sieh an, der Herr Kommissar versteht ja doch Plattdeutsch. ›Mein‹ Rudi Dutschke heißt Gottfried Schäfer und war, wenn du dich erinnerst, lange Zeit dein Hauptverdächtiger im Fall de Vries.«

Möllenkamp war baff. Während der Ermittlungen zum Mordfall Tadeus de Vries hatte sich zwischen Gertrud Boekhoff und dem zeitweise Hauptverdächtigen, Gottfried Schäfer, eine vollkommen unpassende Romanze entwickelt.

Unpassend nicht nur wegen der Umstände, sondern auch wegen der Persönlichkeiten: hier die taffe, äußerlich robuste Redakteurin des *Rheiderländer Tagblatt*, in jeder Hinsicht dem festen Boden sehr verbunden; dort der hagere altlinke Umweltaktivist aus Hessen, der die Ideologie politischer Gewalt vor ein paar Jahren gegen ein ebenso entschiedenes Bekenntnis zum Christentum eingetauscht und sich lange gegen das Emssperrwerk-Projekt engagiert hatte. Nun war anscheinend tatsächlich etwas Ernstes daraus geworden. Er schüttelte den Kopf.

»Was macht er denn eigentlich, dein Schäfer?«

»Oh, er … er schreibt ein Buch über das Sperrwerk.«

»Jetzt schon? Das Ding ist ja noch gar nicht fertig. Geschweige denn, dass bereits alle Krabben tot oder die Krummhörn nach dem Schließen der Tore überflutet worden wäre. Was schreibt er denn da?«

»Es«, Gertrud räusperte sich, »äh, es ist auch nicht direkt über das Sperrwerk. Also nicht nur. Es ist mehr so ein Resümee seiner politischen Arbeit. Von der Startbahn West bis heute.«

Was für ein komischer Kauz, dachte er. Was will sie bloß mit dem?

Dann wurde die zweite Halbzeit angepfiffen.

* * *

Arno Jansen saß breitbeinig auf seiner Bank und kratzte sich die Eier wie ein Pavian. Ob der Mensch sich nach vier Toren in einer Halbzeit immer so zurückentwickelte? Und warum? Weil er es sich dann erlauben konnte?

»Jungs, ich bin stolz auf Euch. Ihr habt sie in Grund und Boden gespielt. Suurhusen hat die Sonne nicht gesehen.«

Hans Albers' Gesicht glänzte. Unter seinen Achseln war das blaue Hemd einige Nuancen dunkler. Der Trainer des TUS Weener war glücklich, aber nicht kopflos. »Ihr riskiert nichts mehr. Wir halten das Ergebnis, auch wenn das Publikum draußen sauer ist. Denkt daran: Wir wollen den Pokal. Wir werden Niedersachsen-Meister!«

»Wir wer – den Nie – der – sach – sen – Meis – ter!!!« gröhlte es aus fünfzehn Altherren-Kehlen.

»Und jetzt raus mit euch!«

Vierzehn Paar mehr oder weniger behaarte Beine bewegten sich auf den Ausgang der Kabine zu.

»Fokko, alles klar mit dir? Du siehst blass aus. Soll ich Eppi für dich einwechseln?«

Etwas verschwommen tauchte die besorgte Miene des Trainers dicht vor Fokkos Augen auf. Er wischte sich über das Gesicht. Auf seiner Stirn stand kalter Schweiß. Damit Hans es nicht merkte, bückte er sich und band seine Schuhe noch einmal nach. »Alles paletti«, ächzte er. »Ich muss nur noch mal aufs Klo.«

Hans klopfte ihm auf die Schulter: »Okay, du bist erwachsen. Aber beeil dich. Gleich ist Anpfiff.«

Fokko wartete, bis Hans die Kabine verlassen hatte. Es roch nach Männerschweiß und Deo, eine Mischung, die ihm jetzt unerträglich vorkam. Er atmete behutsam durch den Mund ein, um die Schmerzen in seiner Magengegend nicht noch weiter zu verschlimmern. Dann überspülte ihn eine Welle aus Übelkeit.

Er schaffte es gerade noch zur Toilette. Ihm kam es vor, als müsse er nicht nur seinen Mageninhalt, sondern sämtliche Eingeweide aus sich herauspressen. Die Schmerzen brandeten gegen sein Zwerchfell an und ließen ihn fast ohnmächtig werden. Es fühlte sich wie hundertfach verstärktes Sodbrennen an. Als er vor der Kloschüssel zusammensackte, versuchte er, an ein Glas Milch zu denken. Der Gedanke verschaffte ihm etwas Linderung. Vorsichtig atmete er ein und aus, jeden Atemzug ein bisschen tiefer.

Und beim Ausatmen immer »Milch« sagen. »Ffhh... Milch...ffhhh...Milch...ffhhh...Milch...«

Beim Aufstehen blickte er in die Kloschüssel. Zwischen den gelblichen Brocken und kleinen Schaumkronen, die im Wasser schwammen, sah er rote Flecken. Er runzelte die Stirn, sah genauer hin. Blut? Spuckte er Blut? Ein Magengeschwür! Lieber Himmel, das hatte ihm vor dem Urlaub gerade noch gefehlt. Jetzt, wo alles gut werden würde und Sabine in Vorfreude auf Mallorca glühte und den ganzen Tag von nichts anderem redete.

Mühsam richtete er sich auf. Sofort wurde ihm schwarz vor Augen, aber nach ein paar Sekunden sah er wieder klarer. Er würde jetzt rausgehen und die zweite Halbzeit überstehen. Irgendwie.

Am Waschbecken schlug er sich ein paar Hände voll kaltem Wasser ins Gesicht. Aus dem Spiegel blickte ihn ein kreideweißes Gesicht mit blutunterlaufenen Augen an. Er sah aus wie eine Leiche auf Urlaub. Bis nächsten Freitag musste er es geschafft haben, ein gesunder Mann auf Urlaub zu werden.

* * *

»Mensch Fokko, wir wollten schon ohne dich anfangen. Hier, trink noch einen Schluck Wasser und zieh dir die Strümpfe hoch. Pass auf, du spielst immer auf Robert, egal was kommt. Robert ist instruiert. Ihr dürft die Suurhusener jetzt nicht mehr heranlassen. Darauf kommt's eigentlich bloß an. Alles klar?«

Fokko nickte mechanisch. Er hatte nur »Robert« verstanden, das reichte. Benommen stolperte er auf den Platz. Er versuchte, unter den Zuschauern Antonia und Simon auszumachen, deren Stimmen er vor der Pause immer wieder gehört hatte, konnte sie aber nicht sehen.

Der Schiedsrichter pfiff die zweite Halbzeit an. Wie auf Kommando setzten die Schlachtengesänge des Publikums ein: »TUS! TUS!« »So ein Tag, so wunderschön wie heute!« Dann, leiser: »Con-cor-di-a! Con-cor-di-a!« Die Suurhusener Fans hatten noch nicht eingepackt.

Die Stimmen vermischten sich, verliefen wie die Farben auf den Tuschebildern seines Sohnes ineinander. Aus der Kakophonie wurde eine Harmonie, eine Melodie, die sich von seinem Ohr immer weiter entfernte, bis nur noch ein feines Rauschen übrigblieb.

Der Ball fiel ihm vor die Füße. Unschlüssig, was er damit sollte, blieb er stehen. Der Name »Robert« kam ihm in den Sinn. Wer war Robert? Er hob den Blick, sah aber nur noch weiße Flecke um sich. Das feine Rauschen um ihn herum verdichtete sich in seinen Ohren zu einem Dröhnen, das seinen ganzen Körper ausfüllte, ihn vibrieren ließ, sich dann in seinen Bauch zurückzog und zu einem Klumpen verdichtete.

Aber da dehnte sich der Klumpen schon wieder zu einem ungeheuren Schmerz aus, der ihm den Atem raubte. Der Klumpen drückte gegen Herz und Lunge, da war kein Platz mehr für die Funktionen des Körpers. Er schnappte nach Luft, aber es war, als käme kein Sauerstoff in seinen Lungen an. Sein Herz schlug wie wild und irgendetwas schnürte ihm die Kehle zu.

Verzweifelt sah er sich um. Da, in der Menge sah er die blassen, kleinen Gesichter seiner Kinder. Sie schienen ihn fragend anzusehen. Er versuchte die Hand zu einer beruhigenden Geste zu heben. Doch die Bewegung geriet zu einem hilflosen Schlenkern. Dann wurde ihm schwarz vor Augen, und er sackte über dem Ball zusammen, der noch immer vor seinen Füßen lag.

* * *

»Na, wie war dein erstes Match als Fan des TUS Weener?«, schallte Meikes muntere Stimme aus dem Wohnzimmer. Im Hintergrund liefen die Geräusche des Fernsehers. »Hast du einen Aufnahmeantrag gestellt?«

»Vier Tore und ein Toter«, versuchte es Stephan Möllenkamp mit Sarkasmus.

»Vielleicht können sie Lothar Matthäus als Ersatz verpflichten«, kam es zurück. »Der hat jetzt in der Nationalelf aufgehört.«

Okay, sie hatte den Ernst der Lage nicht erfasst. Er betrat das Wohnzimmer und sah im Fernsehen eine wogende Menge kaum bekleideter Menschen, die sich zum Geräusch von Maschinengewehrsalven bewegten.

»Werden die jetzt erschossen?«

»Bist du verrückt? Das ist eine Friedensdemonstration.«

Wie konnte man eine Friedensdemonstration mit derart martialischen Klängen unterlegen?

»Wieso siehst du dir diesen Mist an?«

»Weil die Hälfte der Schüler aus meinem Deutsch-Leistungskurs auf der Love Parade ist.«

»Ja und? Glaubst du, du findest da einen von im Fernsehen?«

»Glaub es oder nicht: Ich habe schon jemanden erkannt.«

Er schüttelte den Kopf und floh vor dem Lärm nach oben ins Bad. Minuten später stand er unter der dampfenden Dusche und versuchte, die klamme Kälte aus sich herauszuspülen. Er stellte sich vor, dass die Poren das heiße Wasser von außen nach innen leiteten, wo es das Blut in den Venen erwärmte, das in das Herz gepumpt wurde und weiter durch die Arterien strömte. Oder war das mit den Arterien und Venen umgekehrt? Egal, immerhin funktionierte es langsam, und er dachte wieder einmal, wie stark doch die Kraft der Autosuggestion war.

Dennoch: Wenn das hier das typische ostfriesische Sommerwetter war, würde er ein Versetzungsgesuch nach Freiburg aufsetzen. Er genoss die heiße und feuchte Luft in der Duschkabine und schäumte sich mit dem gut riechenden Bio-Lavendel-Duschbad ein, das Meike immer kaufte – auch wenn er darauf hinwies, dass der konsequente Umstieg auf ein No-Name-Produkt von Aldi ihnen die Finanzierung des Resthofes in Esklum sehr erleichtern würde...

Und dann fiel ihm ein, dass Esklum auf ewig zwischen ihm und Freiburg stehen würde.

Er seufzte, drehte den Hahn ab und griff sich ein Handtuch. Beim Abrubbeln stellte er frustriert fest, dass sich der leichte Schwimmring um seine Taille anscheinend vergrößert hatte. Von seinem Ziel, in diesem Herbst einen Halbmarathon zu laufen, sprach er öffentlich nicht mehr. Vor sich selbst hatte er sich damit herausgeredet, dass er bei seinem Bauprojekt Hand anlegen müsse und dass ihm dies vorübergehend leider kaum Zeit für sportliche Betätigung ließ. Nur hatte das Bauprojekt genau genommen noch gar nicht begonnen. Die Übergabe des Hauses war eben erst erfolgt, und die Hauptarbeit hatte bisher darin bestanden, die Darlehen zu beantragen, einen Bauleiter zu suchen und Pläne für den Umbau zu schmieden. Jetzt konnte es bald losgehen, aber was den Bauleiter anging, hatte er ein mulmiges Gefühl im Magen. Dieser bärtige Typ erschien ihm allzu gemütlich, und Möllenkamp zweifelte daran, dass er gegenüber seinen Handwerkern den richtigen Ton anschlagen würde. Dass es sich bei Herrn Groll um den Mann von Meikes Arbeitskollegin handelte, machte die Sache nur vertrackter.

Er kapiert es einfach nicht, dachte Möllenkamp, während er sich sorgfältig zwischen den Zehen abtrocknete, was er tat, seit seine Mutter ihn als Kind über das hartnäckige Auftauchen von Fußpilz aufgeklärt hatte. Bei dieser schwierigen Übung, die auf einem Bein zu vollführen war, trat sein Schwimmring noch ausgeprägter hervor.

Genau diese unerotische Schwachstelle seines Körpers berührten jetzt von hinten die warmen, schlanken Finger seiner Frau, die unbemerkt hereingekommen war.

Er zuckte zusammen. Meikes Hände wanderten tiefer in seine Leistengegend, verharrten kurz, kraulten ein wenig in seinem drahtigen, dunklen Schamhaar, um dann entschlossen, aber nicht grob dorthin zu fassen, wo sich sein bester Freund, der Verräter, ohne Rücksicht auf die entwürdigende Situation bereits freudig in Positur gestellt hatte.

»Du riechst aber gut«, brummte sie von hinten in sein Ohr, »Und es ist Samstag. Da tun es doch alle Ehepaare, oder?«

»In was für einer scheußlichen Routine wir erstarrt sind«, gab er zurück. Er wandte sich zu ihr um und knöpfte ihr die Bluse auf. Wieso rochen Frauen immer gut, fragte er sich. Sie aßen das Gleiche wie Männer und duschten auch nicht öfter.

Dann ließ er sich von Meike ins Schlafzimmer führen. Er dachte kurz daran, sie wie im Film hochzuheben und an die Badezimmertür zu pressen, um ihr das Höschen runterzureißen und sie ohne Vorspiel zu nehmen. Kurz dankte er dem Himmel für die Erfindung der ehelichen Routine und der Federkernmatratze und widmete sich dann ganz seiner Frau.

November 1999, Philippinen

Vor dem Anahawan District Hospital kauert ein alter Mann. Mit leerem Blick schaut er in die Ferne, während der Regen auf ihn niederprasselt. Er hält ein durchweichtes Papier in der Hand. Schmutziges Wasser umspült seine Füße, die Luft ist heiß, in den Straßen dampft es.

Das Hospital ist eigentlich nicht mehr als eine eingeschossige Krankenstation. Neben dem Eingang werden geparkte Motorroller gestartet und fahren so dicht an ihm vorbei, dass brackiges Wasser über seine Kleidung spritzt. Menschen eilen vorüber, halten Schirme und Taschen als Schutz gegen den Regen über ihre Köpfe und streben Vordächern und Unterständen zu. Struppige Hunde tollen im Wasser herum.

Der Mann schüttelt den Kopf, als habe ihn jemand etwas gefragt. Aber da ist niemand, der mit ihm spricht. Nun steht er auf, geht gebeugt, tastend, als habe er Schmerzen. Von Nahem sieht man, dass er noch gar nicht alt ist. 35, 40 Jahre höchstens. Sein Gesicht passt nicht zu seiner Gestalt, die sich langsam vom Krankenhaus entfernt, sich nicht umdreht, die Augen nicht hebt.

Als er bereits verschwunden ist, fliegt die Tür des Hospitals auf. Eine Frau stürmt heraus, auf dem Arm ein kleines Kind.

»Mariano!«

Die Frau blickt sich um, doch sie scheint nicht zu finden, was sie sucht. Sie tritt einen Schritt hinaus aus dem Schutz des Vordaches, sofort durchnässt sie der Regen. Das Kleine fängt an zu weinen. Die Frau beachtet es nicht. Sie steht einfach nur da und lässt das Wasser über sich und das schreiende Kind strömen.

In einer Pfütze schwimmt das Blatt Papier, das der Mann eben noch in der Hand gehalten hat. Das Kind zappelt und schreit. Da endlich löst sich die Erstarrung der Frau. Sie drückt das Kleinkind fest an sich und bückt sich nach dem Papier. Die Schrift darauf verschwimmt bereits. Ihr Blick fällt auf ein Wort, bleibt daran hängen, saugt es förmlich ein. Langsam dreht sie sich um und kehrt in die Krankenstation zurück. Auf dem weißen T-Shirt des Kindes hinterlässt die verlaufene Schrift schwarze Flecken.

Sonntag, 9. Juli 2000

Sein Rücken strahlte schlechte Laune aus. Die Schulterblätter stachen vorwurfsvoll, geradezu anklagend aus dem dünnen Oberhemd heraus. Er las Zeitung, wobei »Lesen« eindeutig ein Euphemismus war. Er arbeitete sich durch seine Lektüre. Die nassen Flecken unter seinen Armen zeigten an, dass es sich um eine körperlich anstrengende Tätigkeit handelte. Links von ihm lag ein ganzer Stapel Zeitungen und Zeitschriften, angefangen vom *Rheiderländer Tageblatt* über das Anzeigenblättchen *Der Wecker* bis hin zu überregionalen Zeitungen wie *Frankfurter Rundschau* und der *FAZ*, die Gottfried nach eigenem Bekunden als »Gegengift« betrachtete. Gertrud hatte eingewendet, angesichts seiner politischen Einstellung müsse doch die *Rundschau* als Gegengift für die *FAZ* angesehen werden, doch er hatte unwirsch abgewunken.

Hin und wieder fand sich auch eine kommunistische oder evangelikale Kampfschrift unter der Lektüre, sogar den *Wachturm* hatte sie zu ihrem Entsetzen dort entdeckt und einige Tage lang ihren religiös inspirierten Lebensgefährten noch genauer beobachtet als sonst. Schließlich war sie zu dem Schluss gekommen, dass er diese weltanschauliche Mischung brauchte, um sich an ihr abzuarbeiten. Und das tat er: Er studierte die Zeitungen, kommentierte sie laut, schnitt einzelne Artikel aus, machte sich Notizen an den Rand, heftete die Beiträge in Schnellheftern ab. Erst dann landeten die ausgeweideten Kadaver journalistischer Arbeit auf dem Stapel rechts von ihm, der heute Morgen noch ziemlich niedrig war.

Dafür war allerdings sein Maß an Empörung bereits ziemlich voll, und Gottfried grummelte nur, als Gertrud ihm die Hand auf die Schulter legte und ihn scheinbar nichtsahnend fragte, was es denn Neues in der Welt gebe.

»Naies? Koa Oahnung. Isch bin noch bei'de Dorschsischt der Propagandaschrifte vunn vor zwaa Woche, unn des is schlimm genunk.«*

Wenn er sich aufregte, verfiel er in seinen hessischen Heimatdialekt. Gertrud mochte das, weil es seiner Wut etwas von der Schärfe nahm.

»Warum fängst du denn nicht mit den aktuellen Nachrichten an und arbeitest dich dann nach hinten durch?«

»Weil isch doann die oalde Zeitunge gar net mehr lese deed.«**

Was vielleicht nicht schlimm wäre, dachte sie, sagte aber: »Und, was gab es vor zwei Wochen Aufregendes?« Dabei setzte sie sich auf die Kante des Tischs, der unter ihren 85 Kilo gefährlich ächzte.

»Ha! Meyer baut werrer sou en dekadente Riesendampfer. Super Star Libra.« Er spuckte die Worte förmlich aus. »De hewe Se jetz ins Baudock. Für den Luxusliner mache sie die Ems kapudd. Äwwer defeer kriegt er en umweltfreundlischen Anstrisch.«*** Seine Stimme troff vor Sarkasmus.

---

* Neues? Keine Ahnung. Ich bin noch bei der Durchsicht der Propagandaschriften von vor zwei Wochen, und das ist schlimm genug.

** Weil ich dann die alten Zeitungen gar nicht mehr lesen würde.

*** Ha, Meyer baut wieder so einen dekadenten Riesendampfer. Super Star Libra. […] Die heben sie jetzt ins Baudock. Für den Luxusliner machen sie die Ems kaputt. Aber dafür kriegt er einen umweltfreundlichen Anstrich.

»Isch sag dir, mim Emssperrwerk is 's nedd geduu. Doa muss alles weg, woas steert. Unn woann nedd uff normalem Wege, doann bezahlt Meyer äwe irgendein besoffene Kapitän vunnem Seelenverkäufer, damit er die Eisenbahnbrick in Weener rammt. Doann krieht er uff Staatskoschde e breite Dorschfahrt für sai Riesenkiwwel hingeschdellt.«*

»So, jetzt ist aber Schluss mit Verschwörungstheorien. Hast du schon gefrühstückt?«

»Keine Zeit«, gab er zurück. Gertrud fühlte allmählich leichten Ärger in sich aufsteigen.

»Zeit müsstest du eigentlich genug haben.« Ihre Stimme klang spitzer, als sie beabsichtigt hatte. Ihre Notlüge gegenüber Stephan Möllenkamp kam ihr in den Sinn.

Sie goss zwei Becher Kamillentee auf, weil sie Kaffee in Gottfrieds derzeitiger Stimmung für bedenklich hielt, und toastete etwas Brot, das sie mit seiner selbstgemachten Erdbeermarmelade bestrich.

»Willst du dir nicht endlich mal einen Job suchen? Ich glaube, das würde dir guttun, und du kämst ein bisschen raus.«

Er blickte nicht von seinen Zeitungen auf.

Gertrud setzte sich ihm gegenüber und betrachtete ihn. Sein graues Haar, die Nickelbrille, hinter denen sich kluge Augen verbargen, die hagere Gestalt im karierten Hemd. Er war nicht der Typ Faulenzer, der auf Kosten der Allgemein-

---

* Ich sag dir, mit dem Emssperrwerk ist es nicht getan. Da muss alles weg, was stört. Und wenn nicht auf normalem Wege, dann bezahlt Meyer eben irgendeinen besoffenen Kapitän von einem Seelenverkäufer, damit er die Eisenbahnbrücke in Weener rammt. Dann kriegt er auf Staatskosten eine breite Durchfahrt für seine Riesenkübel hingestellt.

heit lebte und ab und zu ein bisschen demonstrierte. Er war ein ernsthafter Mann, der an der Welt, wie sie war, litt. Irgendwie hatte er in dem großen Rollenspiel der Gesellschaft seinen Platz nicht mehr finden können. Anders als seine Kumpels Joschka Fischer und Herbert Große, die Lederjacken und Turnschuhe gegen Jacketts eingetauscht und zielstrebig den Marsch durch die Institutionen angetreten hatten, war Gottfried seinen Idealen treu geblieben. Er hatte sich nur zur totalen Gewaltlosigkeit bekehrt. Und weil er jede Art von Seilschaft hasste, hatte es auch niemand seiner früheren Weggefährten geschafft, ihn in irgendeinem grünen Verband oder einer sozialen Stiftung unterzubringen. Sie liebte ihn für seinen Starrsinn, der sie gleichzeitig auf die Palme brachte.

»Ich habe gestern Friederike getroffen. Sie hat mir erzählt, dass sie im Tierheim jemanden suchen. Auf 630-Mark-Basis. Du könntest doch mal anrufen.« Sie kramte in ihren Jeans und zog einen zerknitterten Zettel heraus. »Hier ist die Nummer der Leiterin. Ich lass sie dir mal da.«

Er blickte immer noch nicht auf.

Sie sah ihn eine Weile an, wartete ab, ob noch etwas kommen würde. Dann stand sie auf. »Ich muss jetzt zur Arbeit. Wir sehen uns morgen.«

Weil immer noch keine Reaktion kam, ging sie auf ihn zu, drückte ihm die Schulter, wollte noch etwas sagen, schluckte es herunter und verließ den Raum.

Im Auto saß sie unbehaglich hinterm Steuer. Nie hatte sie so werden wollen wie ihre Mutter, die sich dauernd einmischte und Vorschläge machte, wie sie ihr Leben führen sollte. Den anderen respektieren, ihn so sein lassen, wie er war, das hatte sie sich für ihre Beziehung vorgenommen. Jahrelang hatte sie allerdings keine Gelegenheit gehabt, diesen Vorsatz in die Tat umzusetzen, schlicht und ergreifend, weil kein Mann in ihrem Leben gewesen war. Jetzt hatte sie jemanden gefunden, als sie bereits gedacht hatte, der Zug sei abgefahren. Und schon nach ein paar Monaten fing sie an, sich genauso wie ihre Mutter zu benehmen. Vor Wut über sich selbst trommelte sie mit den Händen auf dem Lenkrad, streifte dabei die Hupe und erschreckte sich so, dass sie fast einen Schlenker in den Straßengraben gemacht hätte.

Gut, dass sie sich gleich in der Redaktion ablenken konnte. Mit dem Herstellen einer Zeitung kannte sie sich erheblich besser aus als mit Männern.

* * *

»Hest du dat all hört van Fokko?«

Willm setzte ihr ein Jever auf den Tresen. Im *Kneipchen* war es wie üblich verräuchert und viel zu warm, weil die Heizung das ganze Jahr über lief. Beim vertrauten Klang der klackenden Billardkugeln fiel der Stress des Sonntagsdienstes unmittelbar von Gertrud ab. Sie hatte nicht nur den unglücklichen Todesfall auf dem Weeneraner Fußballfeld für die Leser aufarbeiten müssen, sondern sie war auch noch für die Sportergebnisse der ostfriesischen Fußballvereine verantwortlich gewesen, weil ihr Kollege Wessels erkrankt war.

»Ik hebb dat neet blot hööft, ik was daarbi«*, gab Gertrud zurück.

---

* Ich hab das nicht bloß gehört, ich war dabei …

Willm machte große, runde Augen. »Du hast dir das Spiel angeguckt? Na, was ich gehört habe, war das mit dem Fokken ja'n richtiger Krimi. Und die Kinder haben das alles mitangesehen.« Er kratzte sich teilnahmsvoll den Bart. »Fokken, das war'n Bloed*. Der hat wohl mal'n bisschen viel getrunken. Aber dass er so früh abberufen wird …«

Gertrud schwieg. Sie wollte einfach die Festplatte runterfahren und nicht über Fokko Fokken reden.

»Hast du den gekannt?«

Sie schüttelte den Kopf. »Bloß vom Namen her.«

Willm kniff die Augen zusammen und musterte sie. Sein Ruf als *der* Wirt des Rheiderlandes beruhte auch darauf, dass er immer am besten informiert war. Sie wusste, dass er einen ausführlichen Bericht haben wollte, den sie ihm als Zeugin des Geschehens liefern konnte. Sie wollte das aber jetzt gerade nicht. Achselzuckend machte er sich auf den Weg zu den Tischen, um weitere Bestellungen aufzunehmen.

Was sollte sie bloß mit Gottfried machen? Er lebte in seiner eigenen Welt, in die er sie manchmal hineinließ, aber oft auch nicht. Er war jetzt 48 Jahre alt. Wollte er bis zur Rente über seinen Büchern hocken und den Verbrechen des Kapitalismus nachspüren?

»Was soll bloß aus der Frau und den Kindern werden?«

»Die müssen aus'm Haus. Das war nicht abbezahlt. Und er war ja 'n bisschen oft inner Spielothek.«

»Wie weißt du das denn? Bringst du da auch dein Geld von Weener Papier hin?«

---

* Armer Wicht

»Nee, die zahlen zu schlecht. Reicht bloß für Lotto am Samstag.«

Lachen. Gläser klirrten.

Nicht schwer zu erraten, worüber die Jungs links neben ihr am Tresen sich unterhielten.

Willm, der inzwischen wieder da war, beugte sich zu ihr herüber. »Gertrud, stimmt das, dass er Schaum vor dem Mund hatte?«

»Das musst du die Sanitäter fragen. Ich hab ja nicht auf dem Platz gestanden.«

Willm war nicht zufrieden. Ganz und gar nicht. Gertrud sah hilfesuchend auf Willms Fernseher, der oben in der Ecke neben dem Tresen angebracht war. Ein Reisemagazin zeigte unentschlossenen Nordlichtern, wo es überall auf der Welt schön war und dass sie nicht vergessen sollten, ihre Haut mit Sonnenschutzcreme gegen den schwarzen Hautkrebs zu schützen. Erkenntnisgewinn gleich null, aber dafür tolle Bilder von karibischen Stränden bis zu norwegischen Fjorden. Sie versuchte sich Gottfried in einem der gezeigten Luxusresorts vorzustellen und hätte fast laut gelacht. Er würde höchstens in ein Flüchtlingslager in Ostafrika reisen, um dort mal kurz die Welt zu retten. Welt retten war aber nicht Gertruds Ding. Sie schaltete die Gedanken an Urlaub ab und leerte ihr Bier.

»Sie hat ziemlich fertig ausgesehen, findest du nicht?«

»Ist mir nicht aufgefallen.«

»Komm, das musst du doch gesehen haben. Die Haare ganz strähnig und so aufgedunsen im Gesicht.«

»Ich fand, sie sah gut aus.«

Tödlicher Fehler.

Gertrud warf einen Blick auf das Teenagerpärchen zu ihrer Rechten und schloss mit sich selbst Wetten ab, wie lange es bis zu den Tränen noch dauern würde.

»Besser als ich?«

»Was?« Der Junge hatte den nächsten Fehler begangen, indem er seine Aufmerksamkeit von seiner Freundin zum Fernseher hatte wandern lassen.

»Ob du findest, dass sie besser aussieht als ich?«

»Nein, das weißt du doch.«

»Aber du findest ihre schwarzen Haare gut?«

»Ja.«

»Findest du, dass sie damit rassig aussieht?«

Jetzt auf keinen Fall antworten! Willm stellte grinsend noch ein Jever vor sie hin und deutete mit den Augen an, dass auch er bemerkt hatte, was für eine Katastrophe sich neben Gertrud anbahnte.

»Ja, irgendwie schon.«

Das war's, dachte Gertrud. Noch drei Minuten, dann haut sie ab.

»Soll ich meine Haare auch schwarz färben?«

»Nein, warum?«

»Damit ich nicht mehr so langweilig aussehe.«

Er war wieder mit den Augen am Fernseher hängengeblieben, wo das Reisemagazin mit Bildern knapp bekleideter Schönheiten an karibischen Stränden zu Ende ging.

»Hm«, stimmte er abwesend zu und trank einen Schluck Bier.

Guck zu ihr, guck zu ihr, und sag ihr, dass sie nicht langweilig aussieht! Leider blieben Gertruds Warnungen unartikuliert.

»Weißt du, wenn ich dir zu langweilig bin, dann geh doch zu deiner schwarzhaarigen Schlampe zurück! Übrigens, wusstest du, dass sie schon mit Niklas rumgemacht hat, als ihr noch zusammen wart? Aber vielleicht ist die ja das, was du unter *rassig* verstehst.«

Inzwischen hatte die Unterhaltung eine Lautstärke erreicht, dass das ganze Lokal zuhören konnte – und es auch tat.

»Wieso zu langweilig? Und was hast du überhaupt? Ich will doch gar nichts mehr von ihr!«

»Für mich interessierst du dich aber auch nicht!«

»Das stimmt doch gar nicht! Heute habe ich extra Philipp abgesagt, damit wir zusammen sein können!«

Jetzt war auch er laut geworden.

»Ah, das ist dir bestimmt schwergefallen, deinen debilen Freunden abzusagen, um mit mir auszugehen!«

»Wenn ich gewusst hätte, was du hier für eine Szene abziehst, dann hätte ich das bestimmt auch nicht gemacht!«

»Dann geh doch!«

»Das mach ich auch!« Wütend spülte der junge Mann sein restliches Bier hinunter, schnappte sich seine Jeansjacke und verließ das Lokal.

Eins zu null für dich, dachte Gertrud, die jede Wette eingegangen wäre, dass das Mädchen als Erste das *Kneipchen* verlassen hätte.

Die starrte zunächst trotzig vor sich hin, hob dann aber den Blick und erkannte, dass alle Augenpaare im Raum auf sie gerichtet waren. Gertrud überlegte, ob nun die erwarteten Tränen kommen würden. Doch zu ihrer Überraschung warf das Mädchen den Kopf in den Nacken, nahm ihr Bierglas und gesellte sich zu den Billardspielern im Vorraum.

Willm schüttelte den Kopf: »Ich versteh nicht, warum Inga es ihm nicht einfach sagt, wenn sie keine Lust auf einen Abend zu zweit hat. Stattdessen macht sie ihm immer eine Szene und spielt danach vorne mit Harry und Gaby Billard als wär nichts gewesen.«

Diesmal war es Gertrud, die unkonzentriert auf den Fernseher über Willms Kopf schaute. Dort lief eine Dokumentation über den Untergang der *Wilhelm Gustloff*. »Geschichtsporno« war Gertruds Begriff für diese Altmännersendungen, in denen Divisionen, Kanonen, Tote und Gefangene akribisch gegeneinander aufgerechnet wurden. Ihr Vater würde sich die Sendung über die *Gustloff* bestimmt ansehen, dachte sie, und es machte ihre Laune auch nicht besser.

Sie zahlte und ging.

November 1999, Philippinen

Die Hütten stehen dicht an dicht: graues Wellblech, verwittertes Holz, vor jeder Hütte ein quadratischer Stein. Darauf steht normalerweise eine Schüssel. Darin wird gewaschen, gerührt, ausgelesen; um sie wird gehockt, gearbeitet, geschwatzt, gelacht. Aber nicht jetzt, da der Regen die Wege in Bäche verwandelt hat, in denen Unrat treibt, eine stinkende, schmutzigbraune Brühe. Es riecht nach Essen, Fäkalien, Müll.

In einer der Hütten hockt im dämmrigen Licht der Türritze der Mann vom Krankenhaus. Er hat die Arme um die Beine geschlungen und das Kinn auf die Knie gelegt. Er schaukelt ein wenig vor und zurück. Draußen steht sein kaputtes Tricycle im Schlamm.

Er ist Taxifahrer, eigentlich befördert er alles, was man mit so einem Fahrzeug befördern kann. Jetzt ist sein Tricycle kaputt, und er hat keine Arbeit mehr, weil er die Reparatur seines Fahrzeugs nicht bezahlen kann.

In der Hütte gibt es nicht viel. Ein paar Gummimatten stehen aufgerollt in einer Ecke, es gibt einen Gaskocher, einen Tisch, drei Plastikstühle, einen blauen Müllsack mit Hosen und Hemden der Familie. An der Wand hängt ein ausgebleichtes Bild: die Muttergottes mit dem Christuskind. Eine Glühbirne baumelt von der Decke, in der Mitte ein Ventilator, der die feuchtwarme Luft verrührt. Ein Plastikschränkchen beherbergt Seife, Werkzeug, ein wenig blechernen Schmuck.

Der Mann schaukelt noch immer hin und her. Die Muttergottes schaut milde auf ihn herab, aber er bemerkt sie nicht. Seine Schultern zucken. Er schluchzt. Das Wasser rauscht draußen auf dem Dach und übertönt die Geräusche, die sonst aus jeder Ritze der dünnwandigen Hütten dringen.

Nach einer langen Weile hält der Mann inne. Er öffnet den blauen Müllsack und wühlt darin herum. Schließlich zieht er ein Baumwollkleid heraus. Der Größe nach mag es einem Mädchen von etwa sieben oder acht Jahren gehören. Er hebt es an seine Nase, riecht daran. Dann presst er es an sich, vergräbt sein ganzes Gesicht darin, atmet tief ein.

Die Tür geht auf. Die Frau mit dem Kleinkind bückt sich unter der niedrigen Tür und betritt die Hütte. Sie hat das Kind in einem Tuch fest an ihren Körper gewickelt. Es schläft.

»Warum bist du weggelaufen? Ist es besser, hier mit dem Kleid deiner Tochter in der Hand herumzusitzen, als im Krankenhaus bei ihr zu sein?«

Er schweigt.

Die Frau lässt sich auf einen der Plastikstühle fallen.

»Sie wird sterben.«

»Nein, wird sie nicht.«

»Und warum sitzt du dann hier und weinst?«

Er schweigt.

»Sie spuckt Blut.«

»Sie hat Tuberkulose, das kann man heilen.« Seine Stimme klingt schwach, der Kloß sitzt fest in seinem Hals.

Die Frau lacht auf. »Ja, wenn du 30 000 Pesos hast, kannst du sie heilen. Aber du hast ja nicht mal mehr einen Job! Das Auto ist kaputt und wir haben kein Geld es zu reparieren! Wir haben gar nichts!«

Sie weint. Das Kleinkind brüllt.

Der Mann steht auf, blickt einen Moment hilflos auf die Muttergottes und geht hinaus in den Regen. Seine Füße platschen in das Wasser. Je weiter er sich von der Hütte entfernt, umso schneller wird er.

»Ja, weglaufen, das kannst du!«, schreit die Frau hinter ihm her.

Montag, 10. Juli 2000

Sie sahen alle aus wie Schulkinder am Anfang der letzten Woche vor den großen Ferien: erschöpft, aber gespannt, unkonzentriert und voll unterschwelliger Furcht vor den Zeugnissen.

Er hatte aber keine Zeugnisse für seine Mannschaft und hätte ihnen ebenso gut jetzt schon freigeben können. Die Sommerflaute hatte bereits eingesetzt. Es gab keine neuen

Fälle, nur Altlasten, die man aufarbeiten, Akten, die man sortieren und Berichte, die man schreiben konnte. Musste. Und er würde es tun, das hatte sich Stephan Möllenkamp fest vorgenommen. Wer wusste schon, wann er jemals wieder dazu käme, wenn es auf dem Bau erst so richtig losging?

»Was macht man zuerst, wenn der Maurer vom Gerüst gefallen ist? Man nimmt ihm die Hände aus den Hosentaschen, damit es wie ein Arbeitsunfall aussieht.«

Wilfried Bleeker konnte es nicht lassen. Wie immer saß er übernächtigt, aber lässig und tadellos in einen schwarzen Anzug gekleidet im Stuhl. Sein Gesicht trug ein schiefes Grinsen zur Schau, als wenn er sich die Sache hier nur einmal unverbindlich ansehen wollte.

»Wilfried, immer wieder denk ich, wie schön es wäre, wenn sie dich am Ende doch nicht aus dem Kofferraum gezogen hätten.«

Anja Hinrichs, die ewig schlecht gelaunte Kollegin, ging wie immer zu weit, aber im Stillen musste Möllenkamp ihr gerade recht geben.

»Jetzt reißt euch noch eine Woche zusammen, dann könnt ihr in Palma oder Antalya wieder richtig ermitteln. Zum Beispiel, wer Eure Ray-Ban-Sonnenbrille im Waschraum vom Megapark geklaut hat«, versuchte Möllenkamp die Mannschaft zu motivieren.

»Respekt, Alder«, gab Bleeker von sich, wobei er das »R« besonders lange rollen ließ. »Aber isch setz meine Sonnenbrille nicht mal beim F…«

Gerade rechtzeitig, um den Gebrauch schlimmer Worte in den sachlichen Räumen der Leeraner Polizeiinspektion zu ersticken, öffnete sich die Tür und Kriminaloberrat Thomas

Hinterkötter schob sich herein. Der Vizechef der Polizeiinspektion Leer und Chef des Zentralen Kriminaldienstes trug zum weißen Kurzarmhemd eine Krawatte mit Palmen. Für seine Verhältnisse war dies eher modisch dezent, meteorologisch aber umso verwegener, als die Außentemperaturen es gerade mal in den zweistelligen Bereich geschafft hatten. Zu den Eigenheiten des Westfalen gehörte es, die Jahreszeiten strikt am Kalender festzumachen und sich ungeachtet der tatsächlichen Wetterverhältnisse entsprechend zu kleiden.

Johann Abrams Gesicht verriet keine Regung, obwohl Stephan Möllenkamp sicher war, dass hinter seiner Stirn etwas vor sich ging. Hinter Abrams Stirn ging immer etwas vor sich. Abram würde nächste Woche auf jeden Fall fehlen, denn er hatte schulpflichtige Kinder. Auch Hinterkötter würde die Schulferien seines zehnjährigen Sohnes als Vorwand nutzen, um gemeinsam mit dem Landrat sein Handicap zu verbessern. Dann war da noch Edda Sieverts, die ebenfalls ihren Jahresurlaub beantragt hatte, obwohl sie kinderlos war. Doch die Vermarktung einer neuen Aloe-Vera-Sonnencreme aus der von ihr nebenberuflich vertriebenen Pflegeserie nahm zu dieser Zeit natürlich Fahrt auf. Für Nebensächlichkeiten wie die Unterstützung kriminalpolizeilicher Arbeit hatte sie nun wirklich keinen Kopf.

»Wie planen Sie denn den Einsatz am Freitag«, ließ sich Thomas Hinterkötter gewollt beiläufig vernehmen, kaum dass er sich auf dem für ihn reservierten Platz ganz vorne niedergelassen hatte.

Die Kollegen sahen sich verwirrt an. Wusste ihr Chef von einer Drogenrazzia, oder konnte er Mordfälle voraussehen?

Möllenkamp überlegte fieberhaft, wie er herausbekommen konnte, worauf die Frage zielte, ohne sich vor seiner Mannschaft eine Blöße zu geben.

Wie so oft rettete ihn Johann Abram.

»Der Einsatz am Denkmal fällt üblicherweise nicht in die Zuständigkeit der Kriminalpolizei, Herr Kriminaloberrat.«

»Das ist aber der Gefahr für Leib und Seele der jungen Schulabgänger nicht angemessen«, gab Hinterkötter barsch zurück. An Möllenkamp gewandt sagte er: »Die Teilnehmer dieser unangemeldeten Demonstration werden bestimmt jede Menge Betäubungsmittel mit sich führen. Da sollten wir hier zum Schutz der Jugend schwerere Geschütze auffahren. Bei der Denkmal-Demo mischen doch organisierte Banden mit.«

Heitere Unruhe machte sich im Raum breit. Hinterkötters Gesicht verfärbte sich bedrohlich, so dass sich Möllenkamp, dem immer noch nicht klar war, worum es eigentlich ging, zu einer Deeskalation genötigt sah. »Ich werde mich persönlich mit einigen Kollegen in Zivil unters Volk mischen und die Lage beobachten«, formulierte er vage.

Thomas Hinterkötter blickte ihn misstrauisch unter zusammengezogenen Augenbrauen an, nickte dann aber und ließ es dabei bewenden.

* * *

»Was zum Teufel hat es mit dieser Demonstration auf sich?«, fragte Möllenkamp Abram, nachdem alle anderen den Raum bereits verlassen hatten.

»Die Schüler der Leeraner Schulen treffen sich nach der Zeugnisvergabe in der Mühlenstraße am Denkmal, um das Ende des Schuljahrs zu feiern. Klar sind da Drogen im Spiel, meistens legale, aber natürlich wird da auch gekifft und ein bisschen gedealt. Manche schlagen über die Stränge. Vor allem die Abiturienten, die sind ja meist schon seit Wochen im Feiermodus. Tja, das ist eigentlich alles.«

»Und das ist eine Gefährdung der öffentlichen Sicherheit und Ordnung?«

»In den Augen unseres Vize, ja.«

»Wofür wird da demonstriert? Ferien und Freibier für alle?«

»Du hast es in etwa erfasst.«

»Oh Mann«, stöhnte Möllenkamp, der auf nichts weniger Lust hatte als auf Horden betrunkener Jugendlicher.

»Ähm, also unser Flieger nach Palma geht schon abends ab Hamburg…«

»Wen soll ich dann mitnehmen?«

»Anja und Wilfried. Die freuen sich bestimmt. Ich glaube, Wilfried geht eh immer hin. Der fühlt sich bei sowas ja wohl.« Abram grinste sarkastisch, ein seltenes Indiz dafür, dass hinter der Fassade des braven Familienvaters ein bösartiger Humor lauerte.

»Danke auch. Du bist ein echter Kollege, auf den man sich verlassen kann.«

»Da nicht für. Du kannst gern an meiner Stelle die Koffer packen und mit meinen Kindern diskutieren, ob sie ihre komplette Lego- und Barbiesammlung mit in den Urlaub nehmen dürfen.«

»Mir kommen gleich die Tränen.«

Möllenkamp grummelte noch, als er die Treppe hinunterging. Er würde Meike fragen, was sie über die Denkmal-Demo wusste. Zum ersten Mal in seinem Leben sehnte er ein schweres Verbrechen herbei.

* * *

Da partout niemand an diesem Montag ein schweres Verbrechen begehen wollte, beschloss Stephan Möllenkamp nach drei Stunden Büroarbeit seinem Tagewerk noch einen sinnvollen Abschluss zu verpassen.

Er würde Einkaufen fahren, und das würde er erledigen wie ein Mann: kistenweise Getränke, Großpackungen an Konserven und Spaghetti, einen Jahresvorrat an Klopapier und Tempotaschentüchern. Dazu konnte Meike dann ja ihre einzelnen Salatblättchen, Bärlauch und französischen Rohmilchkäse vom Wochenmarkt beisteuern.

Pfeifend setzte Möllenkamp sich ins Auto und fuhr los.

Er sah ihn schon, als er sich der Einfahrt von Multi Süd näherte. Er stand, wo er immer stand, mit einer Ausgabe der neuesten *Ossi* in der Hand. Nicht, dass er etwas gegen die »Ostfriesen in Sozialen Schwierigkeiten«-Initiative gehabt hätte, aber er fühlte sich von diesem freundlichen Südosteuropäer verunsichert. Er hatte ihm zwei-, dreimal eine Zeitung abgekauft, festgestellt, dass es immer um dieselben Themen ging, und ihn dann ignoriert. Die plakativen Beiträge über wachsende Armut, korrupte Politiker und den überall lauernden Rechtsextremismus wiederholten sich und langweilten ihn. Aber dann war ihm einmal ein Paket Eismeershrimps aus dem Einkaufskorb gefallen, und der Albaner, oder was immer er sein mochte, hatte es aufgehoben und ihm hinterhergetragen. Seitdem grüßte der Mann ihn lächelnd, als seien sie alte Freunde, und Möllenkamp brachte es nicht mehr über sich, an ihm vorbeizugehen, ohne ihm das Markstück aus seinem Einkaufswagen zu geben.

Während er ihm das Geld in die Hand drückte und dabei gequält zurücklächelte, machte sich eine tiefe Unsicherheit in ihm breit. Er war eine Führungskraft, er musste sich menschlichen Herausforderungen stellen und auch Menschen enttäuschen können, wenn es notwendig war. Er rechnete sich aus, was dieser Mann am Tag einnehmen mochte, wenn nur jeder Fünfte ihm sein Markstück gab. Oder jeder Zehnte…

Möllenkamp hatte an sehr schwachen Tagen sogar mit dem Gedanken gespielt, zu einem anderen Supermarkt zu fahren und dort die Wochenendeinkäufe zu erledigen. Aber da war sein Stolz vor. So stieg er nach jedem Besuch bei Multi mit dem Gefühl einer Niederlage in sein Auto und hegte im Stillen einen kleinen Groll gegen diesen Mann, der ihm nicht einmal den Gefallen tat, unsympathisch zu sein.

Zähneknirschend öffnete Möllenkamp die Tür seines grünen Escort und ließ sich auf den Fahrersitz fallen. Als er den Wagen rückwärts aus der Parklücke gelenkt hatte und langsam über den Parkplatz zur Ausfahrt rollte, entdeckte er noch ein bekanntes Gesicht, das er heute ungern hatte sehen wollen. Er erkannte den kleinen, drahtigen Mann schon an seinem nervösen Gefuchtel. Nirgendwo hatte er Enno Saathoff, den Landrat des Landkreises Leer, weniger erwartet, als auf diesem Parkplatz. So einer war doch kein Typ, der selbst einkaufen ging. Und wie war er überhaupt hierhergekommen, nachdem man ihm wegen einer Trunkenheitsfahrt den Führerschein entzogen hatte? Möllenkamp stoppte und hielt Ausschau nach Dienstwagen und Fahrer des Landrats, konnte aber nichts entdecken.

Die Angelegenheit, in der Saathoff hier war, schien trotzdem dringend zu sein. Er redete eindringlich auf einen älteren Mann ein, der mit verschränkten Armen und unbewegtem Gesicht vor einem Wagen stand. »Fahrschule Rosema« stand in gelben Lettern an dem schwarzen Golf.

Stephan Möllenkamp konnte sich ein Grinsen nicht verkneifen. Der Landrat nahm doch nicht etwa noch ein paar Stunden, um sich auf die Medizinisch-Psychologische Untersuchung, landläufig »Idiotentest« genannt, vorzubereiten? Allein die Vorstellung amüsierte ihn so sehr, dass er bester Laune nach Hause fuhr.

* * *

Simon hockte auf seinem Koffer. Seit dem Mittagessen saß er darauf und rührte sich nicht von der Stelle, als wartete er, dass es endlich losging.

Aber es würde nicht losgehen.

Seine Mutter saß unten in der Küche und heulte. Antonia hatte sich in ihrem Zimmer eingeschlossen. Wahrscheinlich schrieb sie Tagebuch.

Immer schrieb sie alles auf. Wozu eigentlich? Glaubte sie, dass sie sich später nicht mehr daran erinnern würde, dass ihr Vater auf dem Fußballplatz tot umgefallen war, dass es einen riesigen Aufruhr gegeben hatte und der Krankenwagen gekommen war? Konnte man je vergessen, wie Mama aus dem Krankenhaus wiedergekommen war und geweint hatte und dass sie immer noch weinte und vermutlich nie wieder damit aufhören würde?

Es läutete. Simon rannte nach unten, um die Tür zu öffnen. Endlich passierte mal etwas. Die ganze Heulerei war ja nicht auszuhalten.

Ein Mann stand dort, einen Koffer in der Hand. »Hallo, junger Mann«, sagte er und legte seine freie Hand auf Simons Kopf. Seine Stimme war so weich wie ein Maoam, das einem zu lange in der Hosentasche gesteckt hatte. »Ich bin von der Versicherung. Ist deine Mama vielleicht zu sprechen?«

Simon überlegte kurz, ob er dem Mann in die Hand beißen sollte. Er hasste es, »junger Mann« genannt zu werden. Doch dann tauchte Mama auf, mit ganz verquollenen Augen, und bat den Mann in die Küche.

Die Tür schloss sich. Simon hörte Kaffeetassen klappern, dann leises Reden. Er presste sein Ohr an die Tür, um etwas zu verstehen.

»Frau Fokken, ich will ganz offen zu Ihnen sein. Ihr Mann hat die Lebensversicherung erst vor sechs Wochen abgeschlossen. Sein plötzlicher Tod ist – wie soll ich das sagen – nun doch unerwartet gekommen…«

So sehr Simon sich auch gegen die Tür drückte, er konnte nicht hören, ob Mama etwas sagte. Dafür fuhr nach einer Weile der Versicherungsmann fort: »Damit ist ja noch nicht gesagt, dass Sie die Versicherungsleistung nicht ausbezahlt bekommen werden. Aber bei so einer Summe, da sind wir verpflichtet, genau nachzusehen, ob es sich wirklich um einen natürlichen Tod handelt.«

Wieder hörte Simon nichts. Sein Ohr tat ihm schon weh, so sehr quetschte er es gegen die Tür.

»Das ist kein Misstrauen gegen Sie persönlich. Wir haben da einfach unsere Regularien. Und wenn alles mit rechten Dingen zugegangen ist, dann können Sie Ihren Mann beisetzen und werden selbstverständlich jede Unterstützung der Oldenburgisch-Hannoverschen Versicherung bekommen.«

Dann sagte Mama doch etwas. Sie flüsterte, es war kaum zu verstehen. »Wenn wir das Geld nicht bekommen, dann wird das Haus zwangsversteigert und wir stehen auf der Straße.«

Jetzt schwiegen beide eine lange Zeit. Schließlich räusperte sich der Mann.

»Ja, dann will ich mal wieder.« Es folgte eine kurze Verlegenheitspause. »Sie haben sicher noch eine Menge zu tun. Ich wünsche Ihnen viel Kraft für die nächste Zeit, und machen Sie sich keine Sorgen. Das wird sich bestimmt alles aufklären.«

Simon hörte Stühlerücken und zog sich auf die Treppe zurück.

Kurz darauf saß er wieder auf seinem Koffer und dachte an die Schublade, in die Mama immer die ungeöffneten Briefe schob. Einmal hatte er die Schublade aufgemacht und die Briefe betrachtet. Sie sahen offiziell und wichtig aus. Auf einigen stand »Mahnung«, auf anderen stand nichts weiter als Adresse und Absender. Irgendwie hatte die Schublade bei ihm ein ungutes Gefühl hinterlassen.

Ein komisches Gefühl hatte er auch bei diesem Versicherungsmann. Was war ein »natürlicher Tod«? Dass Papa tot war, war überhaupt nicht natürlich. Er war einfach umgefallen, mitten auf dem Fußballplatz. Aber er war nicht erschossen worden oder sowas. Vielleicht hätte er dem Mann das nochmal sagen müssen.

Er nahm sein Star-Wars-Heft in die Hand und starrte auf den Titel: Die dunkle Bedrohung. Er schluckte. Er hatte das Heft von seinem Taschengeld extra für den Urlaub gekauft, wollte es im Flugzeug lesen, damit er sich nicht langweilte. Aber jetzt war Papa tot, und sie würden nicht nur nicht nach Mallorca reisen, sondern nie wieder irgendwohin. Und vielleicht mussten sie auch aus dem Haus ausziehen. Aber wo sollten sie denn hin, Mama, Antonia und er?

Simon legte das Gesicht in die Hände. Es tropfte auf das Star-Wars-Heft, wo Darth Vaders Laserschwert sich langsam zu wellen begann.

* * *

»Er liegt im Krankenhaus.«

»Müller?«, riet er aufs Geratewohl.

»Bingo.«

»Hast du ihm etwas angetan?«

»Aber nein, jetzt doch nicht mehr, wo das Ende abzusehen ist.«

»Wer war's dann?«

»Er hat eine Bandscheiben-OP, hat mir seine Frau erzählt. Es scheint keine Fremdeinwirkung vorzuliegen.«

Meike hatte teilweise schon den Polizistenjargon angenommen, wie Möllenkamp amüsiert registrierte.

»Wie lange bleibt er dort?«

»Mindestens eine Woche.« Ihr Lächeln war breit, sehr breit.

Auch Möllenkamp grinste. Eine Woche ohne die Nachstellungen und das Geschwätz ihres Nachbarn Müller, das war wie Weihnachten und Ostern auf einen Tag.

»Weißt du was? Wir holen jetzt unsere Liegestühle raus und legen uns nackt auf den Rasen. Wer weiß, wann wir die Gelegenheit wieder haben werden?«

Meike warf einen vielsagenden Blick nach draußen, wo ein rauer Wind gerade die Hortensien durchschüttelte. Der Regen der letzten Tage hatte den Rosen sehr zugesetzt, deren Blütenblätter ganz verklebt und bräunlich waren.

»Wie können wir denn dann mal über die Stränge schlagen«, fragte er. Ihm war, als hätte er sturmfreie Bude und keiner seiner Freunde könne für eine Spontanparty vorbeikommen.

»Keine Ahnung. Wir haben ja noch eine Woche Zeit. Übrigens müssen wir am Samstag nach Ihrhove, es ist der Todestag meines Vaters.«

Möllenkamp schwieg. Immer wenn es um Meikes Familie ging, zählte er lieber bis zehn, bevor er etwas Unüberlegtes sagte. Ein spontanes »Muss das denn schon wieder sein« konnte schnell einen ganzen Abend verderben. Dennoch ging in seinem Kopf die Frage um, was schlimmer war: ein Nachmittag bei seiner Schwiegermutter oder ein Nachmittag mit Nachbar Müller. Allerdings hatte er noch nie einen Nachmittag mit Müller verbringen müssen. Kurz streifte ihn der irre Gedanke, er könne ja mal Müller im Krankenhaus besuchen, um seinen Überlegungen eine empirische Grundlage zu geben.

Meike, die bereits das Abendbrot zubereitete, sagte: »Ich habe heute mit Werner telefoniert.«

Werner. Werner… Oh nein, Werner!

»Werner Groll. Unser Bauleiter. Für unser zukünftiges Heim in Esklum.« Sie sah ihn mit hochgezogenen Augenbrauen an.

»Er meint, für die Glaskonstruktion auf der Terrasse brauchen wir eine Baugenehmigung.«

»Na, dann soll er doch eine Baugenehmigung besorgen. Dafür ist er Bauleiter«, grummelte Möllenkamp, dem schon die Erwähnung des Namens Groll ein schlechtes Gefühl bereitete.

»Okay, ich sag's ihm.«

Die Entdeckung, dass Meike Anisbrötchen von Bäcker Aits mitgebracht hatte, lenkte ihn kurzzeitig von der Unruhe ab, die der Name Werner Groll in ihm ausgelöst hatte. Voller Vorfreude bestrich er die safrangelben, weichen Gebäckstücke mit Butter, verdrängte den Gedanken an das, was sie an seiner Taille anrichten würden, und biss in die duftenden Brötchen hinein…

Ha! Und da war es!

»Was hast du nochmal gesagt, hat Groll gesagt?«

Meike, die seinen krummen Gedankengängen meist folgen konnte, wiederholte: »Dass wir für die Glaskonstruktion auf der Terrasse eine Baugenehmigung brauchen.«

»Welche Glaskonstruktion«, fragte er lauernd.

Meike blickte ratlos. »Ja, gute Frage. Ich dachte, du wüsstest es…«

Möllenkamp erinnerte sich an den Vorschlag, den Groll ihm am Samstag gemacht hatte, und der eine aquariumartige Einfassung der gesamten Terrasse vorsah, damit kein Windhauch die Sitzecke erreichen konnte. Blumendüfte und die Geräusche von Vögeln oder Bienen wären damit freilich auch ausgesperrt, und mit »draußen sitzen« würde das Ganze dann nichts mehr zu tun haben. Möllenkamp hatte den Vorschlag daher auch gar nicht weiter kommentiert. Doch das hatte sich als Fehler erwiesen, weil Werner Groll die nicht ausdrücklich abgelehnte Planung offenbar im Stillen vorangetrieben hatte.

»Der Typ ist nicht nur unfähig, sondern auch gemeingefährlich«, platzte es aus ihm heraus. »Ich hab's dir ja gleich gesagt, dass es eine Scheißidee war, einen Bekannten als Bauleiter zu nehmen. Wenn der wenigstens noch Verstand hätte!«

Meike knallte ihr Brötchen auf den Teller. »Jetzt hör mal auf! Was ist denn schon passiert? Wir rufen ihn an und sagen ihm, dass wir so eine Glaskonstruktion nicht wollen. Dann besprechen wir mit ihm, wie es sein soll und fertig. Worüber regst du dich so auf?«

»Ich rege mich auf, weil der Mann nicht im Ansatz versteht, was für ein ästhetisches Konzept wir mit dem Haus verfolgen. Mit seiner ganzen Bräsigkeit versucht der hintenherum, uns doch noch seine Toskanavilla mit Sauna im Keller und Dreifachgarage hinzustellen. Ich will nicht die ganzen nächsten Monate mit dem Gefühl leben, dass jedes Mal, wenn ich der Baustelle den Rücken kehre, irgendwo heimlich ein glasierter Dachziegel aufgelegt oder ein Aquarium um meine Terrasse herum gebaut wird, weil Herr Groll das ›viel praktischer‹ findet!«

Zum Schluss war er laut geworden. Die Baustelle machte ihm Stress, noch bevor dort ein einziger Stein auf den anderen gelegt worden war.

Meike sah ihn mit zusammengezogenen Brauen an. »Kann es sein, dass dich das Projekt überfordert?«

Möllenkamp antwortete nicht. Er war nicht überfordert, er hatte Angst. Aber was nutzte es? Sie mussten das Beste daraus machen. Zum Glück waren bald Sommerferien, dann hatte Meike ja viel Zeit, den verrückten Groll zu kontrollieren.

»Sag mal, weißt du etwas über diese Denkmal-Demonstration?«

»Nein, was soll das sein«, fragte Meike. »Wogegen wird da demonstriert?«

»Da treffen sich angeblich die Schüler der Abgangsklassen aller Leeraner Schulen am Kriegerdenkmal in der Mühlenstraße, um zu demonstrieren. Mein Chef glaubt, dass hier in großem Stil mit Rauschgift gehandelt wird. Er will, dass wir die Demo kontrollieren.«

Meike starrte ihn an und brach dann in Gelächter aus.

»Jau Mann, die sind echt gefährlich, die Schüler. Versammeln sich da einfach am Denkmal, saufen bis zum Umfallen und lassen den Joint kreisen, weil endlich Ferien sind. Am besten nehmt ihr alle vorsorglich fest.«

Möllenkamp wurde das nun ein bisschen zu sehr »legal, illegal – scheißegal«, und er wandte ein: »Na ja, es soll dabei aber auch schon zu ziemlichen Sachbeschädigungen gekommen sein.«

»Ja, und hinterher liegen jede Menge Flaschen und Zigarettenpackungen und McDonald's-Tüten in der Gegend herum.

Das finde ich auch nicht gut, und ich rede mit meinen Schülern darüber. Aber man muss ja mal die Kirche im Dorf lassen: Das passiert einmal im Jahr! Die Kripo hat da echt nix verloren.« Und nach einer Pause: »Habt ihr sonst nichts zu tun?«

Möllenkamp zuckte mit den Schultern. »Du wirst lachen, nein. Das Verbrechen macht auch Sommerpause.«

»Seid ihr nicht sogar für Selbstmorde zuständig?«

Sein »Ja« war langgezogen und hob sich am Ende zu einer Frage.

»In meiner 6. Klasse ist Antonia Fokken, die Tochter von dem Fußballspieler, der am Samstag auf dem Platz kollabiert ist. Du warst doch auch dort.«

»Ja, und?«

»Erst mal heißt es: Die Ärmste, die macht jetzt sicher eine furchtbare Zeit durch. Wie geht es ihr denn? Und dann antworte ich: Es geht ihr sehr schlecht, sie musste den Tod ihres Vaters mit ansehen und steht immer noch unter Schock. Dann munkelt man auch noch, dass die Versicherung den Verdacht hat, dass es sich nicht um einen natürlichen Todesfall handelt, sondern um Selbstmord, und Nachforschungen anstellt. Und wenn das so ist, dann landet das sicher demnächst auf deinem Schreibtisch, oder nicht?«

»Wenn es ein Selbstmord wäre, würden wir ihn zur Bearbeitung kriegen. Aber ich war doch dabei, als er starb. Was sollte das für ein Selbstmord sein, bei dem man auf den Fußballplatz umkippt?« Er grübelte ein wenig und fragte dann: »Munkelt man in der Schule auch über die möglichen Gründe für einen Selbstmord?«

»Na ja, den Fokkens soll es finanziell nicht gerade gut gegangen sein. Du merkst ja auch als Lehrerin, wer das Geld hat, seinen Kindern die neuesten Trendklamotten und Schnickschnack zu kaufen und wer nicht. Umso erstaunlicher war es, dass die Familie jetzt nach Mallorca in Urlaub fliegen wollte. Antonia hat sich wahnsinnig darauf gefreut. Die Ärmste.« Meike seufzte.

Möllenkamp strich sich mit der Hand über das Kinn, an dem die dunklen Bartstoppeln sich trotz morgendlicher Rasur bereits wieder hervorwagten. »Wenn ich mich umbringen wollte, würde ich mich erhängen oder erschießen oder von einer Brücke springen. Aber was hat er gemacht, dass er auf dem Fußballplatz stirbt? Das kommt mir alles nicht plausibel vor.«

»Na, die Obduktion wird es schon ans Licht bringen, wenn da etwas nicht stimmt«, schloss Meike und holte eine Flasche Weißwein aus dem Kühlschrank.

Ohne substanziellen Verdacht gibt es keine Obduktion, dachte Möllenkamp.

November 1999, Philippinen

Sie sitzen in einem Café an einer Straßenecke auf weißen Plastikstühlen. Auf dem Tisch steht eine Falsche Gin, made in the Philippines. Es wird viel Gin getrunken in diesem Stadtviertel, in dem es sich keiner leisten kann, sich mit Bier zu betrinken. Der kleine Jomel in seiner fleckigen Arbeitshose hat tiefe Falten im Gesicht und von der ständigen Schichtarbeit im Fischereihafen rote, halb zugeschwollene Augen, die jetzt befeuert vom

Gin in einer falschen Munterkeit glänzen. Der dünne Luis hat mit seinen Kampfhähnen, die er besser behandelt als seine Kinder, am Nachmittag gewonnen. Der Gin auf dem Tisch geht heute auf seine Rechnung. Und Russel, der so dünn ist, dass man ständig erwartet, ihn auf seinen dünnen Beinchen zusammenbrechen zu sehen, hat wieder einmal seine Frau verprügelt und spült jetzt sein schlechtes Gewissen herunter. Als Mariano herantritt, wird er mit großem Hallo begrüßt. Der Alkohol hat die Freunde kurzzeitig vergessen lassen, dass Marianos Tochter im Krankenhaus liegt, und so erkundigt sich keiner nach ihr. Darum trinken sie ja auch, damit sie solche Sachen vergessen. Zum Beispiel, dass sie seit Jahren im Slum hausen, dass sie immer nur arbeiten: sieben Tage die Woche, ohne Pause, ohne Urlaub, ohne Fortschritt. Dass ihre Kinder es nicht besser haben werden als sie. Und dass ihre Existenz an einem seidenen Faden hängt. Jede Krankheit, jeder Arbeitsunfall, jede Kündigung kann das Ende bedeuten.

Aber Mariano ist so bedrückt, dass es ihnen irgendwann doch auffällt. Er hat schon drei Gläser Gin getrunken und noch immer kein Wort gesagt.

»Wie geht es Amihan?«

»Sie hat Tuberkulose.«

»Das kann man heilen.«

»Das kostet 30 000 Pesos.«

Sie schweigen. Jemand bestellt die nächste Flasche.

»Was ist mit deinem Tuk Tuk?«

»Kaputt.«

»Was hat er?«

»Die Einspritzpumpe.«

»Was arbeitest du?«

»Nichts.«

»Ist ja auch mal schön«, versucht Russel einen Scherz und entblößt ein paar braune Zähne. Doch niemand lacht.

Jomel legt die Stirn in noch tiefere Falten. »Bist du nicht mal zur See gefahren? Warum hast du damit aufgehört?«

»Das Schiff ist gesunken.«

»Wie viele sind ertrunken?«

»Alle. Bis auf mich.«

Mariano hält Jomel sein Glas hin. »Was ist passiert?«

»Ein Sturm. In der Karibik. Die Container haben sich gelöst, das Schiff ist gesunken.«

»Hast du eine Entschädigung gekriegt?«

Mariano lacht nur. »Sie haben mich befragt. Ich habe ihnen gesagt, was ich wusste. Es gab ein paar Dollar, davon habe ich den Wagen gekauft. Es war gut, es hat gereicht. Bis Amihan krank wurde und die Einspritzpumpe kaputtging. Jetzt ist alles futsch.«

Und bevor Jomel etwas fragen kann, sagt er noch schnell: »Ich geh nicht wieder auf ein Schiff.«

* * *

Er kommt erst in den frühen Morgenstunden nach Hause. Mayari schläft, das Kind jammert im Traum. Es hat einen Ausschlag, von dem sie hoffen, dass er von allein wieder weggeht, weil sie nicht wissen, wie sie die Behandlung bezahlen sollen. Sie können sich schon nicht die eine kranke Tochter leisten, erst recht nicht zwei.

Schwankend holt er seine Matte aus der Ecke und rollt sich so zusammen, dass Mayari seinen Atem nicht riechen kann. Es ist unsinnig, sie weiß sowieso, dass er getrunken hat, wenn er die ganze Nacht nicht nach Hause kommt. Aber sie muss ganz früh raus, weil sie seit Kurzem in einem Bürohaus putzen geht. Das verschafft ihm eine Frist bis zum Abend, bis er sich ihren Vorwürfen stellen muss.

Als er wach wird, prasselt das Wasser noch immer auf das Blechdach. Er ist allein. Mayari hat das Kind mit zur Arbeit genommen. Sein Rausch war so tief, dass er nichts gehört hat. Zu dem Schmerz in seinem Kopf gesellt sich der Durst. Sein Körper schreit nach Wasser. Er sieht sich nach dem Kanister um. Der ist fast leer. Das ist Mayaris Rache. Sie füllt sonst immer den Kanister auf, bevor sie geht.

Während er mit dem Behälter zur Wasserstelle geht, ist es ihm, als falle jeder Regentropfen mit einem kleinen, kalten Stich durch seine Kopfhaut direkt in sein Gehirn. Im Alkoholnebel erscheint verschwommen das Bild eines Schiffs. Es ist das Schiff, auf dem er vor langer Zeit gefahren ist, als er noch Seemann war, und das im Regen und Sturm unterging. Er sieht sich wieder, allein auf einem umgedrehten Rettungsboot treibend, ohne zu wissen, wie er dahin gekommen ist. Er klammert sich an einen Seesack, den ihm der zweite Offizier gerade erst zugeworfen hat, bevor er auf dem Schiffsdeck verschwand. Er hat ihn nicht wiedergesehen.

Als sie ihn nach 48 Stunden aus dem Wasser gefischt haben, dehydriert und halluzinierend, wusste er kaum mehr seinen Namen. Aber er wusste genau, dass er nie wieder zur See fahren würde. Wenn er Geld gehabt hätte, wäre er sogar ausgewandert, irgendwohin, wo es keine Regenzeit gibt. Aber er hatte kein Geld, und so muss er den gnadenlosen Regen immer noch aushalten, für den Rest seines Lebens.

Als er mit dem Kanister zurückkehrt, bleibt er in der Mitte der Hütte stehen. Unterhalb des Wellblechdachs gibt es eine Konstruktion aus überkreuzten Bambusstäben. Ein paar Holzlatten sind darübergelegt. Sie bilden eine Art Zwischenboden. Er steigt auf einen Plastikstuhl. Dort liegt der Seesack. Stockfleckig ist er und riecht schimmlig. Er öffnet ihn und blickt hinein. Erwartet er, dass wie bei Aladin ein Geist erscheint und ihm Wünsche erfüllt? Wie lächerlich. Was an Geld darin war, hat er längst ausgegeben, die Kleider verkauft, schon vor Jahren. Es ist nur noch diese Dose mit den vollgeschriebenen Heften darin, die er nicht lesen kann, und mit der Filmrolle. Er hat die Fotos nicht entwickeln lassen. Überflüssiger Luxus. Aber vielleicht, wenn er sie der Familie des zweiten Offiziers schickt, geben sie ihm ein wenig Unterstützung dafür. Es ist schließlich eine Erinnerung.

Nachdenklich starrt er auf die Hefte. Die Schrift ist noch gut lesbar, an einigen Stellen etwas verschwommen. »Gustav Fokken« steht vorne darauf, und »MS Anne Kuhlmann« und »1984«. Das ist schon so lange her, vielleicht lebt die Familie nicht mehr.

Er macht sich auf zu Jomel. Der muss erst am Nachmittag in den Hafen. Vielleicht kennt er jemanden, der die Hefte lesen kann.

Dienstag, 11. Juli 2000

Die Führungskräfte der Reederei Schipper warteten bereits seit einer halben Stunde. Der Kaffee hatte seine Hitze verloren, dafür die Bitterstoffe seines Aromas breit entfaltet. Die ursprüngliche Zurückhaltung gegenüber dem Keksteller in der Mitte des Besprechungsraums war einer nervösen Gier gewichen. Jeder schielte nach den Schokoladenkeksen, die sich inzwischen bedenklich reduziert hatten. Alle Freundlichkeiten waren ausgetauscht, der Smalltalk über das Wetter und die Witze über besonders misslungene Jubiläumsveranstaltungen anderer Firmen waren beendet.

Herta Albrecht dachte daran, den Besprechungsraum zu verlassen. Doch ihre Probezeit war noch nicht zu Ende. Auch wenn sie gelegentlich daran zweifelte, mit dem Wechsel von der Pressestelle des AKW Lingen zur Reederei Schipper die richtige Entscheidung getroffen zu haben: Sie musste und wollte mindestens zwei Jahre durchhalten. Immerhin war sie hier in eine Führungsposition aufgerückt und verantwortete neben der Öffentlichkeitsarbeit auch die Veranstaltungen mit ihrem Team von vier Mitarbeiterinnen. In dieser Position wollte sie sich bewähren. Dann konnte man immer noch sehen, was sich ergab.

Das 150-jährige Jubiläum der Reederei war ihre erste große Bewährungsprobe, und sie hatte vor, sie bravourös zu bestehen.

Die Tür flog auf.

»Guten Morgen! Habt ihr nichts Ordentliches zu trinken? Wartet, ich hol euch etwas Anständiges. Monika, was für ein hübsches Kleid. Steht dir ausgezeichnet!«

Die Auszubildende errötete. Die hochgezogenen Augenbrauen der Kollegen im Besprechungsraum wichen nachsichtigem Lächeln. Kurze Zeit später kehrte der Geschäftsführer Peter Steppan mit einer Flasche Riesling und einigen Gläsern zurück. Sein Anzug war maßgeschneidert, seine Krawatte schmal. Das war wohl der kommende Trend.

»So, jetzt können wir uns auf diesen wichtigen Anlass angemessen einstimmen.« Er schenkte die Gläser halbvoll und reichte jedem eines, ohne zu fragen. Herta registrierte erstaunt, wie sich die Kollegen seinem Willen beugten.

»Herta, ich bin so froh, dass wir dich hier haben. Wir brauchen dich für das wichtigste Ereignis des Jahres. Und ich bin stolz, dass ich die Beste für diesen Job gewinnen konnte.«

Er hatte es wirklich drauf, das musste man ihm lassen. Dabei trug er immer viel zu dick auf. Er überrumpelte, statt zu überzeugen, und doch funktionierte es. Sie konnte es den Gesichtern der Kollegen ansehen.

Herta nickte freundlich und wappnete sich innerlich.

Gleich würden die Ansagen kommen.

»Momentan laufen die Geschäfte. Wir kontrollieren rund 110 Schiffe im In- und Ausland. Im letzten Jahr waren wir größter Einzelkunde bei deutschen Werften. Mit unserer Spezialisierung auf Projektladung schlagen wir zurzeit allen Mitbewerbern ein Schnippchen. Das ist eine gute Voraussetzung, um ein Jubiläum mit breiter Brust zu feiern. Schließlich sind wir die einzigen hier am Standort Leer, die auf eine so lange Tradition zurückblicken können.«

Der Vertriebschef Harald Smit hörte andächtig zu. Er bezog diese Lobeshymne wohl auch auf sich.

»In der Vergangenheit standen wir nicht immer so gut da, und es ist längst nicht gewiss, dass es auch in Zukunft so bleiben wird«, fuhr Peter Steppan druckreif fort. »Ihr wisst, dass wir in Konkurrenz zu allen großen Reedereien in Norddeutschland stehen. Wir sind nicht die Einzigen am Markt. Umso mehr ist unsere Jubiläumsfeier eine Gelegenheit, uns als Unternehmen überregional zu präsentieren. Ich will zeigen, dass die Reederei Schipper Tradition *und* Zukunft hat. Und ich will eine Party, die in Ostfriesland nicht so schnell vergessen wird. Unsere Herta hier«, er legte Herta den Arm um die Schulter, »wird in den kommenden Wochen die wichtigste Frau im Hause Schipper sein. Sie hat alle Vollmachten, auf eure Abteilungen zuzugreifen, wenn sie Unterstützung braucht.«

* * *

Er hatte sie in sein Büro gebeten. Auf dem Tisch lag eine Schachtel Cohibas. Das Rauchen von teuren Zigarillos passte irgendwie nicht zu seinem jugendlichen Auftreten. Es war, als hätte er versucht, sich eine Attitüde von Seniorität wie einen feinen Anzug anzuziehen. Ihr Blick fiel auf das teure Sideboard eines Schweizer Büromöbeldesigners mit Modellschiffen und zahlreichen Fotos. Die meisten zeigten Peter Steppan mit Geschäftspartnern, mit Freunden, Steppan vor, während und nach einem Marathonlauf, im Golfdress, auf einem Segelboot. Wer die Hauptfigur im Leben ihres Geschäftsführers war, war nicht schwer auszumachen.

Musste man so sein, wenn man nach oben kommen wollte? War es der Karriere hinderlich, wenn man nicht so gerne im Vordergrund stand? Sicherlich.

Aber das war im Moment nicht ihr Problem. Sie hatte eine Jubiläumsfeier auszurichten und brauchte außer salbungsvollen Worten ein paar klare Vorgaben.

»Peter, wie groß ist eigentlich unser Budget?«

»In unseren Haushalt sind dafür 150 000 Mark eingestellt.«

Hm, nicht wenig, aber für *die* Party Ostfrieslands nun auch nicht gerade viel, dachte Herta.

Er schien ihre Gedanken erraten zu haben. »Du kannst das Budget jederzeit mit Kooperationen aufstocken. An deiner Stelle würde ich das auch tun. Wir werden nämlich nicht nur die Party ausrichten, sondern auch noch einen Jubiläumsfilm drehen und eine Festschrift drucken lassen.«

Herta schnappte nach Luft. Gleich würde er noch eine Gedenkmünze, eine Briefmarkenedition und ein Denkmal in der Mühlenstraße fordern.

»Um das alles zu schaffen, müssen wir viel mit Bordmitteln machen. Am besten richtest du eine Projektgruppe ein. Für die historischen Sachen frag Theo, den Pförtner, der kennt sich da gut aus. Bis zum 13. März 2001 ist noch ein gutes halbes Jahr Zeit. Aber wir sollten schon ein erstes Save the date verschicken. Dafür brauche ich von dir möglichst schnell einen Verteiler mit den wichtigsten Gästen. Die müssen den Termin in ihren Kalendern blocken, vor allem die Politiker. Ich will den Wirtschaftsminister hier haben, den Seiters und den Collmann. Und noch etwas: Bitte lege die Projektteam-Sitzungen so, dass ich daran teilnehmen kann. Die Jubiläumsfeier ist von jetzt an Chefsache.«

Peter Steppan lächelte verbindlich und strich sich durch die welligen Haare. Seine Zähne blitzten. »Möchtest du noch einen Wein?« Er machte Anstalten aufzustehen.

»Nein, danke. Ich muss heute Nachmittag noch arbeiten.«

Steppan blickte sie jetzt ernsthaft an. »Genau darum habe ich dich geholt. Du hast Disziplin und wirst die Truppe zusammenhalten. Das kann bloß eine Frau wie du: mit Klugheit, Charme und Durchsetzungsvermögen. Nur dich kann ich in Verhandlungen mit Sponsoren schicken. Du wirst es großartig machen.«

Er strahlte sie aus blauen Augen an, dann hob er die Hand, und für einen Moment dachte sie, er würde ihr die Wange streicheln. Unwillkürlich wich sie zurück.

»Verflixt, ich habe einen Termin mit dem Alten«, entfuhr es ihm nach einem Blick auf die Uhr. Dann drückte er die Telefontaste: »Klara, ruf mir bitte ein Taxi.«

Als er weg war, saß Herta noch eine ganze Weile reglos in seinem Büro und dachte nach. Er hatte viel von ihr gefordert, aber auch seine Hilfe angeboten. Wobei: Mit Peter Steppan an Bord würde jede Projektteam-Sitzung doppelt so lange dauern, und nach dem Jubiläum konnte sie in einer Entzugsklinik einchecken. Wenn das hier gutgehen sollte, dann musste sie den Job sehr professionell angehen. Sie beschloss, zuerst einmal die gängigen Einladungsverteiler für Empfänge zu checken und sich später mit dem Pförtner über die Geschichte der Reederei zu unterhalten.

Mittwoch, 12. Juli 2000

Möllenkamp war tatsächlich mal wieder morgens laufen gegangen. Er wollte sich von seinem Bauleiter nicht auch noch die Gesundheit ruinieren lassen. Er war ein bisschen schwer in die Gänge gekommen, aber dafür hatte ihm bei seiner Rückkehr kein Herr Müller aufgelauert, um ihn auszufragen. Das war ja auch schon mal etwas wert.

Heute wollte Meike sich mit Herrn Groll treffen, um die Ausstattung der Bäder abzusprechen. Er hatte es ihr überlassen, ihrem »Freund« den Rundum-Fliesenspiegel bis unter die Decke auszureden und ihn davon zu überzeugen, dass die Wände außerhalb des unmittelbaren Spritzbereichs nur Kalkputz bekommen würden.

Als Möllenkamp auf den Parkplatz der Polizeiinspektion Leer fuhr, hatte sich seine innere Unruhe angesichts des Bauprojekts in Esklum immer noch nicht gelegt. Im Grunde war ihm klar, warum ihn das so umtrieb: Er hatte sonst nicht genug zu tun. Beim Akten sortieren und Berichte schreiben gingen einem einfach zu viele Dinge durch den Kopf. Er brauchte dringend einen Fall. Vielleicht sollte er versuchen, die Demonstration am Denkmal so ernst zu nehmen, wie es Hinterkötter tat.

Er betrat das Sekretariat des Fachkommissariats I, zuständig für Kapitaldelikte, zu denen neben Mord und Totschlag auch Sexual- und Betäubungsmitteldelikte, Brandstiftungen und Vermisstenfälle zählten. Hier fand man normalerweise Edda Sieverts bei einer wichtigen Tätigkeit wie dem Abfüllen von Aloe-Vera-Proben oder dem Organisieren von Tupperpartys. Möllenkamp wunderte sich ohnehin über die Geduld, mit der sich Hinterkötter die nebenberuflichen Eskapaden seiner Assistentin gefallen ließ.

Das Sekretariat war verwaist. Heute war keine Lagebesprechung angesetzt, und auf den Fluren der Polizeiinspektion war es still. Möllenkamp zog die Post aus seinem Postfach. Den Tupperware-Katalog legte er gleich in Wilfried Bleekers

Fach, wobei ein kleines Grinsen über sein Gesicht huschte, als er sich vergeblich vorzustellen versuchte, wie Bleeker etwas Praktisches in diesem Katalog fand.

Dann fiel ihm ein Fax in die Hände. Es kam von der Staatsanwaltschaft und informierte die Polizei darüber, dass im Falle des Todes von Fokko Fokken, geboren am 13.5.1967 in Leer, wohnhaft in Weener, Ermittlungen aufgenommen würden.

Hatte Meike doch Recht gehabt. Wieder dachte Möllenkamp an den Mann, der einfach auf dem Fußballplatz umgefallen war. Er war noch jung gewesen, erst 33 Jahre alt. Obwohl sein Bauch schon auf dem besten Weg zu dem medizinballgroßen Auswuchs gewesen war, den die Alten Herren auf dem Fußballplatz teilweise mit erstaunlicher Geschicklichkeit vor sich herschoben, konnte sich Möllenkamp einen Herzinfarkt kaum vorstellen. Einen Selbstmord allerdings auch nicht.

Wie auch immer, jetzt gab es Arbeit. In welchem Leeraner Krankenhaus mochte der Tote denn im Kühlraum liegen? Es musste veranlasst werden, dass er zu Dr. Schlüter in die Gerichtsmedizin in Oldenburg kam. Weil er sonst ohnehin nichts zu tun hatte, konnte er sich der Sache auch selbst annehmen.

* * *

»Was willst du denn hier?«, fragte Dr. Jörg Schlüter, als Möllenkamp zaghaft an die Blechtür klopfte.

»Ich wollte nur mal wissen, ob du schon was herausgefunden hast.«

»Dass ihr dauernd anruft und die Ergebnisse gestern haben wollt, bin ich ja gewohnt. Aber dass ihr jetzt auch noch anfangt, einen ehrbaren und fleißigen Gerichtsmediziner bis an seinen Arbeitsplatz zu verfolgen, ist ja wohl die Höhe. Hast du denn sonst nichts zu tun?«

»Nein«, gab Möllenkamp kleinlaut zu.

Dr. Schlüter gab ein theatralisches Seufzen von sich. »Das möchte ich auch mal sagen.« Er ging zu einem der Stahltische, auf dem ein mit weißem Tuch abgedeckter Korpus lag. »Ich hab ihn gerade mal aufgeschnippelt und Organe entnommen. Ist ja nicht so, dass ich hier sitze und Däumchen drehe, wenn mal nichts von den Kollegen aus Leer kommt.«

Er machte Anstalten, das Tuch wegzuziehen.

»Nein, lass doch«, stieß Möllenkamp hervor. »Ich … ich wollte ja nur wissen, ob dir irgendetwas aufgefallen ist.«

Dr. Schlüter runzelte die Stirn. »Also, ein Herzinfarkt war es mit ziemlicher Sicherheit nicht. Der Infarkt entsteht in der Regel durch einen Verschluss eines deutlich vorgeschädigten Herzkranzgefäßes. Bei der Obduktion erkennt man dann meist ein längs eröffnetes Herzkranzgefäß mit einer Stenose, einer sanduhrförmigen Verengung. Die müsste man sehen können. Dafür habe ich aber keinerlei Anzeichen gefunden. Interessanter sind da schon die Nekrosen an verschiedenen Organen, nämlich Leber, Magen, Darm und Nieren. Hier haben wir größere Bereiche abgestorbenen Gewebes, die ich noch genauer untersuchen muss. Aber ich würde mal fürs Erste sagen: orale Vergiftung. Um welche Substanz es sich handelt, muss die toxikologische Untersuchung zeigen. Das dauert ein bisschen länger. Willst du mal sehen?« Schlüter machte Anstalten, auf seinen Kühlschrank zuzugehen.

Möllenkamp winkte heftig ab: »Danke, mir reicht, dass ich weiß, dass es Selbstmord war. Damit hätten wir dann einen Fall.«

Dr. Schlüter blickte ihn irritiert an. »Warum denn Selbstmord? Es kann doch auch Mord gewesen sein.« Dann grinste er. »Ihr werdet das schon rausfinden. Dafür bin ich nicht zuständig.«

* * *

Gertrud war beklommen zumute. Es kam nicht oft vor, dass sie ihre Eltern besuchte. Mit ihrer Mutter telefonierte sie gelegentlich. Aber ihrem Vater ging sie regelrecht aus dem Weg. Sie hatte beiden auch noch immer nichts von Gottfried erzählt, weil sie beim besten Willen nicht wusste, wie sie ihn in ihre Familie einführen sollte.

Hallo Vater, das ist Gottfried. Er sieht nicht nur aus wie ein Linker, er ist auch einer. Er hat schon in Wackersdorf im Schlamm gelegen und hasst nichts mehr als Nazis. Gertrud verzog die Mundwinkel. *Lieber Gottfried, von meinem Vater habe ich dir wenig erzählt, und das hat auch seinen Grund. Er ist 1936 gemeinsam mit seinem Kumpel Mentko de Vries in die SS eingetreten. Zusammen mit Mentkos Bruder Tadeus, den du ja auch gut kennst, haben sie in Russland Dinge getan, die ich lieber nie so genau wissen wollte. Aber bestimmt wirst du es für mich herausfinden.*

Nein, das war ganz und gar unmöglich. Gottfried und ihr Vater durften nicht aufeinandertreffen.

Gertrud stieg aus ihrem roten Polo und ging auf das Backsteinhaus zu. Im Obergeschoss sah sie die kleine Dachgaube, hinter der ihr Jugendzimmer lag, das sie seit vielen Jahren nicht mehr betreten hatte. Es war vermutlich unverändert. Sie stellte sich die steile Treppe in dem winzigen Treppenhaus vor, die immer schon vorwurfsvoll knarrte, bevor sie ihren Fuß darauf gesetzt hatte.

Als sie die Haustür öffnete, hörte sie, dass ihre Mutter telefonierte: »Dat is leev, Mina. Ik segg hum, dat du anrapen hest. Und groet Ludwig heel düchtig van uns.«*

Typisch. Nicht einmal heute kam es ihrem Vater in den Sinn, einen Telefonhörer in die Hand zu nehmen.

»Gertrud, da bist du ja endlich. Wir dachten schon, du kämst nicht einmal mehr zu Vaters Geburtstag. Wo es doch sein letzter sein könnte.«

Gertrud verdrehte die Augen. Das war die Standard-Begrüßungsformel für Vaters Geburtstage. Es gab sie auch noch in der Oster-, Weihnachts- und Pfingstversion. Als ob ihr Vater ihre Anwesenheit überhaupt groß zur Kenntnis nehmen würde. Der saß doch sowieso den ganzen Abend vor der Glotze.

Ihre Mutter wandte sich ihr mit vorwurfsvollem Gesicht zu. Gertrud betrachtete sie mit einem plötzlichen Anflug von Zärtlichkeit, wie sie dort stand, eine Schürze umgebunden, die Haare leicht zerzaust und die Blusenärmel aufgekrempelt. Die zarte Blässe ihrer Arme ging in die strapazierte Röte von Händen über, die schon den ganzen Tag lang Kuchen gebacken und Kartoffeln geschält, Schweinebraten gefüllt und Blumen arrangiert hatten, um einem

* Das ist lieb, Mina. Ich sag ihm, dass du angerufen hast. Und grüß Ludwig ganz herzlich von uns.

Mann den Tag zu versüßen, der von alledem mit Sicherheit keine Notiz genommen hatte.

Sie gab ihrer Mutter einen Kuss auf die Wange, mehr körperliche Nähe war im Hause Boekhoff nicht üblich. »Hallo Mama, du weißt doch, dass ich aus der Redaktion so früh nicht wegkann. Wie geht's ihm?«

Ihre Mutter zuckte die Achseln.

Gertrud betrat das Wohnzimmer.

Ihr Vater saß mit dem Rücken zu ihr in seinem Sessel, vor dem ein Hocker stand. Eine Decke lag über Schoß und Hocker.

»Sein Bein tut weh, sagt er.« Sie deutete auf den Hocker, wo sich links die Konturen eines Beins abzeichneten, während rechts die Decke flach war.

»Moin Vatter, plagt dich wieder der Phantomschmerz«, rief Gertrud, die mit ihrem Vater immer viel lauter sprach als mit ihrer Mutter, obwohl er keineswegs schwerhörig war.

Ihr Vater reagierte nicht. Er starrte gebannt auf den Fernseher, wo undeutliche Schwarzweißbilder von Panzern in russischer Steppe sich mit denen von Truppen in Wüstensand abwechselten. Gertrud setzte sich in den Sessel neben ihm. Sie ließ den Blick durch den Raum schweifen. Seit ihrem Auszug vor 18 Jahren – eigentlich war es mehr eine Flucht gewesen – hatte sich in ihrem Elternhaus wenig verändert. Die Zimmerdecke war damals schon mit Holz vertäfelt gewesen, auf den verschlissenen Stellen des grünen Teppichbodens lagen inzwischen Läufer im Kelim-Stil.

Wie hatte ihr Vater es nur zulassen können, dass dieses orientalische Zeug in die Wohnung gelangte, dachte sie boshaft.

Die Häkeldeckchen auf dem Fernsehgerät waren inzwischen verschwunden. Das war weniger ein Zugeständnis an moderne Zeiten als vielmehr an das Format des neuen Fernsehers, der das alte Röhrengerät vor zwei Jahren ersetzt hatte. Gertrud versuchte, nicht zu der Wand zu sehen, an der die alten Familienfotos hingen. Dort befand sich auch das eine Foto, von dem es mindestens noch einen zweiten Abzug gab, wie sie wusste, seit sie ihn auf dem Fußboden eines abbruchreifen Hauses gefunden hatte, direkt unter der Leiche von Mentko de Vries. Der alte Kriegskamerad ihres Vaters hatte sich erhängt, Bilanz eines verkorksten Lebens, das spätestens in Weißrussland auf eine unaufhaltsam schiefe Ebene geraten war und am Balken geendet hatte.

Sie hatte nie mit ihrem Vater darüber gesprochen, obwohl sie sicher war, dass er von dem spektakulärsten Kriminalfall des Rheiderlandes, der Ermordung des alten Tadeus de Vries, wusste. Aber er hatte nie danach gefragt, hatte seit Kriegsende auch keinen Kontakt zu Mentko oder seinem skrupellosen Bruder Tadeus gehabt. Trotzdem hing immer noch das besagte Foto an der Wohnzimmerwand, das drei Männer in SS-Uniformen zeigte, von denen der eine ihr Vater war, die zwei anderen die Brüder de Vries. Andere Leute hatten solche Fotos nach dem Krieg ganz schnell von der Wand genommen und nie mehr davon geredet. Nicht so Gertruds Vater. Er wurde nie persönlich, redete kein Wort über seine eigenen Erfahrungen im Osten. Aber er war immer noch besessen vom Krieg.

»59 Jahre. Auf den Tag genau«, grunzte der Alte irgendwo in seinem Sessel.

In Gertruds Kopf ratterte es. Welcher Jahrestag? Führers

Geburtstag? Führers Todestag? Überfall auf Polen, auf Frankreich, auf die Sowjetunion? Ihr historisches Gedächtnis streikte, aber der Sprecher der ntv-Doku half ihr weiter: »Am 12. Juli 1941 schlossen Großbritannien und die Sowjetunion einen Beistandspakt und erklärten, dass keiner der beiden einen separaten Friedens- oder Waffenstillstandsvertrag mit den Achsenmächten abschließen würde.«

»Wir hätten schon viel früher mit den Briten einen Separatfrieden schließen müssen. Gemeinsam wäre die Rote Armee ohne Probleme zu besiegen gewesen. Und wir hätten viel radikaler aufräumen müssen: Die meisten Kameraden haben den Kommissarbefehl nicht befolgt oder viel zu eng ausgelegt.«

Nach allem, was Gertrud über die Behandlung der russischen Kriegsgefangenen oder das Gemetzel an der Zivilbevölkerung in den besetzten Gebieten wusste, hatte sie nicht den Eindruck, als seien Befehle zu eng ausgelegt worden.

»Hermann, nun lass doch. Mina hat übrigens angerufen. Ich soll dir Grüße ausrichten. Sie wünscht dir zum Geburtstag alles Gute und dass du gesund bleibst.« Gertruds Mutter wandte sich an sie: »Möchtest du ein Stück Obstboden?«

Gertrud schüttelte sich. Was gab es Schlimmeres als gezuckerte Cocktailfrüchte auf einem pappig-durchgeweichten Biskuitteig? Seit ihrer Kindheit hasste sie Obstboden. Es war der halbherzige Versuch, einer Ansammlung überflüssiger Kalorien das Etikett »selbstgemacht« anzuheften, um damit der Erwartungshaltung von Nachbarn oder Familie zu entsprechen. Warum bot ihre Mutter, die ihre Meinung kennen sollte, ihr trotzdem diesen Obstboden immer wieder an?

Und warum fragte sie sie nicht danach?

Weil sie nicht aufdecken wollte, dass ihre Mutter sich in Wahrheit nie damit befasst hatte, wer sie eigentlich war? Gertrud, ihre Tochter, die keinen Obstboden mochte, deren Lebensgefährte ein Altlinker war, und die ein Foto ihres Vaters zu Hause hatte, über das sie niemals mit ihm gesprochen hatte. Und der Grund, warum sie nie darüber mit ihm gesprochen hatte, war derselbe, warum ihre Mutter nichts fragte, nichts wissen wollte, sich nichts merkte. Weil das ganze Gefüge dieser Familie zu Bruch gehen würde, wenn man sich zu genau kennenlernte. Nicht nur dieser Familie. Gertrud kannte viele Familien, in denen es kaum anders war. Es hatte sich eine Tradition erhalten, wonach Familien auf das Funktionieren angelegt waren. Eine Hausgemeinschaft, zu der jeder seinen Teil beizutragen hatte. Dass man sich liebte oder wenigstens mochte, war in diesem Gefüge hilfreich, aber nicht notwendig. An der Oberfläche zu bleiben, war Voraussetzung fürs Überleben.

Das alles sprach Gertrud natürlich nicht an, sondern fragte, ob noch etwas von dem Schweinebraten da sei. Den konnte ihre Mutter, das wusste sie.

Ihre Mutter lächelte und Gertrud folgte ihr in die Küche.

»Redet er eigentlich überhaupt noch über was anderes?«, fragte sie, während sie das zarte Fleisch in kleine Stückchen schnitt.

»Na ja, das Gemüsebeet interessiert ihn noch. Aber die Gartenarbeit fällt ihm ja immer schwerer. Die Prothese passt nicht richtig, und mit einem Gehstock in der Hand kann man nicht gärtnern. Da ist er oft ziemlich unzufrieden. Wir werden im Herbst wohl ein großes Stück umgraben und Rasen ansäen. Mähen ist einfacher.«

»Dann habt ihr aber eine ganz schön große Fläche Rasen. Das mäht sich ja auch nicht von allein«, wandte Gertrud ein.

»Och, vielleicht schaffen wir uns dann einen Aufsitzrasenmäher an. Sollst mal sehen, wie schnell dein Vater da drauf sitzt und auch keine Probleme mit seinem Bein mehr hat.«

Sie blickten sich an und das gemeinsame Lachen verscheuchte Gertruds Beklommenheit.

Sie kehrte mit dem Gefühl ins Wohnzimmer zurück, der Schweinebraten habe sie für die Diskussion über die Kriegsschuldthese einigermaßen gewappnet.

Dezember 1999, Philippinen

»Warum kommst du erst jetzt damit?«

»Keine Ahnung, hab's vergessen.«

»Mann, die hätten dich vielleicht nach Deutschland eingeladen. Hättest dich feiern lassen können, weil du die Sachen gerettet hast. Tagebücher und Fotos! Die Witwe wäre dir weinend um den Hals gefallen. Aber du lässt das Zeug einfach in deiner Hütte rumgammeln. Und was willst du jetzt damit? Denkst du, die sagt: ›Ach, danke Mariano, dass dir nach fünfzehn Jahren eingefallen ist, dass du noch was von meinem verstorbenen Mann hast. Klar bezahl ich dir die Medikamente für deine Tochter. Und wenn du sie noch zur Erholung in Fe-

rien schicken willst, dann nehmen wir sie gerne auf.‹ Wie kann man nur so blöd sein?«

Jomel gibt ihm eine Ohrfeige. Mariano steht da wie ein geprügelter Hund.

»Was ist denn auf den Fotos drauf?«

Mariano zuckt mit den Schultern.

»Klar, du hast sie nicht entwickeln lassen. Wozu auch? Könnten ja nur ein paar einmalige Erinnerungen an den Herrn Offizier drauf sein.«

Mariano klappt die Dose wieder zu und will gehen.

»Jetzt warte halt. Ich werd sehen, was ich machen kann. Irgendwas wird auf den Scheißfotos ja drauf sein. Ich geb sie Imelda. Vielleicht kann sie die im Kaufhaus noch mit unter die Fotoaufträge schmuggeln. Dann kannst du dir immer noch überlegen, was du damit machst. Aber ich glaub nicht, dass das deiner Tochter hilft.«

* * *

Ein paar Tage später steht er in seiner Hütte und hält die Fotos in der Hand. Der Regen trommelt immer noch auf das Dach. Er hört ihn nicht mehr bewusst, aber irgendwo in seinem Kopf hinterlässt das Geräusch eine nervöse Spur, belebt eine vage Erinnerung, macht ihn beklommen. Durch ein kleines Loch irgendwo im Wellblechdach tropft es. Ein Tropfen ist auf eines der Fotos gefallen, schnell wischt er ihn ab. Noch einmal wird ihm keiner die Fotos entwickeln.

Im Halbdunkel blättert er die Bilder durch: Auf keinem Bild ist der Mann zu sehen, dessen Seesack er gerettet hat. Immer nur Lagerhallen, Schiffe, Kisten, Pläne. Da ist der Kapi-

tän, der in Ilhéus das Schiff verlassen hat. Mariano hat vergessen, wie er heißt. Danach kam dieser Italiener, dessen Name ihm auch nicht einfällt. Er will sich nicht erinnern, sein Kopf wehrt sich dagegen.

Auf einem Foto steht der deutsche Kapitän mit zwei Männern in einer Ecke einer Lagerhalle und nimmt einen Umschlag entgegen. Auf anderen Fotos sind Zurrpläne und Ladepapiere, ein Zeitungsbericht über den Krieg in El Salvador auf Spanisch. Er kann nur die Überschrift lesen, der Rest ist zu klein und unscharf. Warum hat der Zweite Offizier das alles fotografiert? Das sind doch keine Erinnerungsfotos für die Familie. Die Bilder sehen aus, als hätte ein Detektiv dem Kapitän hinterherspioniert. Was soll er damit anfangen? Dafür zahlt ihm keine trauernde Witwe was.

Er legt die Fotos auf den Tisch. Unschlüssig nimmt er die Hefte, blättert in ihnen, hält sie näher vor die Augen, ob die fremde Schrift nicht doch zu ihm spricht. Ob in den Aufzeichnungen etwas steht, das mit den Fotos zu tun hat?

Mayari wird bald nach Hause kommen. Er muss das Kind von den Nachbarn holen und dann mit ihr zum Krankenhaus gehen. Seit der Nacht vor einigen Tagen, in der er nicht nach Hause gekommen ist, hat sie nicht mit ihm gesprochen. Wenn er nicht mitgeht, dann ist es aus. Sie versteht nicht, dass er es nicht erträgt, Amihan so zu sehen. Wie ein Gespenst liegt sie dort in ihrem Bett, weiß wie die Wand und scheint sich nach und nach aufzulösen, wie ein Stück Zucker im Wasser. Wenn sie ihre schwarzen Augen öffnet und ihn ansieht, dann dröhnt ihr Blick in seinen Ohren.

Er hat die Muttergottes so oft gefragt, warum sie ihn hat überleben lassen, nur um ihn jetzt so entsetzlich zu bestrafen.

Was ist der Sinn? Er nimmt die Fotos, wählt willkürlich eines der Hefte aus der Tupperdose aus und steckt alles in eine Plastiktüte. Die anderen Hefte wirft er wieder in den Seesack, den er im Zwischenboden verstaut.

Donnerstag, 13. Juli 2000

»Johann, ich weiß, es ist dein letzter Tag vor dem Urlaub. Ich würde es ja selbst machen, aber ich muss unbedingt zur Baustelle.«

»Ist doch kein Problem. Wann geht es bei euch eigentlich richtig los?«

»Am Montag rückt der Trupp von der Baufirma an und entkernt den Kasten fast völlig. Gleichzeitig wird draußen ein Gerüst aufgebaut, um das Dach neu einzudecken.«

Möllenkamp blickte in das mitfühlende Gesicht seines Kollegen Johann Abram und hätte am liebsten gerufen: »Fahr nicht in Urlaub! Bitte komm mit mir zur Baustelle und halte meine Hand. Und morgen will ich dich auf der Denkmal-Demo an meiner Seite haben!«

Er hatte wirklich Angst, und anders als sonst konnte er sich diesmal nicht an seine Frau wenden. Meike nahm ihn nicht ernst. In ihrem Elternhaus hatte der Vater alles repariert und umgebaut. Und seit Edo Brandt nicht mehr lebte, erledigte das der Mann von Meikes Schwester Ulrike. Die Familie Brandt war nie von Handwerkern so richtig übers Ohr gehauen worden.

Aus seinem eigenen Elternhaus kannte Möllenkamp anderes. Sein Vater, der kein begabter Handwerker war, hatte sich Jahrzehnte mit einem alten Haus herumgeplagt. Immer war etwas kaputt, immer kam ein Handwerker und erklärte, das sei doch »kein Problem« und erledigte die Sache im Handumdrehen so, dass sie genau bis nach Ablauf der Garantiezeit hielt. Es war Möllenkamp ein Rätsel, wie das möglich war. Es musste Leitfäden der Innungen geben, die an alle Handwerksbetriebe verteilt wurden und die jeder Lehrling mit bestandener Gesellenprüfung erhielt. Ach was, wahrscheinlich wurde die garantiezeitgenaue Reparatur schon in den Berufsschulen gelehrt.

»Es war also Rizin?«

Möllenkamp zwang seine Gedanken zurück zu Dr. Schlüters Obduktionsbericht. »Na ja, ganz sicher ist er nicht. Er vermutet es. Rizin ist schwer nachweisbar. Er hat einen Test gemacht, irgendein antikörperbasiertes Verfahren. Die Ergebnisse des Tests und die Symptome zusammen machen unseren Leichenfledderer ziemlich sicher. Ein natürlicher Tod unseres Fußballfreundes ist damit definitiv ausgeschlossen. Das Zeug ist nirgendwo zufällig drin. Entweder man nimmt es willentlich ein oder man bekommt es ins Essen gemischt. Daran zu sterben ist ziemlich unangenehm. Eigentlich würde man das nicht freiwillig tun. Ach so, bevor ich es vergesse: Er hatte zum Todeszeitpunkt ungefähr 1 Promille Alkohol im Blut. Das haben sie schon im Krankenhaus festgestellt.«

Johann Abram zog die Augenbrauen hoch. »Was wissen wir über die Familie?«

»Frau, zwei Kinder, neun und zwölf Jahre alt. Die Tochter ist bei Meike in der Klasse. Er soll Spielschulden gehabt haben, und wohl auch Alkoholprobleme. Die Lebensversicherung ist erst vor ein paar Wochen abgeschlossen worden, darum ist der Fall bei Staatsanwalt Peters gelandet.«

»Was hat er beruflich gemacht?«

»Er war Kfz-Schlosser. Hat in einer kleinen Werkstatt in Möhlenwarf gearbeitet.«

»Warum hast du heute keine Besprechung dazu gemacht?«

Möllenkamp war sich da selbst nicht sicher. »Ich weiß nicht genau, ob wir da ein größeres Fass aufmachen müssen. Das Rizin spricht zwar eigentlich gegen Selbstmord, aber die Lebensversicherung, die er für seine Frau abgeschlossen hat, eher dafür.«

Abram runzelte fragend die Stirn.

»Ich meine es so: Wenn er wirklich keinen Ausweg mehr wusste, hat er vielleicht eine Methode der Selbsttötung gesucht, die möglichst natürlich wirkte. Und es sah ja auch zunächst nach einem Herzinfarkt aus. Wenn alles gutgegangen wäre, dann hätte seine Familie die Versicherungssumme kassiert und wäre aus den Schulden raus gewesen. Er hätte mit seinem Tod für seine Spielsucht und das über seine Familie gebrachte Unglück gebüßt. Dann hätten wir einen einfachen Selbstmord und keinen ›Fall‹. Wozu also die Pferde scheu machen? Andererseits ist es merkwürdig, dass er den Selbstmord so schnell durchführte, wo er doch alles so sorgfältig vorbereitet hatte. Er hätte damit rechnen müssen, dass die Versicherung misstrauisch wird.«

»Damit hätte aber auch seine Frau rechnen müssen, wenn sie auf die Versicherungssumme spekuliert hätte.«

»Stimmt, aber wenn sie nichts von der Lebensversicherung wusste, wie sie behauptet? Es kommt also darauf an, sich ein Bild von der Glaubwürdigkeit dieser Frau Fokken zu machen. Und wen soll ich da sonst hinschicken als dich?«

Abram widersprach nicht. Jeder im Fachkommissariat I hatte seine Stärken. Anja Hinrichs recherchierte sauber und ließ sich nicht so leicht von Rang und Stellung beeindrucken. Wilfried Bleeker bewegte sich sicher im Halbweltmilieu und hatte überraschende Informationsquellen. Edda Sieverts war gewissenhaft und hatte manchmal überraschende Geistesblitze. Die Stärken von Thomas Hinterkötter fielen einem nicht auf den ersten und auch nicht auf den zweiten Blick auf, aber bestimmt gab es sie. Außerdem hatte er einen Draht zum Landrat, und das mochte irgendwann für irgendetwas gut sein. Johann Abram war jedenfalls prädestiniert dafür, Todesnachrichten zu überbringen oder trauernde Witwen einfühlsam zu befragen. Er war geradezu der Inbegriff des pflichtbewussten und vertrauenswürdigen Polizeibeamten.

»Okay, ich fühl ihr mal auf den Zahn. Es könnte ja auch noch andere Motive für Mord oder Selbstmord geben als Geld.«

Möllenkamp nickte dankbar und verließ die Polizeiinspektion, um rechtzeitig in Esklum zu sein. Wer wusste, ob die Abrissbirne nicht schon über dem Haus schwebte?

Freitag, 14. Juli 2000

Möllenkamp hatte Johann Abrams Bericht am Morgen auf seinem Schreibtisch gefunden. Abram war bei Sabine Fokken gewesen, der er die Nachricht überbringen musste, dass ihr

Mann an einer Vergiftung durch Rizin gestorben war. Abram hatte eine völlig verzweifelte Frau angetroffen, unfähig, die Tragweite des Geschehens zu ermessen. Sie hatte zugegeben, dass die Familie in Geldschwierigkeiten war, jedoch glaubhaft versichert, nicht zu wissen, wie hoch die Schulden seien. Um Gelddinge habe sich immer ihr Mann gekümmert. Sie habe keine Kenntnis davon, dass ihr Mann womöglich von Gläubigern unter Druck gesetzt worden sei. Er sei in jüngerer Zeit eher zuversichtlicher gewesen als sonst, was man auch daran habe sehen können, dass er mit der Familie nach Jahren endlich einmal richtig verreisen wollte. Sie habe daraus geschlossen, dass die finanzielle Lage sich wohl entspannt habe.

Abram hatte sie auf die Gerüchte über Spielsucht und Alkoholprobleme angesprochen. Diese Probleme hatte Frau Fokken freimütig eingeräumt, aber auch ausgesagt, dass sich dies in letzter Zeit gebessert habe. Abrams Fazit war, dass er Frau Fokken für eine ehrlich trauernde Witwe hielt, die aus seiner Sicht nichts verbarg, allerdings von bemerkenswerter Unwissenheit war, was ihre finanziellen Verhältnisse anging. Sie habe ihn gefragt, wie es nun weiterginge und ob die Lebensversicherung zahlen würde. Er habe ihr klargemacht, dass die Versicherungen im Falle eines Freitodes die Summe nicht auszahlten und dass man bei einem Mord bis zur Aufklärung des Falls abwartete. Alles, was zur Ermittlung der Todesursache beitrage, sei daher in ihrem unmittelbaren Interesse.

»Als Reaktion auf diese Information beharrte die Befragte darauf, dass es sich um einen natürlichen Tod handeln müsse. Die Möglichkeit eines Selbstmordes oder gar eines absichtlichen Fremdverschuldens schloss die Befragte kategorisch aus und vermutete einen Fehler in der gerichtsmedizinischen Untersuchung. Es gelang mir nicht, sie von der Richtigkeit des Obduktionsergebnisses zu überzeugen.«

Möllenkamp ärgerte sich im Nachhinein, dass er Abram zu Sabine Fokken geschickt hatte. Jetzt saß er da mit diesem Bericht. Er konnte die Akte schließen oder der Sache noch einmal nachgehen. Was er nicht konnte, war mit Abram sprechen. Der saß jetzt im Flieger nach Mallorca und hatte Urlaub. Bei allem, was er jetzt unternahm, musste er von vorne anfangen. Nicht, dass er Abrams Bericht misstraute. Sein Kollege hatte durchaus ein feines Gespür für Zeugen, die logen. Dennoch trieb ihn immer noch die Todesursache um. Würde er, wenn er sich umbringen wollte, ausgerechnet Rizin wählen? Nicht ein Schlafmittel, den Strick oder die Brücke? Er hatte ein wenig recherchiert: Rizin, wenn es das denn war, verursachte einen äußerst qualvollen Tod, der mehrere Tage dauern konnte: Fieber, Durchfall, Erbrechen und Koliken, schließlich allgemeines Organversagen, Koma und Tod. Würde man sich das antun? Andererseits: Wer würde das tun? Ein Gläubiger, der noch auf sein Geld wartete? Wohl kaum.

Unschlüssig, was er in dieser Sache unternehmen sollte, legte Möllenkamp den Bericht zur Seite und machte sich auf, um in der Leeraner Innenstadt eine drogengesättigte politische Großdemonstration unter Kontrolle zu bringen.

* * *

Gertrud war schon so oft bei der School's Out Party am Denkmalplatz gewesen, dass sie mittlerweile die Stimmung schon spüren konnte, wenn sie sich dem Platz nur näherte. Es gab Jahre, da war es einfach nur ein großes Besäufnis, an dem ein paar Hundert Oberstufenschüler der Leeraner Schulen teilnahmen. Schlimmstenfalls war die Innenstadt vermüllt und jemand hatte einen kapitalismuskritischen Spruch an die Sparkasse gesprüht. Interessanterweise kündigte der Sparkassenvorstand anschließend regelmäßig einen Neubau oder zumindest weitreichenden Umbau des Verwaltungsgebäudes an, und Gertrud fragte sich, ob das eine mit dem anderen in einem geheimnisvollen Zusammenhang stand.

Eine Flasche flog dicht an ihrem Kopf vorbei. Herrje, es war doch noch Vormittag und die Party hatte gerade erst angefangen! Heute würde sich keines dieser normalen Besäufnisse abspielen, das war jetzt schon zu spüren.

»Wir sind hier, wir sind laut, weil man uns die Zukunft klaut!«, grölte es neben Gertrud aus einem Dutzend Kehlen von Schülern, die das Abitur erst in einigen Jahren vor sich hatten – wenn überhaupt, dachte Gertrud boshaft.

»Wir sind vier, wir sind hier, gebt uns sofort noch ein Bier!«, schallte es von links, wo eine Vierergruppe Bodybuilder in Handwerkerlatzhosen entschlossen auf die jüngeren Schüler zustrebte, unter denen sich eine gewisse Unruhe ausbreitete.

Ein kleines Gerangel, dann wechselten einige Bierbüchsen aus den Rucksäcken der Jugendlichen, die sich um ihre Zukunft sorgten, ihre Besitzer. Vorerst war ihnen nur das Bier geklaut worden.

Gertrud erreichte den Denkmalplatz, auf dem Schulabgänger mit Ghettoblastern versuchten, eine Loveparade-Atmosphäre zu erzeugen. Das Motto »Friede, Freude, Eierkuchen« hatten sie unbeholfen am Denkmal befestigt, das den Gefallenen des Krieges von 1870/71 gewidmet war. Dieser Versuch einer Umwidmung der martialischen Erinnerung an die »für Deutschlands Größe« gefallenen Söhne des Landkreises Leer war erkennbar bereits zum Scheitern verurteilt. T-Shirts mit Aufschriften wie »Abi 2000 – Apocalypse Now« hatten offenbar einige ihrer Träger dazu motiviert, das passend zum Millennium bevorstehende Ende der Welt unverzüglich herbeiführen zu wollen. Hier und da waren bereits kleinere Rangeleien im Gange.

Mit professioneller Distanz registrierte Gertrud, dass dieser Außentermin schöne Bilder für die Zeitung bringen würde. Ihre Berichterstattung darüber und die anschließende Welle an Leserbriefen und Gegen-Leserbriefen würden die Leser-Blatt-Bindung stärken und locker die Hälfte des Sommerlochs füllen. Sie würde noch eine Weile bleiben. Die Stimmung hier war ausbaufähig.

Gertrud nahm ihren Beobachterposten auf einer etwas höher ummauerten Baumscheibe ein und scannte die Umgebung. Ihr Blick blieb an einer bekannten Gestalt hängen, die sich vorsichtig im Gedränge auf der Mühlenstraße bewegte, als wolle sie möglichst unerkannt bleiben. Stephan Möllenkamp war wirklich der Letzte, den sie auf der School's Out Party erwartet hatte. Suchte der seine Frau? Oder war hier ein größeres Verbrechen geschehen, von dem sie bisher noch nichts mitbekommen hatte?

Sie kniff die Augen zusammen und suchte nach weiteren Anzeichen für Polizeipräsenz. Uniformierte Streifenbeamte hatten sich im Hintergrund vor der Sparkasse und dem Kino postiert und warteten einstweilen ab, ob sich die Dinge nicht doch noch zum Guten wenden würden. Sie erkannte Wilfried Bleeker, wie immer in schwarzem Anzug und weißem Hemd mit nach hinten gegeltem Haar, der sich mit einigen Jugendlichen unterhielt. Gertrud war nicht überrascht. Der immer etwas halbseiden wirkende Kollege aus Stephan Möllenkamps Team, den sie erst vor einem guten halben Jahr halbtot aus dem Kofferraum eines Mörders gerettet hatte, war häufig bei solchen Großereignissen zu finden. Allerdings machte es sie stutzig, dass er kein Bier in der Hand hielt. Das konnte eigentlich nur bedeuten, dass er dienstlich hier war.

Zu guter Letzt entdeckte sie im Schatten der Markise eines Cafés Thomas Hinterkötter, den Vizechef der Polizeiinspektion Leer, der eindringlich auf den Einsatzleiter der uniformierten Polizei einredete. Dieser erwiderte den Redeschwall mit einem unablässigen Kopfschütteln, was Hinterkötter sehr zu verstimmen schien. Nach einer Weile verschwand der große Westfale mit grimmigem Blick in der Menschenmenge.

Irgendetwas ging hier vor sich. Unschlüssig, ob sie ihren Platz aufgeben sollte, um sich an die Fersen der Kripobeamten zu heften, suchte Gertrud noch einmal die Menge ab. Auf dem Denkmalplatz hatten sich inzwischen schätzungsweise um die tausend überwiegend junge Menschen eingefunden, aber der Zustrom aus der Mühlenstraße und den Seitenstraßen riss nicht ab. Sie konnte Möllenkamp und Bleeker nicht mehr sehen, aber Hinterkötter war in seinem kobaltblauen Jackett noch gut zu erkennen. Daher beschloss sie, ihm zu folgen. Hier gab es eine Story!

Sie hastete durch die Menge.

»He! Was soll das?«

»Zehnmal sitzengeblieben, und dann jetzt so ne Eile?«

»Dein Sohn ist nicht hier. Ich hab ihn gerade besoffen ins Hafenbecken fallen sehen.«

Gertrud ignorierte alle Sprüche und lehnte auch ein ihr angebotenes Bier ab. In dem Gedränge konnte sie das kobaltblaue Jackett nicht mehr sehen, aber sie rempelte sich entschlossen die Mühlenstraße hinunter. Sie schwitzte, obwohl die Temperaturen auch gut in den Herbst gepasst hätten. Vielleicht lag das an ihrem Parka, den sie ganzjährig trug. Die Menge lichtete sich, und sie merkte, dass ihr die Puste ausging. So hatte das keinen Zweck.

Vor einem Fotostudio hielt sie an. Weitergehen oder zurück zum Denkmalplatz? Unschlüssig sah sie zuerst auf die Straße, dann drehte sie sich zur Schaufensterscheibe um. Sie wich vor dem übergroßen Schwarzweißfoto eines Hochzeitspaares zurück. Die unverkennbar schwangere Braut saß auf der Hochzeitsbank, auf der es keinen Platz mehr für den ebenfalls recht fülligen Bräutigam gab, der sich daher hinter ihr postiert hatte. Obwohl kaum dreißig Jahre alt, hatten seine Haare an Stirn und Schläfen schon den Rückzug vor dem bevorstehenden Familienleben angetreten. Sein Lächeln war unsicher, einzig der kobaltblaue Hochzeitsanzug strahlte noch ungebrochenen Optimismus aus. Als das Kobaltblau aus dem Bild abrupt verschwand, drehte Gertrud sich um.

So hatte sie den selbstbewussten Thomas Hinterkötter noch nie gesehen. Bleich wich er vor der Phalanx aus mindestens zehn vermummten Autonomen zurück. Schritt für Schritt bahnte sich diese seltsame Truppe ihren Weg in die Richtung, aus der sie gekommen war. Die dichter werdende Menge teilte sich respektvoll, schwankte hierhin und dorthin, bildete mit den Hauptfiguren in der Mitte eine kunstvolle Choreographie, in die sich auch das halbe Dutzend uniformierter Beamter einreihte, das die Gruppe nun seitlich begleitete.

Gleichzeitig hob Hinterkötter, der bis dahin stumm rückwärts gestolpert war, zu einer Tirade über den Rechtsstaat an. »Seien Sie vernünftig und nehmen Sie die Masken ab! Dies ist eine friedliche Kundgebung von Schülern. Die Polizei wird rechtsfreie Räume auf öffentlichen Plätzen nicht hinnehmen, Wir werden nicht kapitulieren vor der rohen Gewalt vermummter Gewalttäter. Ziehen Sie die Masken…«

Den Rest konnte Gertrud nicht verstehen. Auch das kobaltblaue Jackett war plötzlich verschwunden. Die Beamten hatten sich in den Menschenstrom gemischt, der vor einem Textilgeschäft in einen unübersichtlichen Strudel mutiert war.

Die Geräusche veränderten sich. In Marushas Version von *Somewhere over the Rainbow* mischten sich nun einzelne Schreie aus dem Strudel.

»Bullenschweine, jetzt seid ihr fällig!«

»Hören Sie auf! Nehmen Sie Vernunft an!«

»BRD, Bullenstaat – wir haben dich zum Kotzen satt!«

Die erste Schaufensterscheibe klirrte.

Jetzt wurden auf dem Denkmalplatz auch die Abiturienten in Endzeiterwartung darauf aufmerksam, dass die erwartete Apokalypse nur ein paar Meter weiter offenbar tatsächlich eintrat. Sie ließen von den Schülern ab, die sich fatalerweise das Delirium schon auf ihren T-Shirts herbeigesehnt hatten. Diejenigen, die dieses Stadium noch nicht erreicht hatten, eilten in freudiger Erwartung dorthin, wo andere Jugendliche das Plündern eines Bekleidungsgeschäftes schon eifrig begonnen hatten.

Jetzt wäre eigentlich Zeit für eine Hundertschaft der Polizei und für Wasserwerfer gewesen. Gertrud sah sich nach einem Einsatzfahrzeug mit Lautsprecher um, konnte aber nichts dergleichen entdecken. Thomas Hinterkötter war ebenfalls verschwunden.

Auch Stephan Möllenkamp hatte sie schon seit Ewigkeiten nicht mehr gesehen. Dafür näherte sich aber, mit einer Bierdose in der Hand, Wilfried Bleeker und ging zielstrebig auf den Strudel zu, der sich noch immer vor dem Bekleidungsgeschäft drängelte. In aller Seelenruhe bot er einem der vermummten Autonomen, der gerade ein Päuschen machte, einen Schluck aus seiner Bierdose an. Ein paar Worte wurden gewechselt, die Gertrud nicht verstehen konnte, dann nahm der tatsächlich das Bier, nickte Bleeker zu, schob die Maske ein Stück nach oben und trank die Dose in einem Zug aus.

Was sollte das?

Bevor Gertrud sich darauf einen Reim machen konnte, sah sie endlich zwei Dutzend Bereitschaftspolizisten heranrücken. Sie trugen schwarze Anzüge, Schutzwesten und Helme und sahen ziemlich entschlossen aus. Die meisten der Schüler verzogen sich augenblicklich und gaben damit den Weg zum Bekleidungsgeschäft frei.

Wilfried Bleeker war nicht mehr zu sehen. Dafür stützte sich der Autonome, mit dem er vorher gesprochen hatte, an einer Hauswand ab und wirkte überhaupt nicht mehr angriffslustig. In diesem Augenblick verließen seine Kumpane das Geschäft und stiegen über die Glasscherben, die überall herumlagen. Sie trugen immer noch ihre Masken und hatten Thomas Hinterkötter in ihre Mitte genommen.

Der Vizechef der Polizeiinspektion Leer trug inzwischen ein Bustier und einen Stretchminirock. Seine mit Obstmotiven dekorierte Krawatte hatte sich einer seiner Peiniger als Trophäe umgehängt, während das kobaltblaue Jackett – oder vielmehr das, was davon übriggeblieben war – einen anderen der Vermummten schmückte. Gertrud bezweifelte inzwischen, dass es sich um »echte« Autonome handelte.

Draußen änderte sich die Situation schlagartig: Hinterkötter bemerkte das Heranrücken der Bereitschaftspolizei und gewann Oberwasser. Als es ihm nicht sofort gelang, sich loszureißen, drehte er sich mit einer blitzschnellen Bewegung dem jungen Mann an seiner Seite zu. Was nun geschah, konnte Gertrud nicht genau sehen, aber der Mann stieß einen Schmerzensschrei aus und hielt sich das Ohr, während Hinterkötter sein Jackett und die Krawatte ohne Gegenwehr zurückeroberte. Als er sein Gesicht Gertrud zuwandte, erblickte sie ein blutiges Grinsen und verstand.

Die schwarz gekleideten Jungen hatten sich inzwischen an ihren Freund gewandt, der an der Hauswand herabgesunken war und ohnmächtig zu sein schien. Sie versuchten ihn hochzuziehen, mussten sich dann allerdings von den Bereitschaftspolizisten abführen lassen, während sich Sanitäter um den Bewusstlosen kümmerten. Gertrud wagte es nun wieder, Fotos zu machen. Sie erwischte Hinterkötter noch in seiner Kostümierung, ohne dass er es merkte.

Auf dem Rückweg zum Denkmalplatz sah sie auch Stephan Möllenkamp wieder, der zusammen mit zwei Einsatzpolizisten drei Jugendliche, die offenbar Drogen bei sich gehabt hatten, zu einem Mannschaftswagen abführte.

Als er die drei abgeliefert hatte, wandte der Leiter des Fachkommissariats I sich um. Kurz streifte sein Blick einen friedlich in einen Mülleimer urinierenden »ABIlirienten«, dann erblickte er Gertrud und kam auf sie zu.

»Was machst du denn hier?«

»Das sollte ich besser dich fragen. Wir von der Zeitung sind immer hier, weil wir unseren Lesern die heimatliche Brauchtumspflege nicht vorenthalten wollen. Aber was macht die Kripo vor Ort? Du willst mir doch nicht erzählen, dass du deinen Sessel in der Polizeiinspektion wegen ein bisschen Gras verlassen hast.«

»Na ja, da waren schon härtere Sachen dabei: Speed, Ecstasy, Kokain.«

»Na klar. Das ist immer so. Habt ihr hier einen Händlerring hochgehen lassen?«

»Äh nein. Die Hintermänner müssen wir erst noch ermitteln.«

»Hintermänner? Hatten die Jungs denn größere Mengen als für den Eigengebrauch bei sich?«

Möllenkamp schaute unzufrieden. »Darüber darf ich nicht sprechen.«

»Ja nee, is klar«, grinste Gertrud, die sich die Antwort auch so zusammenreimen konnte. »Aber mal was ganz anderes: Außer dir habe ich auch Herrn Kriminaloberrat Thomas Hinterkötter hier gesehen, ebenso den Kollegen Wilfried Bleeker. Jagen die alle Hintermänner?«

Diesmal antwortete Möllenkamp gar nicht mehr, und so beschloss Gertrud, dass sie für eine hübsche Story auch so genug Material hatte.

* * *

Sie hatte zur Sicherheit noch im Krankenhaus angerufen und ihre selbst gesammelten Informationen um ein paar wichtige Details bereichert. Von ihrem Chef Reiner Buss, den alle nur »Airbus« nannten, hatte sie sich die erste Seite freiräumen lassen. Dazu hatte sie nur ein paar Andeutungen über die Veranstaltung in Leer machen müssen.

Nun saß sie an ihrem Schreibtisch in der Redaktion, während der magere Wessels hinter ihr wie üblich Moorhühner erledigte.

»School's Out Party am Leeraner Denkmalplatz läuft aus dem Ruder. Mehrere Festnahmen und Verletzte – Rätsel um Einsatz der Leeraner Kriminalpolizei.

Leer. Mehr als fünfzig Teilnehmer der traditionellen School's Out Party auf dem Leeraner Denkmalplatz sind am Freitag zum Teil schwer verletzt worden. Nach Angaben der Polizei hatten sich in der Leeraner Innenstadt bis zu zweitausend junge Menschen versammelt, die das Ende des Schuljahres miteinander feiern wollten. Begleitet von Technomusik und in originellen Motto-T-Shirts zelebrierten vor allem die Abiturien-

ten der drei Leeraner Gymnasien das Ende des Prüfungsmarathons. Im Laufe des frühen Nachmittags eskalierte die zuvor friedliche Veranstaltung, als nach einigen alkoholbedingten Rangeleien aus einer Gruppe von etwa zehn vermummten jungen Männern heraus die Schaufensterscheibe eines Bekleidungsgeschäftes zerstört wurde. Die Vermummten hatten sich als Autonome verkleidet, werden aber nach Angaben der Polizei nicht der harten Szene zugerechnet. Das Bekleidungsgeschäft wurde geplündert. Vor dem Geschäft kam es auf der Mühlenstraße zu einer Massenschlägerei, bei der etliche Jugendliche verletzt wurden. Einer der vermummten Demonstranten musste im Krankenhaus behandelt werden, nachdem ihm auf bisher ungeklärte Weise K.o.-Tropfen verabreicht worden waren. Ein anderer aus dieser Gruppe erlitt bei der Plünderung des Bekleidungsgeschäfts Bisswunden am Ohr. Auch hier sind die Umstände weiterhin unklar.

Die Bereitschaftspolizei griff erst spät ein und löste die Schlägerei auf. Zahlreiche Teilnehmer der Veranstaltung wurden in Gewahrsam genommen.

Der Einsatz von Kriminalbeamten der Leeraner Polizei gibt weiterhin Rätsel auf. Zwar wurden illegale Drogen sichergestellt, jedoch in kleinen Mengen. Dies war auch in den vergangenen Jahren so und rechtfertigt eigentlich nicht den kostspieligen Einsatz von Kriminalbeamten. Die Polizeiinspektion Leer wollte sich bislang nicht dazu äußern.«

Gertrud lehnte sich zurück und lächelte. Es war manchmal nützlich, wenn man als Journalistin Dinge wusste, die man die Leser nicht wissen ließ. Vielleicht konnten ihr Wilfried Bleeker oder Thomas Hinterkötter noch bei der Antwort auf die Frage nach dem Kripo-Einsatz helfen.

Frühjahr 2000, Indischer Ozean

Das Wasser ist schwarz und ölig. Ein stinkender Film hat sich über seine nasse Kleidung gelegt. Er drückt sich so nah wie es geht an die stampfenden Maschinen, doch ihm wird nicht mehr warm. Die Dämpfe machen ihn benommen. Eine trübe Funzel glimmt im Maschinenraum und erhellt seine dunkle Ecke gerade so weit, dass er die Schemen seines Seesacks erkennen kann, den er zwischen zwei Rohre geklemmt hat, damit der nicht auch noch nass wird und sein Essen verdirbt. Aber er hat sowieso nichts mehr. Er hat zu viel Wasser getrunken, als er die Tabletten genommen hat, eine nach der anderen. Früher oder später wird er sein Versteck verlassen müssen, um sich etwas zu holen. Ein lebensgefährliches Unterfangen. Die Dona Liberta *ist ein Schiff, auf dem man besser nicht gefunden wird. Der rostige Frachter ist ein Seelenverkäufer auf durch und durch illegaler Mission. Er kreuzt zwischen drei Ozeanen und zieht dabei einen kilometerlangen Ölteppich hinter sich her.*

Das Schiff gehört einer griechischen Unternehmensgruppe, hat eine philippinische Crew, einen spanischen Kapitän und fährt unter der Flagge der Bahamas. Es ist die organisierte Verantwortungslosigkeit. Aber auf den freien Weltmeeren kümmert sich niemand darum, ob Öl oder Müll verklappt wird, ob Menschen geschmuggelt werden oder ob blinde Passagiere gewaltsam über Bord gehen.

Draußen wird es stürmischer, das Schiff schaukelt. Panik kriecht in ihm hoch, er hat keine Tabletten mehr, um sich wieder runterzubringen. Das Herz schlägt bis zum Hals, ihm wird übel davon. Wenn er sich jetzt übergibt, wird der Durst ihn umbringen. Mit Gewalt lenkt er die Gedanken auf seine

Mission: als der Brief kam und er wusste, dass er sofort nach Deutschland musste. Dabei stand nicht viel in dem Brief, nur, ob er noch mehr von den Fotos habe und dass er sie unbedingt schicken solle. Es würde eine hübsche Belohnung dafür geben. Da hat er gewusst, dass es mit den Fotos etwas auf sich hat, was auch jetzt noch, nach fünfzehn Jahren, von Bedeutung ist. Der Brief klang dringlich, so dringlich, dass er den Verdacht hegte, er werde von dem wirklichen Wert der Fotos nur einen Bruchteil abbekommen. Das durfte nicht sein.

Er hatte das alles mit Jomel besprochen, der sein Misstrauen, dass er betrogen werden könnte, geteilt hatte.

»Auf keinen Fall darfst du zulassen, dass sich irgendein Deutscher jetzt eine goldene Nase mit deinen Fotos verdient. Du hast sie gerettet – mit deinem Leben. Die wollen dich abspeisen mit ein bisschen Geld. Schau dir den Brief an, da ist viel mehr drin als eine kleine Belohnung. Damals ist da ein richtig großes Ding gelaufen, und du musst herausfinden, was es war. Sonst bist du raus. Willst du das?«

Nein, natürlich wollte er das nicht. Aber als sie nach der zweiten Flasche Gin zu den Konsequenzen kamen, hätte er fast doch noch einen Rückzieher gemacht. Die Konsequenz war nämlich, dass er wieder auf ein Schiff würde gehen müssen. Ihm war übel geworden. Er hatte abgelehnt, sich gewehrt, den Brief heruntergespielt. Aber Jomel war hart geblieben: »Willst du dein Kind retten?«

Er hatte genickt, unfähig etwas zu sagen.

»Hast du eine andere Idee?«

Er hatte den Kopf geschüttelt. Dann hatten sie die dritte Flasche Gin getrunken. Er weiß nicht mehr, wie die nächsten Tage vergangen sind. Mayari hat nicht mit ihm gesprochen. Ein ein-

ziges Mal hat er sich zu Amihan geschleppt und ihr gesagt, dass alles gut werden wird. Sie hat ihn mit ihren schwarzen Augen angesehen und zu lächeln versucht, auch wenn sie ihm nicht geglaubt hat. Sie hat das Vertrauen zu ihm längst verloren. An was kann sie so nahe dem Tod noch glauben? Was macht es mit einem Kind, wenn die Eltern es sterben lassen, ohne etwas zu tun? Er hat sich davongeschlichen wie ein geprügelter Hund. Sein Entschluss stand fest.

Jomel hat ihn auf dieses Schiff gebracht. Er hat mit den Matrosen getrunken, die sich für die Dona Liberta *anheuern ließen. Als Arbeiter im Hafen hatte er Gelegenheit, das Schiff auszukundschaften, er hat die Geldströme verfolgt, die vom Kapitän in die Hände der Hafenbehörde geflossen sind. Und schließlich hat er Mariano auf einem Love Boat an Bord gebracht, als die höheren Dienstgrade sich Frauen bestellten, um ihren Abscheu vor der nächsten Reise und vor dem, was sie dort tun würden, mit einem noch abscheulicheren Fest an Gier, Verachtung und Brutalität zu betäuben.*

Mayari hat von alledem nichts gewusst. Sie weiß auch jetzt nicht, wo er ist. Sie hätte es niemals gutgeheißen. Er ist einfach verschwunden, wie so viele Männer auf den Philippinen, die es nicht ertragen, jeden Tag zu versagen. Zu wenig Geld nach Hause zu bringen. Ihre Familien nicht schützen zu können. Ihren Kindern keine bessere Zukunft zu bieten. Kein Geld für Medikamente zu haben, wenn jemand krank ist, keine Mittel für eine würdevolle Beerdigung, wenn ein Familienmitglied stirbt.

Die meisten versuchen mithilfe des philippinischen Gins auszubrechen, manche mithilfe von Drogen, und viele halten es nicht mehr aus und gehen bei Nacht und Nebel. Niemand sucht sie.

Die Frauen haben nicht die Kraft und nicht die Zeit. Auf sich allein gestellt müssen sie ihre ganze Energie darauf verwenden, die Kinder zu ernähren. Auch die anderen Männer suchen sie nicht. In der Armut leistet man sich keine Sentimentalität. Wer nicht selbst davon träumt, einfach zu verschwinden, der konzentriert seine Energie auf die, die da sind. Wer um das Brot am nächsten Tag kämpft, verschwendet keine Emotionen an die Vergangenheit.

* * *

Er verflucht sich dafür, dass er nicht gleich in eines der Rettungsboote gekrochen ist. Rettungsboote sind immer mit Nahrung und Wasser ausgestattet. Er hat den Schutz des Maschinenraums gesucht, die Dunkelheit, den Lärm, der jedes Geräusch verschluckt. Dafür hat er sich ins ölige Wasser begeben. Er hat keine Uhr, er weiß nicht, ob es Tag oder Nacht ist und wie lange sie noch unterwegs sein werden, bis sie in Europa sind. Längst hat er das Gefühl für Zeit verloren. Er versucht, anhand der Schichten der Maschinisten Tag und Nacht zu unterscheiden. Als er glaubt, dass er den Rhythmus herausgefunden hat, wartet er ab, bis der Maschinist, der Dienst hat, an Deck gegangen ist, um zu rauchen. Weil er weiß, dass er nicht viel Zeit hat, kriecht er sofort aus seinem Versteck. Er zerrt an seinem Seesack, der nicht nachgeben will. Es gibt ein hässliches Geräusch, als der Stoff an einer Schraube hängenbleibt und aufreißt. Er hat keine Zeit nachzusehen, eilt aus dem Maschinenraum, sieht sich auf dem Gang um, drückt sich in die Ecken und hastet die kleine Eisenleiter hinauf, die nur als Notausgang gedacht ist und an einer Luke endet. Er zerrt am Griff.

Keine Bewegung. Erschöpft lehnt er den Kopf gegen den kalten Stahl. Sein Keuchen klingt in seinen Ohren, zusammen mit einem Pfeifen, das nicht mehr weggehen will. Bunte Kreise tanzen vor seinen Augen. Wieder wird ihm schlecht. Jetzt nicht kotzen. Noch ein Versuch. Der Griff bewegt sich um Millimeter. Er hört Schritte im Gang unter sich. Der Maschinist kommt zurück. Er verdoppelt seine Anstrengung. Die Tür gibt nach, aber mit viel zu viel Schwung. Das Krachen zerreißt die Nacht. Er springt durch die Luke, erstarrt, lauscht. Gleich werden die bewaffneten Wachen da sein. Sie werden ihn erschießen und über Bord werfen. Vielleicht werden sie ihn auch einfach so über Bord werfen. Es kommt aufs Gleiche hinaus. Er versucht den Atem anzuhalten, das Keuchen zu unterdrücken, schluckt die Übelkeit fort. Lauscht noch einmal, hört nichts. Wolken ziehen über den Himmel. Sie jagen nicht, sie ziehen nur, aber der Wind reicht, um das Schiff in Bewegung zu halten. In unkontrollierten Bewegungen, so scheint es ihm. Gleich, gleich wird es anfangen zu rollen, so wie damals. Das Deck wird voll mit Besatzung sein, mit Menschen, die sich zu retten versuchen, die einander zur Seite schubsen, miteinander rangeln, um in die Rettungsboote zu gelangen. Aber diesmal darf er nicht hinein. Er wird untergehen. Jetzt, endlich, holt es ihn ein. Das Schicksal, das ihm schon vor fünfzehn Jahren bestimmt war, das ihn verschont hat, nein vergessen, ungerechterweise. Er sinkt auf die Knie, ergeben. Dann soll es so sein.

Eine Ewigkeit lang geschieht – nichts. Sein gemartertes Herz zieht sich aus seinem Hals zurück, sinkt tiefer, schlägt langsamer. Gleich wird es aufhören. Das wäre das Beste.

Als weiter nichts geschieht, sieht er auf. Er ist allein. Er sieht auf sein Knie. Versucht seinen Fuß. Der gehorcht ihm. Er setzt ihn auf. Er blickt auf das andere Knie, setzt auch diesen Fuß auf. Steht. Geht. Geht einfach auf ein Rettungsboot zu, dessen Umrisse er klar erkennen kann. Keine Vorsicht mehr. Es ist egal, ob sie ihn jetzt finden. Aber niemand sieht ihn. Aufrecht erreicht er das Boot, löst die Lasche, noch eine, bis das Loch groß genug ist, um hineinzuschlüpfen. Er lässt sich fallen, einfach so, mit einem Poltern landet er am Boden des Rettungsbootes. Dann nichts mehr.

Samstag, 15. Juli 2000

Die Haustür flog auf. Ein frischer Lufthauch strömte vom Flur ins Wohnzimmer. In der Küche rumorte Rena Brandt vernehmlich bei den letzten Vorbereitungen für das Mittagessen.

Meikes Schwester Ulrike betrat mit ihrem kleinen Sohn Klaas das Haus. »Klaas stinkt. Die anderen kommen auch gleich«, tönte es aus dem Flur. Die Haustür schlug zu und Ulrike verschwand mit ihrem Sohn im Badezimmer.

Die dritte der Brandt-Töchter, Christiane, winkte ihren sechsjährigen Sohn Tjark zu sich. Während sie aus ihrer Handtasche ein großes Herrentaschentuch zog, einmal kräftig darauf spuckte und Tjark damit das schokoladenverschmierte Gesicht abputzte, fragte sie mit süffisantem Unterton ihren Schwager Thomas: »Warum ist euer Kind eigentlich immer noch nicht trocken?«.

Tjark verzog angewidert das Gesicht und versuchte, mit dem Ärmel die Spuren seiner Mutter zu verwischen. Thomas zuckte mit den Schultern. »Das musst du Ulrike fragen.«

Die Haustür knallte erneut. Möllenkamp seufzte.

Ulrike kam mit dem kleinen Klaas ins Wohnzimmer. »Klaas, Du hast keine Windel an. Denkst Du daran, dass Du Bescheid sagst, wenn Du Pipi machen musst?« Klaas nickte, und Ulrike verschwand, um kurz darauf mit einer Flasche Eckes Edelkirsch zurückzukehren. Während Meike und ihre Schwestern sich ein Glas des klebrigen Likörs genehmigten, griff Möllenkamp zu einer Flasche alkoholfreiem Bier, das hier immer in Zimmertemperatur serviert wurde. Er hatte es schon lange aufgegeben, nach einem kühlen Getränk zu fragen. Sein verstorbener Schwiegervater, zu dessen Geburtstag sie heute hier zusammengekommen waren, hatte es mit dem Magen gehabt und darum nie kaltes Bier getrunken. Darum waren auch alle anderen dazu verurteilt, zimmerwarme Getränke zu sich zu nehmen.

Als sie sich um den Mittagstisch versammelten, gab es ein kurzes Gerangel, weil sich Tjark schon auf den Hochstuhl gezwängt hatte, den Ulrike für Klaas brauchte. Als der Stuhl frei war, wurde der Jüngste mit einem Gürtel kunstvoll an den Hochstuhl gefesselt, damit er nicht hampelte und herunterrutschte.

»Wo ist eigentlich Hans?«, fragte Meike scheinbar arglos.

»Fußball«, gab Christiane ebenso arglos zurück.

Während sich Meike und Ulrike mit hochgezogenen Augenbrauen musterten, sah Möllenkamp im Blick seines Schwagers Thomas dieselbe Frage, die ihn auch beschäftigte: Warum durfte Christianes Mann straflos Fußball spielen und sich damit über die ungeschriebenen Familiengesetze hinwegsetzen, während sie beide hier sitzen mussten – und das nicht nur heute?

Gerade noch rechtzeitig trafen Christianes älteste Tochter Wiebke und ihr Freund Lars zum Essen ein. Wiebke, die Vegetarierin war, hatte sich ihre Sojaschnitzel selbst mitgebracht und verschwand in der Küche, um sie zuzubereiten.

»Stephan, was macht das Verbrechen im Landkreis Leer?«, versuchte Thomas ein Gespräch.

»Ist ziemlich ruhig momentan. Jetzt in der Sommerpause haben nur die Kollegen vom Einbruch gut zu tun.«

»Musstet ihr darum die Denkmal-Party aufmischen?«, fragte Lars lauernd. »Weil euch langweilig war?«

»Warst du da?«

»Nee, hab bloß gehört, dass es hoch hergegangen sein soll. Und dass die Kripo da war. Aber es gab doch keine Toten, oder?« Er grinste spöttisch. Lars hatte zusammen mit Wiebke schon vor zwei Jahren sein Abitur gemacht und studierte nun Sozialpädagogik. Möllenkamp konnte den Besserwisser nicht leiden, ließ sich aber nichts anmerken. Solche Familienzusammenkünfte waren vermintes Terrain, und er stand als Kriminalpolizist immer im Zentrum der Aufmerksamkeit. Da musste er durch.

Als alle um den Tisch versammelt und das Essen aufgetragen worden war, begann die übliche Erörterung der diesjährigen Bohnenernte. Grüne Bohnen waren das Lieblingsessen von Edo Brandt gewesen und es gab sie jedes Jahr zu seinem Geburtstag. In diesem Jahr waren sie wegen der nasskalten Witterung spät gekommen, und der Ertrag war spärlich ausgefallen.

»Ich hab fast alles abgepflückt, damit ich euch sattkriege. Aber sie sind klein und für mehr Mahlzeiten wird es kaum reichen.« Rena Brandt reichte die Schüssel herum.

Ulrike füllte zwei Teller mit Kartoffeln, Mettwurst, Bohnen und Apfelmus und goss zerlassene Butter über die Kartoffeln. Klaas sagte: »Ich mag nur Kartoffeln.«

»Schatz, ich lege dir von allem etwas auf den Teller und schneide es klein. Du probierst einfach ein bisschen von allem. Apfelmus magst du doch.«

»Ich mag nur Kartoffeln«, beharrte Klaas.

»Ich mag auch nur Kartoffeln«, schloss sich Tjark an, der immer noch schmollte, weil er den Hochstuhl hatte abgeben müssen.

»Was macht denn der Hausbau?«, fragte Rena Brandt.

Meike antwortete schnell. »Läuft alles nach Plan, Mutter. Übermorgen geht es los.«

»Ich mein ja, ihr hättet doch besser neu gebaut. Die Gemeinde hat hier ein neues Baugebiet ausgewiesen, die Grundstücke sind ganz günstig und voll erschlossen. Was wollt ihr denn mit dem Riesenhaus? Und das Grundstück, das macht so viel Arbeit. Ihr seid doch beide berufstätig. Und wenn ihr erst Kinder habt, dann könnte ich euch viel besser helfen, wenn ihr näher bei mir wohnen würdet.«

Ein misstrauischer Blick seiner Schwiegermutter traf Möllenkamp. Sie schien zu glauben, dass er hinter der Entscheidung steckte, in Esklum zu wohnen. Er konnte das richtigstellen, aber dann würde er Meike in den Rücken fallen.

Währenddessen hatte Ulrike unablässig auf Klaas eingeredet, um ihn dazu zu bringen, von den Bohnen zu probieren.

Christiane platzte der Kragen: »Uli, kannst Du mal einen Moment den Mund halten? Das Gequatsche macht den Kleinen ja ganz verrückt.«

Möllenkamp wog ab, ob er einen Eklat verursachen würde, wenn er den Tisch verließe, ließ es dann aber lieber sein. Stattdessen zog er sich in sich selbst zurück, eine bewährte Strategie für Familiennachmittage – solange man ihn ließ.

Während Rena Brandt fassungslos beobachtete, wie Wiebke sich Ketchup über ihr Sojaschnitzel kippte, und Ulrike und Thomas die Grenzen der vegetarischen Küche erörterten, entledigte sich Klaas unbemerkt seiner Fesseln und verschwand hinter dem Sofa.

»Wir spielen am Samstag gegen Suurhusen. Freundschaftsspiel. Die putzen wir weg wie nichts«, prahlte Lars.

»Wie steht es jetzt eigentlich um die Niedersachsen-Meisterschaft?«, wollte Thomas wissen.

»Keine Ahnung. Sind ja die Alten Herren. Da hab ich noch ein bisschen Zeit. Das Spiel gegen TUS Weener muss ja wiederholt werden. Da werden die aber trotzdem kein Land sehen.«

»Warum muss das denn wiederholt werden?«

»Mann, Thomas, liest du keine Zeitung?«, fragte Lars überlegen. »Das letzte Spiel musste abgebrochen werden, weil von den Weeneraner Spielern einer auf dem Platz umgefallen ist. Tot«, fügte er hinzu und hatte damit die Vorherrschaft über das Tischgespräch erobert.

»Mein Gott«, ächzte Christiane, die sonst nicht an Fußball interessiert war, aber für menschliche Dramen ein feines Gespür besaß. »Was hat der Arme denn gehabt?«

»Herzinfarkt, heißt es. Aber den Falschen hat's nicht getroffen.«

»Wieso?«

»Na, der Fokken hat gesoffen wie ein Loch. Der hatte Spielschulden und soll wohl auch nicht immer nett zu allen gewesen sein.«

Möllenkamp schreckte aus dem kontrollierten Wachkoma, in das er sich eben versetzt hatte. »Was heißt denn »nicht nett?« Er versuchte unbeteiligt zu klingen.

»Och, wenn er besoffen war, soll er sich manchmal mit seinen Mannschaftskollegen angelegt haben.«

»Das ist doch normal«, gab Thomas zurück.

»Kommt drauf an, wie oft du besoffen bist.«

»Hat er sich auch mit seiner Frau angelegt?«, wagte sich Möllenkamp aus der Deckung.

»Na, du willst es aber genau wissen. Meinst du, die hat ihn umgebracht?« Es sollte ein Scherz sein, aber Möllenkamp fühlte sich ertappt. Er wollte nicht in ein Familienverhör geraten. Also schwieg er.

»Meike wird es wissen, die hat doch die Tochter von dem in der Klasse.«

Woher wussten die das alles? Möllenkamp war immer wieder erstaunt, wie klein diese Welt war. In Ostfriesland kannte jeder jeden. Nur er kannte niemanden.

»Sind Alkoholprobleme und Spielschulden ein todeswürdiges Verbrechen?«, kam es unerwartet scharf von seiner Frau.

»Wenn du die Schulden bei den falschen Leuten hast…«, gab Lars lapidar zurück.

»Bei wem hatte er denn Schulden?«, erkundigte Möllenkamp sich interessiert.

»Weiß ich nicht, ich sag ja nur.« Lars war nun eingeschnappt, weil Möllenkamps Frage ihn als Aufschneider entlarvt hatte, der mehr vorgab als er tatsächlich wusste. »Aber es war ja nur ein Herzinfarkt.«

»Ich finde, dass du mit Wertungen, ob es den Richtigen oder Falschen getroffen hat, sehr vorsichtig sein solltest«, entgegnete Meike aufgebracht. »Für die Familie ist der Todesfall schon schlimm genug, auch ohne das Gerede der Leute.«

»Stimmt es, dass die Tochter vom Fokken in deiner Klasse ist?«, wollte Christiane wissen.

»Ja, das stimmt. Antonia ist in meiner Sechsten, kommt jetzt in die Siebte. Die hat sich seit Wochen auf die Sommerferien gefreut. Konnte gar nicht aufhören zu erzählen, dass sie nach Mallorca fliegt, das erste Mal überhaupt. Und dann stirbt der Vater. Einfach so, auf dem Fußballplatz, und die Kinder sind auch noch dabei! Plötzlich sind alle Träume zerplatzt, nichts ist mehr übrig. Und dann kommt einer daher und quatscht davon, dass es nicht den Falschen getroffen hat.« Meike brach die Stimme, sie musste schlucken.

Alle schwiegen betreten, und Möllenkamp wurde von einer Welle der Liebe zu seiner Frau durchströmt. Lars nahm sein Basecap ab und kratzte sich verlegen am Kopf.

In diesem Moment der Stille kehrte Klaas breitbeinig hinter dem Sofa hervor und informierte die Runde sachlich darüber, dass er Pipi gemacht habe.

»Klaas, ich habe Dir doch gesagt, dass Du keine Windel trägst und Bescheid sagen sollst.«

Ulrike und Klaas verließen den Raum. Ein kalter Lufthauch aus dem Flur erreichte den Esstisch, und die Tür fiel geräuschvoll hinter den beiden ins Schloss.

Möllenkamp hatte sich wieder aus der Familienunterhaltung ausgeklinkt. Die neue Information über den geplanten Sommerurlaub der Familie Fokken beschäftigte ihn. Würde er, wenn er Fokko Fokken wäre und vorhätte, sich umzubringen, noch einen Familienurlaub planen? Würde Sabine Fokken, wenn sie vorhätte, ihren Mann umzubringen, das noch vor dem Urlaub tun? Gewiss, das waren ziemlich bizarre Gedankenspiele, aber es waren nun einmal immer noch die anderen Familienmitglieder da, vor allem die Kinder. Man konnte es natürlich auch anders sehen. Hatte Fokko Fokken vielleicht den Selbstmord geplant, weil ihm klar gewesen war, dass der Urlaub ihn endgültig ruinieren würde, er sich aber nicht getraut hatte, es seiner Familie zu sagen? Hatte Sabine Fokken den Mord an ihrem Mann auf diesen Zeitpunkt gelegt, damit sie als Täterin noch unwahrscheinlicher erschien? Das war alles möglich, und trotzdem passte es nicht zusammen.

So grübelte er vor sich hin, während das Familientreffen seinen Verlauf nahm: Tjark trat in die von Klaas hinterlassene Pfütze. Wiebke und Lars gerieten in Streit über das, was man Toten nachsagen durfte und was nicht. Christiane und Ulrike diskutierten darüber, wie man die Kinder stubenrein bekam, und Rena Brandt versuchte über Umwege, ihren Schwiegersohn Thomas für eine Renovierung ihres Badezimmers zu gewinnen. Meike hingegen hatte sich mit ihren Neffen auf eine Tour durch den Garten gemacht.

Und alle waren sie an diesem Tag hier, weil der Vater der Familie Brandt seine Spuren auch nach seinem Tod noch in ihrem Leben zog. Und das war gut so.

* * *

Der Garten musste unbedingt mal wieder in Ordnung gebracht werden. Festers mähte zwar den Rasen und knipste die verwelkten Blütenstände ebenso ab wie die von Zikaden befallenen schwarzen Knospen, er schnitt die Formgehölze und die Eibenhecke. Aber Unkraut jäten war nicht sein Ding. Sie konnte die Trichterwinde vom Fenster aus sehen, die sich langsam der Berberitze bemächtigte, und den Schachtelhalm hatte Festers auch nicht im Griff. Engelke Terveer argwöhnte, dass Männer als Gärtner eigentlich ungeeignet waren, weil sie es als unmännlich empfanden, sich zu bücken. Alles, was oberhalb der Hüfthöhe zu bearbeiten war, wurde von ihnen gepflegt. Doch die Dinge unterhalb der Gürtellinie blieben entweder unbeachtet oder wurden mit schwerem Gerät, am besten mit lautem Verbrennungsmotor betrieben, einfach plattgemacht.

Sie stand am Fenster und blickte finster auf die hohen Tannen, die ihr verstorbener Mann um das Grundstück herum gepflanzt hatte, damit nicht einmal im Winter jemand in sein Allerheiligstes sehen konnte. Nachdenklich knöpfte sie sich die Jacke ihres Tweedkostüms auf. Die Bridgenachmittage mit den anderen gut situierten Witwen waren ihr ein Graus. Dieses dumme Geschwätz über die Enkel, über das Wetter, über Krankheiten und vor allem die nicht anwesenden Witwen ödete sie an. Und trotzdem ging sie hin. Sie wusste nicht, mit was sie sich die Zeit sonst vertreiben sollte. Manchmal fiel doch eine interessante Information über das Leeraner Gesellschaftsleben ab. Selten genug, aber es reichte aus, um diese Gewohnheit nicht zu ändern.

Sie wandte sich dem kleinen Barwagen zu, auf dem immer noch gut sortiert die Flaschen standen, und schenkte sich einen Cognac ein. Sie legte ihre Hand um das tulpenförmige Glas, schwenkte es, sog den herben, fruchtigen Geruch tief ein und beobachtete, wie die Schlieren der braunen Flüssigkeit an der Glasinnenwand nach unten rannen. Nach dem Sekt, dem Kaffee und dem Geschwätz musste sie die süßliche Klebrigkeit in ihr mit etwas Stärkerem hinunterspülen.

»Du hättest dich in dieser Runde sicher wohlgefühlt. Die alten Hennen hätten dir zu Füßen gelegen, wenn du dein Seemannsgarn von den sieben Weltmeeren zum Besten gegeben hättest.«

Sie prostete dem Foto ihres Mannes zu, dessen schwarzes Trauerband von Mina nach dem Abstauben immer sorgfältig wieder zurechtgeschoben wurde. Es war das einzige Foto, das sie hatte stehen lassen. Ansonsten hatte sie alle Familienfotos verbannt. Nur die Schiffe waren geblieben.

Unschlüssig stand sie am Barwagen und schenkte sich dann noch einen Cognac ein. Ihr Kopf wurde leichter und sie musste ihre Schritte sorgfältig setzen, als sie den Weg ins Obergeschoss antrat, um dort im Bett noch fernzusehen. Den Fernseher hatte sie erst nach dem Tod ihres Mannes ins Schlafzimmer stellen lassen. Er hätte das niemals gutgeheißen, aber es musste ja auch etwas Gutes haben, Witwe zu sein. Sie konnte tun und lassen, was sie wollte. Zum Ausgleich hatte sie sein Bett nicht abräumen lassen und ließ es, ebenso wie ihre Seite, alle zwei Wochen neu beziehen. Es machte ihr Freude, sich vorzustellen, er läge noch neben ihr und müsste nun dulden, dass sie vor dem laufenden Fernseher einschlief.

Sie streifte ihre Pumps ab und ließ sich, noch in Rock und Bluse, lang auf das Bett plumpsen. Dann breitete sie die Arme aus und lag einfach da. Auch dies war eine Übertretung der ehelichen Gesetze, die jahrzehntelang gegolten hatten: Mit Straßenschuhen durfte niemand das Obergeschoss betreten, und vor dem Zubettgehen war die Kleidung sorgfältig auf Bügel zu hängen und das Nachtgewand anzuziehen. Regeln hatten sie umstellt wie die Tannen das Grundstück. Die Kinder waren, kaum alt genug, vor diesen Regeln geflohen und hatten sich in sicherer Entfernung von ihren Eltern ein eigenes Leben aufgebaut. Hin und wieder hatte Engelke ihnen etwas zugesteckt, ohne dass Sinus es wusste. Sie hatte gehofft, dass sie ihnen nach seinem Tode wieder näherkommen würde, aber weder eignete sie sich für die Rolle der fürsorglichen Großmutter, noch hatten die Kinder die lang eingeübte Distanz ablegen können – oder wollen. So blieb es bei den Pflichtbesuchen an Ostern, Weihnachten, runden Geburtstagen, Konfirmation, Abitur. Im Grunde ihres Herzens war sie nicht unglücklich, dass sie nun nicht auch noch der sozialen Kontrolle ihrer Kinder unterlag. Sie sah ja an ihren Bekannten, wie unverfroren Kinder sich als Gesundheitspolizei und Erziehungsberechtigte ihrer Eltern aufspielten, wenn diese auch nur geringste Zeichen der Schwäche erkennen ließen.

Es war wirklich nicht so, dass sie über die Stränge geschlagen hätte, seit sie allein lebte – nun schon seit elf Jahren. Aber das Motto »Lebe wild und gefährlich« hatte seinen Reiz, vor allem dann, wenn sie sich die Reaktionen von Sinus vorstellte. Und so kümmerte sie sich nicht um ihre Gicht und aß Meeresfrüchte und andere verbotene Speisen mit Genuss.

Die Alarmanlage in ihrem Haus hatte sie nicht mehr in Betrieb gesetzt, seit sie von Sinus' Beerdigung heimgekommen war. Der Höhepunkt ihrer Auflehnung war es gewesen, als sie sich auf ihrer ersten Urlaubsreise nach Rügen einen Bikini gekauft und das Oberteil beim Sonnenbaden weggelassen hatte. Und das mit 61 Jahren! Wenn Sinus damals nicht schon unter der Erde gewesen wäre, er wäre angesichts solcher Schamlosigkeit auf der Stelle tot umgefallen.

Engelke Terveer rollte sich auf ihrem Bett herum. Weil der schmale Tweedrock und die Strumpfhose nun doch etwas zwickten, zog sie die Sachen aus. Zu ihren jetzigen Angewohnheiten gehörte es, die Vorhänge nicht zuzuziehen, wenn sie sich umzog. Wer einer 70-Jährigen etwas wegschauen wollte, der sollte das bitteschön tun. Aber das war ja wegen der Tannen gar nicht möglich. Sie sah sich den Garten aus ihrem Schlafzimmerfenster im Obergeschoss noch einmal an. Eindeutig zu viele Friedhofspflanzen. Am Mittwoch, wenn Festers das nächste Mal kam, würde sie ihm sagen, dass er die verdammten Tannen fällen sollte.

Ihr Blick blieb am Grün der Rasenfläche hängen. Auf dem Gras lag etwas Weißes, vielleicht ein Papiertaschentuch. Das war vorhin noch nicht dagewesen. Es mochte dorthin geweht sein, aber es irritierte sie trotzdem. Noch war es hell, und das Weiß hob sich auffällig vom Grün des Rasens ab.

Engelke Terveer drehte sich um und griff nach der Fernbedienung, um den Ton abzuschalten. Sie spitzte die Ohren, konnte aber nichts Verdächtiges hören. Die durch zwei

Cognac erzeugte Hochstimmung war fort. In ihrem Unterkleid und ganz ohne Strumpfhosen fühlte sie sich verletzlich, als hätte sie ihre Rüstung ausgezogen. Sie blickte auf den Ballenzeh an ihrem rechten Fuß, auf die Altersflecken auf ihren Händen. Dann gab sie sich einen Ruck.

»Du gehst jetzt nach unten und machst die Alarmanlage an«, sprach sie zu sich selbst. »Dann siehst du dich um, und wenn dir etwas verdächtig vorkommt, rufst du Festers an. Der ist in fünf Minuten da.« Sie zwang sich, festen Schrittes die Treppen hinunterzugehen.

Das Anstellen der Alarmanlage erwies sich nach so vielen Jahren als schwierig. Sie fluchte, als ihr klar wurde, dass die Anleitung in ihrer Benutzerhandbuch-Schublade im Keller sein musste.

Der Keller roch muffig. Sie fröstelte und bereute, nicht wenigstens einen Morgenmantel angezogen zu haben. Im Hauswirtschaftsraum tastete sie nach dem Lichtschalter. Es dauerte eine gefühlte Ewigkeit, bis die Neonröhre ein kurzes Blinken von sich gab. Im nächsten Augenblick wurde sie mit einem kleinen Knall wieder dunkel und ließ sich nicht mehr einschalten. Engelke Terveer versuchte, ihre Beklommenheit zu bekämpfen, indem sie die Liste der von Festers zu erledigenden Arbeiten verlängerte. Sie verließ den Hauswirtschaftsraum, um aus der Küche eine Taschenlampe zu holen.

Auf der Kellertreppe erfasste sie ein Lufthauch. Kälte strich deutlich spürbar um ihre Beine und verursachte eine Gänsehaut auf ihrem Rücken.

Panisch stürmte sie nach oben in die Küche. Sie riss die Schublade auf, ergriff ein großes Gemüsemesser und drehte sich zur Tür. Wieder lauschte sie. Ihr Atem war laut, sie zwang sich die Luft anzuhalten.

Nichts. Da war nichts.

Vorsichtig tastete sie sich zurück in den Flur, drückte sich an der Garderobe entlang und erschrak vor ihrem eigenen Spiegelbild. Sie zwang sich, ruhig ein- und auszuatmen und betrachtete sich selbst, eine alte Frau im Unterkleid mit Hallux Valgus am rechten Fuß und Altersflecken an der Hand, die jetzt ein großes Gemüsemesser umklammerte. Auf einmal kam sie sich nicht mehr schwach vor, sondern lächerlich.

»Engelke, du blöde Gans. Geh jetzt da runter, hol die Betriebsanleitung und stell die Alarmanlage an!«

Als sie unten war, bemerkte sie, dass sie die Taschenlampe vergessen hatte, wegen der sie eigentlich in die Küche gegangen war. Wütend auf sich selbst tappte sie in den Kellerraum und riss im Dunkeln die ganze Schublade mit den Betriebsanleitungen heraus. Dann würde sie die richtige Anleitung eben in der Küche heraussuchen!

Sie wollte sich gerade umdrehen, als sich von hinten eine Hand auf ihr Gesicht legte. Sie roch den süßlichen Geruch des Chloroforms, im nächsten Augenblick gaben ihre Hände nach, und die schwere Schublade fiel ihr auf die Füße. Sie bemerkte weder den Schmerz, noch wie sich die Hefte und Faltblätter auf dem Boden verteilten. Sie sank einfach in sich zusammen und wurde von Händen in schwarzen Handschuhen aufgefangen.

Frühjahr 2000, an der afrikanischen Küste

Die Luft ist heiß. Sie riecht nach Salz, nach totem Fisch, nach Öl und Rauch und Kloake. Wind, es ist Wind zu hören, aber darunter sind noch andere Geräusche. Ein Rauschen, das sich erst mit Mühe in das Knattern von Motoren, das metallische Klirren von Ketten, menschliche Schreie, das Knallen von herabfallenden Gegenständen und Hupen von Fahrzeugen zerlegen lässt.

Er öffnet die Augen. Licht fällt durch die Löcher der alten Plane über dem Rettungsboot. Das sanfte Schaukeln gibt ihm Gewissheit: Die Dona Liberta *liegt in einem Hafen. Erleichterung macht sich in ihm breit. Das Grauen des offenen Meeres weicht fürs Erste. Es ist heiß und stickig in seinem Versteck, sein Kopf schmerzt, die Zunge klebt ihm am Gaumen. Ist es zu riskant, jetzt nach Wasser zu suchen? Einerlei, er hat keine Wahl, wenn er nicht bald wieder ohnmächtig werden will, ohne Gewissheit, jemals wieder aufzuwachen.*

Er versucht sich umzusehen, robbt durch das Boot, findet die Vorräte. Das Wasser aus dem Aluminiumschlauch schmeckt köstlicher als irgendetwas anderes, an das er sich erinnern kann. Gierig schlingt er auch einen der Seenotriegel aus Fett und Mehl herunter. Am liebsten würde er alle auf einmal essen, aber wer weiß, wie lange er damit auskommen muss. Wo mag er sein? Wie lange ist er schon unterwegs? Die Gerüche, die Geräusche, die Hitze. Es muss irgendwo in Afrika sein.

Durch die löchrige Plane sind Moskitos hereingekommen. Er kann sie gegen das Licht sehen, wie sie auf dem Stoff hocken. Er spürt förmlich, wie sie ihn fixieren, bereit, sich jeden Moment auf ihre Beute zu stürzen. Malaria gibt es auch auf den Philippinen. Er kann ohnehin nichts tun.

Zu gerne würde er sich umsehen, aber das kann er erst riskieren, wenn es dunkel ist. Also legt er sich wieder hin. Die Bewegungslosigkeit zermürbt ihn. Es kommt ihm vor, als würde das Blut in seinen Adern ins Stocken geraten, als müsste sein Herz jeden Moment aufhören zu schlagen, weil es nichts mehr zu tun hat. Er stellt sich vor, wie die Muskeln in seinen Armen und Beinen verschwinden. Wenn er irgendwann irgendwo einmal ankommt, dann wird er auf allen Vieren vom Schiff herunterkriechen müssen, weil seine Beine ihn nicht mehr tragen. Er ringt unter der stickigen Plane nach Luft. Dann denkt er an Amihan, an ihr Keuchen und Husten, und schämt sich. Still legt er sich wieder hin.

* * *

Als er erwacht, ist es dunkel. Die Geräusche sind noch dieselben, als würde der Hafen niemals zur Ruhe kommen. Er versucht herauszuhören, ob jemand an Deck in der Nähe ist. Aber in dem Krach ist das kaum auszumachen. Er späht vorsichtig durch die Löcher der Plane, aber alles, was er sieht, ist der Himmel, der dunkel, aber nicht richtig dunkel ist. Langsam hebt er die Plane zur Landseite hin an. Wenn jetzt jemand kommt, dann wird er sofort sehen, dass sich die Plane ausbeult und jemand in dem Rettungsboot ist. Immerhin, wenn sie ihn über Bord werfen, dann ist die Küste nicht weit. Sie können ihn aber auch einsperren in einem engen, stickigen afrikanischen Gefängnis, voller Ungeziefer und böser Menschen. Er sieht hell beleuchtete Hafenanlagen, unendliche Flächen aus Containern, dahinter in der Dunkelheit eine ganze Reihe rostiger Dächer, in der Ferne Hochhäuser. Die Luft ist nicht klar, sondern diesig. Das muss Lagos sein, die Kloake der Erde, schlimmer als Manila oder andere Megastädte, die er gesehen hat. Er hört Schritte herankommen. Blitzschnell duckt er sich, macht sich unter der Plane so flach wie möglich, hält den Atem an und hofft, dass man sein Herz nicht klopfen hört. Die Schritte gehen vorbei, er atmet langsam aus.

Dann hört er nichts mehr. Der Mann ist stehen geblieben. Einen Moment lang regt sich nichts. Dann vernimmt er wieder Schritte, sie kommen näher, direkt auf sein Rettungsboot zu. Wieder bleibt der Mann stehen. Gleich wird er die Plane anheben. Dann ist es vorbei. Er hört ein Rascheln, das Klicken eines Feuerzeugs. Der Geruch einer Zigarette zieht durch die Löcher der Plane. Es dauert eine halbe Ewigkeit, bis die Füße sich wieder in Bewegung setzen und sich langsam entfernen. Er wischt sich den Schweiß von der Stirn und faltet die Hände. Betet das einzige, was er kann: »Gegrüßet seist du, Maria, voll der Gnade, der Herr ist mit dir. Du bist gebenedeit unter den Frauen, und gebenedeit ist die Frucht deines Leibes, Jesus. Heilige Maria, Mutter Gottes, bitte für uns Sünder jetzt und in der Stunde unseres Todes. Amen.«

Sonntag, 16. Juli 2000

Der Gärtner stand mit einer Cognacflasche in der Hand da. Sein Gesichtsausdruck ließ keinen Widerspruch zu. Stumm zeigte er auf die Rhododendronbüsche, und eine nach der anderen setzten sich die alten Damen in Bewegung. Mit lauten Motorsägen fällten sie die blühenden Sträucher, während Engelke verzweifelt versuchte, ihren Eifer auf die

Tannen zu lenken. Sie wollte aus dem Haus laufen, aber ihr Fuß tat weh und irgendetwas hielt sie fest. Sie wollte schreien, blieb jedoch stumm. In ihrem Haus waren alle Schiffe von der Wand gefallen, und Sinus kämpfte sich aus dem Bilderrahmen, wobei er wütend den Trauerflor beiseitestieß und brüllte, er wolle jetzt sofort frische Brötchen zum Frühstück. Sie wollte antworten, die Brötchen stünden doch schon auf dem Tisch, ob er sie nicht riechen könne. Doch sie konnte nicht sprechen.

Irgendwann wurde es still. Sinus, Festers und die Bridgedamen waren verschwunden, und erleichtert gab sich Engelke Terveer wieder dem Schlaf hin. Um den Rhododendron würde sie sich morgen kümmern.

* * *

Ein Lichtstrahl traf sie direkt in die Pupille, als sie die Augen öffnete, so dass sie sie sofort wieder schloss. Sie wollte sich an die Stirn greifen, um die Augen zu beschirmen, aber das ging nicht, weil ihre Hand in einer Handschelle steckte, die wiederum an einem eisernen Bettgestell hing. Der Lichtstrahl hatte sich durch die Spalten der Außenjalousie gemogelt, und wenn sie den Kopf ein wenig drehte, traf er auch nicht mehr ihre Pupille.

In dem bisschen Licht, das durch die Jalousienspalten fiel, versuchte sie das Innere des Raumes zu erkennen. Außer dem Bett, auf dem sie lag, schien sich nichts darin zu befinden. Der Fußboden war gefliest. Es roch irgendwie neu, gleichzeitig ungelüftet – und immer noch nach Brötchen.

Sie fühlte sich benommen, und ihr Kopf tat weh. Schlimmer aber war der Schmerz in ihrem Fuß. Sie richtete sich auf, um nachzusehen, was den Kopfschmerz verstärkte. Der Fuß war blaugrün und angeschwollen. Wahrscheinlich war er gebrochen. Wie war das gekommen? Richtig, ihr war eine Schublade auf den Fuß gefallen, als sie in den Keller gegangen war, um die Alarmanlage anzumachen. Dann war sie überfallen worden.

Die Frage, wer sie hierhergebracht hatte und warum hämmerte von innen gegen ihre Schädeldecke. Sie sah an sich herab und bemerkte, dass sie immer noch nichts weiter als ihr Unterkleid trug. Augenblicklich begann sie zu frieren und sich zu schämen, als sei es ihre Schuld, dass sie zu ihrer Entführung nicht passend gekleidet war.

Entführung. Das Wort ließ sie schrumpfen. Irgendjemand hatte sie betäubt und hierhergebracht und hielt sie nun gefangen. Frierend, mit schmerzendem Kopf und gebrochenem Fuß an ein Bett angekettet musste sie der Tatsache ins Auge sehen, völlig hilflos zu sein. Panik schnürte ihre Brust zusammen, ließ ihr Herz hämmern und vernebelte ihre Gedanken. Tränen füllten ihre Augen, sie wollte schreien, um den Druck zu lindern, doch nur ein gequälter Laut entrang sich ihrer Kehle und hallte von den kahlen Wänden zurück. Erschrocken hielt sie inne. Was, wenn ihr Entführer – oder waren es mehrere – in der Nähe war?

Was sollte das alles hier? Wollte jemand ihr Geld? Würden ihre Kinder zahlen? Sie war sich nicht ganz sicher, und das tat ihr weh. Und wie würde die Übergabe ablaufen? Die Entführungen, an die sie sich aus den Nachrichten erinnern konnte, hatten meist mit dem Tod des Entführungsopfers geendet. Die Täter waren oft keine Profis und mit dem Verbrechen, das sie angezettelt hatten, heillos überfordert. Dann verloren sie die Nerven und brachten ihr Opfer um.

Oder war sie in die Fänge eines Verrückten geraten, eines Perversen, der sie filetieren und dann verspeisen würde? *Dafür hätte er sich ein junges Ding gesucht und nicht eine zähe alte Schachtel wie dich*, meldete sich ihr Sarkasmus. Aber vielleicht hasste er einfach alte Frauen und hatte sich einen schrecklichen Tod für sie ausgedacht. So wie sie aussah, konnte sie auf kein Mitleid zählen.

Vorsichtig zog sie die Beine an, legte ihr Gesicht zwischen die Knie und ließ den Tränen ihren Lauf. Ihre Haltung, ihre unbekümmerte Standhaftigkeit, ihr Hochmut – all das, was sie sich in den letzten Jahren aufgebaut hatte, zerfloss in Rotz und Wasser. Sie war keine vermögende Reederwitwe, die ihrem Gärtner Anweisungen geben und auf das Fußvolk herabblicken konnte. Sie war eine alte Frau in einem viel zu dünnen Unterkleid, mit zerlaufenem Make up und einem geschwollenen Fuß, gefesselt an ein Eisenbett in einem verlassenen Haus.

Sie hatte keine Ahnung, wo sie war, vielleicht noch in Leer oder ganz weit weg. Sie war betäubt gewesen. Der Himmel mochte wissen, wohin ihre Entführer sie gebracht hatten.

Während ihr die Rotzfäden aus der Nase liefen und zwischen ihren Knien auf die Matratze tropften, schalt sie sich, dass sie die Alarmanlage nie benutzt hatte. Sie hatte sie ebenso zurückgewiesen wie all die anderen Regeln, die Sinus ihrem gemeinsamen Leben auferlegt hatte. Sie hatte frei sein wollen – von Gängelung, moralischen Normen und vom Gefühl der Gefahr. Als ob man tatsächliche Gefahren durch das Ausschalten einer Alarmanlage fernhalten könnte. Was für ein kindischer Trotz hatte sie getrieben, alle Werte und Ratschläge ihres verstorbenen Mannes in den Wind zu schlagen!

Und das hatte sie nun davon.

Nach einer Weile stellte sie überrascht fest, dass das Weinen sie erleichtert hatte. Sie wischte sich mit ihrer freien linken Hand den Rotz von der Nase. Da sie kein Taschentuch hatte, schnäuzte sie sich in die Finger. Das war nicht fein, aber es half, und wie sie aussah, war sowieso egal.

Sie versuchte sich zu orientieren. Ihr Bett stand dem Fenster gegenüber. Links von ihr war die Tür. Durch Ritzen und Schlüsselloch kam kein Licht. Obwohl es draußen hell sein musste, war offenbar der Raum hinter der Tür dunkel. An ihre Ohren drang kein Ton. Es schien, als sei sie allein in diesem Haus. Was für ein Gebäude war das? Es roch nicht feucht, nicht modrig. Es gab nicht die feuchte Kälte schlecht isolierter Altbauten. Der Abstand ihres Bettes zum Fenster legte nahe, dass der Raum groß war. Alles um sie herum schien glatt und neu, als habe noch nie jemand hier gewohnt.

Sie verspürte Durst. Das Weinen hatte ihr Gesicht anschwellen lassen, und ihre Zahnprothese fing an zu drücken. Was, wenn überhaupt niemand kam?

Sie rüttelte an der Handschelle, glitt vom Bett und zerrte nach Leibeskräften. Das Eisenbett bewegte sich. Eine Welle der Übelkeit überkam sie, saure Galle stieg in ihr hoch, sie würgte sie hinunter. Jetzt bloß nicht kotzen. Der Geruch, zusammen mit den Brötchen, würde unerträglich sein, und es würde ihren Durst vergrößern. Wenn sie das Bett ans Fenster bekam, konnte sie es vielleicht öffnen und Hilfe herbeirufen. Sie zog nun gezielt Richtung Fenster. Das war schwierig, weil sie den gebrochenen Fuß nicht belasten durfte. Jeder Ruck verursachte ein scheußliches Quietschen auf den Fliesen. Beim ersten Mal zuckte sie erschrocken zusammen, lauschte, fürchtete, hoffte, jemand würde kommen. Aber es geschah nichts.

Nach einer gefühlten Ewigkeit hatte sie ihr Ziel erreicht. Sie beugte sich vor, tastete mit ihrer freien Hand an der linken Seite des Fensters nach dem Gurt oder einer elektrischen Jalousiensteuerung. Nichts. Sie versuchte, sich zur rechten Seite hinüberzubeugen, verlor das Gleichgewicht und fiel gegen das Bett. Ein stechender Schmerz durchzog ihr Bein, als sie mit dem kaputten Fuß aufkam. Einen Moment lang wurde ihr schwarz vor Augen. Sie zerrte das Bett zur rechten Seite des Fensters, und streckte den Arm aus, um hier nach einem Öffner zu suchen.

Plötzlich flutete gleißendes Licht den Raum. Sie fuhr herum, konnte aber nichts sehen, weil sie die Augen zusammengekniffen hatte. Wieder stoppte die Handschelle ihre Bewegung. Sie fiel zurück aufs Bett und lag wie ein Käfer auf dem Rücken.

»Wat maakst du daar?« fragte eine tiefe Männerstimme.

Frühjahr 2000, irgendwo im Atlantik

Vorsichtig verstaut Mariano den leeren Beutel Wasser. Einen Moment hat er daran gedacht, die Plane zurückzuwerfen und mit einem riesigen Schrei aus dem Rettungsboot zu springen. Dann wäre der Spuk zu Ende. Was soll das Ganze noch? Er hat kein Wasser mehr, er hat keine Ahnung, wo er ist. Gegessen hat er schon länger nichts mehr. Er kann sich nicht genau erinnern, wie lange schon. Es gibt viel zu wenige Vorräte in dem Rettungsboot. Aber er hat den Gedanken an den großen Auftritt verworfen. Das ist nicht seine Art, und er fühlt sich viel zu schwach.

Er könnte versuchen, in ein anderes Rettungsboot zu gelangen, wo es noch Vorräte geben mag. Aber der Mann, der sich früher schon dem Boot genähert hat, als sie in Lagos ankerten, kommt jede Nacht. Er erkennt ihn bereits am Schritt. Immer taucht er auf, geht scheinbar achtlos vorbei, kommt dann wieder und wartet am Boot. Als würde er ihn bewachen. Der Mann weiß, dass er da in dem Rettungsboot ist. Es kann gar nicht anders sein. Aber warum hebt er dann nicht die Plane? Warum schlägt er nicht Alarm, wirft ihn ins Meer, übergibt ihn dem Kapitän? Oder, wenn es anders ist, wenn der Mann ihn schonen will, warum gibt er ihm dann nichts zu trinken? Oder zu essen? Warum sagt er nicht zu ihm: »Ich weiß, dass du da bist. Wenn du dir die Füße vertreten willst, dann pass ich so lange auf. Keine Angst, ich verpfeife dich nicht.« Aber das tut er nicht. Worauf wartet er? Darauf, dass der blinde Passagier sich zeigt? Aus dem Boot steigt und sagt: »Okay, hier bin ich. Mach mit mir, was du für richtig hältst.« So tut also der eine, als gäbe es ihn nicht, und der andere, als wisse er nicht, dass dort doch einer ist.

Es ist nicht mehr so heiß unter der Plane. Manchmal ist es sogar kalt. Nachts vor allem. Sie müssen viel weiter nördlich sein. Aber wie lange noch bis Hamburg?

Vielleicht fahren sie gar nicht bis Hamburg. Vielleicht hat die Dona Liberta *ihren Kurs längst geändert. Darum ist er doch auf diesem Schiff: weil es unberechenbar ist, sich an keine Regeln hält. Er wird es nicht schaffen. Er wird vorher verdursten, und das nur, weil dieser Mann vor seinem Rettungsboot steht. Rettungsboot, was für ein alberner Name, wenn man darin stirbt, weil man nicht aussteigen kann.*

Er hat Amihan verlassen, ohne ein Wort zu sagen. Er ist ihr eine Erklärung schuldig, selbst dann, wenn sein Plan nicht aufgeht. In Gedanken sieht er ihre Augen vor sich, ihr kleines Gesicht, ihre zweifelnde Miene. Sie soll nicht sterben in dem Glauben, er wäre einfach gegangen, ohne alles zu versuchen, um sie zu retten.

Er muss das Boot jetzt verlassen. Unter der Plane ist es dunkel geworden, die Sonne ist untergegangen. Noch einmal durchwühlt er die Box mit den Vorräten. Er findet kein Wasser mehr. Er schneidet sich den Finger an einer offenen Blechbüchse, flucht ein wenig. Während er den Finger in den Mund steckt, befühlt er die Büchse, dreht den Deckel wieder zurück, so dass er das Stäbchen herausziehen kann, das man zum Aufrollen des Deckels benutzt. Sein Blut schmeckt süß wie Honig. Er stellt sich vor, wie es durch seine Adern suppt, immer dicker wird, nicht mehr in die Finger kommt, in die kleinen Kapillaren. Dass es zäh wird wie eingetrockneter Schiffslack, dass ihm schwarz vor Augen wird und die Füße ihm wegsacken. Er fühlt sich schon ganz elend. Er muss etwas trinken.

Während seiner Suche hat er nicht auf die Außengeräusche geachtet. Jetzt, als er die Plane anheben will, hört er vertraute Schritte. Sein Bewacher kommt früher als sonst. Als hätte er gewusst, dass er heute die Flucht aus dem Boot versuchen wird.

Verdammt, was soll er tun? Irgendetwas ist anders als in den letzten Nächten. Er kauert sich zusammen, sein Herz rast. Amihan blickt ihn an.

Der Mann hustet. Er hustet wieder. Er macht einen Schritt vom Boot weg. Es riecht nach Zigarettenrauch.

»He Mann, wo hast du das Zeug?«

Der Mann vor dem Boot lacht heiser auf.

»Hier, hinter mir.«

Eine Hand klopft von oben auf die Plane. Panik ergreift Mariano. Er versteht, dass irgendetwas hier im Boot sein soll. Nein, nein, will er rufen. Hier ist nichts. Nicht einmal Wasser, ich habe wirklich alles abgesucht.

»Lass sehen.«

Einen Moment bleibt es still. Der Mann räuspert sich noch einmal, irgendwie so, als wäre er sich nicht ganz sicher. Dann dreht er sich um.

Ein schabendes Geräusch ist zu vernehmen, als der Mann mit den Fingern unter die Plane greift. Er bewegt die Hand hin und her, zögert, stellt fest, dass es bloß so aussieht, als sei die Plane festgezurrt. In Wirklichkeit liegt sie nur lose auf. Reglos starrt Mariano die dunklen Finger an, er kann nur Schemen erkennen. Die Zeit verrinnt, jede Sekunde eine Ewigkeit. Die Hand zieht sich zurück.

»Irgendjemand war hier dran. Die Befestigung ist lose.«

Die Stimme klingt verunsichert.

»Ich muss nachsehen.«

Die Gestalt vor dem Boot dreht sich wieder um. Zwei Hände erscheinen unter der Plane, gleich wird er sie zurückschlagen. Unwahrscheinlich, dass die beiden Männer ihn einfach unter seiner Plane in Ruhe lassen werden. Er hat in seinem Leben nicht genug Gutes von Fremden erfahren, um davon auszugehen, dass sie ihm sogar helfen würden. Zumal sie glauben werden, dass er an sich genommen hat, was immer sie in dem Boot vermuten. Er krampft seine Hände zusammen und merkt, dass er das Stäbchen von der Blechdose noch in der Hand hat. Er hat sich verletzt, die Hand ist feucht von Blut. Er schiebt das Stäbchen zwischen Zeige- und Mittelfinger, versucht es so zu halten, dass er es als Waffe benutzen kann. Aber selbst wenn er einen der Männer außer Gefecht setzt: Gegen den anderen hat er keine Chance. Er ist zu schwach.

Die Hände unter der Plane sind verschwunden.

»Was ist passiert? Willst du mich verscheißern?«

Ein Geräusch, ganz plötzlich, ein dumpfer Schlag, ein halb erstickter Schrei und dann, nach einer Ewigkeit, ein klatschendes Geräusch. Stille tritt ein.

Starr vor Angst presst Mariano sich an die Bordwand, hält den Atem an. Wie gebannt starrt er auf die Stelle, an der er gerade die Hände gesehen hat. Ein Bild, das ihm jetzt unwirklich erscheint. Waren die Hände real? Doch ja, da sind sie! Er sieht Hände, die an den Handgelenken enden, einfach in der Luft schweben, sich selbstständig gemacht haben. Die Hände winken ihm zu. Er blinzelt, schüttelt den Kopf, starrt wieder hin. Da ist nichts. Er ist verrückt geworden. Sein unterernährtes Gehirn spielt ihm inzwischen Streiche. Er spürt die Schwäche, die Spannung seines Körpers lässt nach, die Knie zittern. Er lässt sich ein Stück die Bordwand hinuntersacken.

Da! Da sind sie wieder! Die Hände schieben sich unter die Plane, tasten, greifen entschlossener zu, heben die Abdeckung an. Jetzt hört er auch Geräusche. Keine Halluzination, es ist wirklich jemand da. Wenn der Mann ins Boot kommen will, muss er sich ein Stück hochziehen, denn das Boot ist an einem Ausleger aufgehängt. Es schwankt, das Gesicht des Mannes erscheint oberhalb der Kante. Nein, nein, nicht sein *Gesicht. Es ist das von Amihan.*

* * *

Es dauert nur eine Sekunde, bis die Realität ihn wieder hat. Doch in dieser Sekunde hat der Mann ihn gesehen, seinen Schock verdaut, ist in Sprunghaltung gegangen. Wer schneller ist, hat gewonnen. Er wirft sich nach vorn. Hat genau eine Chance. Wenn der erste Schlag nicht sitzt, wird der Mann ihn über Bord werfen. Er wird aufprallen, das Bewusstsein verlieren. Wenn er Glück hat. Dann ertrinkt er. Ein gnädiger Tod.

Wenn er Pech hat, bleibt er bei Verstand.

Dann wird er strampeln, obwohl er nicht schwimmen kann. Wird sich nicht über Wasser halten können. Wird untergehen, Wasser schlucken, salziges Wasser. Er wird auftauchen, husten, nach Luft ringen, bevor er wieder untergeht. Er wird noch mehr Wasser schlucken, seine Lunge wird vor Schmerzen brennen. Vor seinen Augen werden Kreise tanzen, seine Bewegungen werden sich verlangsamen, er wird nach Luft schnappen, doch da wird nur noch Wasser sein, es wird ihm die Brust sprengen, aber er wird keine Kraft mehr haben, nach oben zu kommen.

Den kleinen Metallstab zwischen Zeige- und Mittelfinger schießt seine Faust vor, mitten ins Gesicht des Gegenübers. Er trifft das Auge nicht, aber die Wange. Der Mann schreit auf vor Schmerz. Er schlägt nach ihm, schwankt, fällt in das Rettungsboot, das gefährlich schaukelt. Nun ist er wieder auf den Beinen, das Gesicht blutüberströmt. Er ist ein Weißer. Der Mann stürzt wie ein wildes Tier auf ihn zu, wirft sich auf ihn und reißt ihn zu Boden. Das Gewicht raubt ihm den Atem, irgendetwas bohrt sich in seinen Rücken. Die Hand an seinem Hals drückt ihm die Luft ab. Noch einmal hebt Mariano die Hand, trifft mit dem Metallstab das Ohr seines Gegners. Ein weiterer Schrei, der Druck an seinem Hals wird fester, eine andere Hand tastet nach seinem rechten Arm. Er reißt ihn hoch und stößt seine Faust mit letzter Kraft gegen den Hals des Mannes über sich. Dann wird ihm schwarz vor Augen.

Montag, 17. Juli 2000

Er hatte sich dazu entschlossen, den Rat seiner Mitarbeiter zu suchen. Der Todesfall Fokko Fokken verlangte eine Entscheidung. Entweder legte man den Fall aus kriminalpolizeilicher Sicht als Selbstmord zu den Akten, oder man ermittelte weiter in Richtung Mord.

Bei einer kleinen Lagebesprechung in seinem Büro informierte Möllenkamp Anja Hinrichs und Wilfried Bleeker über die Erkenntnisse des Gerichtsmediziners und den Besuch von Johann Abram bei der Witwe des Verstorbenen.

»Rizin«, grübelte Bleeker, »da gab's doch mal diesen Regenschirm-Mord. Schöne Geschichte aus dem Kalten Krieg.

Ende der 70er-Jahre hat der bulgarische Geheimdienst einen Dissidenten mitten in London mit einem Regenschirm gepiekst. Der Typ, ein Schriftsteller glaube ich, starb ein paar Tage später an der Vergiftung. In der Regenschirm-Spitze hatte sich eine Injektionsnadel mit Gift befunden. Ich bin ziemlich sicher, dass in diesem Zusammenhang von Rizin die Rede war.«

»Willst du jetzt damit sagen, dass irgendein Geheimdienst Fokko Fokken ermordet hat?«, fragte Anja Hinrichs stirnrunzelnd.

»Das wäre mal eine interessante Arbeitshypothese«, grinste Bleeker, »erscheint mir aber etwas weit hergeholt. Wenn Stephan sagt, dass der Bursche Spielschulden hatte, dann würde ich mal überlegen, ob er die bei den falschen Leuten gemacht hat. Davon muss seine Frau ja nicht unbedingt etwas wissen.«

Hinrichs dachte nach. »Dann wäre es aber nicht plausibel, ihn umzubringen. Wenn er tot ist, dann kriegt der Gläubiger sein Geld ja auch nicht wieder. Normalerweise bricht man so jemandem erst einmal die Kniescheibe oder entführt die Tochter.«

Bevor die Kollegen anfangen konnten, darüber zu spekulieren, in welcher Reihenfolge die einzelnen Körperteile der Tochter den Weg zurück zur Familie finden würden, ergriff Möllenkamp das Wort, um die Dinge in sachlichen Bahnen zu halten. »Wir sollten mehr über die finanzielle Situation der Familie und mögliche Gläubiger in Erfahrung bringen.«

»Das bringt doch nichts«, widersprach Anja. »Wenn er Schulden bei der Bank hatte, Hypotheken auf dem Haus,

Kredite, die er nicht bedienen konnte, was weiß ich, dann ist es am wahrscheinlichsten, dass er sich umgebracht hat, um seiner Familie die kurz vorher abgeschlossene Lebensversicherung zukommen zu lassen. Dass seine Frau ihn kaum in den Tod getrieben hat, geht aus dem Bericht von Johann hervor. Auf dessen Einschätzung können wir uns ja meistens gut verlassen.«

Möllenkamp wartete, ob Wilfried noch etwas dazu beitragen würde, aber der schwieg zustimmend. Er musterte Anja verstohlen, um zu sehen, ob sie heute unter besonders schlechter Laune litt und er bei Beharren auf weiteren Nachforschungen die Abreibung bekommen würde, die sonst meistens Edda Sieverts zugedacht war. Doch dann rief er sich selbst zur Räson: »So kommen wir nicht weiter. Ich will bis morgen wissen, bei wem er Schulden hatte und was die Kollegen über Fokko Fokken zu sagen haben. Mir ist die Sache nicht geheuer. Anja, bitte rede du mit den Banken.«

Anja zog missmutig die Augenbrauen hoch, sagte aber nichts mehr.

»Ich könnte mich mal ein bisschen in den einschlägigen Automatencasinos und Kneipen umhören«, bot Bleeker an.

»Gut«, sagte Möllenkamp, »ich übernehme die Kollegen. Außerdem will ich wissen, woher Fokken das Rizin hatte. Ich wüsste nämlich nicht, woher ich das kriege, wenn ich vorhätte, mich damit umzubringen.«

»Och«, meinte Wilfried langsam, »da kann man mal in Apotheken nachfragen. Und wenn das nichts bringt: In Groningen kenne ich Läden, da kriegst du alles.«

»Dann hast du dir hiermit den Job eingefangen, einen Ausflug über die Grenze zu machen.«

* * *

Herta Albrecht ging auf den Empfangscounter der Eingangshalle der Reederei Schipper zu. Sie hoffte, dass der Mann hinter dem Tresen ihr leichtes Zögern nicht bemerkte. Vergeblich. »Kommen Sie nur näher, junge Frau. Ich beiße nicht, auch wenn ich ein exotisches Tier bin.«

Da wusste sie, dass er wusste, dass man ihr längst erzählt hatte, was es mit Theo Weelborg auf sich hatte. Einst war er Chefbuchhalter der traditionsreichen Schipper-Werft gewesen, bis er eines Tages Mitte der 80er-Jahre mit einem Nervenzusammenbruch in die psychiatrische Klinik in Emden eingeliefert worden war. Man hatte ihn aufgegriffen, als er auf der nächtlichen Autobahn 28 zu Fuß nach Remels unterwegs gewesen war, ohne erklären zu können, was er eigentlich vorhatte. Weelborg hatte sich mühsam erholt und war zu seinem Arbeitgeber zurückgekehrt. Er habe sich jedoch geweigert, seine frühere Position wieder einzunehmen, obwohl man ihm das angeboten habe, so hatte man Herta in der Buchhaltung erzählt. Stattdessen habe er um eine Versetzung an den Empfang gebeten. Der damals noch junge Geschäftsführer Peter Steppan habe dieses Ansinnen rundheraus abgelehnt. Der alte Reeder Karl-Heinz Schipper allerdings hatte Weelborg die Bitte gewährt.

»Bestimmt hat Sie Herr Steppan geschickt, damit der Märchenonkel der Reederei Schipper Ihnen etwas erzählt«, sagte er und streckte ihr die Hand entgegen. Kaum wahrnehmbarer Unterton in seiner Stimme ließ sie aufhören, doch er bat sie gleich: »Setzen Sie sich doch zu mir. Was wollen Sie denn wissen?«

»Wenn ich das selber wüsste. Die Geschäftsleitung stellt sich vor, dass es zum Jubiläum eine Festschrift geben soll, die 150 Jahre Reederei Schipper Revue passieren lässt. Aber ich weiß ja so gut wie nichts darüber.«

Weelborg trug eine Art Uniform, die man sich an einem Schiffsoffizier auch gut hätte vorstellen können. Seine buschigen Augenbrauen und der weiße Bart erinnerten ebenfalls an einen Seemann. Er kniff die Augen ein wenig zusammen, als ob er sich erinnern müsste, wie er anfangen wollte.

»Schipper ist eigentlich ein Wunder, das es gar nicht geben dürfte«, begann er dann. »150 Jahre hat hier keine Reederei auf dem Buckel. Ist das nicht eigenartig?«

Herta wusste nicht, ob das eigenartig war, sagte aber vorsichtshalber nichts.

»Haben Sie Zeit mitgebracht? Ich erzähle Ihnen gern etwas, aber ich will Sie auch nicht langweilen.«

Herta beteuerte, dass sie sehr gespannt sei. Sie dachte an den Berg Arbeit, der in ihrem Büro auf sie wartete, aber der Mann vor ihr interessierte sie. Ja, eigentlich interessierte er sie sogar deutlich mehr als Details über 150 Jahre Reederei Schipper.

»Die Geschichte der Schippers ist eng mit der Entwicklung von Leer verbunden. Leer war schon immer eine Hafenstadt, aber längst nicht so stolz und prächtig wie andere Hafenstädte, etwa Bremen oder Hamburg. Man sieht es auch an der Stadtplanung aus früheren Zeiten: Die Häuser der Altstadt liegen mit dem Rücken zum Hafen. Auch die wichtigen Straßen laufen nicht auf den Hafen zu, sondern parallel zu ihm.

Warum das so war? Vielleicht lag es daran, dass Leer im Norden mit Emden eine viel mächtigere Konkurrenz hatte. Jedes Schiff, das die Ems befuhr, musste drei Tage lang in Emden anlegen. Waren, die auf anderen als Emder Schiffen ausgeführt wurden, waren doppelt zu verzollen. Leer blieb nichts anders übrig, als sich fast ausschließlich auf Strom- und Binnenschifffahrt zu beschränken. Möglicherweise wollten die Leeraner Bürger die Torfschiffe nicht sehen, die hier lange Zeit das Bild beherrschten. Sie entsprachen ja so gar nicht ihren Vorstellungen von stolzen Handelsschiffen.«

Herta stellte sich vor, wie das Leeraner Bürgertum sich verächtlich mit dem Rücken zum Hafen stellte. Das kam ihr irgendwie lächerlich vor.

»Als Ostfriesland preußisch wurde, fiel 1808 Emdens Stapelrecht, und Leer konnte endlich auch im Seeverkehr mitmischen. In den nächsten fünf Jahrzehnten entwickelte sich Leer zu Ostfrieslands wichtigstem Hafen für die Ausfuhr landwirtschaftlicher Produkte.

Und jetzt begann die große Zeit von Johann Hermann Schipper, dem Gründer dieser Reederei. Schipper fuhr schon früh zur See, und mit den Erfahrungen, die er auf seinen Reisen gesammelt hatte, gründete er in Leer 1848 seinen eigenen Schiffsmaklerbetrieb.«

»Was ist ein Schiffsmakler?«, fragte Herta, die an ihre bisher ergebnislose Suche nach einer hübschen Wohnung in Leer denken musste, bei der ihr der Maklerberuf nicht sympathischer geworden war.

»Schiffsmakler beschäftigen sich mit der Befrachtung von Schiffen, dem Schiffsan- und -verkauf und der Schiffsabfertigung. Damit verdiente Schipper gutes Geld, aber dann kam die große Auswandererwelle, und der junge Mann witterte seine Chance: Vor allem Landarbeiter aus dem Rheiderland und der Krummhörn wurden mit dem Versprechen, ihr eigener Herr auf eigenem Grund und Boden zu sein, zur Auswanderung in die USA bewegt.

Johann Hermann Schipper ergriff die Gelegenheit und kaufte sein erstes hochseetüchtiges Segelschiff, um damit ostfriesische Auswanderer nach Amerika zu bringen. Aber bis er das Geld zusammen hatte und die Reederei am 13. März 1851 gründen konnte, hatte sich das Geschäft mit der Auswanderung schon wieder nach Bremen verlagert. Aber der junge Mann ließ sich nicht entmutigen. Er konzentrierte sich zunächst auf die Binnenschifffahrt, weil die ein beständigeres Auskommen versprach.

Sein Sohn Friedrich Hermann Schipper übernahm mit achtundzwanzig Jahren die Reederei von seinem Vater. Er erkannte, dass sich durch den 1899 eröffneten Dortmund-Ems-Kanal neue Chancen für die Seeschifffahrt boten. Der junge Schipper eröffnete eine Zweigniederlassung der Reederei in Emden und baute im Jahrzehnt vor dem 1. Weltkrieg die eigene Binnenschifffahrtsflotte zusehends aus.

Anfangs war Schippers Firma auf Beteiligungen an Segelschiffen beschränkt. Doch etwa seit der Jahrhundertwende konnte die Reederei auch eigene Segelschiffe für den Seeverkehr erwerben. 1913 wurde ihr erstes Dampfschiff auf den Namen »Frisia« getauft. Es hatte 2 200 Bruttoregistertonnen.«

Von Bruttoregistertonnen verstand Herta nichts, aber ihr dämmerte, dass sie einen entscheidenden Fehler gemacht hatte, ohne ein Tonband oder wenigstens ein Notizbuch zu

Weelborg zu gehen. »Herr Weelborg, ich muss mir Ihre Ausführungen unbedingt mitschreiben. Darf ich mir eben ein Notizbuch holen? Ich vergesse sonst zu viel, und das wäre ein Jammer.«

Weelborg lächelte milde und kramte hinter seinem Tresen einen Stapel Papier hervor, das er ganz altmodisch mit der Schreibmaschine auf Matrize geschrieben und dann vervielfältigt hatte.

»Ich hab das vor einiger Zeit in der Hoffnung zusammengetragen, dass sich jemand für die Geschichte dieser Reederei interessiert. Ich meine mich zu erinnern, dass es zum 100. Geburtstag schon einmal eine kleine Broschüre gab. Schauen Sie einfach im Archiv nach.«

Durch die Glasfassade der Eingangshalle sah Herta vor dem Gebäude ein Taxi vorfahren. Das war sicher für Peter Steppan gedacht, der sich gerne mal chauffieren ließ.

Sekunden später fegte der Geschäftsführer herein. Als er Herta und den Pförtner im Gespräch beieinanderstehen sah, kam er lächelnd auf sie zu. »Ihr seid schon mitten in der Arbeit. Liebe Herta, unser guter Herr Weelborg ist genau der richtige Mann für dich. Er weiß alles über dieses großartige Unternehmen, fast als wäre er von Anfang an dabei gewesen.«

Während Steppans Lächeln immer breiter geworden war, zuckte Theo Weelborg bei den letzten Worten regelrecht zusammen. Doch schon war Steppan wieder in Richtung Ausgang unterwegs, nachdem er dem Pförtner noch einmal jovial auf die Schulter geklopft hatte.

Herta war nicht entgangen, dass diese kurze Begegnung Theo Weelborg verändert hatte. Er war schon erstarrt, als

Peter Steppan die Eingangshalle betreten hatte, und nachdem dessen Hand seine Schulter berührt hatte, schien er regelrecht geschrumpft zu sein. Irgendetwas war zwischen den beiden los.

Weelborg hatte nun erkennbar die Lust verloren, das Gespräch fortzusetzen. »Liebe Frau Albrecht, ich hab hier jetzt zu tun. Nehmen Sie ruhig die Notizen mit, und wenn Sie Fragen haben, können Sie sich gern wieder an mich wenden.«

Damit komplimentierte er sie buchstäblich aus der Eingangshalle hinaus. Mir nichts, dir nichts stand Herta vor dem Aufzug und fragte sich, was da gerade passiert war.

* * *

In ihrem Büro fand sie eine E-Mail von Peter Steppan vor. Er bat sie, eine Pressemitteilung zu verfassen, in der die Reederei Schipper mitteilte, dass sie einen Fünf-Punkte-Plan entwickelt habe, um ihre Schiffe sauberer zu machen. Etwas ratlos ging sie zur Pressereferentin. »Inga, sagt dir das etwas? Ich habe bisher noch nichts von diesem Fünf-Punkte-Plan gehört. Ich wusste nicht einmal, dass wir an einer entsprechenden Strategie arbeiten.«

»Tun wir auch nicht«, sagte Inga, ohne von ihrer Arbeit aufzusehen.

Herta war noch verwirrter. »Das verstehe ich nicht. Und was ist das für ein Fünf-Punkte-Plan?«

»Den gibt es nicht.« Endlich blickte ihre Mitarbeiterin auf. Ein breites Grinsen erschien auf ihrem Gesicht. »Zumindest noch nicht. Wenn wir die Pressemitteilung in die Welt gesetzt haben, gibt es ihn.«

»Wie bitte? Und dann? Wird der dann nachträglich erarbeitet? Und was sagen wir über den Plan, wenn die Presse uns anruft?«

Inga stand auf, kam zu ihr rüber und legte ihren Arm um Hertas Schultern. »Liebe Chefin, wollen wir mal in die Kaffeeküche gehen und uns ein Heißgetränk machen und ich erzähle dir mal, wie das so läuft?«

Herta fühlte sich in ihrer Autorität angekratzt und reagierte schroffer als beabsichtigt. »Ich hab jetzt keine Zeit für einen Kaffee, und Pressemitteilungen über heiße Luft gebe ich nicht heraus. Ich werde Peter gleich anrufen.«

Inga hob amüsiert die Augenbrauen. »Wie du meinst. Beiß dir gern die Zähne an ihm aus. Ich mache trotzdem schon mal einen Entwurf.«

* * *

Es war ein komisches Kratzen, ein Schaben, dann ein Knirschen. Das Geräusch wiederholte sich in regelmäßigen Abständen. Es war schon dagewesen, als sie wach geworden war. Vielleicht hatte sie das Geräusch auch geweckt. Es war hell draußen. Durch die Ritzen der Jalousien drang Licht. War es wieder hell? Oder immer noch?

Jetzt hatte das Geräusch aufgehört und wurde von einem dumpfen Husten unterbrochen. Engelke Terveer lauschte angestrengt. Jetzt war es wieder da. Was war es? Es klang, als würde jemand eine Schaufel in die Erde stoßen, den lockeren Sand aufschippen und fortwerfen. Da draußen grub jemand ein Loch in die Erde!

Sie wagte nicht, sich bemerkbar zu machen. Seit der letzten Begegnung mit ihrem Entführer hatte sich ihre Lage deutlich verschlechtert. Zwar war sie die Handschelle los, dafür aber war sie nun mit Kabelbindern so an das Bett gefesselt, dass sie sich nicht einmal mehr aufsetzen konnte.

Der Mann mit der Maske hatte ihr weiße Brötchen zu essen gegeben, die genauso rochen wie das ganze Haus. Er hatte ihr auch Wasser gegeben. Das war schon eine ganze Weile her. Danach war sie sehr müde gewesen und hatte geschlafen. Sie vermutete, dass irgendetwas in dem Wasser gewesen war. Ihr Kopf fühlte sich an, als sei er mit Watte gefüllt. Sie hatte Durst und spürte, dass sie sich dringend erleichtern musste.

Was sollte sie tun? Sollte sie einnässen? Das war keine gute Lösung. Sie würde klamm werden und frieren. Es würde unangenehm riechen. Und der Durst würde dadurch nicht verschwinden.

Sie dachte nach. Der Mann war grob mit ihr umgesprungen, aber misshandelt hatte er sie nicht. Sie hatte sein Gesicht nicht gesehen. Das war gut. Es erhöhte ihre Überlebenschancen.

Aus dem einen Satz, den er zu ihr gesprochen hatte, »Wat makst du da?«, hatte sie geschlossen, dass er kein Ausländer war. Er kam eindeutig aus der Gegend. Das beruhigte sie, auch wenn sie nicht sagen konnte, warum.

Sie musste es wagen, von ihm auf die Toilette gelassen zu werden, oder wenigstens auf den Eimer, den er neben ihrem Bett hatte stehen lassen, den sie aber nicht erreichen konnte.

»Hilfe! Hilfe!!«

Sie lauschte. Das Geräusch hatte aufgehört. Sie schrie noch einmal aus aller Kraft:

»Hilfe!! Hilfe!!!«

Draußen wurde etwas weggeworfen. Sie hörte Schritte auf dem Gang, dann wurde die Tür hastig aufgeschlossen und der maskierte Mann stürzte auf sie zu und hielt ihr mit einer nach Erde riechenden Hand den Mund zu. »Wat sall dat? Büst du heel un dall mall worden?«*

Sie wand sich unter dem Griff, versuchte sich zu artikulieren, aber es kamen nur dumpfe Laute heraus. Er beugte sich näher über sie. »Segg, wat du wullt, aber wenn du bölkst, dann büst du dood.«**

»Ich muss mal aufs Klo«, flüsterte sie.

Er richtete sich auf und sah nachdenklich auf sie herab. Nach einer ganzen Weile nahm er wortlos ein Messer und schnitt die Kabelbinder durch. Während sie sich vorsichtig aufrichtete und ihre schmerzenden Handgelenke rieb, trat er einen Schritt zurück. Ihr war, als ob ihr Gehirn in ihrem Kopf hin- und herschwappen würde. Sie war sich nicht sicher, ob sie aufstehen konnte.

»Wat dann nu? Sall ik di weer fastbinden?«***

Erschrocken erhob sie sich und wurde unsanft von dem Mann zur Tür gestoßen, durch die ein Lichtschein in das dunkle Zimmer fiel. Sie schrie auf vor Schmerz, der von ihrem gebrochenen Fuß hochschoss. Mit zusammengebissenen Zähnen griff sie nach dem Türrahmen, um sich abzustützen und hüpfte auf einem Bein weiter.

---

* Was soll das? Bist du ganz und gar verrückt geworden?

** Sag, was du willst, aber wenn du schreist, dann bist du tot.

*** Was denn jetzt? Soll ich dich wieder festbinden?

Das helle Licht im Flur blendete sie. Warum hatte der Mann ihr eigentlich keine Augenbinde verpasst? War es sowieso egal, was sie sah, weil er sie umbringen würde?

Die Toilette war ein kleiner, fensterloser Raum. Sie war weiß-blau gekachelt und hatte eine Fliesenbordüre mit Seemöwen, die auf sie zuzufliegen schienen, während sie auf dem Klo saß und erleichtert Wasser ließ.

»Büst du bold klaar?«*, polterte der Mann vor der Tür.

Sie rappelte sich auf, spülte und beugte dann ihren Kopf über das Waschbecken, um aus dem Wasserhahn zu trinken, was sie noch schwindliger machte. Plötzlich durchfuhr sie eine schreckliche Ahnung: Was, wenn der Entführer da draußen bereits ihr Grab schaufelte? Sie hatte immer noch keine Ahnung, was er eigentlich von ihr wollte.

In einem Anfall von verzweifeltem Trotz reckte sie ihr nasses Kinn und fragte durch die geschlossene Tür: »Warum bin ich hier? Was soll das alles?«

»Fraag neet so vööl. Dat worst du all froh genoog gewahr.«**

Ein Handy klingelte. Sie hörte, wie der Mann sich von der Tür entfernte. Er schien gestresst und wisperte ins Telefon.

»Kummst du bold? Du muttst mit hör proten. Ik hebb di seggt, ik help di, aber neet, dat du mi alleen daarmit sitten laten sallst.«***

---

* Bist du bald fertig?

** Frag nicht so viel. Das wirst du schon früh genug erfahren.

*** Kommst du bald? Du musst mir ihr reden. Ich hab dir gesagt, ich helfe dir, aber nicht, dass du mich alleine damit sitzen lassen sollst.

Er lauschte und sagte schließlich: »Dann beiel di.«[*] Anschließend hämmerte er gegen ihre Tür. »Wat is? Sall ik di up Klo fastbinnen?«[**]

Sie trat heraus, und er brachte sie unsanft wieder in ihr Zimmer, wobei er sie abstützte, damit sie nicht hinfiel. Erneut band er sie mit Kabelbindern fest und überließ sie ihrem Schicksal.

* * *

Hertas heutiger erster Streit mit Peter Steppan hatte ihr klargemacht, dass mit dem Geschäftsführer nicht zu spaßen war. Selbstverständlich werde die Pressemitteilung veröffentlicht, und zwar noch am heutigen Tage. Und wenn die Presse anrufe? Nun, das hoffe er, denn dafür habe die Reederei Schipper ja eine ausgezeichnete Pressestelle, die in der Lage sei, die ambitionierte Umweltpolitik des Unternehmens jederzeit ausführlich zu erläutern. Wenn sie sich das nicht selbst zutraue, könne sie ja den Vertriebschef anrufen und sich von Harald Smit über die vielfältigen Umweltinitiativen der Reederei ins Bild setzen lassen. Dann würden ihr sicher fünf geeignete Punkte einfallen – und auch passende Antworten für die Presse.

Bleich vor Wut saß Herta wie ein gemaßregeltes Schulkind an ihrem Schreibtisch. In einer Stunde wollte Peter Steppan den Entwurf der Pressemitteilung haben. Jetzt musste sie klein beigeben und sich von Inga helfen lassen.

---

* Dann beeile dich.

** Was ist? Soll ich dich auf dem Klo festbinden?

Wenig später hielt sie kopfschüttelnd die Mitteilung in der Hand, die Inga in der Zwischenzeit getippt hatte:

»Reederei Schipper übernimmt Verantwortung für den Umweltschutz – Fünf-Punkte-Plan zur Emissionsreduzierung beschlossen.

Die Reederei Schipper hat sich auf konkrete Schritte zur Verminderung der Kohlendioxid- und Feinstaubemissionen ihrer Flotte verpflichtet. Mit der Erarbeitung einer Umweltstrategie ist Schipper damit europaweit die erste Reederei, die einen systematischen Ansatz zur weitreichenden Feinstaub- und CO2-Reduktion vorgelegt hat.

»Mit unserem Fünf-Punkte-Plan machen wir deutlich, wie ernst wir das Thema Umwelt nehmen«, erklärte Schipper-Geschäftsführer Peter Steppan heute bei der Vorstellung des Klimaschutzplanes in Leer. »Unser Plan ist ehrgeizig, aber wir sind ein wachsendes und prosperierendes Unternehmen. Unser Ziel ist es, unsere Flotte so zu modernisieren, dass sie in den nächsten zehn Jahren 50 Prozent weniger klima- und gesundheitsschädliche Umweltgase ausstößt. Damit geben wir das Tempo vor«, so Steppan weiter.

Der Fünf-Punkte-Plan beinhaltet unter anderem selbstverpflichtende Zielvorgaben für die Reduktion von Kohlendioxid, Schwefel und Feinstaub. Dazu gehört ebenfalls den Einbau modernster Filter in die Schiffe der Schipper-Flotte und die enge Zusammenarbeit mit der deutschen Werftindustrie zur Entwicklung neuer Antriebe. Mit Blick auf die UN-Klimakonferenz in Den Haag im kommenden November äußerte Peter Steppan die Hoffnung: »Es sollten sich auch andere Unternehmen ihrer globalen Verantwortung stellen.«

Unter dem Text war für nähere Auskünfte die Telefonnummer der Pressestelle angegeben. Du lieber Himmel, was war das für ein frei erfundener Quatsch! Sie war ja aus Lingen einiges gewohnt, was Schönfärberei anging. Aber als Betreiber eines Kernkraftwerks war man meistens froh, so wenig wie möglich in der Presse vorzukommen. Nie wäre ihr dort eingefallen, sich mit Nachrichten, die jeder Substanz entbehrten, offensiv in die Presse zu drängen.

Jetzt galt es, schnell einen Fünf-Punkte-Plan zu entwerfen. Doch noch während sie sich den Kopf über dessen Inhalt zerbrach, ahnte sie bereits, dass ihr Geschäftsführer bis zur Klimakonferenz im November weitere Gelegenheiten suchen würde, das Unternehmen bei einem Zukunftsthema ins rechte Licht zu setzen.

* * *

Die Autowerkstatt im Möhlenwarfer Gewerbegebiet Kleiner Bollen war von der B436 aus gut zu sehen. Als Stephan Möllenkamp auf das Gelände einbog, trat er abrupt auf die Bremse. Vor ihm stand ein Schaustellerwagen, genauer: ein Anhänger. Es handelte sich um eine Schießbude, was man sehen konnte, weil die Türen seitlich nach links und rechts aufgeklappt waren wie bei einem Tryptichon. Nur dass die Seitenflügel nicht Himmel, Hölle und Jüngstes Gericht zeigten, sondern Pamela Anderson, Samantha Fox und in der Mitte des Bildes einen älteren dicklichen Automechaniker im Blaumann.

Möllenkamp hielt den Kopf ein wenig schief, um diesen visuell überwältigenden Eindruck ganz in sich aufnehmen zu können. Die Gemälde an den Seiten waren sicher teuer gewesen, denn sie sahen den Originalen, denen sie nachempfunden waren, wirklich ähnlich. Der Mann in der Mitte allerdings bewegte sich jetzt und war ganz offensichtlich ein Angestellter der Kfz-Werkstatt Pannenborg. Der Chef selbst saß in einem kleinen Büro, von wo aus er durch die Glasscheibe eine gute Kontrolle über die Tätigkeiten seiner Angestellten in der Werkstatthalle hatte. Hinter ihm auf einem Schild stand der Spruch »Ostfriese ist das Höchste, was ein Mensch werden kann.« In Ingfried Pannenborg konnte man die Krone der Schöpfung nicht auf den ersten Blick erkennen, aber das Selbstbewusstsein, mit dem er auf seinem Bürosessel thronte, sprach dafür, dass er an sich selbst nicht viel auszusetzen hatte.

»Moin, mein Name ist Kriminalhauptkommissar Möllenkamp von der Polizeiinspektion Leer. Ich bin hier, um Ihnen und Ihren Angestellten ein paar Fragen zu Fokko Fokken zu stellen. Wie Sie vielleicht wissen, ist Herr Fokken an den Folgen einer Vergiftung gestorben. Da es sich also nicht um einen natürlichen Tod handelt, müssen wir die Frage klären, ob Herr Fokken selbst das Gift genommen hat, oder ob es ihm von jemandem verabreicht worden ist.«

Pannenborg lehnte sich in seinem Stuhl zurück und faltete die Hände vor dem wuchtigen Bauch. »Wundert mich, dass Sie jetzt erst kommen«, sagte er ruhig, als habe er schon tagelang auf diesen Besuch gewartet. »Fokko Fokken wurde umgebracht, das steht für mich felsenfest.«

Detailliert erläuterte Ingfried Pannenborg, wie sich Fokko Fokkens Laune und Lebensführung in den Wochen vor seinem Tod verändert hatten. »Wir dachten, er muss beim Spielen endlich mal richtig gewonnen haben. Er sah viel besser aus, trank weniger und hat mir sogar einen Teil des Geldes zurückbezahlt, das ich ihm geliehen hatte. Und dann fällt er auf dem Fußballplatz tot um. Da denkt man sich so seinen Teil.«

»Haben Sie einen Verdacht, wer das gewesen sein könnte?«

»Nichts Konkretes. Aber wenn einer plötzlich zu Geld kommt und kurze Zeit später tot ist, dann sag ich mal, ist es am wahrscheinlichsten, dass derjenige, dem das Geld vorher gehört hat, was dagegen hatte es rauszurücken.«

Die Arbeitskollegen der Kfz-Werkstatt Pannenborg teilten alle im Prinzip die Auffassung ihres Chefs. Keiner von ihnen wollte mehr gewusst haben. Niemand konnte Näheres sagen, aber alle, die Fokken in der Vergangenheit Geld geliehen hatten, waren zumindest teilweise ausgezahlt worden. Natürlich hatten sie versucht herauszufinden, woher der Geldsegen stammte, aber da hatten sie sich die Zähne ausgebissen. »Ich hab dir doch gesagt, dass du das Geld wiederkriegst«, war die Antwort gewesen. »Hast du das etwa nicht geglaubt?«

Wer hätte darauf schon mit »Nein« geantwortet?

Entweder sie lügen alle und es ist ein Komplott, dachte Möllenkamp, als er zu seinem Auto ging, oder es stimmt, was der Chef sagt. Und wenn es stimmt, dachte er weiter, während er an Pamela Anderson vorbeifuhr, unter deren langen Beinen nun der Mechaniker auf einem Rollbrett lag, dann hat er entweder im illegalen Glücksspiel gegen einen ganz schlechten Verlierer gewonnen, oder er hat jemanden erpresst.

* * *

Möllenkamp fühlte sich stark genug für einen Abstecher nach Esklum. Am Sonntag hatte er sich damit herausgeredet, dass er abends noch trainieren müsse. Er hatte es nicht über sich gebracht, die Ergebnisse des ersten Abrisstages in Augenschein zu nehmen und war erleichtert gewesen, als Meike sich bereit erklärt hatte, hinzufahren. Natürlich war das ein Fehler gewesen. Während er sich gegen Wind und Regen den Emsdeich entlang gekämpft hatte, waren seine Gedanken über die Leda nach Esklum getrieben und hatten auf dem Weg dorthin allerlei Verschwörungstheorien und Katastrophenszenarien ausgebrütet.

»Schon wieder?«, hatte Werner Groll gefragt, als er von seinem Vorhaben gehört hatte, sich die Baustelle am Montagabend anzusehen. »Meike war doch am Freitag schon hier. Stephan, es passiert im Moment wirklich nichts Aufregendes. Wir brechen nur ab.«

Möllenkamp bog auf die Einfahrt ein, an deren Rändern seine Kastanien zum Glück noch alle standen. Er parkte und stieg aus.

»Moin Stephan, na, hat dich die Angst hierhergetrieben?«

Möllenkamp erstarrte. Woher wusste Groll davon? Unsicher blickte er in das Gesicht des Bauleiters, der eben aus dem Haus getreten war.

»Ha, ha, war nur 'n Witz! Ihr wisst ja, dass die Sache hier in guten Händen ist. Komm mal rein, dann zeig ich dir, was noch steht.«

Möllenkamp stolperte unsicher hinter Werner Groll auf das Haus zu. Aufmerksam blickte er sich dabei um. Er sah

Container, gefüllt mit Bauschutt. Er erblickte einen Zementmischer und Stahlrohre, die wohl für den Gerüstbau gedacht waren. Hier war eindeutig schon gearbeitet worden. Im Haus war es staubig und schmutzig. Irgendjemand hatte nachlässig Leitern, Rohre und anderes Gerät so gegen das Treppengeländer gelehnt, dass sich das wackelige Holz bedenklich zur Seite neigte.

»Ihr denkt bitte daran, dass ihr die Treppe erhalten sollt«, sagte er mit Blick auf die zwar ziemlich heruntergekommene, dafür aber mit gedrechselten Geländerstäben und einem kunstvoll geschnitzten Handlauf versehene Konstruktion.

Groll brummte missbilligend. Sie durchschritten das, was einmal die Wohnküche werden sollte. Die Wand zwischen dem ursprünglichen Wohnzimmer und der Küche war sauber weggebrochen worden. Den Linoleumfußboden hatten die Handwerker inzwischen entfernt, und auf dem darunter liegenden Dielenboden waren große Farb- und Klebstoffreste sichtbar geworden. In der ehemaligen Küche hatte die Entfernung der obersten Lage Fliesen weitere Schichten von Keramik- und Zementfliesen zutage befördert, deren Gestaltung jedem Designhistoriker Glückstränen in die Augen getrieben hätte.

»Es wäre natürlich viel einfacher gewesen, auf diese verschiedenen Untergründe einen schönen, strapazierfähigen Laminatfußboden zu legen. Aber ihr wolltet es ja lieber etwas teurer haben …« Groll konnte es sich anscheinend nicht verkneifen, bei jeder Gelegenheit deutlich zu machen, wie unvernünftig seine Auftraggeber waren. Dieses Gebaren nervte Möllenkamp zunehmend.

»Ja, wir wissen einfach nicht, wohin mit unserem Geld«, entgegnete er sarkastisch, während er sich interessiert über die teilweise noch intakten Bodenfliesen beugte. »Sag mal, Werner, diese Fliesen hier: Was passiert mit denen?«

»Na, das kommt weg, das alte Zeug. Werden wir wahrscheinlich mit dem Bohrhammer rausholen müssen.«

»Könnte man die auch so entfernen, dass sie nicht kaputtgehen?«

Er spürte förmlich, wie hinter ihm Werner Groll die Augen verdrehte.

»Wir können es versuchen, aber mehr als zwei, drei Quadratmeter heile Fliesen werden wir da sicher nicht retten können.«

»Aber für die Umrandung des Schwedenofens würde das ja schon reichen.«

»Stephan, die alten Zementfliesen sind unheimlich schwer zu verarbeiten. Erst musst du sie aufwendig aus dem Boden holen. Dann sind sie unregelmäßig dick und du musst sie praktisch wieder einzementieren. Und dann sind sie schwer zu pflegen, weil sie nicht die modernen glasierten Oberflächen haben…«

»Danke, Werner, ich möchte, dass wir es trotzdem versuchen.«

Werner schwieg und verfluchte wahrscheinlich, dass er sich auf diesen Termin überhaupt eingelassen hatte.

»Kommt das Loch noch in den Schornstein, damit wir dort wie geplant den Schwedenofen anschließen können?«

Werner Groll seufzte: »Sicher.«

›Und wenn du mir jetzt noch einmal vorschlägst, wieviel schöner die Fußbodenheizung unter dem Laminat doch wäre, dann werfe ich dich sofort raus‹, dachte Möllenkamp. Und er hoffte fast, dass Groll noch etwas sagen würde, das ihm endlich Gelegenheit gäbe, den Knoten zu zerschlagen. Aber Groll schwieg, als hätte er seine Gedanken erraten.

* * *

Gertrud Boekhoff fuhr mit einem beklommenen Gefühl in der Brust nach Charlottenpolder. Am Samstag hatte sie Gottfried das letzte Mal gesehen. Sie hatten sich gestritten. Alles hatte damit angefangen, dass sie ihm noch einmal nahegelegt hatte, sich beim Tierheim zu melden.

»Was soll ich da?«

»Vielleicht mal selbst etwas zu deinem Lebensunterhalt beitragen, anstatt dem Staat auf der Tasche zu liegen«, hatte sie giftig erwidert und sofort gewusst, dass sie einen Fehler gemacht hatte.

»Denkst du, dass ich ein Sozialschmarotzer bin?«, war es ebenso giftig zurückgekommen.

Sie hatte sich trotzdem nicht zurückhalten können: »Von außen betrachtet könnte man auf den Gedanken kommen.«

»Ich habe gerade einen Beitrag für die *konkret* in Arbeit. Aber ›Arbeit‹ ist ja wohl nach deiner Definition nicht das richtige Wort dafür.«

»Worum geht es denn da?«, hatte sie spitz gefragt. »Nein, lass mich raten, du hast dem Schwarzbuch des Kapitalismus sicher ein paar entscheidende Kapitel hinzugefügt.«

»Ich habe mich mit den Ausbeutungsstrukturen in der maritimen Wirtschaft auseinandergesetzt. Die Globalisierung hat den weltweit operierenden Werften, Handelsunternehmen und Reedereien jede Menge Möglichkeiten eröffnet, noch besser ihre Gewinne maximieren zu können. Alles auf Kosten der Dritten Welt.«

»Und, was ist dein Zeilenhonorar?«

Er hatte sie mit zusammengekniffenen Augen fixiert. »Das ist das einzige, was dich interessiert, oder? Wenn du wissen willst, ob deine Steuergelder verschwendet werden, weil du indirekt jemanden wie mich unterstützt, dann empfehle ich dir den Bericht des Bundesrechnungshofs. Da kannst du sehen, wo dein Geld tatsächlich zum Fenster rausgeworfen wird. Und darin sind die ungerechten Wirtschaftsstrukturen noch nicht einmal Thema. Der Bundesrechnungshof ist ja auch Teil des Systems.«

Da war es wieder, das System. Für Gertrud war dieser Begriff mittlerweile zum roten Tuch geworden.

»Leute wie du leben vom System jedenfalls nicht schlecht.«

Das war's gewesen. Gottfried hatte Türen knallend das Haus verlassen, um sich um seine Bienen zu kümmern, die er sich neuerdings angeschafft hatte, um seinen Beitrag zum Erhalt der biologischen Vielfalt zu leisten.

Und Gertrud hatte beschämt dagesessen und sich gefragt, wie das Gespräch so aus dem Ruder hatte laufen können. Sie war ja durchaus bereit anzuerkennen, dass es gesellschaftlich wichtige Tätigkeiten gab, die man als unterstützenswert betrachten konnte, auch wenn sie gar kein oder nur wenig Geld einbrachten. Gottfried betrieb eben sein eigenes soziologisches Institut, wenn nicht mit Geldern aus einem Fördertopf, dann doch zumindest mit Geld aus der Sozialhilfe.

Andererseits war sie jedoch auch überzeugt, dass jeder die Pflicht hatte, für seinen Lebensunterhalt selbst zu sorgen, wenn es ihm möglich war. Außerdem wollte sie auf den Mann, mit dem sie zusammen war, stolz sein können. Ja, auch das.

Und dazu gehörte ein selbst erwirtschaftetes Einkommen.

Als sie nun den Schlüssel ins Schloss steckte, machte sie sich auf einen reservierten Empfang gefasst. Stattdessen fand sie einen sehr aufgeräumten Gottfried in der Küche vor, der Dutzende von Gläsern mit einer goldgelben Substanz vor sich aufgebaut hatte und sie mit kleinen grünen Klebeetiketten versah, auf denen in gestochener Handschrift »Sommertracht 2000« stand.

Ihr schmolz das Herz. »Hallo Gottfried, was ist das denn?«

»Das ist die schon die zweite Ernte dieses Jahr. Insgesamt 13 Kilo. Ganz schön viel für den Anfang.«

Seine Stimme bebte vor Stolz. Er sah sie glücklich an. Keine Spur von Groll oder einer Erinnerung an ihre letzte Begegnung, die so unerfreulich geendet hatte.

»Jetzt werde ich noch zwei Ableger bilden, und im nächsten Jahr haben wir dann sicher schon so viel Honig, dass sich ein Verkauf lohnen könnte. Bloß muss ich dann nach der Rapsernte die Bienen woanders hinbringen. Hier in der Gegend gibt es ja nach dem Raps nichts mehr für sie.«

Gertrud wartete ab, ob er jetzt zu einer Suada über die Zerstörung der Biodiversität durch die industrialisierte Landwirtschaft anheben würde, aber er war anscheinend viel zu guter Laune, um sich aufzuregen.

»Dann werden wir in diesem Jahr ziemlich viele Honigbrötchen essen müssen. Oder willst du von dieser Ernte auch schon was verkaufen?«

»Hmm, mal sehen. Vielleicht in Bunde auf dem Wochenmarkt.« Er runzelte die Stirn und sah auf seine Gläser. »Eigentlich lohnt es sich noch nicht so richtig. Aber nächstes Jahr bestimmt.«

Er sah auf. Seine klaren, blauen Augen hinter der Nickelbrille blickten gütig und freundlich. Sie ging zu ihm und legte ihm die Arme um den Hals. Sie beugte ihren Kopf und sog den Geruch seines Haars tief ein. Friede breitete sich in ihr aus. Er griff nach ihrem Arm, zog sie auf seinen Schoß und fragte: »Wie geht es dir? Was war im Rheiderland los?«

»Das hast du doch bestimmt alles im Blattje gelesen«, entgegnete sie scherzhaft, wohl wissend, dass er sicher mit der Durcharbeit der Zeitungen beim Stand vor zwei Wochen stehengeblieben war.

Er verzog das Gesicht in gespielter Hilflosigkeit. »Du siehst ja, was hier los ist«, entgegnete er und nickte in Richtung der Honiggläser. »Dafür hab ich ja dich, dass ich erfahre, was ich wissen muss.«

»Tja, da wäre zuerst einmal die große Demonstration gegen die Macht des Kapitals am Freitag in Leer, an der Tausende teilgenommen haben und die durch übermäßige Polizeigewalt aufgelöst wurde. Dich habe ich dort allerdings vermisst. Du hättest den Botschaften sicher die nötige Klarheit und Schärfe gegeben, die in der Berichterstattung leider nicht deutlicher herauskam.«

Er runzelte verwirrt die Stirn. Eine Großdemonstration

gegen das Kapital, und er wusste nichts davon? Sollten seine Informationskanäle derart versagt haben?

»Beruhige dich, es war nur die alljährliche School's Out Party. Die ist allerdings diesmal ziemlich turbulent gewesen, und daran war sicher auch die Leeraner Kriminalpolizei nicht unschuldig. Dein spezieller Freund Thomas Hinterkötter hat dabei einem Demonstranten ins Ohr gebissen.«

Gottfrieds Gesichtsausdruck wurde immer ratloser. Der Name Hinterkötter weckte unangenehme Erinnerungen in ihm. Vor wenigen Monaten erst hatte der Vizechef der Leeraner Polizeiinspektion ihn wegen des Mordes an dem alten Tadeus de Vries mächtig in die Mangel genommen. Schließlich hatte er ihn doch gehen lassen müssen. Aber Freunde würden die zwei in diesem Leben sicher nicht mehr werden.

Gertrud erbarmte sich und klärte ihren Freund über die Geschehnisse auf.

»Das ist alles trotzdem ziemlich dubios«, schloss Gottfried schließlich. »Du solltest dranbleiben und herausfinden, was die Kripo dort zu suchen hatte.«

Gertrud zuckte mit den Schultern. »Schon, aber momentan fällt mir dazu nicht einmal eine Theorie ein.«

»Der Heinrich vom EC hat mir gestern nach der Andacht erzählt, der Fußballer, der letzte Woche gestorben ist, wo du da warst mit dem Kommissar, der soll sich umgebracht haben.«

»Umgebracht? Wie denn? Der is doch vor meinen Augen umgekippt.«

»Soll was eingenommen haben.«

»Der Heinrich spinnt doch! Du nimmst doch nix ein und gehst dann raus sterben, wenn deine Kinder im Publikum stehn.«

Gottfried nahm die Brille ab und rieb sich die Augen.

»Heinrich war sich ganz sicher. Der kennt einen von den Rettungssanitätern, der hat gesagt, ein Herzinfarkt war's auf jeden Fall nicht.«

»Dann war's halt ein Schlaganfall.«

»Der Mann hatte Schaum vorm Mund und vorher offenbar Blut gespuckt. Frag mal deinen Kommissar. Der muss doch bei Selbstmord ermitteln.«

»Hör mal, warum muss ich denn das wissen? Wir sind doch kein Klatschblatt, sondern eine seriöse Lokalzeitung. Wenn sich jemand umbringen will, ist das doch sein Bier.«

»Hast auch recht. Mir tun die Frau und die Kinder leid. Ich hab schon für die Familie gebetet und für ihn auch, dass der Herr sich seiner erbarmt.«

Immer wieder war Gertrud berührt, wie tief das religiöse Empfinden in Gottfried wurzelte. Gleichzeitig irritierte es sie auch ständig aufs Neue, weil ihr der Zugang zu diesen Vorstellungen von Schuld, Sühne und göttlicher Vergebung fehlte. Glaubensbekenntnisse waren in ihrem Umfeld nie üblich gewesen, und an die Unbefangenheit, mit der Gottfried den Herrn an seiner Seite wusste und auch darüber sprach, hatte sie sich erst gewöhnen müssen. Aber sie war dankbar, dass er sie nie zu bekehren oder zu belehren versuchte, sondern sie so nahm, wie sie war. Sie schuldete ihm, es umgekehrt auch so zu halten.

Heute war ein guter Abend.

* * *

Von irgendwo her drangen gedämpfte Stimmen an ihr Ohr. Sie versuchte, die Augen zu öffnen. Es gelang ihr kaum. Ihre Augäpfel waren so trocken, dass jede Bewegung schmerzte. Ihre Zunge klebte am Gaumen. Ihr war elend.

Es musste später Abend sein, als sie gedämpfte Stimmen auf dem Flur vernahm. Schon lange drang keine Sonne mehr durch die Ritzen der Jalousie, dafür aber ein kleiner Lichtpunkt durch das Schlüsselloch der Tür. Sie lag immer noch auf ihrem Bett und spürte die Kälte an ihren Beinen. Ihre Finger waren taub, die Füße konnte sie nicht mehr spüren.

Ein Mann musste gekommen sein. Ihr Entführer war nicht mehr allein.

»So laat! Waarum büst du neet froher komen? Lettst mi hier eenfach sitten mit dat Ollske.«*

»Ich konnte nicht eher. Ich kann nicht einfach ausfallen lassen.«

»Well kummt dann noch bi di? Du büst doch sowieso pleite.«**

»Hör auf zu quatschen. Als ob es bei dir besser laufen würde. Du bist doch froh, dass du bei der Sache mitmachen darfst.«

»Ja, hör man up. Wi mutten bi lüttjen to Enn komen. Ik

---

* So spät. Warum bist du nicht eher gekommen? Lässt mich hier einfach mit der Alten sitzen.

** Wer kommt denn noch zu dir? Du bist doch sowieso pleite.

kann de Oll ja neet ewig behollen. Steiht all wat in't Blattje?«*

»Nee, niemand weiß was. Die vermisst keiner. Wo ist sie denn?«

»Daar drin. Se wull ofhauen, daar muss ik hör wat geben unn hör mit Kabelbinder an't Bedd anbinnen.«**

»Abhauen? In dem Alter?«

»Dien Moder dee dat doch ok versöken. Unn de is ok all over tachentig.«***

»Hast auch wieder recht. Na, dann lass sie uns gleich mal ein bisschen in die Mangel nehmen. Mal schauen, ob ihr Übermut dann noch anhält.«

Engelke Terveer wappnete sich für das anstehende Verhör. Immer noch hatte sie keinen Schimmer, was die Entführer von ihr wollten. Das würde sich gleich ändern, und sie wusste nicht, ob das etwas Gutes bedeutete.

Sie hörte den Schlüssel im Schloss. Die Tür öffnete sich, und vom Flur her fiel ein Lichtschein in den Raum. Im Türspalt sah sie den Schatten eines Mannes, mittelgroß, etwas untersetzt. Der Schatten verharrte einen Moment. Dann trat er ein, und kurz darauf wurde es schlagartig so hell im Raum, dass sie erschrocken die Augen zusammenkniff. Als sie vorsichtig wieder ihre Lider öffnete, hatte sie zum ersten Mal Gelegenheit, ihr Gefängnis genau zu sehen. Der Raum war

---

* Ja, schon gut. Wir müssen allmählich zum Ende kommen. Ich kann die Alte ja nicht ewig hierbehalten. Steht schon was in der Zeitung?

** Da drin. Sie wollte abhauen, da musste ich ihr was geben und sie mit Kabelbinder ans Bett anbinden.

*** Deine Mutter würde das doch auch versuchen. Und die ist auch schon über Achtzig.

etwa 20 Quadratmeter groß und, wie sie vermutet hatte, tatsächlich weitgehend leer. Die schlecht verklebte Raufasertapete war weiß gestrichen, und von der Decke hing eine 100-Watt-Glühbirne. Der Fußboden war mit bläulich-marmorierten Fliesen ausgelegt, unter denen sich vermutlich eine Fußbodenheizung befand, weil nirgendwo Heizkörper zu sehen waren. Leider war die Heizung nicht angeschaltet. Außer ihrem Bett und dem Eimer befand sich nichts im Raum. Kein Zweifel, sie war in einem ziemlich neuen Haus, in dem aber erkennbar noch nie jemand gewohnt hatte.

Sie hatte keine Zeit darüber nachzudenken, was das bedeutete, denn der Mann aus dem Türrahmen kam auf sie zu. Genau wie der andere Mann trug er eine schwarze Maske und war auch sonst ganz in Schwarz gekleidet.

Er blieb vor ihrem Bett stehen und sah sie lange von oben an. Und obwohl sie schreckliche Angst hatte, kam ihr der Gedanke, dass er das vermutlich irgendwo gelesen hatte: Jemanden, den man einschüchtern will, muss man am besten lange von oben ansehen. Die Überlegung brachte sie dazu, dass sie seinem Blick standhielt.

»Du weißt, warum du hier bist?«

»Nein.«

»Aber du willst lebend hier wieder raus.«

Sie nickte, weil plötzlich hochsteigende Tränen ihr die Kehle zuschnürten.

»Dann ist die Geschichte für dich ganz einfach: Du gibst uns 1,5 Millionen Mark, und wir schweigen über das, was vor fünfzehn Jahren in der Karibik passiert ist.«

In Engelke Terveers Kopf ratterte es. Vor fünfzehn Jahren, das musste 1985 gewesen sein. Es war eine ziemlich schlimme

Zeit für die Reederei gewesen. Und um die Reederei ging es zweifellos. Ja, die Schiffe der Reederei Terveer waren auch in der Karibik unterwegs gewesen. Aber passiert war dort ihrer Erinnerung nach nichts. Jedenfalls nichts, was jenseits von Korruption, Falschdeklaration, Zollbetrug und Steuerhinterziehung im Rahmen des Üblichen erwähnenswert gewesen wäre.

Sie zuckte hilflos mit den Schultern.

»Soll das heißen, du bist einverstanden?«

Sie sammelte all ihre Kraft zum Sprechen. »Ich weiß nicht, was Sie von mir wollen.«

Es fiel ihr schwer, einen Mann zu siezen, der sie duzte. Normalerweise hätte sie sich so ein Verhalten verbeten. Aber sie war nicht in der Lage, Forderungen zu stellen. Es erschien ihr auch nicht klug, den Mann zu provozieren, indem sie ebenfalls »Du« sagte. Außerdem widerstrebte ihr die Vertraulichkeit einer solchen Ansprache gegenüber jemandem, der sie seit geraumer Zeit in einem dunklen Raum eingesperrt hatte und sie hungern, dursten und frieren ließ.

Wieder starrte der Mann sie von oben an. »Ach, du weißt nicht, um was es geht?«, sagte er in gespielt mitfühlendem Ton. »Dann will ich dir mal helfen: Es ist etwas passiert vor fünfzehn Jahren. Ihr wart fast pleite, und dann hattet ihr auf einmal wieder sehr viel Geld. Und du willst mir sagen, du weißt nicht warum? Na, klingelt es?«

Engelke Terveer war verzweifelt. Sie hatte nicht die leiseste Ahnung, wovon der Mann redete. »Es ist nichts passiert in dem Jahr«, krächzte sie schwach. »Das… das muss ein Irrtum sein. Die Zeiten waren schlecht, und dann hat uns ein Freund mit Geld ausgeholfen.«

Im Blick des Mannes über ihr erschien ein unruhiges Flackern. Irgendetwas an seiner Haltung veränderte sich. Er räusperte sich. »Versuch nicht, uns zu verscheißern«, sagte er dann. »Wir haben Beweise. Besser für dich, wenn du mit uns zusammenarbeitest.«

Sie dachte immer noch angestrengt nach. Beweise? Wofür? Was war da gewesen? Sie stand unter Stress. Noch immer sah der Kerl von oben auf sie herunter. Gleich würde er die Geduld verlieren und irgendetwas tun. Aber wenn sie doch partout nicht wusste, was er meinte.

»Entschuldigen Sie bitte. Ich… ich versuche gar nichts. Aber vielleicht könnten Sie mir einen Hinweis geben? Irgendetwas, damit ich mich besser erinnern kann…« Unsicher verlor sich ihre Stimme im Raum. Und selbst wenn? Sie konnte nicht einfach so viel Geld locker machen. Nicht ohne zuvor eine Immobilie zu verkaufen. Sie hatte doch nicht einfach anderthalb Millionen herumliegen. Und wer würde das Geld für sie locker machen, wenn sie hier drin war?

Der Mann über ihr straffte sich. »Gut, wenn du dich nicht erinnern willst, dann warten wir eben ab, bis es dir hier zu ungemütlich wird. Vielleicht fällt dir ja über Nacht noch etwas ein.«

Sie konnte hören, wie er draußen das Gespräch mit seinem Komplizen weiterführte. »Die Alte ist ziemlich störrisch. Wir müssen sie unter Druck setzen. Halt sie kurz mit Wasser und Essen, dann spielt sie vielleicht schneller mit.«

»Unn wenn se se sük daarup inlett? Well sall uns dat Geld geven?«*

---

* Und wenn sie sich darauf einlässt? Wer soll uns das Geld übergeben?

»Mach dir mal keine Sorgen. Die hat einen Steuerberater oder einen von der Bank, der so was macht. Oder ihre Kinder.«

»Egentlik overgivt man sien Förderung an de Verwandten unn verlangt, dat kien Polizei in't Spööl is.«[*]

»Du hast zu viele schlechte Krimis gesehen. Ihr wird schon einfallen, welcher Handlanger das Geld übergeben soll.«

»Aber wenn de dann doch de Polizei…«[**]

»Jetzt halt den Mund, du Schwachkopf. Kümmer du dich lieber um deinen Kram und sorg dafür, dass der illegale Container wegkommt, bevor das Ordnungsamt hier aufkreuzt und genauer nachsieht. Das Ding steht ja mitten auf der Straße.«

»Reg di neet up. Mörgen haalt mien Swager de Container of.«[***]

»Dein Schwager? Bist du verrückt? Willst du deine ganze Familie hier auf einen Tee einladen?«

»Wees blot still unn vertell mi beter, wat wi maken, wenn doch wat malöört.«[****]

»Was soll denn schiefgehen?«

»Na, wenn kieneen betahlt.«[*****]

»Wenn keiner zahlt, machen wir die Alte kalt und dann…«

---

* Eigentlich übergibt man seine Forderung an die Verwandten und verlangt, dass keine Polizei im Spiel ist.

** Aber wenn die dann doch die Polizei …?

*** Reg dich nicht auf. Morgen holt mein Schwager den Container ab.

**** Sei bloß still und erzähl mir lieber, was wir machen, wenn doch was schiefgeht.

***** Na, wenn keiner zahlt.

»Kold maken? Dar hebben wi nooit van proot! Dat musst du maken. Ik weet van nix…«*

Die Stimmen entfernten sich. Sie konnte nicht mehr verstehen, was die Männer sprachen.

Sie hatte genug gehört. Sie würde sterben. Ihre Tränen flossen, und ihre anderen Körpersäfte konnte sie nun auch nicht mehr halten. Sie spürte, wie es um ihren Po und ihre Schenkel warm wurde, dann kalt, dann klamm. Es war gleichgültig. Sie würde sterben.

* * *

Wilfried Bleeker war schon lange nicht mehr in der Pharaonen-Spielothek gewesen. Vom Eingang her zwinkerte ihm Tutanchamun verschwörerisch zu. Drinnen grüßte ihn nachlässig eine gepiercte Übergewichtige im Gothic-Style und starrte dann wieder gebannt auf den Fernseher hinter ihrem Tresen. Die musste neu sein. Normalerweise wurde er von Silvia namentlich mit einem zackigen »Moin, Consigliere« begrüßt und bekam ungefragt eine Flasche Jever zugeschoben. Die musste er allerdings draußen trinken, denn in Spielhallen war Alkohol verboten. Es war dieser besondere Service, der die Pharaonen-Spielothek bei Freunden eines rundum gemütlichen Männerabends so beliebt machte. Wilfried ahnte, wer von den Kollegen vom Ordnungsamt die Hand aufhielt, um die zahlreichen Beschwerden der Konkurrenz über diesen Gesetzesverstoß

* Kalt machen? Davon war nie die Rede. Das musst du machen. Ich weiß von nichts.

unter den Teppich zu kehren, aber so genau wollte er es lieber nicht wissen.

Er sah sich um. Der Raum war dunkel. Die einzigen Lichtquellen waren zwei staubige Notausgang-Schilder und ein gutes Dutzend blinkender Spielautomaten, die sich über den kahlen Raum verteilten. Auf den milchigen Trennwänden, die die Automaten voneinander trennten, lachten ihm viele Tutanchamuns entgegen. Die Grabräuberstimmung wurde vom Klackern der Tasten und Klingeln der Automaten untermalt. Obwohl es schon spät am Abend war, waren erst zwei der Automaten von jungen Männern besetzt. Nun ja, es war Montag. Einen von ihnen kannte Wilfried vom Sehen.

Er setzte sich an einen Automaten, auf dem das Spiel *Book of Ra* lief. Gegen seine Gewohnheit fing er nicht an zu spielen, sondern starrte nachdenklich auf den flackernden Bildschirm. Er hatte vor ein paar Monaten aufgehört, in die Pharaonen-Spielothek zu gehen, nachdem er beim Spielen von *Tomb Raider* Panikattacken erlebt hatte. Er führte das auf die zwei Tage zurück, die er gefesselt in einem klammen Kofferraum in Charlottenpolder verbracht hatte, nachdem er vom Mörder des alten Tadeus de Vries gekidnappt worden war. Der Mörder lief bis heute frei herum, der Himmel mochte wissen, wo er jetzt steckte.

Wie aus dem Nichts tauchte plötzlich die Gepiercte hinter ihm auf. »Wullt du neet spölen? Sittst blot rum«*, motzte sie ihn an und das Vogelnest auf ihrem Kopf wippte vor Empörung.

---

* Willst du nicht spielen? Sitzt bloß herum.

»Ich denke über meine Spieltaktik nach«, entgegnete Wilfried, leckte an seinen Fingern und strich sich die Augenbrauen nach. Die Übergewichtige zog das hoch, was früher einmal Augenbrauen gewesen waren, bevor Laserbehandlung, Tätowierung und Piercing allen Haarwuchs erstickt hatten.

»Habt ihr nix zu trinken?«, versuchte er es aufs Geratewohl.

»Cola, Fanta, Sprite, Red Bull«, schnarrte es zurück.

Er zuckte die Achseln und schüttelte den Kopf.

»Wenn du wat anners wullt«, blaffte sie, »musst du in't Kneipe gahn.«*

Er zündete sich eine Zigarette an, drehte ihr demonstrativ den Rücken zu und steckte eine Mark in den Automaten. In dem Spiel musste man Diamanten in einem Pyramidendiagramm ergattern. Nach kurzer Zeit hatte er seinen Euro verloren. Die Diamanten waren nicht in einer Reihe. Obwohl er schon ein kleines Vermögen in Spielhallen gelassen hatte, verstand er immer noch nicht, nach welchen Spielregeln er gewann oder verlor. Irgendwie liefen die Gewinnlinien über den Bildschirm und entschieden, ob es ein guter oder ein schlechter Abend wurde. Dies schien ein schlechter Abend zu werden, zumal sich die Spielhalle immer noch nicht weiter füllte.

Nach einer ganzen Weile, Bleeker wollte schon gehen, betraten zwei Männer kurz hintereinander die Spielhalle. Der Erste im Jogginganzug aus feinster Ballonseide, lila, pink und weiß. Die kompletten 90er als bequemer Zweiteiler.

---

* Wenn du was anderes willst, musst du in die Kneipe gehen.

Dazu trug er Adiletten und selbstverständlich Tennissocken. Fasziniert betrachtete Wilfried diese einmalige Verkörperung einer glücklicherweise dem Untergang geweihten Kultur.

Darüber hätte er fast den zweiten Mann übersehen, der ein Bekannter von ihm war: Horst Rosema, Besitzer einer Fahrschule, die – wie man hörte – kurz vor der Pleite stand.

»Horst! Na, das ist ja eine Überraschung.«

Nur den Hauch einer Sekunde wirkte der dunkel gekleidete Mann mit dem schwarzen Schnauzer irritiert, fast erschreckt, dann erschien ein breites Lächeln auf seinem Gesicht. Er hieb Bleeker kräftig auf die Schulter.

»Moin Wilfried, du warst aber lange nich mehr hier. Dachte schon, du wärst tot oder schwer krank oder so was.«

»Ja, Horst, und was ein echter Freund ist, der belässt es auch dabei und fragt nicht weiter nach, hm?«

Horst nahm den Seitenhieb nicht übel. Spielhallenfreundschaften waren Spielhallenfreundschaften. Was draußen und tagsüber vor sich ging, das interessierte keinen und zählte auch nicht. Leute waren entweder da oder sie waren es eben nicht.

»Draußen eine rauchen?«

»Logo.«

Als sie mit ihrem Jever in der Hand draußen standen, fragte Wilfried mit einem Nicken Richtung Tür: »Ist die neu?«

»Desdemona? Schon länger hier.«

Sie schwiegen eine Weile, tranken ihr Bier. Dann fragte Wilfried: »Haste gehört, das von Fokko?«

»Klar. Arme Sau.«

Wilfried nickte solidarisch. Wieder ein Schluck, ein Rauchkringel.

»Ging's dem nicht so gut in letzter Zeit?«

»Wie meinst du das?«

»Na ja, ob er halt ... gesundheitliche Probleme hatte?«

»Wüsst ich nicht.«

»War er immer noch oft hier?«

»Nee. Ganze Zeitlang kam er gar nicht. Ja, und dann auf einmal vor zwei, drei Wochen, da war er wieder da.«

»Ist er woanders spielen gegangen?«

Rosema zuckte mit den Schultern. »Glaub nicht.«

»Hatte er Schulden?«

Wieder ein Achselzucken. »Hat sich hier und da ein bisschen was geliehen. Keine großen Sachen.«

Wilfried wollte ihn am liebsten schütteln und ihm zurufen: »Komm schon, spuck's endlich aus: Was weißt du?«

Aber er ließ es. Sonst nahm das »Sich Umhören« am Ende noch den Charakter eines Verhörs an, und Horst würde wahrscheinlich dichtmachen, wenn er zu sehr insistierte.

Stattdessen fragte er: »Und, wie isses bei dir? Sah ja in letzter Zeit auch nicht so dolle aus. Die jungen Leute wollen nicht mehr fahren lernen, was?«

»Och, das. Jaa, das sind ein bisschen schwierige Zeiten gerade. Aber nun geht's aufwärts. Du wirst sehen, bald kaufe ich noch einen Wagen und stelle jemand ein. Dann zieh ich mich zurück aus dem operativen Geschäft.«

Wilfried runzelte die Stirn. Horst Rosemas Fahrschule war pleite, das wusste jeder. Woher sollte der Segen kommen?

»Übrigens, soll ich dir sagen, wer neuerdings auch zu mir kommt?«, fragte Horst in verschwörerischem Ton und flüsterte Wilfried etwas ins Ohr, das augenblicklich ein glückliches Lächeln auf dessen Gesicht zauberte. Die Welt war ein wunderbarer Ort!

Eben wollte Wilfried zu einer letzten Runde Grabräuberei aufbrechen, da fügte Horst noch hinzu: »Er war eigentlich wie immer.«

Wilfried wartete, ob noch etwas kam, doch Horst nahm einen letzten Schluck aus der Bierflasche und wandte sich dem Eingang des Pharaonen-Casinos zu. Wilfried folgte ihm, spielte noch ein paar Runden und beschloss dann, dass die Nacht noch jung sei und er noch einen Zug durch die Gemeinde machen wolle. Horst aber hatte es auf einmal eilig, nach Hause zu kommen.

Als Wilfried die Spielothek verließ, dachte er, es wäre vielleicht Zeit für ein Kompliment: »Mir gefällt deine Farbzusammenstellung«, sagte er zu Desdemona.

Desdemona grinste. Das war ja schon mal ein Anfang.

Frühjahr 2000, irgendwo im Atlantik

Er erwacht unter einer zentnerschweren Last auf seiner Brust. Ein ekelerregendes Röcheln geht von dem Körper aus, der auf ihm liegt. Es riecht nach Blut. Ihm wird übel. Er versucht seine Beine zu bewegen, hebt ein Knie, dreht sich ein wenig. Der Mann rutscht zur Seite. Die Last auf seiner Brust wird leichter, aber nun ist ihm kalt. Er dreht sich noch ein wenig, und der röchelnde Mann fällt von ihm. Das Rettungsboot schwankt. Ein Blick: Sein ganzer Körper ist voll Blut, neben ihm ein sterbender Mensch.

Was zuerst? Zuerst das Rettungsboot wieder abdecken, damit niemand sieht, was hier geschehen ist. Er zerrt die Plane über sich und das Boot.

Er muss raus aus diesem Boot. Nicht nur, weil er nichts mehr zu essen und zu trinken hat. Sondern weil man den Mann suchen wird, der gerade neben ihm stirbt.

Oder schon gestorben ist. Das Röcheln jedenfalls hat aufgehört.

Er muss den Mann loswerden. Ein verschwundener Seemann kann einfach über Bord gegangen sein. Aber wenn man das Opfer findet, wird man gründlicher suchen, so lange bis man den Täter gefunden hat.

Außerdem braucht er neue Kleidung. Vorsichtig nähert er sich dem Leichnam, überwindet seinen Ekel und tastet ihn ab. In der Hosentasche findet er ein Feuerzeug. Er leuchtet über die Kleidung. Das Hemd ist voll Blut, aber die Hose sieht noch brauchbar aus. Er zieht seine Hose aus, dann streift er dem Toten die Hose ab und zieht sie an. Sie ist ihm viel zu lang und zu weit, er muss die Hosenbeine umkrempeln. Für die Taille findet er ein Stück Seil, das er sich umbindet. Seine eigene Hose stopft er in den Seesack. Dort findet er noch ein Unterhemd. Das ist zu wenig, um ihn zu wärmen, aber es ist wenigstens sauber. Er zieht es an und friert noch mehr.

Wie soll er den schweren Körper aus dem Boot bekommen? Er zerrt an dem Leichnam. Versucht, die Beine hochzubekommen, dann den Hintern und den Rumpf. Das Boot schwankt.

Nein, es ist unmöglich. Er kann es nicht schaffen, schwach wie er ist.

Erschöpft lehnt er sich gegen die Bordwand des Rettungsbootes. Er hat keine Chance. Sie werden ihn finden.

* * *

Er wacht auf, als es laut wird. Er hört Schiffshörner und Stimmen auf dem Deck. Aufgeregtes Getrappel, ein Hin und Her der Schritte. Er wagt einen Blick unter der Plane hervor. Schier endlose Kais breiten sich vor ihm aus, Tausende von Containern, die durch riesige beleuchtete Containerbrücken bewegt werden. Das weiße Rund von Tanks und die hin- und herfahrenden Fahrzeuge, deren Lichter wie Glühwürmchen durch die Morgendämmerung irren. Rotterdam.

Das ist seine Rettung. Die Möglichkeit, die er nutzen muss, wenn er lebend von diesem Schiff kommen will.

Sein Vorteil ist, dass die Mannschaft aus Philippinos besteht. Vielleicht fällt er in dem Durcheinander nicht auf.

Er wartet auf einen Moment, in dem gerade keiner in seinem Abschnitt ist. Schnell schlüpft er aus dem Boot, rennt mit den anderen auf Deck hin und her, versucht sich in den Lauf einzupassen.

»Was ist mit deinem Hemd passiert?«

Sein Herz setzt aus. Nur einen Moment.

»Kaffee.«

Der Matrose lacht. »Pass auf, dass dich der zweite Offizier nicht erwischt. Geh dich lieber umziehen.«

Er macht sich an der Laschung eines Containers zu schaffen, versucht sich zwischen den Türmen, die ihn umgeben, unsichtbar zu machen. Wie kommt er vom Schiff?

Es gelingt ihm, einen der Container zu öffnen und hineinzuschlüpfen. Bananen sind darin. Ob es nur Bananen sind, weiß er nicht und will es auch nicht wissen. Er muss sich verstecken. Er kann die Tür von innen nicht schließen. Wenn je-

mand herausfindet, dass die Tür offen ist, dann wird man im Container nach blinden Passagieren suchen.

Soll er wieder rausgehen?

Er tastet sich vorwärts. Nimmt das Feuerzeug zu Hilfe. Schiebt die Bananenkisten hin und her, baut eine Mauer vor sich auf, um sich herum, hockt sich in die Lücke. Was, wenn dieser Container nicht entladen wird?

Dann ist das so oder so sein Tod.

Dienstag, 18. Juli 2000

»Ach hallo, Herr Kommissar, so früh schon unterwegs.«

»Morgen Herr Müller, ja, das Verbrechen schläft leider nicht.«

»Sie sagen es. Sie sagen es.« Müller blickte ihn erwartungsvoll an, aber Möllenkamp dachte nicht daran, seinem Nachbarn Details über die Sicherheitslage im Landkreis Leer zu verraten. Weil das Schweigen nach einer Weile unangenehm wurde, wandte sich Möllenkamp zum Gehen, fühlte aber noch eine Bringschuld und fragte: »Ist denn die Bandscheibe wieder in Ordnung?«

»Die Bandscheibe?«, Müller wirkte ehrlich überrascht.

»Äh ja, meine Frau hat gesagt, sie hätten sich einer Bandscheiben-OP unterziehen müssen«, stammelte Möllenkamp der augenblicklich wusste, dass er einen Fehler gemacht hatte.

»Nein, also sicher, ja, ich müsste ganz dringend mal etwas an meiner Bandscheibe tun, sagt auch mein Orthopäde. Aber wissen Sie, es sind ja so viele, die sich an der Bandscheibe operieren lassen, und hinterher nach der OP stehen sie auf und sitzen im Rollstuhl. Meine Cousine zum Beispiel, die wohnt in Bad Rothenfelde, da fing alles ganz harmlos an mit einer kleinen, tauben Stelle über dem linken Knie. Dann kam der linke große Zeh dazu, gar keine Schmerzen, das muss man sich mal vorstellen, nur diese Taubheit …«

Möllenkamp spürte die Taubheit nunmehr am eigenen Körper und verfluchte sich dafür, dass er eine der wichtigsten Grundregeln für den Umgang mit seinem Nachbarn nicht beachtet hatte: Stelle unter keinen Umständen eine Frage an Herrn Müller! Er spürte einen leisen Groll in sich, weil er glaubte, von Meike durch Falschinformation in diese Falle getrieben worden zu sein.

»Nein, in Wahrheit war es die Galle, wegen der ich im Krankenhaus war. Wussten Sie denn nicht, dass ich vor zehn Tagen Gevatter Tod gerade noch von der Schippe gesprungen bin? Ich bin zu Hause zusammengebrochen, und weil meine Frau gerade beim Arzt war, musste ich mich noch mit Müh und Not zum Telefon schleppen. Das wäre beinahe schiefgegangen. Und was glauben Sie: Kommt irgendjemand hier aus der Nachbarschaft zu Besuch ins Krankenhaus? Nein! Stattdessen werden Gerüchte über meine Bandscheibe in die Welt gesetzt. Hätte sich ja mal einer die Mühe machen können, selbst nachzufragen. Ihnen mache ich ja keinen Vorwurf. Sie haben als Kriminalkommissar genug zu tun mit der ständig steigenden Kriminalität und den ganzen Ausländern. Aber ich will mal ganz offen sagen: Ob Ihre Frau nicht mal hätte kommen können? Es sind ja schließlich Ferien. Aber so ist es heute. Niemand interessiert sich mehr für den anderen und dann wundern sich die Leute, dass es aus der Nachbarwohnung irgendwann zu stinken beginnt …«

Irgendwann gelang es Möllenkamp, sich mit Verweis auf das Verbrechen aus dem nicht enden wollenden Redefluss seines Nachbarn herauszuwinden. Als er zu seinem Auto hastete, kam er sich vor wie ein Bankräuber, der in sein Tatfahrzeug stieg und mit quietschenden Reifen den Ort des Verbrechens verließ, um ja nicht noch in letzter Sekunde gefasst zu werden. In solchen Momenten verstand er, warum Meike aus dieser Nachbarschaft weg wollte. In Esklum gab es keine Nachbarn, mit denen man so dicht Tür an Tür wohnte.

* * *

Um kurz vor acht Uhr ging Kriminalhauptkommissar Möllenkamp die stillen Flure der Polizeiinspektion entlang. Er wühlte in seiner Ablage herum und fragte sich, ob er sich freuen sollte, wo er sich noch vor einer Woche Kapitalverbrechen herbeigesehnt hatte und es jetzt so schien, als sei ihm möglicherweise eines in den Schoß gefallen. Freude schien ihm jedoch angesichts der Umstände von Fokko Fokkens Tod ein unerlaubtes Gefühl zu sein, und er verbot es sich.

Kurze Zeit später saßen er, Anja Hinrichs und Wilfried Bleeker in einem halb leeren Besprechungsraum. Möllenkamp eröffnete die Runde. Er zog die Metaplanwand hervor, die er gewöhnlich zur Strukturierung der Ermittlungsarbeit verwendete. Zum »Fall Fokken«, der bisher noch kein »Fall« gewesen war, stand noch nicht viel drauf.

»Guten Morgen zusammen. Ich würde gerne mit dem Fall Fokken beginnen, von dem wir inzwischen annehmen müssen, dass ein Fremdverschulden zumindest nicht auszuschließen ist. Darum sollten wir gleich die Ergebnisse zusammentragen und …«

Möllenkamp bemerkte einen schnellen Blickwechsel zwischen Anja Hinrichs und Wilfried Bleeker. Das stille Einvernehmen irritierte ihn, denn die beiden waren oft wie Hund und Katze. Insbesondere dann, wenn Edda Sieverts fehlte, hielt sich Anja zwecks Aggressionsabfuhr häufig an ihren schmächtigen Kollegen.

Möllenkamp runzelte die Stirn. »Okay, raus mit der Sprache. Was ist los?«

Bleeker warf einen Blick auf seine Armbanduhr. »Ich schätze, so in etwa sieben Minuten wird unser Chef hier sein.«

Möllenkamp blickte ungläubig. »Der hat doch Urlaub.«

»Es geht um den Einsatz am Denkmalplatz am Freitag«, sagte Bleeker.

»Genauer gesagt um die Begründung für den kriminalpolizeilichen Einsatz«, ergänzte Anja Hinrichs.

Möllenkamp ahnte Schlimmes: »Die Begründung, die unsere Pressestelle geliefert hat, reicht den Medien nicht?«

»Die Presse will jemanden hängen sehen. Bei einem so großen Einsatz hat man am Ende entweder einen Drogenhändlerring oder eine versprengte Zelle der zigsten RAF-Generation ausgehoben – wenn nicht, muss die Polizei dran glauben«, resümierte Anja. Beiläufig strich sie sich die blonden Haare zurück.

»Deine Freundin vom *Rheiderländer Tagblatt* ist da ziemlich hartnäckig«, ergänzte Wilfried Bleeker. »Und sie hat mit dem Mann gesprochen, dem unser Chef das Ohr abgebissen hat.«

»Steht das heute in der Zeitung?«, fragte Möllenkamp alarmiert.

»Nein, es ist eher so, dass sie noch Rückfragen zu dem Einsatz als Ganzes hat. Außerdem…«, wieder warf Bleeker seiner Kollegin einen vielsagenden Blick zu, »außerdem gibt es Fotos…«

Möllenkamp wurde es jetzt zu bunt: »Himmeldonnerwetter, nun lass dir doch nicht jedes Wort aus der Nase ziehen! Was für Fotos?«

»Fotos, auf denen er ein Bustier und einen Stretchminirock trägt und im Gesicht aussieht wie Hannibal Lecter.«

Möllenkamp fehlte die Vorstellungskraft für ein solches Szenario: »Wer?«

»Ich«, dröhnte es von hinten. Ganz gegen seine Gewohnheit hatte ihr Chef von hinten leise die Tür zum Besprechungsraum geöffnet und zumindest die letzten Sätze der Unterhaltung mitbekommen.

Betretenes Schweigen breitete sich aus.

Hinterkötter polterte herein, ließ sich auf einen Stuhl fallen und sah zum ersten Mal, seit Möllenkamp ihn kannte, ratlos aus. »Sie kennen diese Boekhoff doch. Können Sie nicht mal mit ihr reden?«

»Und was soll ich ihr sagen?«

»Sie begründen, warum der Einsatz nötig war und dass die Veröffentlichung der Fotos gegen … gegen …«

»… gegen die Persönlichkeitsrechte des Geschädigten, also des Gebissenen verstößt«, ergänzte Bleeker, der sichtlich Mühe hatte, ernst zu bleiben.

Möllenkamp ließ den Blick von einem zum anderen schweifen. »Das ist nicht euer Ernst.«

»Sprechen Sie mit der Leiterin des Einsatz- und Streifendienstes. Polizeirätin Kramer wird Ihnen schon Munition liefern. Die haben ja genug von dem Gesocks festgenommen und lassen die Namen durch die Datenbanken von LKA, BKA, Europol und Interpol laufen. Da kommt sicher noch was bei raus.« Hinterkötter hatte wieder Oberwasser. »Und wehe, ich sehe eines von den Fotos im *Rheiderländer Tagblatt*! Sagen Sie der Boekhoff, dann wird sie in Zukunft nicht mal mehr erfahren, wie die Auswahl der Polizeimannschaft gespielt hat!«

Und schon war der Westfale wieder zur Tür hinaus und ließ eine kleine, ratlose Truppe von Ermittlern zurück.

Anja fing sich als erste. »Du musst diese Boekhoff auf eine andere Geschichte ansetzen. Lenk sie mit einer Story ab, sonst wird der Vize uns das Leben zur Hölle machen.«

»Seit wann sind wir von der Polizei dafür zuständig, der Zeitung die Seiten zu füllen!«, regte Möllenkamp sich auf. Doch als er auf zwei Paar hochgezogene Augenbrauen blickte, wusste er, dass er keine andere Möglichkeit hatte.

Er fluchte innerlich. »Okay, ich kümmere mich. Nun zu unserem eigentlichen Thema: Im Kollegenkreis herrscht der Eindruck vor, dass Fokko Fokken ermordet worden sei. Er sei in letzter Zeit deutlich aufgeblüht, habe Schulden zurückbezahlt und eine Reise für die Familie gebucht. Aus Sicht der Kollegen, mit denen er jeden Tag zusammengearbeitet hat, gab es keinerlei Anzeichen für suizidale Absichten. Wenn wir der Theorie vom Mord mal einen Moment folgen wollen, dann ist die Wahrscheinlichkeit am größten, dass es sich um einen illegalen Gewinn beim Glücksspiel handelte, oder um eine zumindest teilweise erfolgreich durchgeführte Erpressung, die dann aber mit seiner Ermordung endete. Habt ihr weitere oder andere Erkenntnisse mitgebracht?«

Anja berichtete, dass Fokko Fokken nach Auskunft der Banken überschuldet gewesen sei und wiederholt die monatlichen Zinsen und Tilgungen für ihren Baukredit nicht hatte bedienen können. Zudem hatte er eine bedenkliche Zahl an hochverzinsten Konsumkrediten angehäuft. Offenbar hatte Fokken mit dem Abzahlen seiner Schulden nur im privaten Umfeld begonnen. Die Banken hatten schon mehrfach das Gespräch mit der Familie gesucht und waren kurz davor gewesen, Maßnahmen einzuleiten. Nach dem unerwarteten Tod des Familienvaters hatte man sich bisher jedoch zurückgehalten, um der Witwe etwas Zeit zu geben, die Dinge zu ordnen. »Die werden jetzt aber bald wieder an die Tür klopfen«, schloss sie, »und die Lage ist ziemlich kritisch, vor allem, wenn die Versicherung nicht zahlt.«

Möllenkamp seufzte. »Hmm, das klingt noch nicht nach Lotto-Hauptgewinn. Wilfried, was sagt die Spielerszene?«

»Ich hab Horst Rosema getroffen, einen Spielkumpel von Fokken. Hat eine Fahrschule, der es auch nicht gutgeht. Rosema hat erzählt, dass er Fokken monatelang nicht getroffen hat, und auf einmal vor zwei, drei Wochen war er wieder da. Er sagt, Fokken war wie immer.«

Irgendwie hatte Wilfried den letzten Satz in der Luft enden lassen. Möllenkamp wartete darauf, dass er noch etwas sagen würde, aber der Kollege schwieg und hatte sich daran gemacht, mit einem Zahnstocher seine Zähne zu bearbeiten.

»War das alles, Wilfried?«

»Hm, ja. Irgendwie war Rosema nicht sehr gesprächig.«

Stephan Möllenkamp hatte die wichtigsten Informationen zusammengetragen und auf die Metaplanwand gepinnt. Seine Stimmung war schon wieder etwas gedämpft worden. Irgendwie passten die Informationen noch nicht zusammen.

»Okay, es hilft nichts. Wir müssen doch noch einmal zur Witwe Fokken. Vielleicht finden wir dort Hinweise auf Aktivitäten ihres Mannes, die uns weiterbringen. Wir legen aber noch nicht das ganz große Besteck auf. Anja, begleitest du mich?«

* * *

Sie erwachte von dem Geschrei vor der Tür. »Ihr Schweine! Ich krieg euch! Ihr Schweine!« Das Geschrei ging in Heulen über. »Alles umsonst!« Dann nahm die männliche Stimme eine aggressive Färbung an: »Ihr macht mich nicht fertig! Ihr nicht!« Dann hörte sie lautes Schluchzen. Schließlich klang es, als würde Metall auf Metall geschlagen, regelmäßig und mit voller Wucht. Wer auch immer sich da draußen austobte, war offenbar völlig außer sich. Engelke Terveer überlegte, ob sie auf sich aufmerksam machen sollte. Es konnte sich aber natürlich auch um einen ihrer zwei Entführer handeln, der vollkommen von Sinnen dort herumschrie. Dann war es gefährlich, seinen Ärger auf sich zu ziehen.

Aber wenn nicht? Trotzdem schien ihr die verzerrte Stimme keine Rettung zu versprechen. Notgedrungen lauschte sie weiter und versuchte vergeblich, sich einen Reim auf das Gehörte zu machen.

Nach einer Weile erklang ein Martinshorn. Sie schöpfte Hoffnung. Vielleicht hatte jemand die Polizei gerufen, und wenn sie Glück hatte, würde man sie entdecken. Der Wagen hielt tatsächlich vor dem Haus. Sie hörte Türenschlagen und Männerstimmen. Was die Männer sagten, konnte sie nicht verstehen, weil der Wahnsinnige da draußen immer noch brüllte. »Das könnte Euch so passen! Steckt mich inne Zwangsjacke und dann ab dafür! Aber nicht mit mir, nicht mit mir! Na, wer traut sich, he?«

Engelke Terveer stellte sich vor, wie der Mann da draußen eine Schaufel drohend gegen die Polizisten schwang. Sie hoffte, dass es tatsächlich Polizisten waren, dass sie sich Zutritt zum Haus verschafften und sie entdeckt wurde.

»Hilfe! Zu Hilfe!«, schrie sie. »Ich bin hier! Holt mich raus!«

Doch gegen den Lärm draußen hatte sie keine Chance. Ihre Stimme klang kläglich, sie hatte lange nichts getrunken und war heiser. Sie überlegte: Wenn es ihr Entführer war, der da so schrie, und wenn die Polizei ihn mitnehmen würde, durfte er sicher noch ein paar Sachen zusammensuchen? Dann mussten sie doch das Haus betreten? Sie sollte ihre Kraft für den Moment sparen, wenn sich unten die Haustür öffnete.

Doch die Haustür öffnete sich nicht. Sie hörte, dass das Geschrei draußen in Schluchzen überging, von dem sie nur Bruchstücke verstand. »… alles umsonst … der ganze

Sand … die Schweine …« Sie hörte beruhigende Stimmen, dann Türenschlagen. Dann fuhr der Wagen los. Sie ließ ihren Kopf aufs Bett zurückfallen und weinte.

* * *

Herta brütete über den Aufzeichnungen von Theo Weelborg. Sie hatte die Beantwortung der Presseanfragen ihrer Stellvertreterin Inga überlassen, die mit dem Verkauf von Nachrichten ohne Substanz schon Erfahrung hatte. Obwohl sie wusste, dass die Organisation der großen Jubiläumsveranstaltung von ihr einen anderen Einsatz ihrer Ressourcen verlangt hätte, konnte sie sich von den geschichtlichen Ausführungen nicht trennen. Sie war inzwischen in der Ära von Karl-Friedrich Schipper angelangt, dem einzigen Sohn von Friedrich Hermann Schipper, der Anfang der 30er-Jahre das Ruder übernommen hatte. Über die »dunklen Jahre« verloren die Aufzeichnungen nicht viele Worte. Das wenige aber ließ den Schluss zu, dass sich Karl-Friedrich Schipper in den neuen politischen Verhältnissen recht geschmeidig bewegte und die Geschäfte bis zum Ausbruch des Krieges ordentlich liefen. Sie konnte entscheiden, ob sie für das bevorstehende Jubiläum ihrerseits Licht in das Dunkel bringen oder ob sie diese Aufgabe späteren Historikern überlassen wollte. Sicher waren allzu detaillierte Berichte über die Zeit zwischen 1933 und 1945 nicht erwünscht.

Bei Kriegsende besaß Karl-Friedrich Schipper, wie die meisten westdeutschen Reeder, kein seetüchtiges Schiff mehr – und auch kein Eigenkapital. Mithilfe günstiger staatlicher Kredite konnten die westdeutschen Reeder neue

Schiffe anschaffen und damit sofort in eine weltweite Hochkonjunktur hineinfahren. Doch schon Ende der 50er-Jahre endete diese Hochkonjunktur. Die internationale Schifffahrt verfügte über mehr Schiffsraum als Tonnage. Schipper geriet, wie andere Reeder auch, in eine Krise.

Es blieb nicht die einzige. Doch zeigten die Aufzeichnungen ein, wenn auch insgesamt geschöntes, Bild eines Unternehmers, der Krisen mit Innovationen zu begegnen wusste, immer wieder sein Geschäftsmodell änderte und sich den Zeiten anpasste. Das konnte man beileibe nicht von allen Leeraner Unternehmern sagen. Als Karl-Friedrich Schipper 1969 – nach fast 40 Jahren – die Geschäfte endgültig an seinen Sohn Karl-Heinz abgab, war das Wirtschaftswunder in Deutschland vorbei. Die erste Ölpreiskrise stand bevor, ein schwerer Start für den jungen Mann. Nur wenige andere Reeder waren in der von Seefahrt und Handel so geprägten Stadt Leer ansässig. Auch mit der Stadt Leer ging es wirtschaftlich bergab. Die stolze Stadt verwandelte sich bis Mitte der 80er-Jahre in das Armenhaus der Bundesrepublik. Die Arbeitslosenquote lag bei 30 Prozent, ein Industriebetrieb nach dem anderen musste seine Tore schließen, zuletzt die traditionsreiche Jansen-Werft. Der Bericht des Pförtners verlor sich hier in allgemeinen Beschreibungen der Krise und enthielt nur wenig Konkretes. Herta nahm an, dass auch für Schipper die Zeiten nicht leicht gewesen waren.

Ab Mitte der 1980er-Jahre wendete sich das Blatt und die Lage der Reedereien besserte sich. Die Seefahrt in Leer nahm einen neuen Aufschwung: Absolventen der Leeraner Seefahrtschule wagten den Einstieg ins Reedereigeschäft.

Weitere Unternehmen mit maritimem Bezug siedelten sich in der Stadt an. Die Politik kam den Reedern mit niedrigen Gewerbesteuern entgegen, um in der Konkurrenz zu Standorten wie Hamburg oder dem Alten Land bestehen zu können. Das half, und Ende der 90er-Jahre setzte infolge der Globalisierung eine Dynamik ein, die Leer einen entscheidenden Schub gab. Die Logistikbranche boomte, die Firmen wuchsen und kauften immer mehr Frachter. Aus Schiffsbesitzern mit Homeoffice wurden plötzlich weltweit agierende Reedereien.

Auch die Reederei Schipper hatte sich modernisiert. Ein Traditionsunternehmen im Umbruch. Karl-Heinz Schipper, den Herta erst einmal gesehen hatte, verkörperte durch seine ganze Erscheinung die alte Welt. Eine holzgetäfelte Welt von distinguierten Männern in Zweireihern, die in ihrem Büro einen kleinen Barwagen hatten und Handschlaggeschäfte mit einem guten Cognac abschlossen. Eine Welt, in der von Ehre und Tradition die Rede war. Man tauchte nicht jede Woche in der Zeitung auf und wollte das auch gar nicht. Geschäfte waren nicht von der öffentlichen Meinung abhängig, und zur Politik hatte man einen persönlichen Draht.

Mit Peter Steppan war in der Reederei Schipper der Vertreter einer neuen Generation am Ruder. Hier zählte die Öffentlichkeit alles, und es galt, sich durch ständige positive Nachrichten im Gespräch zu halten, weil die Politik der öffentlichen Meinung gehorchte. Man zollte der Tradition Respekt, indem man die Zweireiher anbehielt, aber sie waren eine Kostümierung. Der Cognac wurde durch Riesling-Auslese bester Lage ersetzt. Am Revers trug man einen Pin mit dem Logo des Unternehmens, und die Unternehmen wie auch deren Pins änderten sich alle paar Jahre.

In dieser Welt hatte Theo Weelborg offenbar nicht mehr zu Hause sein wollen und war Pförtner geworden. Aber warum?

Es klopfte und Inga trat herein. Ihre Wangen glühten.

»Herta, die Chefin ist hier. Sie will mit dir sprechen. Kannst du dich um sie kümmern? Bei mir brennt die Luft wegen der Presseanfragen, und ich muss weiter an unserem Fünf-Punkte-Plan feilen.«

»Die Chefin?«, fragte Herta ratlos. »Wer soll das sein?«

Inga trat etwas näher. »Die Frau unseres Chefs«, wisperte sie, »gleichzeitig Tochter unseres Seniorchefs. Sie ist nicht ganz richtig im Kopf. Behandle sie wie eine Königin.«

Herta holte Luft, um zu erwidern, sie sei doch kein Sanatorium für durchgeknallte Unternehmertöchter, aber Inga hatte den Raum bereits wieder verlassen. Sie hatte keine Zeit, sich einen Fluchtplan zu überlegen, denn schon ging die Tür auf und eine blonde Frau mittleren Alters trat ein.

Sie war groß, schmal und blass. Der Blick ihrer blauen Augen irrlichterte im Raum umher, ohne sich an etwas zu heften. Herta registrierte die weißen Finger, die einen schwarzen Ledershopper fest an ihren Bauch pressten. Die langen Beine steckten in engen Jeans, unter ihrer leichten Steppjacke trug die »Chefin« ein Poloshirt mit weißem Kragen. Eine große Guess-Sonnenbrille steckte in ihrem Haar, das am Hinterkopf zu einem Pferdeschwanz gebunden war. Obwohl der ganze Aufzug eher sportlich war, strahlte er etwas von der lässigen Eleganz aus, mit der reiche Kinder sich auch einen Kartoffelsack überstreifen konnten und trotzdem gut angezogen wirkten. Beeindruckend, dachte Herta neidisch. Wenn nur diese seltsamen Augen nicht wären.

Endlich blieb Frau Steppans Blick wie zufällig an Herta hängen. »Er hat wieder die neue Zahnpastatube angebrochen, obwohl die alte noch nicht leer ist«, sagte sie langsam. »Ich war nicht schnell genug. Wissen Sie, normalerweise verstecke ich die neuen Tuben, damit er sie nicht findet.«

Sie schwieg einen Moment, dann fuhr sie fort. »Wenn ich es ihm sage, dann sieht er mich nur an und sagt nichts. Als wäre ich eine arme Irre, nur weil ich es hasse, dass der Badezimmerschrank von angebrochenen Tuben nur so überquillt.«

Herta hoffte, dass die Chefin sie nicht fragen würde, wie sie das mit der Zahnpasta sehe. Sie versuchte, ihrem Gesicht einen freundlich unbeteiligten Ausdruck zu geben, wie sie es auch tat, wenn sie auf der Straße von Menschen angesprochen wurde, die betrunken waren, drogenabhängig oder sonstwie gestört. Nicht provozieren und nicht anlocken. Frau Steppans irritierend hellblaue Augen bewegten sich unruhig. Gut möglich, dass auch hier Drogen im Spiel waren.

»Eigentlich hasse ich ja nicht die Tuben. Ich hasse meinen Mann, wissen Sie«, fuhr Frau Steppan leichthin fort. »Ich hasse seine Gleichgültigkeit, seine Abwesenheit. Sehen Sie: Er lässt alles liegen, ich hebe es auf. Jedes Bücken ist eine Verbeugung vor ihm, die mich rasend macht. Er ist freundlich zu mir, aber ich weiß, dass er mich hintergeht. Jeden Tag bete ich zu Gott, dass ihm etwas Schlimmes passiert, obwohl ich gar nicht an Gott glaube. Ist das nicht verrückt?«

Herta widerstand dem heftigen Drang zu nicken und ließ ihr Gesicht noch eine Spur unbeteiligter dreinblicken.

»Er hat mich umworben, damals, was glauben Sie! Dann hat er mich bekommen. Und die Firma. Jetzt bin ich ihm egal. Ich spreche ihn an, immer ich. Immer muss ich ihn mehrmals ansprechen, damit er antwortet. Immer komme ich mir vor wie eine Bittstellerin. Ich kann es ihm nicht heimzahlen, ich bin zu schwach. Er legt mir niemals Rechenschaft ab, und ich habe keine Mittel, ihn dazu zu zwingen. Vielleicht wäre das anders gekommen, wenn wir Kinder hätten…«

Hier verstummte ihr Redefluss abrupt. Sie fixierte nun einen fernen Punkt außerhalb des Fensters. Herta wartete eine Weile, dann fragte sie so vorsichtig wie möglich: »Frau Steppan, womit kann ich Ihnen denn helfen?«

Langsam wanderte der Blick zurück zu Herta. »Helfen? Nein, ich bin doch hier, um Ihnen zu helfen. Ich habe hier eine Sponsoringzusage von Orgabit über 15 000 DM für die Jubiläumsfeier. Davon können Sie vielleicht die Hostessen bezahlen. Sprechen Sie mit dem Geschäftsführer.«

Herta stutzte kurz. »Vielen Dank, Frau Steppan, das ist wirklich sehr willkommen. Es wird sicher für mehr als die Hostessen reichen.«

Ein maliziöses Lächeln huschte über das Gesicht der Chefin. »Warten Sie es ab.« Dann drehte sie sich um und verschwand.

* * *

Der Sommer war ausgeblieben, aber das Sommerloch war zuverlässig. Gertrud saß an ihrem Schreibtisch und starrte auf den Bildschirm, auf dem die Struktur einer Zeitungsseite zu erkennen war. Das untere Drittel der Seite war für Anzeigen reserviert. Sie wollte lieber nicht wissen, zu welchem Schleuderpreis man es den örtlichen Einzelhändlern hinterhergeworfen hatte, nur um wenigstens diesen Platz schon einmal gefüllt zu haben. Die rechte Spalte enthielt die kirchlichen und lokalen Ankündigungen: Sitzungen des Ausschusses für öffentliche Verantwortung der Kirche, Öffnungszeiten des Dritte-Welt-Ladens und die nächsten Termine aus dem Kinderferienprogramm der Stadt Weener. In der Mitte aber klaffte ein Loch. Mindestens vier Spalten mussten gefüllt werden und sie hatte keine Ahnung, womit.

Am Montag hatte der Himmel sie mit einem Familiendrama beschenkt, das sich in Vellage zugetragen hatte. Eine 41-jährige Frau hatte ihren zwei Jahre älteren Mann mit einer Axt lebensgefährlich verletzt, weil er ihr bei den Vorbereitungen für den Kindergeburtstag nicht hatte helfen wollen. »Ich musste das Haus ganz allein machen«, hatte die Frau gegenüber der Polizei erklärt. Sie habe aus Erschöpfung und Frust eine große Flasche Sekt geleert, während ihr Mann draußen mit einem Gabelstapler Paletten sortiert habe. »Ich schaffe das alles nicht. Wir wollen doch unserer Tochter einen schönen Geburtstag vorbereiten«, habe sie ihrem Mann gesagt. »Lass mich in Ruhe. Ich hab hier zu tun«, war die Antwort. Seelenruhig hatte der Mann weiter seine Paletten sortiert. Daraufhin war die Ehefrau ausgerastet. Von einem Hackklotz hatte sie sich ein Beil gegriffen und von hinten auf den Kopf ihres Mannes eingeschlagen. Der hatte sich zur Werkstatt geschleppt und sich darin gerade noch vor seiner Frau in Sicherheit gebracht, die mit den Worten »Ich bringe es jetzt zu Ende« angefangen hatte, die Holztür zu zertrümmern. Inzwischen hatte die neunjährige Tochter jedoch den Notruf gewählt. Polizei und Rettungsdienst retteten zwar nicht den Kindergeburtstag, dafür aber den Familienvater.

Diese Geschichte hatte in der Redaktion interessante Reaktionen ausgelöst. Während die Anzeigenleiterin Gesine Kröger auf die familienzerstörenden Folgen des Alkohols hinwies, hatte der dicke Oltmanns aus der Druckerei, der zufällig hereingekommen war, knurrig gefragt, seit wann denn Männer überhaupt für Kindergeburtstage zuständig seien. Gertruds Kollege Wessels hatte laut überlegt, ob der Gabelstapler wohl zu erwerben sei. »Airbus« dagegen hing trüben Gedanken nach, weil seine Frau ihm klargemacht hatte, dass ihm ein ähnliches Schicksal wie dem armen Familienvater drohen würde, wenn er sich in die nächsten Kindergeburtstagsvorbereitungen nicht deutlich stärker einbrächte. Aus Rücksicht auf die minderjährigen Kinder der Familie hatte Gertrud darauf verzichtet, die Geschichte noch ein paar Tage weiter zu drehen und die gesamte Nachbarschaft zu befragen. Das »Witwenschütteln« gehörte nicht zu den Methoden des *Rheiderländer Tagblatts*.

Sie schaute zu ihrem Kollegen Wessels hinüber, der gerade versuchte, eine dpa-Meldung über den Diebstahl von Eisenbahnschienen so aufzublasen, dass er zwei Drittel der Panorama-Seite füllen würde. Gertrud stützte den Kopf in die Hände und überlegte, ob sie nicht besser einfach nach Charlottenpolder fahren sollte, um Gottfried bei seiner Imkerei zu helfen. Was brauchte man denn schon einen Job? Gottfried lebte auch gut ohne. Schon kamen wieder hässliche Gedanken, die sie mit anderen hässlichen Gedanken zu verscheuchen suchte. Sie griff zum Telefon, um Stephan Möllenkamp anzurufen. Wenn der ihr jetzt nicht ein paar Hintergrundinformationen zum Denkmalplatzeinsatz gab, dann war der Vize Hinterkötter fällig. Sie hatte den Jungen mit dem Ohr – oder besser: ohne Ohr – in der Hinterhand, und ihre Verzweiflung war groß genug, ein paar ethische Grundsätze über Bord zu werfen und es mit Sensationsjournalismus zu versuchen.

In dem Moment, als sie die Hand ausstreckte, klingelte ihr Telefon.

»Stephan hier«, hörte sie zu ihrem allergrößten Erstaunen.

»Das muss Gedankenübertragung sein. Gerade wollte ich Dich auch anrufen.«

»Ja«, klang es vorsichtig aus dem Hörer. »Worum ging's denn?«

»Nicht so wichtig. Du zuerst.«

»Hör mal, wir haben hier eine Geschichte, die ist vielleicht was für euch.«

Gertrud zog die Augenbrauen hoch.

Eine Weile kam nichts.

»Stephan, willst du mir jetzt sagen, was …«

»Also, also, in Stapelmoor, da ist heute einer abgeholt worden.«

»Ein Verbrechen?«

»Hm, also, ja… nicht direkt.«

»Und warum kümmert sich die Kripo darum?«

»Äh, das ist, also, kein Fall für die Kripo…«

Gertrud kniff die Augen zu schmalen Schlitzen zusammen. Sie beschloss, nichts zu sagen. Er sollte ruhig kommen. Sie hatte mehr Zeit als ihr lieb war.

Er räusperte sich einige Male. »Da ist ein Mann, der hat heute Morgen einen Nervenzusammenbruch gekriegt, weil, also weil er da seinen Garten umgegraben hat, und dann hat er die Erde in einen Container geschippt. Und tja, die Erde war am nächsten Morgen nicht mehr da.«

»Also sucht die Kripo jetzt nach den Tätern, die einen Container mit Erde im Kofferraum haben?«

Gertrud spürte den Blick ihres Kollegen Wessels im Rücken.

»Nein, nein! Der Container ist noch da und die Erde auch noch, aber nicht mehr im Container.«

Gertrud beugte sich vor und sprach ganz leise und deutlich ins Telefon. »Also, da hat einer einen Container mit Erde vollgeschippt und sich dann schlafen gelegt und am nächsten Morgen feststellt, dass ein paar dumme Jungs die Erde aus Spaß wieder rausgeschippt haben. Und dann hat er einen Nervenzusammenbruch gekriegt. Soweit korrekt?«

»Ja«, klang es kläglich aus dem Hörer.

»Soll ich damit den niedersächsischen Journalistenpreis gewinnen?« Hinter ihr kicherte Wessels.

»Das, das ist so ein Bäckermeister. Der war völlig außer sich, und dann ist der Krankenwagen gekommen, und er hat um sich getreten und die Sanitäter beschimpft und geschrien, die wollten ihn alle fertigmachen.«

»So führt mein Vater sich jedes Mal auf, wenn er den Rasen mäht und feststellt, dass die Klingen wieder stumpf sind. Soll ich über den auch eine Geschichte machen? Bestellst du dann ein Abo?«

»Ich hab schon ein Abo.«

»Kann es sein, dass du mich von anderen, wirklich interessanten Geschichten ablenken willst? Geschichten über«, sie machte eine Kunstpause, »Ohren zum Beispiel?«

Am anderen Ende des Telefons klang es, als ob jemand erstickte.

»Okay, folgender Deal: Ich fahre jetzt nach Stapelmoor und sehe mir die Sache an. Dafür erzählst Du mir, was für ein Grund wirklich hinter der Denkmalplatz-Aktion steckt. Deal?«

Sie hörte Möllenkamp schwer ausatmen. »Deal«, sagte er.

* * *

Es dauerte eine halbe Ewigkeit, bis Sabine Fokken es geschafft hatte, eine Kanne Tee auf den Tisch zu bringen. Das Porzellan klapperte, als sie die Tassen vor ihre Gäste auf den Tisch stellte.

Anja Hinrichs blickte in ihre Teetasse und rümpfte die Nase über die Teeblätter, die am Tassenboden herumschwammen. Möllenkamp überlegte, ob er nach Sahne und Kandis fragen sollte, um die schwarze Brühe genießbar zu machen, ließ es dann aber, um die Gastgeberin nicht zu überfordern. Die hatte inzwischen an dem Tisch Platz genommen und rang die Hände. Ihr Gesicht war fleckig und gerötet, die Augen geschwollen. Sie musste pausenlos geweint haben. Das blonde Haar war nachlässig im Nacken zu einem Zopf gebunden. Ihr blaues Sweatshirt sah aus, als habe sie schon mehrere Tage und Nächte darin verbracht.

»Sie haben aber viele Schiffe hier an den Wänden«, versuchte Möllenkamp ein Gespräch.

»Ach, da hab ich ja das Sieb vergessen«, rief die Frau aus und sprang vom Stuhl auf. Hastig riss sie die Tassen hoch, so dass der Tee überschwappte, rannte zur Spüle, kippte den Tee aus und kam mit einem Teesieb zurück. Sie nahm die Kanne in die eine Hand, während sie mit der anderen das Sieb hielt, und sah sich suchend auf dem Tisch um. Ein verwirrter Ausdruck erschien auf ihrem Gesicht. Dann schlug sie die Hand mit dem Teesieb an ihre Stirn. »Ach, und jetzt hab ich die Tassen stehen lassen!« Sie lachte hysterisch und rannte wieder zur Spüle, neben der sie die Tassen abgestellt hatte.

Möllenkamp und Hinrichs tauschten Blicke.

»Frau Fokken, wir trinken den Tee mit oder ohne Teeblätter…«, sagte Hinrichs vorsichtig.

Die Frau heulte auf. Langsam ließ sie sich mit dem Rücken an einem Küchenschrank herabgleiten und vergrub das Gesicht in ihren Händen.

»Ich weiß nicht, was werden soll«, schluchzte sie. »Es ist alles meine Schuld!«

Anja Hinrichs erhob sich, ging zu Sabine Fokken hinüber und legte ihr vorsichtig den Arm um die bebenden Schultern. »Frau Fokken, jetzt setzen Sie sich doch hin. Warten Sie, ich hole den Tee.«

Gleich standen drei dampfende Tassen auf dem Tisch. Anja Hinrichs hatte Taschentücher gefunden und hielt Sabine Fokken eines hin. Langsam erstarb das Schluchzen.

»So, jetzt beruhigen Sie sich.«

Nachdem sie sich kräftig geschnäuzt hatte, blickte Sabine Fokken auf und nahm ihren Besuch ins Visier. »Nun sagen Sie schon. Sie sind doch hier, um mir eine schlechte Botschaft zu bringen. Mein Mann hat sich umgebracht, und Sie werden die Akte jetzt schließen. Und dann sind wir ruiniert.«

»Nein, nein, so weit sind wir nicht«, sagte Möllenkamp, so sanft er konnte. Sollte er seine Hand auf ihre legen? Er ließ es sein. »Wir wissen inzwischen sicher, woran Ihr Mann gestorben ist. Es war eine Vergiftung mit Rizin.« Er machte eine Pause, aber Sabine Fokken reagierte nicht auf diese Information, also fuhr er fort. »Rizin ist ein sehr starkes Gift, das meistens in einem Zeitraum von eineinhalb bis drei Tagen zum Tode führt. Die Vergifteten haben meist starke Beschwerden, zum Beispiel Bauchschmerzen oder Krämpfe. Haben Sie so etwas in den Tagen oder Stunden vor dem Tode Ihres Mannes beobachtet?«

Sabine Fokken rührte in ihrem Tee und wirkte abwesend.

»Frau Fokken«, hakte Anja Hinrichs vorsichtig nach.

»Nein, da war nichts. Aber mein Mann war auch nicht viel zu Hause. Er sagte, er hätte noch so viel zu tun vor dem Urlaub.« Sie weinte leise vor sich hin.

»Sie haben also keine Idee, wann er das Gift zu sich genommen haben könnte oder wie oder …«, Möllenkamp suchte ein unverfängliches Wort, fand aber keins, »wie es zu ihm gekommen ist?«

Sabine Fokken schwieg.

»Frau Fokken, gab es irgendetwas Auffälliges in den Tagen oder Wochen vor dem Tod Ihres Mannes? War Ihr Mann verändert, tauchten Menschen auf, die Sie nicht kannten?«

»Aber ich habe Ihrem Kollegen doch schon alles gesagt. Mein Mann war gut drauf, viel besser als früher. Er sagte, er hätte die Schulden jetzt im Griff und wir würden in Urlaub fahren. Ich weiß nicht, warum das alles passiert ist. Das… das muss alles ein großer Irrtum sein. Er hatte einen Herzinfarkt.« Wieder weinte sie.

»Frau Fokken«, sagte Anja Hinrichs mit warmer Stimme, die Möllenkamp ihr gar nicht zugetraut hatte, »warum glauben Sie, dass alles Ihre Schuld gewesen ist?«

»Ich hätte mich kümmern müssen. Ich hätte mir Arbeit suchen müssen, damit wir die Schulden bezahlen können. Fokko, er hat doch nur gespielt, weil wir zu wenig Geld hatten und ich nichts verdient habe. Aber ich bin einfach nicht geeignet zum Arbeiten. Ich … ich kann ja nicht mal Tee kochen!«

Bevor sie wieder in Selbstmitleid versinken konnte, beeilte sich Möllenkamp zu fragen: »Seit wann war Ihr Mann in besserer Stimmung? Gab es ein Ereignis, an das Sie sich erinnern können? Einen Auslöser? Hat er einen Anruf erhalten, einen Brief bekommen? Hat er etwas gewonnen? Oder hat ihm jemand«, er zögerte, »mit Geld ausgeholfen?«

Sabine Fokken zeichnete mit dem Finger auf dem Tisch den Umriss der Teetasse nach: »Ich hab mich das schon so oft gefragt. Bin wieder und wieder die Wochen und die einzelnen Tage durchgegangen. Zuerst konnte ich gar nichts ausmachen, aber dann habe ich mich erinnert, dass er an einem Tag so gute Laune hatte, nachdem er einen Brief aus Übersee erhalten hatte. Das war so ein Umschlag mit blauroten Streifen drumherum. Ich hab gesehen, wie er ihn in der Hand hatte, als er reinkam. Das muss es gewesen sein. Danach war er wie ausgewechselt.«

»Haben Sie Verwandte in Übersee?«, fragte Anja Hinrichs.

»Nein, das war ja so merkwürdig. Darum ist der Brief mir ja überhaupt aufgefallen. Ich dachte noch: Wo kommt der Brief denn her?«

»Haben Sie Ihren Mann danach gefragt?«

Sabine Fokken schlug die Augen nieder. »Nein.«

»Wissen Sie, wo der Brief geblieben ist.«

»Nein.«

»Gibt es einen Ort, an dem Ihr Mann seine Korrespondenz aufbewahrt?«

Sabine Fokken wand sich. »Ich … wir haben da so eine Schublade…«

»Könnten Sie …«

»Ich hole Ihnen die Schublade«, ertönte plötzlich eine Stimme vom Flur, die so kalt war, dass Möllenkamp zu frösteln begann. »Meine Mutter fasst die ja sowieso nicht an.«

In der Tür stand ein junges Mädchen und musterte die Runde am Küchentisch mit unverhohlener Verachtung. Dann drehte sie sich abrupt um und verschwand, um kurze Zeit später mit einer Schublade voller Briefe zurückzukehren. »Hier tut sie alles rein, um es dann schnell zu vergessen.« Mit einer entschlossenen Bewegung kippte sie die Schublade auf dem Küchentisch aus. »Suchen Sie sich was aus: Telekom, EWE, Allianz, Brandkasse und und und … Mahnungen, Erinnerungen, Zahlungsaufforderungen. Und Mama hat es einfach in die Schublade gesteckt.«

Möllenkamp deutete auf die Umschläge. »Dürfen wir …?«

Eine müde Geste war Antwort genug. Langsam blätterten er und Anja Hinrichs den Haufen durch. Wenn es sich bei allem um unbeglichene Rechnungen handelte, dann war es ein Wunder, dass sich noch kein Gerichtsvollzieher bei Familie Fokken gemeldet hatte. Möllenkamp war schleierhaft, wie die Familie ohne ein Wunder aus dieser Situation wieder herauskommen sollte. Vielleicht hatte diese Aussicht Fokko Fokken ja doch mutlos werden lassen. Oder auf dumme Ideen gebracht.

»Der Brief, von dem Sie gesprochen haben, ist anscheinend nicht dabei«, stellte Anja Hinrichs fest, nachdem sie alle Umschläge in der Hand gehabt hatte. »Fällt Ihnen sonst noch ein Ort ein, an dem Ihr Mann den Brief aufbewahrt haben könnte?«

»Nein«, flüsterte die Witwe, die apathisch in ihre Teetasse gestarrt hatte. »Antonia, hast du eine Ahnung, ob Papa noch irgendwo Post aufbewahrt hat?«

Das junge Mädchen hatte während der Durchsuchung der Schublade reglos im Türrahmen gestanden, die Hände in den hinteren Taschen ihrer Jeans vergraben, als ginge sie das alles nichts an. Jetzt zog sie ihre dunklen Augenbrauen zusammen und schüttelte den Kopf.

Möllenkamp sah zu Hinrichs hinüber. Ihr Blick sagte ihm, dass es keinen Zweck hatte. Das stimmte wohl. »Frau Fokken, falls Ihnen doch noch etwas einfällt, was uns weiterhilft, oder wenn Sie den Brief noch finden sollten, dann rufen Sie uns bitte gleich an.«

Er war sich nicht sicher, ob Sabine Fokken seine Worte überhaupt gehört hatte. Antonia jedenfalls trat mit stummer Feindseligkeit aus dem Türrahmen, als die beiden Beamten die Küche verließen.

* * *

Was um alles in der Welt tat sie hier? Gertrud konnte es beinahe selbst nicht fassen, dass sie wirklich hergefahren war, nur um sich eines der leerstehenden Häuser von Bernd Steinfelder anzugucken. Sie kannte den schrägen Vogel, den alle nur »Bernd das Brot« nannten. Er hatte die Bäckerei von seinem Vater Gerhard geerbt, der viel zu früh gestorben war. Der leidenschaftliche »Held des Bienenstichs«, wie Gertrud ihn im Stillen nannte, hatte sich erst an einem Backofen schwer verbrannt und sich dann im Krankenhaus in Leer einen multiresistenten Keim zugezogen, der eine Nekrose an seinen Armen verursacht hatte. Daraufhin hatten beide amputiert werden müssen. Dergestalt seines Lebensinhalts beraubt, hatte Gerhard Steinfelder sich in Möhlenwarf vor den Arriva-Zug geworfen.

Nun musste also Bernd, der einzige Sohn, die Bäckerei fortführen. Dazu hatte er erkennbar keine rechte Lust, es mangelte ihm allerdings auch an Alternativen. Zunächst hatte er das Sortiment der Bäckerei bereinigt: Sahneschnitten und Torten gab es nur noch nach Vorbestellung. Weil er nachts schwer aus dem Bett kam, klappte es manchmal mit der Koordinierung der anstehenden Aufgaben nicht so, und Kunden wollten gesehen haben, dass er die Brötchen mitunter im Lidl-Backshop einkaufte, um sie mit einem Zuschlag von 5 Cent in der Bäckerei Steinfelder anzubieten.

Wenig verwunderlich war, dass diese Umstellung von Sortiment und Geschäftsabläufen der Prosperität des kleinen Unternehmens nicht eben zuträglich gewesen war. Umso rätselhafter erschien es Gertrud, warum »Bernd das

Brot« es sich leisten konnte, in verschiedenen Baugebieten des Rheiderlandes Baugrundstücke zu erwerben, um darauf Wohnhäuser zu errichten, die er anschließend unbewohnt stehen ließ. Letztendlich war dies wohl der Grund, warum sie sich dann doch in ihren Wagen gesetzt hatte, um nach dem Rechten zu sehen. Die Geschichte mit dem Container voller Sand war Blödsinn und würde niemals den Weg in die Zeitung finden. Aber der Vorwand, der regen Bautätigkeit des Bäckereiunternehmers ein wenig auf den Grund zu gehen, war Gertrud willkommen.

Sie stieg aus ihrem Wagen und sah sich um. Ein typisches Neubaugebiet: Backstein, der sich gnädig um regionsuntypische Toskanavillen legte, aber auch gefällige Anlehnungen an niederländische Baustile, sogar Varianten alter Landarbeiterhäuser. Viel Rasen, viel Kirschlorbeer, wenig Laubbäume. Seit sie Gottfried kannte, sah sie diese Vegetation mit anderen Augen an: Scheinnatur, die weder Vögeln noch Insekten ein Zuhause bot, dafür aber wenig Arbeit machte.

Vor ihr lag das Haus, das Bernd Steinfelder in dieser Idylle errichtet hatte. Ein schlichter Backsteinbau mit Spitzdach, der quer zur Straße stand. Rechts davon befand sich eine Auffahrt mit Garage, hier war auch die Eingangstür. Vor den Fenstern waren die Jalousien fast ganz heruntergelassen. Die Auffahrt war bereits fertig gepflastert, weitere Außenanlagen gab es aber noch nicht.

Vermutlich war Steinfelder dabei gewesen, diese Anlagen nun zu gestalten, darauf deutete der Container hin. Wenn er den Sand, der nach ordentlichem Mutterboden aussah, in den Container geschaufelt hatte, dann hatte er vermutlich vorgehabt, dort einen Kiesvorgarten anzulegen, der den

Boden noch stärker versiegelte und kein Grün durchließ. Vielleicht waren es ja Naturfreunde gewesen, die den Mutterboden wieder an seinen Ursprungsort zurückgeschaufelt hatten. Ein Zeichen des Protests? Gertrud grinste. Nein, das war unwahrscheinlich. Wahrscheinlicher war ein Dumme-Jungen-Streich, der sich gegen einen Außenseiter richtete. Irgendwo hatte heute Morgen jemand hinter den Thujahecken gestanden und feixend zugesehen, wie Bernd Steinfelder seinen Nervenzusammenbruch bekam.

Ein Windstoß zerrte an Gertruds Parka, Luft drang unangenehm kalt in ihre Ohren. Sie nieste. Ein Gang ums Haus, sehen, ob man durch die Fenster etwas erkennen konnte, vielleicht mal mit den Nachbarn reden. Bei einer Tasse Tee wurde man nie dümmer.

* * *

Sie hatte das Auto gehört. Aber sie war sich nicht sicher, ob es wirklich da war. Ihr Kopf spielte ihr mittlerweile Streiche. Vorhin war ein Polizist in ihrem Zimmer gewesen. Ganz leise hatte er sich hereingeschlichen, er hatte freundlich gelächelt. Sie hatte erschöpft zurückgelächelt und gedacht, endlich sei es vorbei. Doch zu ihrem Entsetzen hatte der Mann bloß eine Colaflasche aus einem Kasten in der Zimmerecke geholt, hatte sie geöffnet und daraus getrunken. Sie hatte das Zischen gehört, als er die Flasche öffnete, mit letzter Kraft hatte sie die Hand nach der Cola ausgestreckt. Aber der Mann hatte nur gerülpst und die Flasche wieder in den Getränkekasten gestellt. Dann hatte er das Zimmer verlassen. Als sie versuchte, den Kopf zu drehen, um nach dem Kasten zu sehen, war er nicht mehr dagewesen.

Inzwischen war sie überzeugt, dass sie hier drin sterben würde. Den Mann, der sie hier eingesperrt hatte, hatte man mitgenommen. Ob der andere Mann wiederkam, stand in den Sternen, und ob sie dann noch lebte, war noch eine ganz andere Frage. Die Polizei war nicht hereingekommen, und wer immer da draußen ums Haus schlich, würde es ebenfalls nicht betreten. Und so machte sie keinerlei Anstrengungen, sich zu rühren oder irgendwie auf sich aufmerksam zu machen. Sie lag still da und wartete auf den Tod.

* * *

»Moin.«

»Moin.«

»Gertrud Boekhoff vom *Rheiderländer Tagblatt*. Ich hab gehört, Ihr Nachbar, Bernd Steinfelder, ist heute Morgen abgeholt worden.«

»Weiß ich nix von.«

»Sie waren wohl nicht da?«

»Doch, ich war den ganzen Tag hier.«

»Oh, es soll ziemlich laut zugegangen sein.«

»Mag wohl sein.«

»Wohnt Herr Steinfelder denn hier in dem Haus?«

»Glaub nicht.«

»Wissen Sie, warum er heute Morgen dann hier war?«

Die Mittvierzigerin mit dem aschblonden Pagenschnitt sah Gertrud streng an. »Nein, aber dort steht ein Container und eine Schaufel, also wollte er wohl arbeiten.«

»Hmm, eine Schaufel habe ich nicht gesehen. Nur den Container. Eine Schaufel steht bei Ihnen hinter dem Haus, neben dem BMX-Rad.«

Die Frau wurde rot.

»Keine Angst, ich sag nichts. Haben Sie eine Tasse Tee für mich? Ich verspreche auch, dass ich wieder weg bin, bevor Ihr Sohn nach Hause kommt.«

Widerwillig öffnete die Nachbarin die Tür. Gertrud tat, als bemerkte sie nicht, dass sie hier ganz und gar unwillkommen war, und strebte wie selbstverständlich der Küche zu, von der aus man, wie sie vermutet hatte, das Nachbarhaus perfekt beobachten konnte.

»Stand das Haus schon, als Sie hier eingezogen sind?«

»Nein, das ist erst vor drei Jahren gebaut worden. Wir wohnen hier schon fünf Jahre.«

»Und, kennen Sie Ihren Nachbarn gut?«

Die Frau in Jeans und T-Shirt schnaubte. »Kennen? Der kennt sich doch selbst nicht. Es sagen ja welche, dass er geerbt haben soll. Sonst könnte er sich das alles nicht leisten. Die Bäckerei von seinem Alten jedenfalls hat er total verkommen lassen. Manchmal schleppt er abends Säcke mit Brötchen hier rein. Ich glaube, die kauft er zum halben Preis irgendwo kurz vor Feierabend und backt sie nächsten Morgen dann für die Kunden auf. Das muss man sich mal vorstellen! Ich weiß nicht, was er gegen das Lebensmittelamt in der Hand hat, dass die ihm das alles durchgehen lassen …«

»Und sonst ist Ihnen hier gestern und heute nichts Besonderes aufgefallen«, versuchte Gertrud das Gespräch wieder aus dem Allgemeinen ins Konkrete zu bugsieren.

»Besonderes? Na, wenn das alles nicht besonders genug ist! Der Typ ist doch ein Psychopath. Baut hier ein Haus und lässt dann alles verkommen. Seit drei Jahren steht das nun schon so da, einfach leer. Keine Anlagen fertig, nichts. Es zieht auch keiner ein. Soll das so bleiben? Wir haben ihm schon von der Nachbarschaft geschrieben, dass er was machen soll: entweder selbst einziehen oder vermieten. Wobei ganz ehrlich: vermieten wär mir lieber. Denn bei dem da muss man ja Angst um seine Kinder haben. Aber der antwortet nicht mal. Und der Bürgermeister sagt, er kann nichts machen. Das muss man sich mal vorstellen! Ich weiß nicht, was er gegen den in der Hand hat.«

Gertrud stellte fest, dass ihre Gesprächspartnerin einen ausgeprägten Hang zu Verschwörungstheorien hatte. Ob sie es mal mit der These versuchen sollte, dass Gesundheitsamt und Bürgermeister unter einer Decke steckten? Lieber nicht.

»Haben Sie ihn mal direkt angesprochen?«

»Wen? Den Bürgermeister? Aber klar doch.«

»Nein, Ihren Nachbarn.«

Die resolute Nachbarin wand sich. »Der war ja so komisch und außerdem fast nie da. Wie soll man mit dem reden? In den letzten Tagen hab ich öfter das Auto gehört, aber das war fast immer spät abends oder nachts. Da geht man nicht rüber für ein Nachbarschaftsgespräch. Und dann hatte er ja auch seinen Freund von der Fahrschule bei sich. Der ist mir sowieso nicht ganz geheuer.«

»Freund von der Fahrschule?«

»Ja, Fahrschule Rosema stand auf dem Auto.«

»Vielleicht wollte der in das Haus einziehen«, schlug Gertrud vor.

»Der? Bestimmt nicht. Ich glaube ja eher, der Steinfelder baut hier überall Häuser, um die später an Asylanten zu vermieten. Wenn die zu viert in einem Zimmer hausen, bringt dem das richtig Geld. Das Amt zahlt ja. Und ob unsereins seine Kinder noch auf die Straße lassen kann, interessiert sowieso keinen.«

»Hmm«, machte Gertrud, die Zweifel an diesem Geschäftsmodell hatte. Ihres Wissens war der große Ansturm der Asylbewerber seit einigen Jahren vorbei. Aber eins stand jedenfalls fest: Die besorgte Mutter vor ihr am Tisch wusste auch nicht, was Bernd Steinfelder mit seinen Häusern anfangen wollte. Und niemals würde sie zugeben, dass ihr Sohn mit seinen Kumpels die Containererde im Garten verteilt hatte. Aus dem Ganzen würde definitiv keine Geschichte für das *Rheiderländer Tagblatt* werden. Jedenfalls nicht, bevor sie nicht herausgefunden hatte, woher Steinfelder das Geld für die vielen Häuser hatte. Erpressung des Bürgermeisters schloss sie aus, weil er seine Immobilien auf mehrere Rheiderländer Gemeinden verteilt hatte. Außerdem waren ihr keine dunklen Gerüchte über den Bürgermeister bekannt. Sie wusste nur, dass man munkelte, der alte Steinfelder habe im Lotto gewonnen. Mochte sein. Aber da musste sie wohl an anderer Stelle weiter recherchieren. Vielleicht bei der Fahrschule Rosema.

Für die Zeitung blieb fürs Erste nur der Mann mit dem Ohr.

* * *

Das schwache Rauschen des wegfahrenden Wagens mischte sich mit dem lauter werdenden Rauschen des Blutes in ihren Ohren. Es wurde schon seit Stunden immer lauter und lauter, und sie hätte sich gerne die Ohren zugehalten, wenn sie ihre Hände noch hätte bewegen können. Auf einmal stand Sinus da. »Engelke, hab ich dir nicht gesagt, dass du die Alarmanlage einschalten sollst?«, sagte er in vorwurfsvollem Ton. »Ist das denn zu viel verlangt? Jetzt muss ich wieder zusehen, dass die Sache in Ordnung kommt.« Als er sich umdrehte, sah sie, dass er eine Kiste Cola auf dem Rücken trug. Aber sie versuchte nicht mehr, danach zu fragen. Sie wusste, er würde ihr nichts geben. Und in Ordnung bringen würde er auch nichts. Das hatte er nie getan. Aber an die Alarmanlage hätte sie wirklich denken sollen.

* * *

Stephan Möllenkamp saß vor seinem Jever Fun und verfluchte den Tag. Mit seinem Ablenkungsmanöver war er bei Gertrud grandios gescheitert. Das war ihm sofort klar gewesen, als auf der Rückfahrt aus Weenermoor sein Handy klingelte und sie ihn mit zuckersüßer Stimme fragte, ob sie nicht zusammen einen trinken wollten. Und dann hatte sie ihm vorgeschlagen, sich in Weener im »Kneipchen« zu treffen. Der einzige Grund, warum er sich darauf eingelassen hatte, war Gertruds unverhohlene Erpressung, die Sache mit dem Ohr publik zu machen, wenn er sich nicht etwas zugänglicher mit Informationen zeigte. Verzweifelt hatte er nach irgendetwas gesucht, das den Einsatz am Denkmalplatz einigermaßen plausibel erscheinen ließ. Aber er konnte sich nicht dazu versteigen, ihr Hinterkötters These von der linksterroristischen Verschwörung zu präsentieren. Und eine organisierte Drogenbande auch nicht. Was konnte er tun? Noch dazu verhandelte er gewissermaßen in ihrem Hauptquartier. Er kannte sich nach einem Jahr Ostfriesland immer noch nicht gut genug in der Kneipenszene aus, um ihr Friedensgespräche auf neutralem Terrain vorschlagen zu können.

»Moin, Stephan. Wartest du schon lange?«

»Och nee, noch nicht so lange.«

Sie setzte sich und gab Willm ein Zeichen.

Er starrte angestrengt in sein Glas und wartete darauf, dass sie den Anfang machte.

Sie schwieg.

Er versuchte, sich unbeteiligt umzusehen. In der Ecke oberhalb der Theke hing der Fernseher. Soweit er erkennen konnte, gab es eine Verbrauchersendung zu medizinischen Themen, aber Willm hatte den Ton runtergedreht, weil es in den Ferien auch unter der Woche ziemlich voll war. Das Fernsehprogramm würde ihm also keinen Gesprächseinstieg bieten. Auch sah er unter den Kneipengästen in dem verrauchten Raum auf Anhieb niemanden, der ein Gesprächsthema werden könnte. Er ließ den Kopf wieder sinken.

Ihr hartnäckiges Schweigen brachte ihn schließlich dazu, aufzusehen. Sie blickte ihn aufmerksam an.

»Ist das eine Verhörtechnik?«, versuchte er es mit einem schiefen Grinsen.

»Sag du's mir.«

»Hast du denn in Stapelmoor etwas herausgefunden?«
»Nichts.«
»Der Mann, den sie mitgenommen haben, war nach dem Bericht der Kollegen von der Streife völlig außer sich und nicht zu beruhigen. Meinte, er müsse unbedingt zurück. Es ginge um Leben und Tod. Sie werden ihn erstmal ein paar Tage in der Klinik zur Beobachtung behalten.«
»Hmm, aha.«
Sie schwiegen sich wieder an.
Möllenkamp gab sich einen Ruck. »Okay, du willst die Denkmalplatz-Geschichte machen. Ich kann dich nicht daran hindern, aber ich werde dir auch nicht dabei helfen. Ohne Not bringe ich mein Haus nicht in Misskredit.«
Durch die Blume hatte er ihr jetzt die Wahrheit gesagt. Nein, Gertrud, ich weiß auch nicht, warum wir diesen Einsatz gemacht haben, der dann so fürchterlich aus dem Ruder gelaufen ist. Frag am besten direkt meinen Vorgesetzten. Der wird mich dafür aufhängen, aber so ist das im Leben. Ich habe weit größere Probleme da draußen hinter der Ems.
»Kennst du Horst Rosema?«
»Nein, wer soll das sein?«
»Hat eine Fahrschule, die angeblich pleite ist. Ist er bei euch mal irgendwo aufgetaucht? Keine Angst, du musst mir nicht alles sagen. Ich will nur wissen, ob der Name bekannt ist.«
Wie merkwürdig. Das konnte doch nicht sein. Er sah vor sich den Multi-Parkplatz. Einen Fahrschulwagen, vor dem zwei Männer standen. Einer davon war der Landrat Enno Saathoff, der andere vermutlich der Inhaber der Fahrschule Rosema. Was wusste Gertrud davon? Was war mit der Fahrschule?

Als er in Gertruds Gesicht blickte, merkte er, dass er einen Moment zu lange überlegt hatte. Ihre kritischen grauen Augen in dem großen Gesicht sahen ihn aufmerksam an.

»Ich glaube, ich habe den Fahrschulwagen neulich bei Multi auf dem Parkplatz gesehen.«

Das war die Wahrheit. Und sie genügte Gertrud nicht. Er sah es an ihren zusammengezogenen Augenbrauen. Was war an einem Fahrschulwagen bei Multi so ungewöhnlich? Es sei denn, der Besitzer hatte gerade zwanzig Paletten Katzennahrung eingeladen oder ein Kleinkind überfahren. Sollte er sagen, was er beobachtet hatte?

Warum eigentlich nicht?

»Der Fahrlehrer – wenn er es denn war – hat sich mit unserem Landrat unterhalten.«

Gertrud lachte auf. »Der nimmt noch ein paar Vorbereitungsstunden vor seinem Idiotentest.«

Er grinste. Genau das hatte er auch gedacht.

Das Lachen löste die Spannung zwischen ihnen.

»Okay«, sagte Gertrud, »ich erzähle dir meine Theorie. Wenn du nichts sagst, dann deute ich das als Zustimmung. Und gleich vorweg: Ich habe nicht vor, dich in die Pfanne zu hauen. Der Junge, dem dein Chef das Ohr abgebissen hat, – sag jetzt nichts, ich habe Beweise – hat kein großes Interesse daran, dass die Sache publik wird. Es wird also keine Fortsetzung der Geschichte im *Rheiderländer Tagblatt* geben.«

Er nickte nur. Erleichtert.

»Fangen wir an: Der Einsatz war Hinterkötters Idee.«

Er schwieg.

»Okay, hab ich mir fast gedacht. Weiter: Bei euch ist auch Sommerloch. Jedenfalls bis auf die Ehefrau in Vellage, die ihren Mann mit der Axt erschlagen wollte. Aber da gibt's ja nicht viel zu ermitteln.«

Er schwieg.

»In dieser nachrichtenarmen Zeit hat euer Chef vermutlich die Chance gesehen, sich als Law-and-Order-Mann für höhere Aufgaben zu empfehlen. Dafür hat er sich das einzige Ereignis ausgesucht, das ihn in die überregionale Presse katapultieren würde.«

Möllenkamp wollte etwas erwidern, aber Gertrud fiel ihm ins Wort: »Ja, ja, das ist Spekulation, ich weiß. Ich mache weiter: Der Vizechef der Leeraner Polizeiinspektion hat darauf verwiesen, dass es in der Vergangenheit immer wieder zu Ausschreitungen und Drogenkonsum gekommen ist, weshalb hier einmal ein Zeichen gesetzt werden sollte, dass der Rechtsstaat sich nicht alles gefallen lässt.«

Möllenkamp schwieg.

»Was mich stutzig macht, sind diese Autonomen, die ja gar keine richtigen Autonomen sind. Das Ganze wirkt auf mich irgendwie bestellt. Und dass der arme Junge, dem euer Hinterkötter …, also, dass der gar nichts sagen will, kommt mir auch sehr komisch vor.«

Möllenkamp protestierte. »Das geht jetzt zu weit. Vielleicht hat der schon längst seine Ausbildungsstelle sicher und will sich seine Zukunft nicht kaputt machen lassen, weil bekannt wird, dass er einem hochrangigen Polizeibeamten einen Stretchrock angezogen hat.«

Sie blickten einander an und prusteten beide los.

Gertrud wurde wieder ernst: »Aber mit dem Steinfelder, da stimmt was nicht. Und mit seinem Kumpel Rosema ist auch was faul.«

»Da fällt mir gerade noch ein, in welchem Zusammenhang ich den Namen Rosema noch gehört habe: Der war offenbar ein Freund oder Bekannter von Fokko Fokken.«

»Dem toten Fußballer?«

»Genau dem.«

Gertrud überlegte. »Gottfried hat erzählt, Fokkens Tod sei kein Herzinfarkt gewesen. Vermutet ihr ein Verbrechen?«

Möllenkamp fuhr sich durch seine dunkle Haartolle und zog ein skeptisches Gesicht. »Die Staatsanwaltschaft hat Zweifel, also ermitteln wir. Fest steht, dass Gift im Spiel war, aber wir wissen nicht, ob er es freiwillig genommen hat oder nicht.«

»Er soll Schulden gehabt haben. Und getrunken hat er wohl auch.«

»Und er hat eine Lebensversicherung auf seine Frau abgeschlossen.« Es war Willms Stimme. Er stellte ihnen ungefragt zwei Bier auf den Tisch.

»Warum sagst du mir so was denn nicht?«, fuhr Gertrud ihn an.

»Du wolltest mir doch auch nichts erzählen, obwohl du Augenzeugin warst. Da stellt man halt seine eigenen Nachforschungen an. Ich dachte ja, dass du sowieso an der Quelle sitzt.«

Willm nickte mit dem Kinn zu Möllenkamp. »Ihr solltet mal'n bisschen Tempo machen. Die Frau und die Kinder brauchen das Geld dringend. Aber wenn er es selbst war, dann werden sie's wohl nicht kriegen. Schön blöd. Da hätte er ja wohl noch etwas warten können, bis er sich umbringt.«

»Und wenn seine Frau ihn erledigt hat?«

»Dann war die genauso blöd. Aber Sabine? Nee, die kann doch keiner Fliege was zuleide tun. Ich kenn die noch, als die hier verkehrte. Ziemlich verpeilt. Sowas traue ich der nicht zu. Und wie soll die denn an das Rizin kommen?«

»Rizin?«, entfuhr es Gertrud. »Damit bringt man sich doch nicht um.«

»Woher wissen Sie denn, dass es Rizin gewesen sein soll«, wollte Möllenkamp wissen.

Willm grinste überlegen: »Ich werd doch meine Quellen nicht verraten.« Dann wurde er ernst. »Ihr müsst euren Fall schnell lösen. Fokko konnte den Familienfluch nicht abschütteln, aber Antonia und Simon, die haben eine Zukunft verdient.«

»Was meint er denn mit Familienfluch«, fragte Möllenkamp, als Willm schon wieder von Tisch zu Tisch eilte.

Gertrud dachte angestrengt nach. »Ich glaube, sein Vater ist bei einem Schiffsunglück ertrunken. Ja, doch ich erinnere mich, der fuhr zur See. War ein ziemlich tragisches Unglück. Und sein Ur-Ur-Ur-Großonkel oder so, das war Tjark Evers.« Sie sah in Möllenkamps fragendes Gesicht. »Kennst du nicht, was? Ist eine ziemlich berühmte Geschichte. Der ist als junger Seefahrtsschüler drei Tage vor Heiligabend zu seiner Familie auf Baltrum gefahren. Aber die Fischer, die ihn übersetzen sollten, haben ihn bei Nebelwetter versehentlich auf einer Sandbank abgesetzt. Dort hat er im auflaufenden Wasser seinem Tod entgegengesehen. Hat letzte Botschaften an die Familie in ein Notizbuch geschrieben.

Das Notizbuch hat er in eine Zigarrenkiste gelegt, die später auf der Insel Wangerooge angespült wurde. Kann man heute noch im Museum auf Baltrum besichtigen.«

»Wow«, sagte Möllenkamp, weil ihm sonst nichts dazu einfiel. Irgendwie kreiste er immer noch um das Rizin, und es schien ihm immer unwahrscheinlicher, dass sich jemand mit diesem Gift selbst umgebracht haben sollte.

Gertruds Gedanken kreisten offenbar noch um den Fahrschullehrer: »Ich finde das schon auffällig, dass der Name Rosema so oft auftaucht. Er kungelt mit dem Landrat, ist ein Freund von Bernd Steinfelder und auch von Fokko Fokken. Ich an deiner Stelle würde den Kerl mal unter die Lupe nehmen. Und ich kümmer mich um Bernd Steinfelder. Wäre doch gelacht, wenn wir da nicht vorankämen.«

Möllenkamp nickte. Erst auf der Rückfahrt nach Leerort fiel ihm auf, dass sie »wir« gesagt hatte. Er musste diesmal wirklich aufpassen, dass sie sich nicht zu sehr in die Ermittlungen einmischte.

Ende April 2000, Nordwestdeutschland

Er sitzt auf seiner fleckigen Matratze und zählt das restliche Geld. 5 Mark und 87 Pfennig. Das reicht für einen Kaffee, ein Brötchen und ein Telefonat. Dann hat er nichts mehr. Seit einigen Tagen hält er sich in einem alten Abbruchhaus unweit des Containerhafens auf. Er hat ein Lager gefunden, das verlassen aussah, sich eine Weile in dem Gebäude versteckt und abgewartet. Als niemand kam, hat er das Lager in Besitz genommen. Hier drin ist es schmutzig und kalt. In einer Plastik-

tüte hat er eine stinkende alte Jacke gefunden, die er über das fleckige Hemd gezogen hat. Wann er sich das letzte Mal gewaschen hat, weiß er nicht. In einer Tankstelle hat er eine Deutschlandkarte geklaut. Die liegt jetzt ausgebreitet vor ihm. Er muss irgendwie nach Leer kommen.

Er lässt sich rückwärts auf die Matratze fallen und starrt in das Halbdunkel. So müde ist er, dass er die Augen schließt und am liebsten nie wieder aufstehen will. Doch kaum sind seine Augen zugefallen, dann ist da das Gesicht von Amihan, die ihn anguckt, und er reißt die Augen wieder auf.

Er weiß nicht, ob sie überhaupt noch lebt. Vielleicht war alles umsonst: seine Reise, all die Strapazen, der Tote, den er auf dem Gewissen hat. Ob er je wieder zurückkehren kann? Will er das überhaupt? Welcher Wahnsinn, welche Vermessenheit hat ihn hierhergetrieben? Aber er kann nicht auf den letzten Metern aufgeben. Er hat keine Alternative mehr, als es zu Ende zu bringen. Er wird nur ein kurzes Nickerchen machen, dann wird er anrufen, und hinterher wird er mit dem übriggebliebenen Geld etwas zu essen kaufen.

Wieder fallen ihm die Augen zu.

»Amihan, sei ganz ruhig. Ich werde dir helfen. Ich werde das Geld besorgen, und dann wird alles gut. Und wenn du schon da oben bist, komme ich auch bald. Dann sind wir zusammen, und ich werde dir ein besserer Vater sein, als ich es hier jemals war.«

Sie streckt die Hand aus. Er versucht sie zu berühren, aber es gelingt ihm nicht. Er streckt sich, will zu ihr hinlangen, aber seine Hand greift immer ins Leere.

Als er erwacht, friert er noch mehr. Erstmals nimmt er den Geruch nach Urin und Schimmel wahr, der über dem Raum hängt.

In die Fensterhöhlen ragen zackige Glassplitter, die noch in den Rahmen stecken. Wenn er weiter hierbleibt, wird er Teil dieses Verfalls werden. Irgendwann wird man ihn auf der Matratze finden, so verschimmelt wie alles um ihn herum. Niemand wird seiner Familie sagen, dass er tot ist. Genauso wenig wird seine Familie ihn hier in Deutschland finden, sollte zu Hause etwas passieren.

Ihm wird schlagartig klar, dass zu Hause alles Mögliche passiert sein kann: Amihan tot, Mayari krank, das Baby tot, das Haus eingestürzt, weggeschwemmt, von Bulldozern abgerissen. Er möchte ihnen sagen, dass er es bis Deutschland geschafft hat, damit er Geld besorgen kann, Geld, das ihm die Familie des ertrunkenen Ersten Offiziers geben wird. Denn er hat die Beweise, mit denen die Familie Geld vom Reeder bekommen kann, der am Ende Schuld an allem ist. Geld, das auch er, Mariano, nie bekommen hat, obwohl man ihn doch für das, was in der Karibik passiert ist, hätte entschädigen müssen.

Wieder holt er seine 5 Mark und 87 Pfennig aus der Hose und blickt darauf. Er versucht zu überschlagen, was ihn ein Anruf nach Leyte kosten würde. Er verwirft den Gedanken. Es wird sein ganzes Geld schlucken, außerdem kann er bloß Jomel anrufen, weil er selbst kein Telefon hat. Er wird nicht die Stimmen von Mayari und dem Baby hören. Die Stimme von Amihan schon gar nicht. Vielleicht überhaupt nie mehr. Warum ist er überhaupt bei Nacht und Nebel verschwunden? Mayari muss verrückt sein vor Sorge. Vielleicht hat sie längst einen anderen, weil sie denkt, dass er einfach gegangen ist, so wie all die anderen Männer, die mit den Sorgen und der Hoffnungslosigkeit nicht fertig werden. Immer hat er anders sein wollen, stark und verantwortungsvoll. Aber in den letzten Wochen zu Hause hat er sich benommen wie all die anderen, die zuerst in die Nacht weglaufen, zu ihren Freunden, zum Gin, und die schließlich ganz wegbleiben. So muss es Mayari erscheinen. Ob sie ihn überhaupt wiederhaben will, wenn er zurückkommt? Auch wenn er viel Geld mitbringt? Wird sie ihm verzeihen?

Erneut lässt er sich auf die Matratze fallen, aber der Gestank beißt in seiner Nase und lässt ihn wieder hochfahren.

Er packt sein Geld, seinen Seesack und geht. Irgendwo in dieser Stadt wird es Philippinos geben und die werden ihm helfen.

* * *

Seine Füße sind wund. Der Seesack schneidet ihm in die Schultern ein, und am liebsten würde er sich einfach neben der Straße ins Gras fallen lassen. An den billigen Turnschuhen, die er trägt, haben sich die Sohlen gelöst und lassen jetzt Wasser durch. Dadurch hat er immer feuchte Füße, und davon hat er die dicke Blase am linken Fuß gekriegt, die er sich aufgerieben hat und die nun nässt. Er hat mittlerweile vergessen, warum er das alles macht. Warum er hier ist. Er hat den Gedanken an Amihan betäubt. Vielleicht ist es vollkommen sinnlos, was er tut. Vielleicht ist sie längst gestorben. Vielleicht hat man längst den Slum, in dem er wohnt, planiert. Wer weiß, wo Mayari und das Baby inzwischen sind, und ob er sie alle jemals wiederfindet. Hier, in diesem kalten Land, durch das er irrt, ohne zu wissen, ob er irgendwann irgendwo ankommen wird, kommt ihm sein Zuhause vollkommen unwirklich vor.

So unwirklich wie das, was vor fünfzehn Jahren passiert ist. Weswegen er hier ist. Man hat ihn aufgelesen, als er halbtot rittlings auf einem gekenterten Rettungsboot lag. Der letzte Rest von Überlebenswillen steckte in seinen Fingern, die einfach nicht loslassen wollten, obwohl sein übriger Körper längst aufgegeben hatte. Er umklammerte die Halterung so krampfhaft, dass ihm der rechte Mittelfinger gebrochen wurde, als man ihn vom Rettungsboot zog.

Er setzt weiter einen Fuß vor den anderen. Er sieht Grüppchen von jungen Leuten, die meisten angetrunken. Sie lachen, hin und wieder tragen sie gemeinsam einen langen geschmückten Pfahl, an dem ein grüner Kranz baumelt. Diese Pfähle, die aussehen wie Palmen ohne Krone, stehen an vielen Stellen herum. Man sieht sie schon von Weitem, manchmal in den Dörfern, manchmal außerhalb der Orte auf einem Feld oder an einem Sportplatz.

Einmal hält ein Trecker neben ihm. Die jungen Leute, die hinten auf dem Anhänger sitzen, laden ihn ein, mitzufahren. Er will erst nicht, weil er keine Papiere hat und eigentlich gar nicht hier sein dürfte, aber er ist so müde, dass er mitfährt. Man bietet ihm ein Bier an, das er gierig trinkt, eine Mettwurst wird ihm gereicht. Er nimmt sie dankbar. Er weiß nicht, wann er das letzte Mal etwas im Magen gehabt hat.

»Where are you going?«

»Weener«, versucht er es.

Ratlose Gesichter.

»Leer?«

»Leer, yes, we bring you to Oldenburg. From there you have to find your way alone.«

In Oldenburg setzt ihn der Trecker tatsächlich am Bahnhof ab. Keine Fragen, nur ein freundliches »take care«, dann sind die jungen Leute wieder weg.

Er steigt in den Zug nach Leer. Es ist ein Risiko, denn er hat kein Geld, aber auf der Toilette lässt man ihn in Ruhe. Er kann es kaum glauben, dass er es geschafft hat. Jetzt ist er ganz kurz vor dem Ziel.

Mittwoch, 19. Juli 2000

Stephan Möllenkamp stand vor der Metaplanwand. Er hatte Karten in der Hand, auf denen die Worte »Rizin« und »Horst Rosema« standen und war eben dabei, Wilfried Bleeker davon zu berichten, welche Erkenntnisse der Besuch gebracht hatte, den er und Anja Hinrichs Sabine Fokken abgestattet hatten. Da klopfte es an die Tür.

Ein Polizeibeamter trat ein. »Ich wollte bloß sagen, dass eine Frau verschwunden ist. Sie heißt …«, er blickte auf seinen Zettel, »Engelke Terveer und wohnt in Loga.«

»Wer hat sie vermisst gemeldet«, fragte Möllenkamp, etwas ungehalten über die Störung.

»Der Gärtner. Er heißt Festers. Ist heute Morgen gekommen und da war keiner, der ihn eingelassen hat. Da ist er über den Zaun geklettert und hat Anzeichen gefunden, dass die Kellertür aufgebrochen worden ist.«

Der Polizeibeamte ließ den Zettel mit den Angaben da, versicherte, die Spurensicherung sei schon vor Ort und verschwand. Die Kollegen hatten das Haus bereits inspiziert und festgestellt, dass alles an seinem Platz zu sein schien – außer der Bewohnerin. Anrufe bei den Kindern von Frau Terveer hatten ergeben, dass sie dort nicht war. Es sei aber möglich, dass sie verreist sei. Das täte sie oft spontan. Ob wirklich nichts fehle?

»Na, die machen sich ja ganz doll Sorgen um ihre Mutter«, meinte Wilfried.

»Und? Was würdest du denn als Erstes fragen, wenn deine Mutter abhandenkommt«, fragte Anja lauernd.

»Ich würde im *Rheiderländer Tagblatt* die Summe verbreiten lassen, für die ich sie zurücknehme«, kam es zurück.

Möllenkamp sehnte sich nach Johann Abram, den er erst in eineinhalb Wochen zurückerwarten durfte. Allmählich wurde die Situation für ein Sommerloch regelrecht stressig.

»Okay, wir haben jetzt möglicherweise zwei Fälle. Die Einbruchspuren weisen auf eine Straftat hin, aber es ist noch nicht sicher, ob wir es tatsächlich mit einer Entführung zu tun haben. Frau Terveer ist schon über siebzig Jahre alt. Wilfried, telefoniere du die Krankenhäuser ab, ob dort jemand eingeliefert worden ist. Anja, frag bitte in der Nachbarschaft nach, ob jemandem etwas aufgefallen ist. Wir müssen wissen, zu wem sie zuletzt Kontakt hatte, damit wir abschätzen können, seit wann sie fehlt.«

Möllenkamp versuchte, sich von Anja Hinrichs' hochgezogenen Augenbrauen nicht irritieren zu lassen, fühlte sich aber doch zu einer Bemerkung genötigt. »Die Lage ist nicht einfach mit unserer schmalen Besetzung, das ist mir bewusst. Wir haben immer noch einen anderen Fall. Blöderweise fragt uns keiner vorher, wann uns ein Verbrechen denn gerade recht wäre.«

»Sollen wir unseren Vize als Verstärkung holen? Soweit ich weiß, ist der ja nicht verreist«, fragte Wilfried Bleeker grinsend.

Anja hob abwehrend die Hände. »Bloß nicht, nachher fehlt auch noch irgendwo ein Ohr.«

Solange selbst Hinrichs noch Witze machen konnte, war die Lage nicht desaströs.

»Kommen wir zu unserem anderen Fall. Noch bin ich nicht sicher, ob Fokko Fokken sich selbst das Leben genommen hat oder ob wir die Möglichkeit einer Fremdeinwirkung ernsthaft in Betracht ziehen müssen. Sowohl für das eine wie für das andere gibt es Hinweise. Sicher ist, dass in seinen letzten Lebenswochen ein Brief aus Übersee eine wichtige Rolle für ihn gespielt hat. Den müssen wir finden. Zudem muss er das Rizin im Zeitraum zwischen 36 und 72 Stunden vor seinem Tode eingenommen haben, mithin zwischen dem 5. und dem 7. Juli morgens. Was hat Fokko Fokken in dieser Zeit getan? Wo war er und wer ist ihm begegnet und könnte ihm das Gift ins Essen oder ins Getränk gemischt haben? Sicher ist: Er ist zur Arbeit gegangen. Die Befragung der Kollegen hat nichts Hieb- und Stichfestes ergeben. Bevor ich eine Hausdurchsuchung beantrage, um den verschwundenen Brief zu finden, werde ich seine Kameraden vom Fußball befragen. – Ach Wilfried, hast du eigentlich schon etwas über die Herkunft des Gifts herausgefunden?«

Wilfried Bleeker hob bedauernd die Schultern. »Keine Anhaltspunkte bisher. In der Apotheke sagen sie, Rizinsamen kann man im Internet bestellen. Es gibt keine Beschränkungen oder Kontrolle. Wenn er eine Online-Bestellung gemacht hat, dann müssten wir seinen Account überprüfen. Auch meine Kontakte in Groningen können sich nicht an einen Kunden mit so ungewöhnlichem Wunsch erinnern. Es kann natürlich sein, dass er sein Gift selbst gezüchtet hat. Haben wir schon mal im Garten nachgesehen?«

»Selbst gezüchtet?«, fragte Anja.

»Ja, Rizin stammt aus dem Samen des Wunderbaums aus der Familie der Wolfsmilchgewächse. Wächst prima in unseren Breitengraden. Sieht übrigens auch hübsch aus, wie viele Giftpflanzen ...«

Bevor Anja sich angesprochen fühlen konnte, griff Möllenkamp ein: »Danke Wilfried. Der Garten sah zwar nicht so aus, als hätte da jemand etwas anderes als Rasen angebaut, aber wir werden dem noch einmal nachgehen und auch den Computer überprüfen lassen. Zu Fokkens Umfeld: Wilfried, frag in der Klinik in Emden, ob man diesen Bernd Steinfelder schon befragen kann. Das ist der ...«

»Ja, ich weiß, der Kumpel von Fokken, den sie aus Stapelmoor geholt und in die Klapse gesteckt haben...«

»Genau. Vielleicht ist der ja nicht wegen der Containererde zusammengeklappt, sondern weil er etwas mit Fokkens Tod zu tun hat.«

Wilfried wirkte nachdenklich. »Ich glaub nicht, dass Bernd Steinfelder Fokken umgebracht hat. Der bringt es ja nicht mal über sich, ein Ei aufzuschlagen.«

»Schlechte Voraussetzung für einen Bäcker«, meinte Anja und erhob sich.

Als alle weg waren, stand Möllenkamp noch einen Moment unschlüssig da. Dann nahm er seine Metaplan-Kärtchen und erstellte ein Beziehungsbild: In der Mitte Fokko Fokken, dann die Familie, die Mannschaftskameraden, seine Arbeitskollegen und schließlich Horst Rosema und Bernd Steinfelder. Er hatte noch ein Kärtchen in der Hand, auf dem »Enno Saathoff« stand. Probeweise pinnte er den

Landrat neben Horst Rosema, versuchte einen Pfeil zu Fokken und verwarf das Ganze wieder. Schließlich drehte er die Tafel um. Man wusste nie, ob Hinterkötter nicht doch mal in der Polizeiinspektion herumspukte.

* * *

Am Mittag hatte Möllenkamp schon einige Telefonate geführt und sogar persönlich mit Hans Albers, dem Trainer der Altherrenmannschaft des TUS Weener, gesprochen. Fokko Fokken hatte zwei Tage vor seinem Tod noch mit der Mannschaft trainiert. Er war fröhlich gewesen, hatte fest an die Niedersachsenmeisterschaft geglaubt und sich auf den Urlaub gefreut. Ob er Schulden bei den Mitspielern hatte, wusste Albers nicht. Bei ihm selbst habe Fokken nicht in der Kreide gestanden.

Dann war Möllenkamp nach Hause gefahren, um gemeinsam mit seiner Frau zu Mittag zu essen. Dafür liebte er die Schulferien! Meike hatte Spaghetti Bolognese in Aussicht gestellt, seine Leibspeise seit Kindertagen, neben Schweinshaxe. Aber Meike hatte kategorisch erklärt, solche Mahlzeiten nur in den Monaten mit »r« zu kochen, auch wenn die Temperaturen in diesem Sommer eher herbstlich anmuteten. In dieser Art von Formalismus ähnelte sie seinem Vorgesetzten Hinterkötter.

Er hatte es sogar bis zu seiner Haustür geschafft, ohne dass er Herrn Müller begegnet wäre. Dafür war er nun unversehens in eine Diskussion über den Fall Fokken geraten, nur weil er nach wie vor die Möglichkeit eines Selbstmordes in Betracht zog.

»Siehst du denn nicht, was auf der Hand liegt«, fragte Meike aufgebracht. »Was braucht ihr denn noch, um endlich eine ordentliche Mordermittlung zu starten? Jetzt auch noch dieser ominöse Brief!«

»Solange wir den Brief nicht kennen, wissen wir doch gar nicht, ob er uns wirklich weiterbringt. Wieso willst du denn unbedingt einen Mordfall daraus machen?«

»Weil es einer ist! Und wenn ihr den Mörder fasst, dann kann die Familie mit der Sache abschließen. Bei einem Selbstmord kann sie das nie.«

Diese verquere Logik wollte Möllenkamp nicht in den Kopf. »Ich sehe weit und breit keinen Mörder und kein Motiv für einen Mord. Für Selbstmord aber sehr wohl.«

»Das kannst du aber nur so sehen, wenn du wichtige Dinge außer Acht lässt: die Wahl des Gifts, die Wahl des Zeitpunkts sechs Wochen nach Abschluss der Lebensversicherung und den Selbstmord vor den Augen seiner Kinder. Wer würde überhaupt vor großem Publikum in einem Fußballstadion sterben wollen?«

»Die Wirkung tritt ja erst mit Verzögerung ein. Vielleicht hat er sich einfach verkalkuliert?«

»Unsinn. Ich sage dir, du hast einen Fehler gemacht. Vielleicht solltest du der Frage nachgehen, wie und woraus er das Gift zu sich genommen hat.«

Möllenkamp stand auf. »Sehr witzig. Was, glaubst du, tun wir gerade? Wir sind nur zu dritt und haben seit heute auch noch einen Vermisstenfall.«

Während Meike die Teller zusammenräumte, ging er zur Kellertür, um seine Sportsachen zu holen. »Kannst du heute Abend noch einmal nach Esklum fahren? Wenn ich mit den

Fußballern fertig bin, würde ich gerne noch eine Runde laufen.«

»Klaro«, rief sie aus der Küche. »Ich bin ja auch gespannt auf die Fortschritte.

Er zog die Augenbrauen hoch, sagte aber nichts und stieg die Stufen hinab. Als er im Keller stand und die Sporttasche in der Hand hielt, flackerte ein kleines Licht im Dunkel seiner Erinnerung auf. Eine Winzigkeit irritierte ihn. Er versuchte sie zu fassen, aber es gelang ihm nicht.

* * *

Simon zog das Star-Wars-Heft unter seinem Bett hervor. Er hatte versucht, den Umschlag wieder glatt zu bekommen, indem er den schweren Weltatlas von Antonia daraufgelegt hatte. Es hatte nicht geholfen. Mama saß wieder in der Küche und weinte. Seine Oma hatte gesagt, die Bank hätte angerufen und dass die Polizei glaubte, Papa habe Gift genommen, um zu sterben. Und Mama hatte geschluchzt, dass es jetzt kein Geld von der Versicherung geben würde. Und Antonia hatte gesagt, dass sie nun aus ihrem Haus ausziehen würden. Dann war Antonia in ihr Zimmer gegangen. Wahrscheinlich schrieb sie wieder ihr Tagebuch voll. Oma hatte ihn trösten wollen, aber er hatte es vorgezogen, sich in sein Bett zu verkriechen.

Er fühlte sich ziemlich allein. Soweit er sich erinnern konnte, war er eigentlich schon immer allein gewesen. Antonia war seine ältere Schwester. Okay, manchmal konnte man mit ihr reden, aber meistens stritten sie, und inzwischen konnte man auch zwischen den Streitereien nicht mehr mit ihr reden. Seine Mutter funktionierte nur so halbwegs im Haushalt und konnte Wäsche waschen und einigermaßen kochen, aber sie hatte nicht einmal seine Sportstunden und Klassenausflüge richtig im Griff. Er konnte sich nie darauf verlassen, immer den richtigen Beutel mit gewaschenen Turnsachen oder den Rucksack mit geschmierten Broten dabei zu haben, wenn es darauf ankam.

Und sein Vater? Der hatte immer viel zu viel gearbeitet und immer müde ausgesehen. Hatte ihm zerstreut über den Kopf gestrichen und dann war er schon wieder weg gewesen. Manchmal die halbe Nacht. Irgendwann war er dann in der Frühe heimgekommen, hatte den richtigen Lichtschalter nicht gefunden und Krach gemacht. Da war Simon aufgestanden und hatte gefragt, was los sei. Papa war, nach Rauch und Bier stinkend, in sein Zimmer gekommen, hatte geschluchzt und gesagt, dass er ein schlechter Vater sei, hatte Entschuldigungen gewispert und gemeinsame Ausflüge und Fußballspiele versprochen und war dann vor seinem Bett eingeschlafen. Als Simon erkannt hatte, dass aus den Versprechungen sowieso nichts wurde, hatte er sich nicht mehr bemerkbar gemacht, wenn Papa wieder einmal nachts nach Hause kam. Und so waren die nächtlichen Vater-Sohn-Gespräche, die eigentlich eher Vater-Monologe waren, ausgeblieben.

Er starrte auf das Darth-Vader-Poster über seinem Bett. So ein Lichtschwert hatte er sich schon immer gewünscht, und jetzt brauchte er es dringender denn je. Doch das konnte er vergessen.

Er rollte sich zusammen und versuchte, sich das Gesicht seines Vaters vorzustellen. Es gelang ihm nicht. In der letzten Zeit vor seinem Tod war Papa aufgekratzt gewesen, eigentlich seitdem er diesen Brief bekommen hatte, irgendwann im Frühjahr. Simon hatte gesehen, wie er den Brief aus dem Postkasten geholt hatte. Er hatte ratlos ausgesehen, den Brief hin- und hergewendet. Der Umschlag war handbeschrieben und sah anders aus als die Briefe in der Schublade im Wohnzimmerschrank, die Mama nie öffnete. Diesen Brief aber hatte Papa aufgemacht und gelesen, gleich vor der Tür am Postkasten. Er hatte eine ganze Weile dagestanden und schließlich gelächelt. Simon war das aufgefallen, weil Papa sonst nie lächelte, wenn er vom Postkasten kam.

Nicht dass Papa danach öfter dagewesen wäre, aber er war etwas weniger häufig betrunken nach Hause gekommen. Den Brief hatte er Simon nie gezeigt, auch Mama und Antonia wussten nichts davon, da war er sicher. Noch vor ein paar Wochen hatte Papa gesagt, dass sie vielleicht diesen Sommer in Urlaub fahren würden. Antonia hatte gejubelt. Mama hatte gefragt, wovon sie sich das denn leisten könnten. Ob er im Lotto gewonnen habe. »So ähnlich«, hatte Papa geantwortet. Mehr hatte er nicht gesagt, aber eines Tages hatte er den Reisekatalog mitgebracht, und sie hatten sich gemeinsam das Hotel in Mallorca ausgesucht. Mallorca! Er hatte sich vorgestellt, wie er morgens an den Strand gehen und Krebse fangen würde. Er hatte keine Freunde in der Klasse. Aber nach dem Urlaub, da wäre er einer von ihnen. Da würde er Freunde haben.

Als gestern die zwei Polizisten dagewesen waren, hatte Antonia die Schublade mit den Briefen geholt. Er war sicher gewesen, dass Papa den Brief in diese Schublade gelegt hatte.

Aber vielleicht hatte er ihn auch versteckt? Die Polizisten hatten den Brief jedenfalls nicht gefunden. Wo konnte Papa den Brief gelassen haben?

Simon erhob sich und verließ sein Zimmer.

* * *

Nach dem Gespräch mit Arno Jansen hätte Stephan Möllenkamp seine Befragungen am liebsten abgebrochen. Audienz war eigentlich das passendere Wort. Die bräsige Selbstgewissheit, mit der dieser Ausnahmefußballer, als der sich Jansen zweifellos sah, auf seinem Stuhl wie auf einem Affenfelsen gehockt hatte, war ihm von Anfang an auf die Nerven gegangen. Ab und an war das Weibchen lautlos hereingehuscht, hatte Tee nachgeschenkt und Schneckenkuchen gebracht und war leicht gebückt wieder hinausgehuscht. In der Zwischenzeit hatte Jansen mehr über Fußball als über Fokken gesprochen und zur Klärung des Falls rein gar nichts beigetragen. Außer, dass es ihn offenbar nicht wirklich kümmerte, dass sein Mannschaftskamerad das Zeitliche gesegnet hatte.

Aber eine Befragung hatte er noch zu erledigen, und die wollte er nicht auf den nächsten Tag verschieben.

Neben der Klingel hing ein Schild, auf dem stand: »Hier wohnen Heiner, Heike, Hans-Holger, Henrike-Hannah und Kim Weelborg«. Er rätselte noch ein wenig über die möglichen Gründe für das Durchbrechen der alliterativen Namenskette, da öffnete sich die Tür, und vor ihm stand ein etwa fünf Jahre altes Geschöpf mit milchkaffeebrauner Haut, das sich mit den Worten: »Ich heiße Kim, und wer bissu?«, formvollendet vorstellte.

Hinter dem Mädchen eilte eine Frau herbei, die viel eher dem norddeutschen Phänotyp entsprach: kräftiger Körperbau, aschblonder praktisch-kurzer Haarschnitt. Lediglich das orange Batik-Shirt verströmte einen Hauch von Exotik. Während sie Möllenkamp die Hand gab, sagte sie zu dem Mädchen: »Kim, du sollst doch nicht alleine die Tür aufmachen. Ich hab dir doch gesagt, dass da der schwarze Mann davor stehen kann.«

Die Bemerkung kam Möllenkamp irgendwie unpassend vor. Er stellte sich vor.

»Sie wollen zu meinem Mann? Da kommen Sie ungünstig. Heiner ist noch auf Arbeit. Aber sagen Sie: Wegen Fokko? Der hat sich doch das Leben …« Sie merkte, dass das Mädchen noch hinter ihr stand. »Kim, du wolltest doch dein Zimmer aufräumen.«

»Mensch Mama …« Die Kleine verzog das Gesicht.

»Keine Diskussionen, geh nach oben. Ich komm nachher gucken.«

Das Mädchen trottete maulend zur Treppe.

Möllenkamp staunte immer wieder über die Autorität, die Mütter entfalten konnten. Bei Männern hatte er das noch nie beobachtet.

»Also, wo waren wir stehen geblieben? Ach so, bei Fokko.« Sie blickte nervös zur Treppe. »Kommen Sie doch erstmal rein.«

Die Neugier hatte gesiegt.

Kurz darauf saß er vor der sechsten Tasse dampfenden schwarzen Ostfriesentees an diesem Nachmittag. Mit gewissem Widerwillen sah er dem Kandis dabei zu, wie er kleiner wurde. Diesen Angriff auf seine Bauchspeicheldrüse würde sein Körper ihm so schnell nicht verzeihen.

»Also Fokko hat sich nicht umgebracht?«

»Wir wissen es noch nicht. Wann haben Sie ihn denn zuletzt gesehen?«

Die Frau vor ihm dachte nach. Dabei wickelte sie eine lange, bunte Modeschmuckkette um ihren Finger. »Ich denke … ich weiß nicht genau. Das ist sicher schon einige Wochen her … Warten Sie, jetzt hab ich's: Vor etwa sechs, acht Wochen war er hier und hat sich von uns einen Gaskocher geliehen. Ich sag noch zu meinem Mann: Leih dem nichts, du weißt doch, dass du es nicht wiederkriegst.«

Sie biss sich auf die Unterlippe, als hätte sie etwas Verbotenes gesagt.

»Warum dachten Sie das?«

»Der Fokko hatte doch überall Schulden. Konnte einfach nicht mit Geld umgehen.«

»Und? Hat er den Kocher zurückgebracht?«

»Natürlich nicht.« Sie wickelte die Kette noch fester, so dass die Fingerspitze, die oben herausguckte, ganz weiß wurde. »Man soll ja nichts Schlechtes über die Toten sagen. Aber der Fokko … Lange wäre das nicht mehr gutgegangen. Darum dachte ich ja, dass er sich selbst …«

Möllenkamp beobachtete den Finger mit wachsender Besorgnis, zwang dann aber seinen Blick zur Wand hinter seiner Gesprächspartnerin, an der über einem Klavier Fotos der Familie und Aufnahmen von Fußballmannschaften hingen, in denen die männlichen Familienmitglieder spielten.

»Hat Herr Fokken gesagt, wofür er den Gaskocher brauchte?«

Heike Weelborg zog verwundert die Stirn kraus. »Nein,

wahrscheinlich wollte er mit seinen Kindern zum Camping.«

»Können Sie sich erinnern, wann genau das war?«

»Nein, wirklich nicht. Irgendwann nach dem ersten Mai. Das weiß ich, weil wir ihn fürs Maifest selbst noch benutzt hatten.«

Jemand rannte geräuschvoll die Treppe herunter. Das Stampfen deutete darauf hin, dass dieser Jemand deutlich älter als fünf war. Einige Augenblicke später flog die Tür auf. Ein Junge von etwa fünfzehn Jahren, groß wie ein Schrank, stand in der Tür und hielt eine schwarze Sporttasche hoch. »Mama, darf ich die da mit zum Training nehmen? Bei meiner ist der Reißverschluss kaputt.«

Seine Mutter kniff die Augen zusammen und musterte die Tasche. »Was ist das denn für eine, die kenne ich gar nicht?«

»Stand im Keller in der Ecke hinter der Waschmaschine.« Er trat ungeduldig von einem riesigen Fuß auf den anderen. »Was is jetzt? Ich bin spät dran.«

Heike Weelborg stand auf, nahm die Tasche in die Hand, öffnete sie und fuhr zurück. »Oh nein, die habe ich ja ganz vergessen!«

Sie drehte sich zu Möllenkamp um. »Herr Kommissar, die können Sie gleich mitnehmen. Die gehört Fokko Fokken.«

»Wie kommt die hierher?« Möllenkamp erhob sich und spürte, wie Unmengen von Tee an die Innenwände seiner Blase schlugen.

»Tja, wir Frauen nehmen reihum immer alle schmutzigen Trikots der Spieler mit und waschen sie. Bei dem Spiel, wo … also, als Fokko starb, da war ich dran.«

»Haben Sie da alle Taschen mitgenommen?«

»Nein, nein, natürlich nicht. Alle Spieler schmeißen ihre Trikots auf einen Haufen, und der, der dran ist, packt sie ein und nimmt sie mit nach Hause. Aber weil sie ihn, also Fokko, weil sie ihn ja mitgenommen haben, also im Rettungswagen, da stand die Tasche da rum, und Heiner hat sie mitgenommen. Und dann war der Fokko ja tot, da hab ich wohl in all der Aufregung vergessen, Sabine die Sporttasche zurückzubringen.«

»Ha, ha, vergessen«, höhnte der Teenager mit betont tiefer Stimme. »Hast dich bloß nicht getraut.«

Heike Weelborg fuhr auf. »Ach nee, der Herr Sohn. Jetzt auch noch aufmüpfig werden! Das ist ja noch schöner! Die Trikots von Dir und den anderen Dreckschweinen wasche ich ja auch, bis die Waschmaschine glüht! Da hast du dich noch nie beklagt, oder?«

Möllenkamp ging dazwischen. »Frau Weelborg, haben Sie das Trikot von Herrn Fokken auch gewaschen?«

Die Frau wurde rot. »Ja sicher. Woher sollte ich denn wissen… Wir dachten ja alle zuerst, dass er einen Herzinfarkt …«

Er legte ihr beruhigend die Hand auf den Arm. »Ich mache Ihnen ja gar keinen Vorwurf. Aber ich muss die Tasche trotzdem mitnehmen, damit die Kriminaltechniker sie untersuchen können. Vielleicht finden wir ja noch verwertbare Spuren.«

Er verabschiedete sich, und während er, innerlich fluchend, das Haus verließ, hörte er noch den Bariton von Hans-Heiner, oder wie immer er hieß: »Mann, so eine Scheiße! Was soll ich denn jetzt für eine Tasche nehmen?«

* * *

Wilfried Bleeker stand vor der Fahrschule Rosema und rauchte. Das taten auch die Fahrschüler, die sich heute Abend zur Theoriestunde eingefunden hatten und darauf warteten, eingelassen zu werden. Sie warteten schon eine ganze Weile, was sich an der Anzahl der ausgetretenen Kippen vor der Tür ablesen ließ. Im Schaufenster waren die Angebote der Fahrschule ausgestellt: Man konnte hier EU-Führerscheine der Klassen A, B und C erwerben und sich auf die Medizinisch-Psychologische Untersuchung vorbereiten, wenn das Maß in Flensburg allzu voll geworden war. Die Sachinformationen wurden mit Fotos aus den Theorieunterlagen dekoriert, die aus einer Zeit stammten, als man noch mit einem Opel Kadett Pferdegespanne überholt hatte.

Wer fehlte, war der Fahrlehrer, der all die jungen Leute aus der unwürdigen Situation befreite, in der sie sich befanden: verurteilt zu eingeschränkter Mobilität, abhängig von den demütigenden oder teuren Gnaden anderer: Eltern, Taxiunternehmern, älteren Freunden aus der Clique, dem Nachtbus.

Als Regen einsetzte, machte sich Unruhe breit.

»Waar blifft de dann?«*

»De kummt neet mehr.«**

»Ich wechsel jetzt zur Fahrschule Fuß, mir reicht es!«

Nach und nach machten sich die jungen Leute auf den Weg.

---

* Wo bleibt der denn?

** Der kommt nicht mehr.

Bleeker trat nachdenklich seine Zigarette aus. Er hatte eigentlich nichts anderes erwartet. Dass Rosema nicht auftauchte, erhärtete seinen Verdacht. Er zog sein Handy aus der Tasche und machte einen Anruf. Dann strich er seine Haare nach hinten und stieg in seine Barchetta.

* * *

Auf der abendlichen A31 war kaum Verkehr. Er konnte seine Barchetta so schnell fahren, wie es seine Ohren und das lädierte Stoffdach zuließen. Er war immer noch nicht dazu gekommen, die schadhafte Stelle an der Fahrerseite richtig reparieren zu lassen. Vielleicht zögerte er noch immer, weil genau der Umstand, dass das Dach undicht war, ihm vor einigen Monaten das Leben gerettet hatte.

Draußen war es ziemlich dunkel, da die dichte Wolkendecke das Mondlicht schluckte. Links und rechts neben der Autobahn ragten die Masten der Windräder wie lange Finger aus den Wiesen. Viele Leute beschwerten sich über die »Verspargelung« der Landschaft. Dabei hatte es in Ostfriesland doch immer Windmühlen gegeben, wenn auch nicht so viele und nicht so hohe.

Bleeker passierte die touristische Hinweistafel, die auf das Moorgebiet des Emslandes aufmerksam machte.

Gegen 20:30 Uhr hielt er an einer Tankstelle in Nordhorn und kaufte einen Stadtplan von Gelsenkirchen. Mit dem Stadtplan und drei Dosen Red Bull bewaffnet, setzte er seine Fahrt fort.

Zweieinhalb Stunden später hatte er sein Ziel erreicht. Er fuhr durch die spätabendlichen Straßen von Gelsenkirchen, vorbei an schönen Altbaufassaden, die verloren zwischen gesichtsloser 50er- und 60er-Jahre-Architektur herumstanden. Viele Geschäfte standen leer. Es war nicht viel los auf den Straßen. In den Imbissen sah er vereinzelt Menschen sitzen.

Als er in das Wohnviertel einbog, in dem laut Stadtplan sein Ziel lag, fiel ihm auf, dass es schön grün und ruhig war. Doch die Häuserblöcke, die dort zwischen Bäumen und Hecken herumstanden, als wollten sie möglichst wenig auffallen, waren eintönig und reizlos. Vor einem dieser Häuser parkte Wilfried seinen Wagen, stieg aus und sah sich um. Kein Wunder, dass sich so viele Rentner im Ruhrgebiet nach einem eigenen Häuschen in Ostfriesland sehnten. Er ging auf das Haus mit der Nummer 34 zu und studierte die Namen am Klingelbrett. Der Name, den er suchte, war nicht darunter. So ein Mist, er hätte daran denken sollen, dass der Nachname ein anderer war!

Er trat einen Schritt zurück und sah sich den Wohnblock genau an. In einigen Wohnungen brannte noch Licht. Hinter den meisten Fenstern war es aber dunkel. Er dachte daran, irgendwo zu klingeln und zu fragen, scheute aber vor unfreundlichen Reaktionen wegen der spätabendlichen Störung zurück. Besser, er verschob sein Vorhaben auf den nächsten Morgen. Vielleicht fiel ihm die Lösung ja wie eine reife Frucht in den Schoß.

Stattdessen sah er sich nach einer Kneipe um. Die sollte es doch hier an jeder Ecke geben. Einige Straßen weiter hatte er Erfolg. In der Gaststätte »Zur langen Theke« war die Theke erstaunlich kurz. Er quetschte sich neben den Zigarettenautomaten und bestellte ein Jever. »So wat ham wir nich«, raunzte ihn die Wirtin an. »Du kannst'n Veltins haben oder'n Köpi oder woanders hingehen.«

Er bestellte ein Veltins und beobachtete seine Umgebung. Diese Eckkneipe war so typisch, als hätte man sie für eine Filmaufnahme hergerichtet. Klein, verraucht, mit blinkendem Daddelautomat in der Ecke und vor allem: von oben bis unten voll mit Schalke-Devotionalien. Neben ihm an der kurzen Theke saßen drei Männer und rauchten. Ihr Gespräch drehte sich um den Fußballverein und die vergangene Saison, die für Schalke nicht glorreich gewesen war.

»Man darf die Saison jetzt auch nicht so schlecht reden wie sie wirklich war«, sagte einer der Männer – offenbar ein Philosoph. Er war um die 40, ungefähr so breit wie hoch und hatte ein Schalke-T-Shirt über seinen Pullover gezogen, was seine Rundungen unvorteilhaft betonte.

»Nein, und Ebbe Sand hat in dieser Saison mehr Tore gemacht als Elber«, erinnerte sein Kumpel, während er in seiner leeren Zigarettenschachtel nach einer neuen Kippe suchte und offenbar vergessen hatte, dass eine Zigarette hinter seinem Ohr klemmte.

Der Dritte, ein grimmig aussehender Bartträger, war nicht zufrieden: »Ja, aber wegen dem blöden neuen Stadion haben wir nun kein Geld mehr für richtig gute Spieler.«

»Darum musstet ihr ja auch die Heulsuse Möller nehmen«, schaltete sich Wilfried Bleeker ein, merkte aber an den Reaktionen sofort, dass er den falschen Gesprächseinstieg gewählt hatte.

»Was soll'n das heißen?«, meinte der Bärtige drohend.

»Möller … also Möller is'n super Spieler«, sagte der Kleine, »den muss man erstmal machen lassen.«

Wilfried trank einen großen Schluck Veltins, ließ seine Schultern etwas kreisen und sagte dann: »Tja, beim BVB stand er letzte Saison nicht oft auf'm Platz. Und dann war er ja oft verletzt. Da warnse ganz froh ihn los zu sein.«

»BVB is'n Scheiß-Verein«, knurrte der Mann mit der Zigarette hinterm Ohr, der eben eine neue Schachtel aus dem Automaten gezogen hatte.

Wilfried hob die Augenbrauen und ließ den Finger um den Glasrand kreisen: »Aber der *Scheiß-Verein* ist in der Tabelle am Ende doch vor euch gelandet.«

Jetzt wurde es dem Runden zu bunt: »Wir lassen uns nicht nervös machen, und das geben wir auch nicht zu!«, schrie er.

»Jetzt reg dich doch nicht auf«, sagte Wilfried. »Ich mein ja nur ...«

Als er sich zwei Stunden und sechs Veltins später ächzend in seine Barchetta schob und den Fahrersitz nach hinten drehte, hatte er ein blaues Auge und einen Winkelriss in seinem schwarzen Jackett. Er hätte nicht als BVB-Fan auftreten sollen. Dabei interessierte er sich überhaupt nicht für Fußball. Es war einfach wieder mit ihm durchgegangen. Seufzend wischte er sich die Wassertropfen vom Ärmel, die durch sein leckes Stoffdach drangen, und machte es sich so gut es eben ging gemütlich.

* * *

»Ach komm, Mama. Der Bormann ist ja praktisch schon mein Hund. Da kann er doch auch bei uns wohnen.«

»Und wo soll er hin, wenn wir in Urlaub fahren oder

wenn du Papa besuchst? Ich kann ihn ja wohl nicht mit ins Krankenhaus nehmen.«

»Dann kann er doch wieder ins Tierheim. Karin nimmt ihn gern ein paar Tage, und da kennt er sich ja aus.«

»Das wäre der erste Hund, den ich kenne, der freiwillig wieder ins Tierheim geht. Der ist doch traumatisiert! Außerdem können wir keinen Hund haben, der Bormann heißt. Wie soll ich den denn rufen?«

»Wieso?«

»Das weißt Du genau, Friederike.«

»Dann geben wir ihm eben einen anderen Namen.«

Ulrike van der Slyk seufzte. Sie wusste, dass sie früher oder später einknicken würde. Dem Trommelfeuer einer hundebegeisterten 13-Jährigen hielten Eltern meist nicht lange stand. Seit ihrer Scheidung hatte sie zudem unterschwellig immer dieses Gefühl, bei Friederike etwas gutmachen zu müssen. Andererseits war das Leben als Alleinerziehende auch so schon schwierig genug, da musste man es mit einem Hund nicht auch noch unnötig verkomplizieren.

Sie rieb sich über die Augen. Da Friederike während der Ferien ein paar Tage bei ihrem Vater in Köln gewesen war, hatte Ulrike sich ihre Nachtdienste in diese Zeit gelegt. Nun war sie hundemüde – *hunde*müde, ha ha – und fühlte sich einer Diskussion mit dem entschlossenen Teenager neben ihr noch weniger gewachsen. Sie versuchte es mit einem Basta. »Ich möchte über das Thema jetzt nicht mehr sprechen. Der Hund bleibt, wo er ist.«

»Bleibt er nicht!«

»Doch!«

Beide starrten wütend geradeaus in die Dunkelheit.

Sie fuhren in den Emstunnel ein. Ulrike fühlte sich unwohl bei der Vorstellung, dass sich über ihr Tausende Kubikmeter Wasser befanden. Sie stellte sich vor, dass es irgendwo ein kleines Loch gäbe, einen Riss in der Betonröhre des Tunnels, jahrelang unbemerkt, bis das Wasser das Material mürbe gemacht haben würde, nein müde, so hieß es doch, und wie plötzlich alles zusammenbrechen würde. Wasser von allen Seiten, einstürzende Tunnelwände, und mittendrin ein kleiner Toyota Corolla, darin sie und Friederike – hinweggeschwemmt von der Urgewalt des Wassers. Zwei Leben, einfach vorbei. So wie das des Motorradfahrers, der heute in der Notaufnahme gestorben war. Er war mit 140 Sachen bei einem Überholmanöver in der Coldamer Kurve unter einen Trecker gekommen. Zu ihrer großen Überraschung hatte er einen Organspendeausweis bei sich gehabt – sonst nicht üblich bei diesen Motorradrasern. Ein Selbstmord? Aber wozu den unbeteiligten Treckerfahrer involvieren, der noch eine Stunde später geschockt auf dem Stuhl im Flur der Notaufnahme gesessen hatte und seine Schirmmütze in den Händen knetete, als könne er so das Herz des jungen Mannes wieder zum Schlagen bringen.

Ob die Organe des Rasers freilich noch rechtzeitig einen Empfänger erreichen würden, war fraglich, da sich in der Klinik niemand richtig zuständig gefühlt hatte, das bürokratische Prozedere in Gang zu setzen. Auch sie nicht, schließlich musste sie Friederike vom Bahnhof abholen. 15,40 Meter unter Normalnull. An diesem Punkt war Ulrike immer erleichtert, dass es wieder aufwärts ging. Meter um

Meter arbeitete sich der Wagen aus dem Schlund der Hölle wieder an die Oberfläche zurück. Gleich war es geschafft und dann nach ihr die Sintflut!

Sie warf einen Blick nach rechts. Friederike starrte finster vor sich hin. Eine Träne hatte sich über ihre Wange den Weg nach unten gesucht und dabei eine Spur hinterlassen, als wäre eine kleine Schnecke über ihr Gesicht gekrochen. Es war der pure Teenagertrotz. Kummertränen kamen immer in Begleitung eines Schluchzens.

Gerade wollte sie nachgeben, eine kurze Ansprache machen, die sie längst vorbereitet hatte: Okay, hol den Hund aus dem Tierheim. Er kriegt einen anderen Namen. Du bist für ihn verantwortlich, und deine schulischen Leistungen dürfen nicht darunter leiden.

Aber es kam nicht dazu, weil der Lichtkegel ihres Wagens für den Bruchteil einer Sekunde etwas erfasste. Etwas, das sie hochgradig irritierte. Es hatte sich bewegt, oder nicht? Es war ganz sicher kein Reh oder Fuchs gewesen, dafür war es zu groß. Schon war es vorbei.

»Mama! Was war das? Das da eben! Da war was!«

Friederike hatte sich umgedreht und starrte zurück in die Dunkelheit. »Mama! Halt an, Mama!«, kreischte sie, und schon ging Ulrike in die Bremsen.

Sie fuhr auf den Seitenstreifen und dachte nach. Was immer es war, sie wollte eigentlich nichts damit zu tun haben. Sie hatte mit sich und Friederike und dem Hund und ihrem Ex-Mann wirklich genug zu tun. Dann fiel ihr der Motorradfahrer ein, sein Herz und seine Nieren und seine Leber, die vermutlich prima in Ordnung gewesen waren und die nun vielleicht niemandem das Leben retten würden, weil sie den Organspendeausweis in seiner Brieftasche nicht zum Anlass genommen hatte, die Deutsche Stiftung Organspende zu informieren.

»Mama, ich glaub, da hat ein Mensch gelegen. Hast du das auch gesehen? Mama, fahr zurück!«

Nein, Friederike, genau das will ich nicht. Gerade wenn es ein Mensch ist. Lass ihn liegen, das bringt nur Ärger. Weißt du noch, als du letztes Jahr den toten alten Mann gefunden hast, der sich erhängt hat? Drei Monate bin ich mit dir zu Dr. Kuhlmann gegangen, bis du wieder richtig schlafen konntest. Und jetzt halst du uns das nächste Problem auf. Reicht denn nicht der Hund?

Das alles dachte sie nur, sagte es aber nicht, während sie seufzend den Rückwärtsgang einlegte, die Warnblinkanlage einschaltete und die spätabendlich leere A31 entlang auf dem Standstreifen zurückfuhr, bis sie kurz vor der Autobahnauffahrt Jemgum angelangt war. Obwohl sie nichts sehen konnte, hielt sie hier an und stieg aus. Friederike war auch aus dem Wagen gestiegen. Gemeinsam versuchten sie in der Dunkelheit etwas auszumachen, während das Warnblinklicht leise klickte.

Das kann eine Falle sein, schoss es Ulrike durch den Kopf. So etwas hatte man doch schon gehört. Jemand stand am Straßenrand, winkte um Hilfe, und wenn man anhielt, stand auf einmal ein bewaffneter Verbrecher neben einem und nahm im besten Fall nur das Geld mit. »Friederike, steig wieder ein!«, rief sie noch, aber es war schon zu spät.

* * *

Als Ulrike van der Slyk unter kaltem Neonlicht auf dem Krankenhausflur im Leeraner Kreiskrankenhaus saß, den Kopf in die Hände gestützt, war sie unendlich müde und zugleich erleichtert. Friederike hatte sie gefunden, die alte Frau, die am Rande der A31 gelegen hatte. Sie hatte kaum noch geatmet, der Puls war schwach gewesen. Ulrike hatte Angst gehabt, dass die alte Dame ihr einfach wegsterben würde. Und sie hatte sich vollkommen regelwidrig verhalten, als sie die Frau gemeinsam mit Friederike ins Auto geschafft hatte und anschließend mit Warnblinklicht die Autobahnauffahrt Jemgum hinaufgebrettert war, um aufs Geratewohl ins Kreiskrankenhaus zu rasen.

Nun saß sie schon seit einer Stunde hier und wartete auf ein Zeichen der Ärzte, während Friederike auf dem Stuhl neben ihr zur Seite gesackt und eingeschlafen war. Hatte man einmal Verantwortung übernommen, wurde man sie so schnell nicht wieder los.

Ihre Augen brannten, von Zeit zu Zeit übermannte sie der Sekundenschlaf, und sie fragte sich, wie sie später heil nach Hause kommen wollten. Je älter sie wurde, umso schwerer fiel ihr der Schichtdienst als Krankenschwester. Am liebsten hätte sie alles hingeschmissen und wäre zu ihrer Mutter unter die Bettdecke gekrochen. Nur dass es ihre Mutter nicht mehr gab.

»Frau van der Slyk?«

Sie schrak hoch. Ein junger Notarzt stand mit hängenden Armen vor ihr. Er sah schuldbewusst aus, als habe er etwas ausgefressen. »Können Sie uns noch einmal sagen, wo Sie die Patientin gefunden haben?«

Sie berichtete erneut, was sie bereits bei der Einlieferung

gesagt hatte. Nein, sie habe keinen Personalausweis oder überhaupt irgendwelche Dinge bei der Frau gefunden. Sie habe nur ein Nachthemd angehabt und sei ihrer Auffassung nach dem Tode näher als dem Leben gewesen. Der Arzt bestätigte, dass die alte Dame stark dehydriert und ihr Zustand noch kritisch sei, dass sie aber durchkommen würde. Noch habe man allerdings mit ihr nicht sprechen können. Man erhoffe sich, dass sie am nächsten Tag Angaben zu ihrer Person und zu ihrem Zustand würde machen können.

»Wir haben Abschürfungen an den Handgelenken festgestellt. Die Frau könnte festgebunden oder sonstwie fixiert worden sein. Wir vermuten, sie ist dement und aus einem Pflegeheim ausgerissen. Wir telefonieren morgen die Pflegeheime ab, ob dort jemand abgängig ist.«

Ulrike sah ihn an und dachte an die letzten Jahre ihrer Mutter. Da führte man nun ein Gespräch, als wäre es selbstverständlich, dass ein alter Mensch in einem Pflegeheim ans Bett gefesselt wurde und davon Abschürfungen an den Handgelenken zurückbehielt.

»Man darf Patienten im Pflegeheim nicht fixieren«, klärte sie den jungen Notarzt auf.

In seinem Blick las sie die Zweifel. Ja, es war natürlich trotzdem möglich, dass es geschehen war.

»Nun«, sagte er, »wenn unser Rundruf im Pflegeheim nichts ergibt, werden wir die Polizei einschalten müssen. Möglich, dass sich dann noch jemand bei Ihnen meldet.«

Auf der Heimfahrt, der sie sich nach einem labberigen Automatenkaffee halbwegs gewachsen fühlte, dachte sie über die Möglichkeit nach, dass jemand die alte Dame irgendwo zu Hause angebunden hatte. War es wahrscheinlich, dass die Frau tagelang ohne Essen und Trinken durchs Rheiderland geirrt war, ohne dass jemand sie in ihrem Zustand bemerkt und als vermisst gemeldet hatte? Es war ja kaum noch Leben in dem federleichten Geschöpf gewesen, das sie mit Friederikes Hilfe ins Auto getragen hatten. Die Möglichkeit, dass die alte Dame vernachlässigt oder misshandelt worden war, machte sie traurig.

Mai 2000, Weenermoor

Er steht nun schon den zweiten Morgen an der gegenüberliegenden Straßenseite und wartet. Er hat sich nicht getraut, an der Haustür zu läuten. Klar, der Brief, den er bekommen hat, war freundlich. Der Briefeschreiber hat ihm viel Geld versprochen, wenn er ihm alle Hefte und Unterlagen übergibt. Er hat ihn sogar eingeladen. Aber das schreibt man schnell mal so hin. Vielleicht will der Mann ihm auch nur all die anderen Hefte und Unterlagen abnehmen und jagt ihn dann zum Teufel.

Fest steht: Wirklich erwartet wird er hier nicht. Und er kennt den Mann, der dort drüben wohnt, auch nicht. Nur seinen Vater. Na ja, richtig gekannt hat er den auch nicht. Aber wer in einem philippinischen Slum aufwächst, weiß, wer gut ist und wer nicht. Und Gustav war okay.

Nur darum steht er überhaupt hier. Weil Gustav ein guter Kerl war und sein Sohn es auch sein muss. In Leyte würde er nicht daran denken, ohne Schutz zu einem Unbekannten zu gehen und mit ihm ein Geschäft zu machen. Armut tötet Skrupel. In Deutschland sind sie nicht so. Sie können es sich leisten, einander leben zu lassen.

Er ist über die Autobahn hierhergelaufen, dann über die Wiesen zum Dorf. Als er über die Dorfstraße ging und das Haus suchte, war es schon dunkel. Und als er es gefunden hatte, brachte er nicht den Mut auf, so spät noch zu klingeln.

Zuerst einmal gucken, wer der Mann ist, hat er sich gesagt und einen Platz gesucht, wo er das Haus unauffällig beobachten kann. Auf der anderen Straßenseite stand ein kleines Häuschen mit grüner Doppeltür. Im Giebel ist ein Sandstein mit Helm, Spitzhacke und Schaufel eingelassen. Er hat durch das seitliche Fenster gesehen. Da drinnen war nichts weiter als ein Feuerwehrauto.

Er hat es mit einem Stück Draht geschafft, die Tür aufzukriegen. Es ist nicht warm hier, aber er hat einen guten Blick auf das Haus gegenüber. Außerdem hat er eine Tüte Kekse gefunden, und das hat ihm über den schlimmsten Hunger hinweggeholfen, auch wenn ihm jetzt übel ist. Da steht er nun und guckt durch einen winzigen Türspalt nach draußen.

Wie gestern verlassen zuerst die Kinder das Haus. Sie haben Schulranzen auf dem Rücken und holen ihre Fahrräder aus der Garage. Das Mädchen könnte in Amihans Alter sein. Es tut ihm körperlich weh, an sie zu denken. Fast ist er dankbar dafür, endlich wieder etwas zu fühlen. Wenn es ihm weh tut, so hofft er, dann lebt sie auch noch. Ihr Schmerz ist sein Schmerz. Wenn es dauerhaft tot bleibt in ihm, dann ist auch sie nicht mehr am Leben. Es ist ein Aberglaube, aber er ist abergläubisch. Alle Menschen bei ihm zuhause sind abergläubisch. Es gibt Zeichen, und sie bedeuten etwas, davon ist er überzeugt.

Eine Weile danach verlässt der Mann das Haus und öffnet das Garagentor. Jetzt ist der Moment da. Wenn er länger wartet, war alles umsonst. Man wird ihn irgendwann entdecken, man wird ihn festnehmen, weil er sich hier in Deutschland nicht aufhalten darf. So glaubt er jedenfalls. Wenn man arm ist, darf man sich nirgendwo auf der Welt aufhalten, außer daheim im Elend.

Er blickt nach links, nach rechts, dann eilt er über die Straße.

»He«, ruft der Mann erschreckt, als er hinter ihm neben dem Auto auftaucht.

»Keine Angst, ich bin Mariano«, stammelt er auf Englisch. »Ich habe zu Ihnen geschrieben, erinnern Sie sich? Sie haben zu mir geschrieben, ob ich noch mehr Sachen habe. Ich bin gekommen, sie bringen zu Ihnen.«

Der Mann blickt nervös über ihn hinweg auf die Straße hinaus. Mariano dreht sich um, aber da ist niemand. Der Fremde mustert ihn.

»Steig ein.« Er weist auf die Autotür, und Mariano klettert über den Fahrersitz auf die Beifahrerseite. Der Mann starrt ihn entgeistert an. »Ich … ich hatte dich nicht hier erwartet.« Er räuspert sich. »Wie bist du hergekommen? Hast du so viel Geld?«

Mariano schüttelt den Kopf. »Ich habe versteckt auf Schiff.«

Der Mann runzelt die Stirn. Offenbar weiß er nicht, was er jetzt mit ihm anfangen soll. »Wo hast du die Sachen? Die anderen Hefte und Fotos?«

Mariano deutet hinter sich auf die Hütte an der anderen Straßenseite. »Mein Seesack.«

»Bleib hier. Ich hole ihn. Besser, wenn dich keiner sieht.«

Mariano beobachtet im Rückspiegel, wie der Mann über die Straße geht, sich unauffällig umsieht, die Tür der Garage öffnet und mit seinem Seesack zurückkommt. Der Mann ist noch jung, aber er sieht nicht gesund aus. Sein Gesicht ist bleich und aufgeschwemmt, mit dunklen Ringen unter den Augen. Er ist zu dick, denkt Mariano. Und er schläft zu wenig.

Der Mann kommt zurück, öffnet den Kofferraum und wirft den Seesack hinein. Dann lässt er sich mit einem Schnaufen auf den Fahrersitz fallen und startet den Motor.

»Wir fahren jetzt irgendwohin, wo wir ungestört reden können. Verstehst du mich?«

Mariano nickt. Ihm klopft das Herz bis zum Hals. »Was ist mit Geld?«, fragt er.

»Du kriegst dein Geld. Aber ich muss nachdenken. Verstehst du mich?«

Mariano nickt wieder.

Donnerstag, 20. Juli 2000

Wilfried Bleeker erwachte von der Helligkeit in seinem Auto. Das Anzeigenbrett sagte ihm, dass es 6:47 Uhr war. Sein Kopf schmerzte vom Veltins und von dem Veilchen. Kurz dachte er daran, den Schmerz mit einem Konterbier zu bekämpfen, doch er musste fit sein, denn er hatte ja vor, Horst Rosema zu fangen. Er kramte in seinem Handschuhfach, förderte zwei Aspirin zutage und spülte sie mit der letzten Dose Red Bull herunter. Das Zeug schmeckte gekühlt schon furchtbar, aber warm …

Er schüttelte sich. Dabei merkte er, dass seine Anzugjacke durchweicht war und sich klamm um seinen Arm und seine Brust legte. Es war kühl und er fröstelte. Sein Kollege Johann Abram hatte für solche Fälle sicher eine Vliesdecke im Wagen, ihm aber würde nichts anderes übrigbleiben als sich mit einer Zigarette zu wärmen.

Wieder beobachtete er das Haus. Einzelne Vorhänge wurden zurückgezogen und Fenster geöffnet – fast immer von älteren Menschen, meist Frauen in geblümter Nachtwäsche. Hinter den beklebten Kinderzimmerfenstern blieben die Rollos unten. Klar, es waren ja Ferien. Ältere Männer traten auf die nachträglich an das Haus sanierten Balkone und rauchten ihre erste Zigarette.

Ihm kam der Gedanke nachzusehen, ob er Rosemas Auto finden konnte. Er stieg aus und umrundete das Gebäude. Hinter dem Wohnblock war ein Parkplatz, der durch eine Schranke gesichert war. Er irrte zwischen Hyundai Ponys, Peugeots 306 und Fiat Multiplas in scheußlichen Lackierungen hin und her. Konnte man eigentlich durchgeknallte Autodesigner für die Verschandelung des Straßenbildes haftbar machen? Den schwarzen Fahrschulwagen von Rosema fand er jedenfalls nicht. Er ließ das automobile Gruselkabinett hinter sich und kehrte vor das Haus zurück. Gerade wollte er die Straße überqueren, da verließ etwa 50 Meter vor ihm ein schwarzer Golf mit dem Kennzeichen LER-HR 311 seine Parklücke am Straßenrand. Verdammt, Rosema hatte ihn ausgetrickst! Bleeker rannte zu seinem Wagen, stieg ein und folgte Rosema. Er war froh, dass zwei vor ihm fahrende Autos seine Barchetta versteckten. Vielleicht hatte das Objekt seiner Beschattung ja nichts bemerkt.

Eben fing Bleeker an sich zu entspannen, da kam die Verfolgung an ein jähes Ende. Gerade noch rechtzeitig sah er, wie Rosema vor einer Bäckerei anhielt. Bleeker trat auf die Bremse und sah sich hektisch nach einer Parklücke um.

Zum Glück waren Behindertenparkplätze dicht gesät und immer frei.

»Moin Horst«, sagte er, als Rosema mit einer Brötchentüte aus der Bäckerei trat. »Willst du die alle alleine essen?«

Rosema zuckte zusammen, fing sich aber schnell wieder. »Wilfried, was machst du denn hier?«

»Ach, ich bin mal hergekommen, um mir das schöne Gelsenkirchen anzuschauen. Und da hab ich dich ganz zufällig in die Bäckerei gehen sehen. Und du? Was machst du hier?«

»Ich? Och, ich besuche meine alte Mutter. Ist schon fast 90 und kann sich nicht mehr so gut helfen. Da muss man ab und an nach dem Rechten sehen.«

»Ach, und ich dachte schon, du wolltest zum Freundschaftsspiel. Das werde ich mir ansehen. Regionalderby gegen Dortmund. Große Sache!«

Horst Rosema lachte erleichtert auf: »Ja klar, da wollte ich auch hin. Darum hab ich mir ja dieses Wochenende ausgesucht.«

Dann schwiegen sie. Wilfried beschloss, dass es ganz gut sei, Rosema etwas zappeln zu lassen. Doch der kramte lässig mit seiner freien Hand in der Jackentasche und förderte eine Schachtel Zigaretten zutage, die er Wilfried hinhielt.

»Danke, ich hab selber.«

Mit erstaunlicher Geschicklichkeit schaffte es Rosema, sich eine Zigarette anzuzünden. Er inhalierte tief, blies dann die Luft aus und besah sich die rot glühende Spitze, als suche er darin irgendeine Erkenntnis. Dann zuckte er die Schultern und wandte sich ab.

»Ja, ich will dann mal. Vielleicht sehen wir uns beim Spiel noch.«

Wilfried sagte schnell: »Weißt du Horst, gestern kam ich bei deiner Fahrschule vorbei, und da stehen doch deine Fahrschüler vor der verschlossenen Tür und warten. Hast du vielleicht ganz vergessen, ihnen Bescheid zu geben, dass du deine Mutter besuchen wolltest?«

Rosema schlug sich mit der Brötchentüte gegen die Stirn. »Ach du liebe Güte, wo hab ich nur meinen Kopf! Tja, da muss ich ihnen wohl was vom Preis nachlassen, nicht?«

»Keine Ahnung, aber demjenigen, der dir die Karte fürs Regionalderby verkauft hat, würde ich was auf die Mappe geben.«

In Rosemas Blick flackerte es ein wenig, aber er hatte sich schnell wieder im Griff. »Sag mal, willst du nicht mitkommen? Ich hab sowieso zu viele Brötchen nur für Mutter und mich. Sie wird sich freuen, dich kennenzulernen.«

Wilfried Bleeker bezweifelte das. Aber er war nach Gelsenkirchen gefahren, um Horst Rosema zu suchen und herauszufinden, ob dieser etwas mit Fokko Fokkens Tod zu tun hatte. Die Chance hatte er jetzt. Er tastete nach seiner Waffe und stellte beruhigt fest, dass sie an ihrem Platz unter dem Jackett war.

* * *

Die Küchenuhr in Form einer Teekanne tickte ohrenbetäubend laut. Horst Rosemas Mutter trug noch immer ihr Nachthemd und darüber einen türkisfarbenen Morgenmantel aus Polyester, wattiert und gesteppt. Es war sehr warm in dem kleinen Raum.

»Das ist aber schön, dass mein Sohn mal einen Freund mitbringt. Und dann auch noch einen richtigen Kriminalpolizisten, nicht immer bloß dieses zwielichtige Gesindel aus der Spielhalle. Woher kennen Sie sich denn?«

Bleeker entschied, dass die wahrheitsgemäße Antwort »aus der Spielhalle« nicht vertrauensbildend genug war und murmelte irgendetwas Ausweichendes.

»Und was machen Sie denn in Gelsenkirchen? Ist ja nicht gerade der Ort, wo man seinen Sommerurlaub verbringt, nicht wahr?« Täuschte er sich, oder hatte ihre Stimme etwas Lauerndes? Er betrachtete die alte Frau, die mit gichtigen Händen eine Kaffeetasse umklammerte. In ihren kleinen Augen, die von den hängenden Lidern fast erdrückt zu werden schienen, diffundierte das Blau der Iris in das Weiß des Augapfels, ein Phänomen, das er oft bei alten Menschen sah und das ihn immer unsicher machte, ob sein Gegenüber ihn eigentlich wirklich wahrnahm. Rosemas Mutter aber musterte unverhohlen die Spuren seiner Auseinandersetzung von vergangener Nacht, und Bleeker konnte sich vorstellen, was sie über ihn dachte.

Er entschied sich für den Frontalangriff: »Ich habe Ihren Sohn gesucht, weil ich ihn etwas Wichtiges fragen wollte.«

Horst Rosema, der mit äußerster Konzentration ein Brötchen mit Honig verzehrt hatte, hob langsam den Kopf.

»Als wir uns das letzte Mal gesehen haben, da hast du gesagt, dass Fokko Fokken in letzter Zeit wie immer war.«

Rosema runzelte die Stirn. »Ja, das stimmt.«

»Wusstest du, dass er mit seiner Familie nach Mallorca fahren wollte?«

»Klar wusste ich das. Hat sich riesig drauf gefreut.«

»Du wusstest aber auch, dass die Banken kurz davor standen, ihm den Hahn abzudrehen.«

Rosema gab sich unbeeindruckt. »Ja, und? Irgendwoher wird er das Geld schon bekommen haben. Das geht mich ja nichts an.«

»Was mich nur wundert: Kaum ist er tot, da redest du davon, deine Fahrschule zu erweitern und einen neuen Wagen zu kaufen. Dabei ging's dir ja finanziell auch nicht besser als Fokko.«

Horst Rosema öffnete den Mund, schloss ihn dann wieder. Dafür ging seine Mutter, die abwechselnd von einem zum anderen geschaut hatte, nun dazwischen: »Jetzt sagen Sie mal, was wollen Sie überhaupt von meinem Sohn? Der Fokko hat sich umgebracht. Das ist sehr schlimm, auch für seine Familie. Er hat sich wohl vollkommen übernommen und dann auch noch gespielt. Na, ja …« Sie zuckte verächtlich mit den Schultern. »Aber dafür kann doch der Horst nichts. Seine Fahrschule läuft gut, er will sich vergrößern. Das Glück ist eben mit den Tüchtigen.«

Wilfried Bleeker hätte fast laut aufgelacht. Horst Rosema und tüchtig! Er dachte an das Dreigestirn Rosema, Steinfelder und Fokken. Er fraß einen Besen, wenn da keine Informationen hin und her gegangen waren.

»Was ich mich die ganze Zeit frage: Wie kommt es, dass bei euch allen gleichzeitig der Geldsegen ausgebrochen ist? Der Fokko plant einen luxuriösen Urlaub, du planst deine Premiumfahrschule und der Bernd, der peppt seine Bruchbuden auf. Da sitzt so ein kleiner böser Mann in meinem Kopf und flüstert mir die ganze Zeit ein, dass da etwas nicht stimmt. Und der stellt Fragen: Haben die vielleicht jemanden erpresst? Und ist Fokko Fokken vielleicht deshalb tot, weil etwas ganz fürchterlich schiefgegangen ist?«

Als er Horst Rosemas Gesicht sah, wusste er, dass er richtig lag, aber er kam nicht dazu nachzubohren.

»Jetzt hört sich ja wohl alles auf!«, rief die alte Dame mit brüchiger Stimme. »Schöne Freunde hast du, Horst. Kommen hierher, essen unsere Brötchen und unterstellen dir eine Entführung. Was denken Sie sich eigentlich? Es ist wohl besser, wenn Sie jetzt gehen. Sonst rufe ich die Polizei!«

Es klirrte.

Rosemas Kaffeetasse war umgefallen. Wilfried beobachtete mit zusammengekniffenen Augen, wie sich sein »Freund« hektisch erhob, dabei fast den Stuhl umstieß und zur Spüle eilte, um einen Lappen zu holen, mit der er den Kaffee noch großzügiger auf dem Tischtuch verteilte. Er wandte sich wieder der alten Dame zu, deren Zorn sich nun gleichmäßig auf ihren nichtsnutzigen Sohn und dessen impertinenten Bekannten verteilt hatte, so dass sie einen Moment lang unschlüssig, wen sie zuerst zur Schnecke machen sollte, schwieg.

»Frau Rosema, es geht nicht um Entführung, sondern um Erpressung. Und das ist auch nur eine Vermutung. Aber um diesen Verdacht aus der Welt zu räumen, wäre es gut, wenn Ihr Sohn mit mir nach Leer zurückfahren würde, damit wir die Sache schnell aus der Welt schaffen können. Das ist doch sicher auch in Ihrem Interesse, nicht wahr?«

»Nein!« Die alte Frau in ihrem türkisfarbenen Morgenmantel stand jetzt äußerst aufgebracht vor ihm, ein Brötchenmesser in der Hand, dessen Spitze auf ihn gerichtet war. Zwar keine tödliche Waffe, aber durchaus unangenehm, wenn sie es darauf anlegte.

»Erstens heiße ich nicht Rosema, sondern Wilcken wie mein zweiter Mann. Und zweitens werden Sie nicht …«

»Mutter, lass. Ist schon gut. Ich fahre mit Wilfried, und dann wird sich das alles bestimmt aufklären.«

Kurz darauf stand Wilfried Bleeker im Treppenhaus und hörte mit wachsendem Mitleid die Flut an Schimpfworten, mit denen Frau Wilcken ihren Sohn bedachte: »Schlappschwanz … Versager … ein Nichtsnutz wie sein Vater … hätte mir ja denken können, dass das schiefgeht …«

Mit gesenktem Kopf trat Rosema aus der Wohnungstür, eine Sporttasche über der Schulter. »Wir können fahren.«

* * *

Über Nacht hatten sich die Dinge rasant verändert.

»Engelke Terveer liegt auf der Intensivstation im Kreiskrankenhaus«, berichtete Anja Hinrichs in der Morgenlage. »Eine Frau hat sie auf der A 31 gefunden, hinter dem Emstunnel an der Autobahnauffahrt Jemgum. Dehydriert und körperlich in schlechter Verfassung. Noch nicht vernehmungsfähig. Im Krankenhaus haben sie erst gedacht, sie ist verwirrt und aus einem Pflegeheim ausgerissen. Aber dann hat sich irgendjemand erinnert, dass wir wegen der Vermisstenanzeige gestern dort angerufen hatten.«

Möllenkamp nickte zerstreut. »Wo ist eigentlich Wilfried?«

»Keine Ahnung«, entgegnete Anja Hinrichs unwirsch. »Ja, also Frau Terveer. Die haben im Krankenhaus bemerkt, dass sie Spuren von Fesselung mit Kabelbindern oder sowas an den Händen hat. Das ist ja in Pflegeheimen wohl unüblich…«

Es klopfte an der Tür. Die Beamtin vom Empfang steckte den Kopf herein und teilte ihnen mit, dass Kriminalkommissar Bleeker angerufen habe. Er könne wegen einer dringenden Familienangelegenheit heute nicht an der Morgenlage teilnehmen, werde aber später eintreffen.

Möllenkamp kratzte sich am Kopf. »Familienangelegenheit? Wilfried? Hat der überhaupt Familie?«

»Sag mal, interessiert dich eigentlich, was ich berichte? Sonst gehe ich nämlich einfach an meine Arbeit und spare mir diese Morgenlage«, giftete Anja.

Möllenkamp zwang seine Aufmerksamkeit zu Engelke Terveer zurück. »Könnte es sein, dass sie dement ist?«

»Definitiv nicht. Die Nachbarn, mit denen ich gesprochen habe, sagen, dass sie geistig völlig klar ist, wenn auch etwas exzentrisch.«

»Was soll das denn heißen?«

»Keine Ahnung. Aber wenn wir das mit den Einbruchspuren und den Kabelbindern zusammenbringen, dann liegt eine Entführung doch klar auf der Hand.«

»Hat sie Vermögen?«

»Schlecht geht's ihr wohl nicht.«

»Trotzdem seltsam. Die Kinder haben doch nichts von einer Lösegeldforderung gesagt, oder?«

»Das tun die Angehörigen doch nie. ›Keine Polizei, wenn Sie ihre Mutter lebend wiederhaben wollen‹. Obwohl, wenn ich an die Kinder denke, war denen ihre Mutter doch eher egal.«

»Das kann aber auch eine Finte gewesen sein, um uns da rauszuhalten«, mahnte Möllenkamp.

»Wie auch immer. Wir müssen jedenfalls abwarten, bis

die alte Dame vernehmungsfähig ist. Vorher können wir nur spekulieren. Soll ich die Kinder verständigen?«

Möllenkamp nickte und Anja erhob sich.

In diesem Augenblick öffnete sich die Tür. Johann Abram trat ein.

Anja fing sich als Erste: »Je älter ich werde, umso schneller rennt die Zeit. Ich dachte, wir hätten dich erst vor ein paar Tagen in den Urlaub verabschiedet.« Sie strich sich die blonden Haare nach hinten, wie sie es immer tat, manchmal so oft nacheinander, dass Möllenkamp wie gebannt auf diese Handbewegung starrte und das Denken vergaß. Demonstrativ sah Hinrichs auf den Kalender an der Wand. »Aber es ist ja tatsächlich auch erst eine Woche her. Hattest du solche Sehnsucht nach uns, weil du so schnell zurückgekommen bist?«

Normalerweise hätte Wilfried Bleeker jetzt gesagt, dass man sich nirgendwo so gut erholen könne wie in der Polizeiinspektion Leer und dass er selbst aus diesem Grunde niemals in Urlaub fahre. Irgendetwas in der Art.

Aber Bleeker war ja nicht da. Dafür stand Johann Abram im Besprechungsraum, eine gute Woche früher als erwartet, und er sah nicht aus, wie man sich einen gut erholten Familienvater nach zwei Urlaubswochen unter katalanischer Sonne vorstellte. Er war sichtlich mitgenommen, mit Augenringen, schlecht verheiltem Hautausschlag und ungesunden Rötungen an Nase und Hals.

»Das war ein Urlaub!«, stöhnte er. »Unser 5-Sterne-Campingplatz war das reinste Erziehungslager. Vor 8 Uhr morgens und nach 18 Uhr durftest du den Campingplatz mit dem Auto nicht verlassen, und zwischen 12 und 15 Uhr auch nicht.

Wegen der Ruhezeiten. Sie haben einfach die Schranke nicht aufgemacht. Es gab strenge Regeln, wo Kinder spielen durften. Das war fast nirgends. Wenn sich ein Kind dem Pool mit einem Wasserball in der Hand nur näherte, gab es sofort einen Rüffel von einem der fünf Bademeister. Aber abends ab neun, da war Halligalli am Pool bis tief in die Nacht. Gegen die Mücken haben sie alle paar Tage etwas auf dem Campingplatz versprüht. Angeblich völlig ungefährlich, aber komischerweise haben wir alle einen rätselhaften Hautausschlag bekommen. Beim Baden im Mittelmeer hab ich Wasser ins Ohr bekommen, und weil ich nachts wegen des Lärms Ohrstöpsel drin hatte, kam das Wasser nicht mehr heraus. Ich war also auf einem Ohr taub. Als die ganze Familie dann noch Durchfall bekam, haben wir aufgegeben. Und hier bin ich.«

Beim Wort »Durchfall« war Anja Hinrichs ein wenig von Johann Abram abgerückt und beobachtete ihn nun kritisch von der Seite.

Stephan Möllenkamp erinnerte sich an Urlaube seiner Kindheit. Er und seine Brüder, wie sie auf dem Rücksitz eines R16 um jeden Quadratzentimeter Platz kämpften. Irgendwann hatte seine Mutter die Steppstreifen der Polsterung abgezählt und bunte Fäden dort eingezogen, wo die jeweiligen Reviere endeten. Das Ergebnis war, dass die Geschwister sich jetzt gegenseitig herausforderten, den kleinen Finger langsam über den bunten Faden zu schieben, um damit eine nicht hinzunehmende Grenzverletzung herbeizuführen, die prompt in lautem Gekreisch und gegenseitigen Schuldzuweisungen endete. Wer einmal mit drei Kindern zu einer längeren Autoreise aufgebrochen war, der gab alle

Hoffnung auf Frieden in den Konfliktregionen dieser Welt auf.

Möllenkamp konnte nicht umhin, einen winzigen Anflug von Schadenfreude zu empfinden. Johann Abram, sein perfekter Kollege mit dem perfekten Familienleben, der Mann, der immer Gummistiefel, Asservatentüten und Handschuhe im sauberen Auto hatte, nicht zu vergessen den Regenschirm; derselbe Abram, von dem er sich vor der Denkmalplatzdemo im Stich gelassen gefühlt hatte, weil er unmittelbar vor einer der größten Blamagen der Leeraner Polizei in den Sommerurlaub aufgebrochen war, dieser Abram war vorzeitig als Gescheiterter wiedergekommen und reumütig in den Kreis der Kollegen zurückgekehrt. Möllenkamp gönnte sich diese kleine innere Genugtuung, bevor Reue und echte Wiedersehensfreude wieder die Oberhand gewannen.

»Okay Johann, dann bringen wir dich mal auf den neuesten Stand: Wir wissen immer noch nicht sicher, ob wir einen Mordfall Fokken haben, dafür haben wir aber ziemlich sicher einen Entführungsfall Terveer.«

»Wieso ›ziemlich‹ sicher?«

»Weil das Opfer bisher noch nicht vernehmungsfähig war und darum die Entführung noch nicht bestätigen konnte«, belehrte ihn Anja Hinrichs.

Während sie zusammen Johann Abram das Wesentliche berichteten, ging Möllenkamp auf, wie bizarr der Fall war: Die Entführer hatten der Familie keine Forderungen gestellt, wenn zutraf, was die Kinder aussagten. Normalerweise überlebten Opfer ihre Entführung nicht, wenn etwas schiefging. Es war für die Täter einfach zu riskant, sie leben zu lassen.

Manchmal gelang den Opfern, sich selbst zu befreien, aber Engelke Terveer war dem Vernehmen nach in so schlechtem körperlichen Zustand gewesen, dass ihm diese Möglichkeit unwahrscheinlich vorkam.

»Johann, wir fahren heute noch einmal ins Krankenhaus und befragen Frau Terveer.«

»Vergiss es«, sagte Anja. »Vor morgen kommt da keiner rein, haben sie zu mir gesagt.«

»Mist, da kommen wir dann nicht weiter. Anja, konzentrier dich bitte auf das familiäre Umfeld von Frau Terveer. Vielleicht geht es ja gar nicht um Geld. Durchleuchte die Kinder genau und checke, ob sie Alibis haben.«

Anja nickte und Möllenkamp freute sich schon über ihre konstruktive Haltung, als sie mit unschuldigem Augenaufschlag fragte, ob er eigentlich in der Sache Hinterkötter schon erfolgreich gewesen sei.

›Du Aas‹, schoss es ihm durch den Kopf. Johann Abrams fragender Gesichtsausdruck machte ihm klar, dass er etwas zu erklären hatte. Und so fing er an, seinem Kollegen die peinlichste Polizeiaktion der Nachkriegszeit zu schildern, die er in ihrer ganzen Tragweite nur unter Aufbietung seiner gesamten Überzeugungskraft vor der Öffentlichkeit hatte verschleiern können. Immerhin trug Möllenkamps Leid dazu bei, Abrams Laune erheblich zu verbessern. Und weil er gerade dabei war, berichtete er auch noch von dem verunglückten Kindergeburtstag in Vellage und dem überforderten Bäcker mit dem leeren Container in Stapelmoor.

Weil ihm der Vorname des armen Bäckers nicht einfiel, trat Möllenkamp zur Metaplanwand und linste dahinter.

»Was machst du da?«, fragte Johann Abram erstaunt. »Versteckst du etwas hinter der Tafel?«

»Wie man's nimmt«, seufzte Möllenkamp und drehte die Tafel um. »Ich habe irgendwie versucht, mir einen Reim auf das Ganze zu machen, obwohl es vermutlich überhaupt kein ›Ganzes‹ gibt. Es ist nur so merkwürdig, dass dieser Bäcker mit dem Nervenzusammenbruch ein Freund des Fahrlehrers Horst Rosema ist. Horst Rosema war aber auch ein Freund von Fokko Fokken. Und das finde ich ein bisschen sehr zufällig.«

»Wieso Zufall? Könnte es nicht sein, dass Steinfelder die Nerven verloren hat, weil er auf seine Weise um Fokko Fokken trauert?«

»Hmm, ich weiß nicht.«

»Und warum fragen wir ihn nicht einfach?«

»Na, er ist ja noch in der psychiatrischen Klinik, und die Ärzte haben uns nicht zu ihm gelassen. Eigentlich sollte Wilfried sich um ihn kümmern, aber der ist ja noch nicht da. Wir warten mal ab, ob er was herausgefunden hat.«

Möllenkamp war aufgestanden und wollte die Metaplanwand schon wieder umdrehen, aber Abram hob die Hand. »Warte mal: Was macht denn unser Landrat auf dieser Tafel? Hatte der auch einen Nervenzusammenbruch?«

»Der hat jeden Tag dreimal einen Nervenzusammenbruch, kommt dafür aber nicht in die Klinik, sondern gilt als besonders durchsetzungsstark.«

»Okay, jetzt mal Scherz beiseite…«

»Ich weiß nicht … Eigentlich ist es Quatsch. Es ist aber auch schon wieder so ein blöder Zufall, dass Enno Saathoff offenbar ausgerechnet bei Horst Rosema Unterricht nimmt.

Ich hab die beiden letzte Woche in einer aufgeregten Auseinandersetzung auf dem Parkplatz beim Multi Süd beobachtet. Wilfried wusste auch zu berichten, dass Saathoff sich von Rosema auf die MPU vorbereiten lässt.«

Abram runzelte die Stirn. »Warum geht unser Landrat ausgerechnet zu einer Fahrschule, die pleite ist und jeden Tag dichtmachen könnte? Wenn er mitten in der Vorbereitung auf die MPU die Fahrschule wechseln muss, bringt ihm das doch gar nichts.«

»Es sei denn, er ist mit Rosema verwandt oder verschwägert, oder Rosema weiß etwas über ihn, wovon Saathoff nicht will, dass es andere wissen. Oder er verspricht sich irgendeinen finanziellen Vorteil davon, dass es Rosema wirtschaftlich schlecht geht. Oder, oder, oder … Lass gut sein, Johann. Hab ich dir eigentlich schon gesagt, wie froh ich bin, dass du wieder da bist?«

* * *

Im Eiscafé Venezia war wie üblich Betrieb. Eis ging immer, egal wie das Wetter draußen war. Friederike hatte es dringend gemacht, und weil Gertrud sowieso nichts zu schreiben hatte, war ihr die Abwechslung willkommen gewesen. So saß sie vor ihrem Kaffee, beobachtete, wie Friederike vor ihr einen monströsen Erdbeerbecher vernichtete, und staunte, dass aus diesem gemeinsamen Eisessen tatsächlich eine Geschichte herausgekommen war.

Sie kannte Friederike schon seit Jahren. Mit ihrer Mutter Ulrike war sie in die Schule gegangen. Während Ulrikes Scheidung war sie für das Mädchen eine Art Kummerkastentante geworden, ein stabiler Bezugspunkt in einem durch Pubertät und Elternstreit zerrütteten Dasein.

Dann hatte Friederike im letzten Jahr den Bruder des ermordeten Tadeus de Vries in einem unbewohnten Bruchhaus gefunden. Der verzweifelte alte Mann hatte sich erhängt. Dieser Fund hatte sie in ihrer Schule kurzzeitig zum Star gemacht, sogar ihr heimlicher Schwarm Marcel aus der Parallelklasse hatte sich für sie interessiert. Es hatte nicht lange gedauert, bis ihr klargeworden war, dass Marcel ein Idiot war. Der Ruhm war schnell verblasst, Pubertät und nächtliche Albträume waren geblieben.

Gertrud hatte erst eine PR-Ente vermutet, als Friederike angerufen hatte, um ihr von den nächtlichen Ereignissen auf der Rückfahrt aus Leer zu erzählen.

»Und du bist sicher, dass es kein Reh war?«

»Glaubst du, wir hätten ein Reh ins Borro gebracht? Das war eine alte Frau. Halbtot. Wenn ich nicht geschrien hätte, wäre Mama dran vorbeigerauscht.«

Friederike wusste nicht, wer die alte Dame war, aber Gertrud würde über ihre Quellen schnell herausfinden, wer da auf der Intensivstation im Kreiskrankenhaus lag. Für einen Zweispalter würde es reichen, Foto vom Fundort inklusive. Vielleicht sollte sie mal Stephan anrufen, ob die Polizei was wusste.

* * *

»Woher hast du denn das nun schon wieder?«

Möllenkamp hörte sich überrascht an, bestätigte aber, was ihr Friederike gesagt hatte.

»Geht noch eine Meldung raus?«

»Heute sicher nicht mehr. Wir müssen da noch ein paar Dinge klären.«

»Wisst ihr, wer es ist?«

Schweigen, dann: »Ja, aber ich kann es dir nicht sagen.«

Okay, das machte nichts. Wenn die Identität geklärt war, würde sie es aus dem Krankenhaus erfahren.

»Sollen wir die Leser um Mithilfe bitten?«

»Nein, auf keinen Fall, solange wir nicht wissen, ob …«

»Ob was?«

»Ach, nimm es einfach mal so hin.«

Komische Ansage, da steckte doch mehr dahinter. Andererseits hatte er ihr nicht verboten, über die Sache zu berichten. Gertrud grinste breit, faltete die Hände und streckte sie weit über ihren Kopf hinaus, bis es knackte. Sie sah auf die Uhr. Es war jetzt kurz vor Mittag. Genug Zeit für ihre Geschichte.

Sie warf noch kurz einen Blick in die Seitenplanung für den nächsten Tag. Kollege Wessels hatte auf der ersten Seite bereits eine Geschichte über die Auswirkungen des schlechten Wetters auf die Ernteaussichten der Rheiderländer Bauern ausgebreitet. Na, das war ja ein echter Scoop. Hatten sie das nicht erst vor zwei Wochen im Blatt gehabt?

Mutig reservierte sie bei ihrem stirnrunzelnden Chefredakteur Reiner Buss vier Spalten auf der ersten Seite. Vermutlich hielt er sie jetzt für endgültig durchgeknallt, aber er nickte nur.

* * *

90 Minuten später hatte Gertrud die Fotos vom Fundort am Emstunnel und von Engelke Terveers Haus im Kasten, einige Nachbarn befragt und eine Bekannte im Kreiskrankenhaus angerufen. Sie hatte erfahren, dass die alte Dame leider noch nicht vernehmungsfähig war. Vielleicht morgen. Aber die Geschichte stand. Und es würde ganz sicher eine Fortsetzungsgeschichte werden, das hatte sie im Urin.

Zurück in der Redaktion erwartete sie eine unangenehme Überraschung. Kollege Wessels hatte sich krankgemeldet. Und zwar ohne zuvor den von ihm angemeldeten Beitrag über irgendeinen Klimaschutzplan der Reederei Schipper in Leer geschrieben zu haben.

»Du musst das machen«, knurrte Airbus und drückte ihr eine Pressemitteilung in die Hand.

Gertrud nahm das Blatt, überflog es und zog die Augenbrauen hoch.

* * *

Herta Albrecht bog auf den Parkplatz der Reederei Schipper ein. Sie kam von einer Besprechung mit Orgabit über die Unterstützung der Jubiläumsfeier. Schon von Weitem sah sie den grünen Jaguar des Seniorchefs auf dem für ihn reservierten Parkplatz stehen. Das kam selten vor, denn Karl-Heinz Schipper hatte sich aus dem Geschäft ganz und gar zurückgezogen und ließ sich nur noch selten in der Firma blicken. Daneben stand der schwarze Porsche von Peter Steppan. Ob der Geschäftsführer eine Verabredung mit seinem Schwiegervater hatte? Vielleicht fragte der ihn ja, was es um alles in der Welt mit dem Klimaschutzplan auf sich hatte? Immerhin hatte die Neuigkeit es nicht nur in den *Ostfriesland Kurier* geschafft, sondern auch ins *Handelsblatt* und in andere Wirtschaftszeitungen. Ganz klar, das Sommerloch schlug auch auf die Medien durch. Steppan hatte offenbar den richtigen Riecher für gute PR.

Als Herta die Eingangshalle betrat, fand sie Theo Weelborg in einer merkwürdigen Stimmung vor. Er tigerte hinter seinem Empfangstresen hin und her, nahm ab und an ein Papier, legte es wieder ab und murmelte etwas vor sich hin. Dann wieder blieb er stehen und starrte durch die Glasscheiben nach draußen. Herta bemerkte Schweißtröpfchen auf seiner Stirn, als sie auf ihn zutrat. »Herr Weelborg, ist alles in Ordnung?«

Erst jetzt schien er sie zu bemerken. »Ja, ja«, kam es hastig. »Mir geht's gut. Und bei Ihnen? Macht die Festschrift Fortschritte?« Er versuchte ein Lachen, das hohl klang.

»Oh ja, Ihre Aufzeichnungen sind mir eine große Hilfe. Leider kommt mir immer so viel dazwischen, sonst wäre ich schon durch. Bestimmt werde ich aber noch einmal kommen und Sie mit Fragen löchern.«

»Tun Sie das, tun Sie das«, sagte Weelborg, doch er sah nicht so aus, als ob er es so meinte.

Herta Albrecht nahm den Aufzug nach oben. Die Büros der Presseabteilung befanden sich auf der Chefetage, was ein ausdrücklicher Wunsch von Peter Steppan gewesen war. Auf dem Weg zu ihrem Büro kam sie an der Tür des Geschäftsführers vorbei. Ihre Neugier trieb sie auf Steppans Büro zu. Sie hörte Stimmen hinter der Tür und blieb stehen.

»Ich hab dir gesagt, auf Dauer holen einen diese Dinge ein«, hörte sie eine Stimme sagen.

»Was redest du da. Und woher hast du das überhaupt?«

»Ich habe einen Anruf gekriegt. Die Sache hat mit Sicherheit uns gegolten.«

»Du siehst ja Gespenster! Das hat doch nichts mit uns zu tun.« Das war eindeutig Steppans Stimme.

»Ich sage dir, es wird nicht lange dauern und sie drehen hier jeden Stein um, und dann werden sie was finden.«

»Was für ein Unsinn. Warum sollte irgendjemand uns aufs Korn nehmen? Halt du dich da lieber raus. Das ist nicht mehr dein Geschäft. Du bist zu alt dafür.«

Steppans Stimme, sonst fast immer schmeichelnd, war schneidend.

»Ich wusste gleich, dass du die Reederei in den Untergang treiben würdest. Schon als meine Tochter dich das erste Mal mitgebracht hat. Ich hätte dich aus dem Haus jagen sollen.«

»Dazu ist es jetzt zu spät. Zum Glück! Die Reederei Schipper steht besser da als je zuvor. Du solltest mir dafür dankbar sein. Geh nach Hause, alter Mann.«

Herta schnappte nach Luft. So redete ihr Geschäftsführer mit seinem Schwiegervater?

Sie hörte Schritte und beeilte sich wegzukommen. Als sie ihre Tür öffnete, sah sie aus dem Augenwinkel, wie Karl-Heinz Schipper Steppans Büro verließ. Sein Gesicht war weiß und er hatte die Lippen zusammengekniffen. Ohne sich weiter umzusehen, strebte er dem Aufzug zu.

Herta setzte sich an ihren Schreibtisch und versuchte sich zu sammeln. Was ging hier vor? Hatte es etwas mit der Pressemitteilung zu tun? Wohl kaum. Selbst ein nicht existenter Klimaschutzplan würde kaum solche Auseinandersetzungen zwischen dem alten Schipper und seinem Nachfolger auslösen.

Dass das Verhältnis der beiden nicht das allerbeste war, wusste sie von der Buchhaltung. Nach und nach setzte sie sich nun aus ihren eigenen Beobachtungen ein Gesamtbild zusammen. Und in diesem Bild wandelte sich vor allem die zentrale Figur: Anfangs hatte sie Peter Steppan für einen jungenhaften Charmeur gehalten – ehrgeizig: ja, gerissen: sicherlich, aber eben doch ein Manager mit besten Absichten, der ein traditionsreiches, etwas verstaubtes Unternehmen mit einem modernen, vertriebsorientierten Ansatz in die Zukunft führen wollte.

Es war weniger Peter Steppan selbst, der dieses Bild veränderte. Vielmehr waren es die Reaktionen seines Umfelds auf ihn: Da war ein Schwiegervater, der ihn zur Hölle wünschte und den Untergang der Reederei prophezeite. Da war ein Empfangschef, der sich bei Begegnung mit Steppan in ein verstörtes Tier verwandelte. Und nicht zuletzt war da die Ehefrau, die ihn offensichtlich hasste, aber nicht – oder nicht mehr – in der Lage war, ein unabhängiges Leben ohne ihren Mann zu führen.

Herta dachte an die Reaktionen ihrer Kollegen, wenn Peter Steppan den Raum betrat. Er war ein Mann, der überwältigte, statt zu überzeugen, dessen Ideen bestechend waren, wenn er sie vortrug, und die fragwürdig wurden, wenn er den Raum verließ. Sie wunderte sich über sich selbst. Noch nie hatte sie sich so viele Gedanken über einen Vorgesetzten gemacht.

Schließlich gab sie es auf. Not my business, wie Steppan es vermutlich formulieren würde.

Auf ihrem Schreibtisch lag ein Pressespiegel. Diverse einschlägige Fachblätter wie das *Deutsche Verkehrsjournal, Der Leichtmatrose* oder *Zwischen Reling und Nischenpoller* hatten ihren Fünf-Punkte-Plan gebracht. Sogar in der überregionalen Presse war das Thema aufgegriffen worden. Herta schüttelte den Kopf. Neben dem Pressespiegel klebte ein Post-it mit der Notiz, sie möge eine Journalistin vom *Rheiderländer Tagblatt* anrufen, die noch Fragen zum Fünf-Punkte-Plan hatte. Herta überlegte einen Moment, ob sie diesen Anruf auf ihre Referentin Inga abwälzen sollte, entschied sich aber dagegen. Sie war kein Feigling und würde das selbst erledigen.

* * *

»*Rheiderländer Tagblatt*, Boekhoff am Apparat«, kam es aus dem Hörer.

»Moin. Hier spricht Herta Albrecht von der Reederei Schipper.«

»Ah, Frau Albrecht, schön dass Sie zurückrufen. Ich habe hier eine Pressemitteilung Ihrer Reederei vorliegen, die wirklich interessant ist. Klimaschutz ist ja ein hochaktuelles Thema, das unsere Leser gerade in einem Sommer wie diesem interessiert, wo es scheint, dass der Golfstrom zum Erliegen kommt.«

Herta überhörte die Ironie und kicherte pflichtschuldig. Sie war nervös.

»Wir würden das Thema gerne größer aufziehen. Ein

paar Fragen habe ich da aber noch: Sie schreiben, Ihre Flotte soll in den nächsten zehn Jahren 50 Prozent weniger CO_2 und anderen Dreck ausstoßen. Wenn ich richtig informiert bin, fahren Frachtschiffe ein paar Jahrzehnte, bevor sie außer Dienst gestellt werden. Wie sollen denn die Emissionen der Bestandsflotte reduziert werden, wenn Sie nicht alle Schiffe sofort ersetzen können?«

»Oh, äh, ja, danke für die gute Frage. Sehen Sie, bei Feinstaub kann man mit bestimmten Filtern arbeiten, die eine sehr gute Emissionssenkung erreichen. Wir rüsten alle Schiffe nach, die diese Filter nicht schon haben.«

»Aha.« Die Stimme am anderen Ende der Leitung klang ziemlich unbeeindruckt. »Und was ist mit den klimaschädlichen Emissionen wie CO_2? Die kriegen Sie mit einem Filter nicht weg.«

»Ja, richtig. Das wird etwas länger dauern. Aber hier gibt es vielversprechende Versuche mit Flüssiggas, das viel sauberer ist.«

»Ist das marktreif?«

»Noch nicht ganz. Daran wollen wir ja forschen.«

»Und Sie glauben, das kriegen Sie in zehn Jahren hin?« Herta konnte die hochgezogenen Augenbrauen förmlich hören. »Wie sehen Ihre fünf Punkte denn eigentlich genau aus? Und warum haben Sie ein so ambitioniertes Innovationsprogramm nicht im Rahmen einer Pressekonferenz präsentiert?«

»Wir wollten die Öffentlichkeit schon einmal informieren, auch um andere Unternehmen anzuspornen, etwas zu tun. Aber wir wissen natürlich, dass das Programm noch weiter ausgearbeitet werden muss, bis man es auf einer Pressekonferenz präsentieren kann.« Herta schwieg und kaute auf den Fingernägeln.

»So, jetzt reden wir mal Tacheles, Frau Albrecht«, tönte es aus dem Hörer. »Mich überzeugt Ihr Klimaschutzplan noch nicht. Es würde mich nicht wundern, wenn er Ihrem Geschäftsführer beim morgendlichen Toilettengang eingefallen wäre.«

Herta antwortete spitz: »Sie müssen es ja nicht bringen, wenn es nicht in die Policy Ihrer Zeitung passt.«

»Quatsch, mit Policy hat das nichts zu tun. Unsere Policy ist, dass wir berichten, wann immer es eine Nachricht gibt. Hier sehe ich noch keine Nachricht. Hören Sie, ich mache Ihnen einen Vorschlag: Schipper hat doch im nächsten Jahr sein 150-jähriges Jubiläum, das Sie vorbereiten sollen. Nun, Sie erzählen mir beim Kaffee ein bisschen darüber, was Sie vorhaben, um die Sache stilvoll zu feiern, und ich erwähne im Gegenzug in meinem Artikel auch ihren Klimaschutzplan. Was sagen Sie dazu? Um drei im *Hafenblick*?«

* * *

Die dunkelhaarige Frau stand an der Tür und sah sich suchend um. Gertrud hob den Arm.

»Schön, dass wir uns mal treffen. Sie sind noch nicht so lange beim *Rheiderländer Tagblatt*, oder?«, sagte Herta Albrecht, als sie sich setzte.

»Zwanzig Jahre. Normalerweise bin ich für Lokales zuständig. Ich vertrete jetzt nur meinen Kollegen Wessels.«

»Ah, den kenn ich schon…«

»Aber Sie sind neu bei Schipper.«

»Na ja, ein knappes halbes Jahr.«

Gertrud musterte ihr Gegenüber unverhohlen. Herta Albrecht war attraktiv und hatte kluge Augen. Sie trug die typische Pressesprecherinnen-Uniform aus blauer Hemdbluse, schwarzem Blazer und Markenjeans. Wahrscheinlich hatte der Schipper-Geschäftsführer, dem ein gewisser Ruf vorauseilte, sie nicht nur wegen ihrer fachlichen Qualitäten eingestellt.

Die junge Frau fühlte sich sichtlich unwohl in ihrer Haut. Bestimmt fürchtete sie weitere investigative Fragen über das Klimaschutzprogramm. Aber das hatte Gertrud schon längst abgehakt.

»Was haben Sie gemacht, bevor Sie zu Schipper kamen?«

»Ich war Pressesprecherin des AKW Lingen.«

Gertrud lachte auf. »Sicher auch kein leichter Job, was?«

»Nein, aber in mancher Hinsicht doch …«

Die junge Frau brach ab und biss sich auf die Lippen. Sie starrte angestrengt durch die großen Fenster nach draußen, wo im Leeraner Hafenbecken einige Ruderboote vorüberglitten.

»Lassen Sie mich raten: In Lingen wussten Sie, wo der Feind stand und waren froh, wenn Sie nicht in der Zeitung standen.«

»Richtig. Hier ist die Pressearbeit viel offensiver, daran muss ich mich erst gewöhnen.«

»Nun, Sie haben ja auch einen offensiven Chef.« Mehr sagte Gertrud nicht und auch die junge Kommunikationschefin der Schipper-Werft schwieg. Aber sie lächelte, und langsam begann das Eis zu tauen.

* * *

Wieder zurück in ihrem Büro fühlte sich Herta Albrecht schon bedeutend besser. Diese Redakteurin der winzigen Zeitung aus Weener hatte ihr viel über Leer und seine Geschichte erzählt und außerdem versprochen, in den Archiven der Zeitung nach alten Artikeln und Fotos über Schipper zu stöbern. Das machte das Gefühl, in der Vermarktung des Klimaschutzplans versagt zu haben, beinahe wieder wett.

Von dieser Aussicht beflügelt, griff Herta nach Theo Weelborgs Aufzeichnungen und las die letzten Seiten, die eine einzige Erfolgsgeschichte waren. Ihr fiel auf, dass die erste Hälfte aus vergilbtem Papier bestand, dessen Buchstaben leicht verschwommen waren, fast als wäre das Schriftstück so alt wie die darin erzählte Geschichte. Die zweite Hälfte hingegen war auf weißem Druckerpapier geschrieben, die Schrift gestochen scharf und stammte offenbar von einer moderneren elektrischen Schreibmaschine. Sie blätterte zu dem Punkt, an dem die Veränderung begann. Es waren die 80er-Jahre, die sehr allgemein gehalten waren und sich von der Geschichte der Reederei selbst weitgehend gelöst hatten. Hatte es eine andere Urfassung gegeben? Die 80er-Jahre waren offenkundig schwierig gewesen, aber wie hatte die Reederei Schipper sie überstanden? Steppan musste zu dieser Zeit in das Unternehmen eingetreten sein. Sollte sie ihn fragen, was sich damals zugetragen hatte? Während sie noch überlegte, klopfte es an den Rahmen ihrer offenstehenden Tür.

»Herta, meine Liebe!« Peter Steppan kam mit ausgestreckten Armen auf sie zu. Einen Moment fürchtete sie, er würde sie in die Arme schließen. Stattdessen ließ er sich mit einem breiten Lächeln auf den Stuhl vor ihrem Schreibtisch sinken, schlug die Beine übereinander und sah sich um. »Dein Büro wirkt noch so kahl. Du solltest dich einrichten, ein bisschen Grün, ein paar Fotos. Das würde dem Ganzen eine persönliche Note geben. Es sieht ja aus, als wolltest du gleich weglaufen. Am Ende komme ich noch auf die Idee, die individuellen Arbeitsplätze abzuschaffen und Großraumbüros einzurichten, in denen sich jeder Mitarbeiter morgens seinen Arbeitsplatz sucht. Spart unheimlich viel Geld, die Kollegen kommen morgens früher, um sich die besten Plätze zu sichern. Durch den Wechsel lernt man die anderen viel besser kennen und die Arbeitsproduktivität steigt erheblich. Was meinst du? Ist der neueste Schrei aus Amerika. Jetzt guck doch nicht so entsetzt.«

Er streckte seine Hand aus und tätschelte die ihre.

»Darum bin ich ja gar nicht hier. Mir ist da ein toller Einfall gekommen, den ich gleich mit dir besprechen musste: Was hältst du davon, wenn wir bei unserer Jubiläumsfeier jedes Schiff zeigen, das die Reederei heute hat? Ich meine, wir ziehen die Fotos unserer fantastischen Flotte ganz groß auf Spanplatte und machen Standarten daraus, die von Hostessen getragen werden. Alle blond, wie die friesischen Mädels nun mal aussehen, in hübschen Stretchkleidchen mit dem Logo der Reederei Schipper. Das wäre der Knaller, meinst du nicht?«

Herta versuchte, ihre Mimik im Griff zu behalten, während sie kurz im Kopf überschlug, was das kosten würde. Damit wäre die Zuwendung von Orgabit aufgebraucht. Hatte Steppans Frau so etwas geahnt?

»Ich … ich lasse es mir durch den Kopf gehen«, brachte sie heraus.

»Ja, mach das. Ich glaube, das wird großartig. Übrigens, unser Klimaschutzplan ist eine große Nummer. Damit sind wir überall im Gespräch. Ihr macht das toll.«

»Ich … glaub auch. Wäre allerdings schön, wenn die Sache noch ein bisschen unterfüttert würde. Nur für den Fall, dass jemand genauer nachfragt.«

»Quatsch, das tut keiner. Die Schlagzeile zählt.«

Sein Blick fiel auf das Manuskript vor ihr, und er runzelte die Stirn. »Hast du das von Weelborg?«, fragte er. In seiner Stimme lag Anspannung.

»Ich … ach das, ja. Es hilft mir sehr für die Festschrift.«

Steppan griff danach und blätterte den Text durch. Als er an der Stelle angekommen war, an der das gelbliche Papier von dem weißen abgelöst wurde, fing er an zu lesen. Er blätterte einige Seiten vor, las wieder, blätterte, als suche er etwas, und legte das Skript wieder vor Herta auf den Tisch. »Toller Mann, unser Weelborg. Der hilft dir sicher.«

»Ich würde gerne mehr über die Zeit nach der zweiten Ölkrise wissen, aber die Aufzeichnungen geben nicht viel her. Haben wir da noch andere Quellen«, fragte sie aufs Geratewohl.

»Ach, die 80er-Jahre waren schwierig. Zum Glück sind wir gut durchgekommen. Der alte Schipper war ein kluger Geschäftsmann. Ich habe viel von ihm gelernt.«

Er zögerte einen Moment, als wollte er noch etwas hinzufügen. Aber dann sagte er: »Steck nicht zu viel Zeit hinein. In einer Festschrift zählen die Bilder. Die wollen die Leute sehen. Das soll ja kein historisches Werk werden, nicht wahr?«

Damit stand er auf. »Mach dich mal daran, Fotos von der Flotte zu sammeln. Zur Not müssen unsere Schiffsbesatzungen noch welche machen und die Filme rüberschicken. Damit solltest du jetzt anfangen.«

* * *

Wilfried Bleeker kam nicht allein. Er brachte den Mann mit, den Möllenkamp vom Multi-Parkplatz her kannte. Während Bleeker seinen Verdächtigen im Vernehmungsraum parkte, stand Möllenkamp draußen und sah durch die Scheibe. Die Interaktion der beiden verriet ihm, dass Bleeker frustriert war und Rosema Oberwasser hatte. Woher kamen die beiden jetzt überhaupt?

Möllenkamp deutete auf die Scheibe, als Bleeker den Raum betrat. »Ist das Deine Familienangelegenheit? Warum machst du denn so ein Geheimnis drum, wenn du einen Verdächtigen abholst?« Dann sah er sich seinen Kollegen genauer an. »Aua! Hat er sich der Festnahme widersetzt?«

»Nein, es ist komplizierter«, presste Bleeker zwischen zusammengebissenen Zähnen hervor. »Verflucht nochmal! Ich hab den Kerl aus Gelsenkirchen geholt, da hatte er sich bei seiner Mutter versteckt. Als ich dort aufgetaucht bin, da hatte ich ihn! Ich schwör dir, ich hatte ihn. Aber er sagt nichts. Die ganze Fahrt über haben wir geredet: Ich habe ihm Fragen gestellt und er redet übers Wetter.«

»Wegen was ›hattest du ihn‹? Mord an Fokken?«, fragte Möllenkamp und sah durch das Fenster.

Im Vernehmungsraum machte es sich Horst Rosema derweil gemütlich, legte probeweise die Füße auf den Tisch, wurde vom Beamten neben der Tür belehrt, und entschied sich dafür, ausführlich in der Nase zu bohren.

»Nicht direkt. Ich glaube, er, Steinfelder und Fokken haben zusammen ein Ding gedreht. Mein Verdacht ist, sie haben jemanden erpresst. Nur dass die Sache schiefgegangen ist. Aber er will nichts sagen.«

»Du hast ihn aus Gelsenkirchen geholt, mit nichts weiter als einer vagen Vermutung?«

»Hör mal, der hat seine Fahrschüler vor der Türe stehen lassen und sich einfach verpisst. Ich vermute, dafür hatte er einen guten Grund«, verteidigte sich Bleeker und rieb sich die Schläfen.

»Dann hast Du ihn nach Hause gefahren, und während der Fahrt hat er gemerkt, dass Du überhaupt nichts weißt. Und jetzt ist er bestens gelaunt.«

»So sieht's wohl aus«, gab Bleeker kleinlaut zurück.

Inzwischen stand Rosema vor der Kamera, winkte und formte mit den Lippen etwas, das wie »Geht's jetzt mal weiter?« aussah.

»Na gut, ich weiß zwar nicht, was er jetzt sagen sollte, wenn er schon vorher nicht gesprochen hat. Aber wir können ihn ja erstmal hierbehalten. Du solltest dir aber binnen 24 Stunden etwas einfallen lassen, das den Ermittlungsrichter überzeugt.«

Das schien Bleeker aufzuheitern. »Och, da fällt uns was ein. Smit ist mir noch was schuldig.«

Möllenkamp wollte gar nicht wissen, was es war. »Hast du bei seinem Kumpel Steinfelder schon was erreicht?«

Bleeker schüttelte bedauernd den Kopf. »Noch nicht vernehmungsfähig, sagen die Ärzte. Vielleicht morgen.«

Möllenkamp schöpfte Hoffnung. »Wenn wir ihn morgen gleich kriegen, dann könnten wir sie getrennt voneinander in die Mangel nehmen und gegeneinander ausspielen.«

»Wär'n Plan.«

In seinem Büro fand Möllenkamp einen KT-Bericht auf seinem Schreibtisch vor. Die waren ja mal richtig schnell gewesen. Wie erwartet, gaben Sporttasche und Fußballtrikot von Fokko Fokken nicht viel her, weil die Sporttasche zu viele Spuren enthielt und das von Frau Weelborg gewaschene Trikot zu wenige. Dafür aber gab es einen anderen Befund: Die Trinkflasche, die sich in der Sporttasche befunden hatte, wies Reste eines isotonischen Drinks und winzige Spuren von Rizin auf.

Möllenkamp lehnte sich in seinem Stuhl zurück. Das war noch kein Beweis, aber jetzt wusste er zumindest, wo er weiter suchen musste. Hatte sich Fokko Fokken selbst das Rizin in seine Trinkflasche gefüllt? Er konnte es unmöglich kurz vor dem Spiel, bei dem er gestorben war, zu sich genommen haben. So schnell wirkte das Zeug nicht. Also musste es schon früher da drin gewesen sein, vermutlich beim letzten Training. Die Flasche war vielleicht nur ausgespült, dann neu gefüllt worden.

Hatte er es selbst getan? Würde er, wenn er sich umbringen wollte, ausgerechnet seinen Sportdrink so präparieren? Sicher nicht. Er würde sich zurückziehen, unbeobachtet seinen Giftcocktail zu sich nehmen und dann auf den Tod warten. Nein, Fokko Fokken war ermordet worden. Es blieb die Frage: Wer hatte seinem Isodrink das Rizin beigemischt?

Es war an der Zeit, sich noch einmal mit Sabine Fokken zu unterhalten.

Er informierte Abram und bat ihn, sich zu erkundigen, ob Bernd Steinfelder oder das Entführungsopfer Engelke Terveer inzwischen vernehmungsfähig seien. Dann machte er sich auf den Weg.

* * *

Während Meike den Wagen steuerte, betrachtete er ausgiebig die Landschaft um sich. Die Sonne, die am Nachmittag ihr falsches Spiel mit der Sehnsucht der Menschen nach einem Sommer gespielt hatte, hatte sich inzwischen wieder hinter eine tief hängende Wolkendecke zurückgezogen. Er wurde melancholisch. Der Blick auf diese Wolkendecke hatte sich förmlich in sein Unterbewusstsein eingebrannt. Wenn er die Augen schloss, dann sah er sie in dem Viereck seines Kinderzimmerfensters in Osnabrück. In seiner Jugend, als er noch so viel Zeit gehabt hatte, hatte er sie stundenlang betrachtet. Zumindest so lange, bis er sich beeilen musste, auf die Stopptaste seines Kassettenrekorders zu drücken, um das Gequatsche der Radiomoderatoren nicht mit aufzunehmen, wenn er versuchte, eine möglichst vollständige Version von *The Passenger* zu bekommen. Wenn es regnete, beobachtete er, wie sich die Holzverkleidung um sein Dachfenster ein wenig dunkler färbte. Wenn es noch mehr regnete, dann holte er den Eimer und hörte dem Tropfen zu. Seinem Vater sagte er nichts. Der werkelte ständig an den Schwachstellen des undichten Garagen-Flachdachs oder den lecken Kellerlichtschachten herum. Immer mit einer Kippe im Mund und immer mit schlechter Laune, weil die Dinge nicht so wollten wie er.

Als Möllenkamp seine erste Mietwohnung bezogen hatte, war es ihm ein Vergnügen gewesen, bei Schimmel im Bad den Vermieter anzurufen und darauf zu warten, dass die Handwerker kamen. Welch ein Luxus! Warum sich die Tortur eines Eigenheims antun? Es war ihm schleierhaft geblieben. Bis Meike kam.

Er beobachtete sie verstohlen von der Seite. Sie saß konzentriert am Steuer. Auf ihrer Oberlippe sah er einen ganz kleinen hellen Flaum, und ihr Hinterkopf strahlte etwas ungemein Energisches aus. Unter dem Kinn hatte sie eine winzige weiche Hautfalte, die ihrem Gesicht etwas sehr Jugendliches, fast noch Kindliches gab.

»Guck nur ruhig genau hin. Wenn du wissen willst, zu was sich dieses Kinn auswachsen kann, dann zeige ich dir gerne ein paar Fotos von meinem Vater.«

Meike merkte wirklich alles.

»Wird der Rest dann auch so wie auf den Fotos?« Er dachte an 130 Kilo Lebendgewicht, in eine blaue Latzhose und durchgeknöpfte graue Jacke gekleidet, und immer eine Baskenmütze auf dem Kopf. Er hatte Meikes Vater nicht mehr kennengelernt, aber auf den Fotos aus den letzten Lebensjahren trug er ständig diese Kluft, sofern es sich nicht um Bilder von Familienfeiern handelte.

»Genauso!«

»Ich glaube, am meisten werde ich deine Haare vermissen.«

Trotz dieses leichten Geplänkels war ihm unwohl. Mit jedem Meter, den sie sich Esklum näherten, stieg seine Nervosität. Er fragte sich, ob dieses Gefühl sich jemals legen würde und ob es nur mit dem Hausbau zu tun hatte. Oder war es der tiefhängende Himmel, der ihn fortan für den Rest seines Lebens begleiten würde? War es vielleicht der Gedanke an diesen »Rest seines Lebens«?

Er hatte sich immer eingebildet, jederzeit neu anfangen zu können. Nicht, dass er das wirklich vorgehabt hätte – er war sehr zufrieden mit seiner Frau und seiner Arbeit –, aber es war ja auch nur die Möglichkeit, dass er es eben könnte, wenn er wollte … Mit jeder Entscheidung, die man traf, öffnete man eine Tür, dafür blieben aber andere Türen verschlossen. Man entschied sich an einer Weggabelung für einen Weg, und schon fielen die Schranken und versperrten die anderen Wege, und man wusste, dass man diese nun nicht mehr betreten würde. Genau so ging es ihm eben mit dem Haus.

Möllenkamp erkannte, dass er das Haus nur gemeinsam mit Meike wieder loswerden konnte – eine Vorstellung, die er gar nicht erst zulassen wollte. Es war zum Verzweifeln. Er schüttelte den Kopf und vergrub das Gesicht in den Händen.

»Nun mach dir mal nicht ins Hemd. So schlimm wird es schon nicht sein.«

Sie bogen auf die von Kastanien gesäumte Auffahrt. Vor dem ehemaligen Scheunentor stand der große Container, der den Schutt der Abrissarbeiten aufnehmen sollte.

Sollte. Tatsächlich aber war der Container nur zu etwa einem Drittel gefüllt. Der Rest an Balken, Steinen, Spanplatten, Kunststofffenstern und alten Fliesen lag verstreut um den Container herum.

Stephan und Meike Möllenkamp stiegen aus ihrem alten Escort und umrundeten das Durcheinander. »Gibt es irgendwo einen schrecklichen Containerverbrecher, der die Menschen in den Wahnsinn zu treiben versucht, indem er ihr Tagewerk wieder zunichtemacht?«, fragte Meike stirnrunzelnd.

»Ja, den gibt es. Er heißt Werner Groll und ist unser Bauleiter. Ich wusste nur nicht, dass er auch in Stapelmoor sein Unwesen treibt. Aber das würde manches erklären.«

»Ach komm, jetzt hör doch auf. Und red nicht so laut. Womöglich hört er uns.«

»Kann nicht sein, denn sein Auto steht nicht hier. Wahrscheinlich kommt er gar nicht, weil etwas passiert ist, womit er uns nicht unter die Augen treten will.«

Möllenkamp trat näher an den Container heran. »Und ich weiß auch schon, was es ist«, sagte er und hob die Reste einer Steinfliese triumphierend in die Höhe.

Meike trat näher. »Was ist das?«

»Das, meine liebe Frau, sind die Reste des Fliesenbodens in der Küche, den wir retten wollten, um damit den Schwedenofen zu umfassen.« Er konnte einen triumphierenden Unterton in seiner Stimme nicht vermeiden.

Meike schwieg, während Stephan Möllenkamp grimmig in den Schutthaufen wühlte und weitere Reste zerbrochener Fliesen zutage förderte. »Da sind sie, deine schönen Fliesen.« In einem Ausbruch von Wut und Schadenfreude zugleich, warf er ihr die Scherben vor die Füße. Endlich konnte sie sehen, was ihr Freund der Bauleiter wirklich taugte.

»Aua! Spinnst du? Drehst du jetzt völlig durch?«

»Ich hab dir doch gesagt, dass er ein Ignorant ist. Wahrscheinlich hat er uns drinnen schon einen schönen PVC-Boden verlegt, weil der ja so pflegeleicht ist.«

»Hör jetzt sofort damit auf. Vielleicht ließen sich die Fliesen nicht retten, weil sie zu fest einzementiert waren.«

»Klar! Bestimmt haben Groll und sein Dreamteam verzweifelt versucht, das Haus denkmalgerecht zu sanieren und mit Pinsel und Nagelfeile gearbeitet. Aber das Material war einfach zu widerspenstig.«

Meike trat dicht an ihn heran und blickte ihm ernst ins Gesicht. »Es geht doch nicht nur um Groll, oder? Was für ein Problem hast du eigentlich wirklich mit diesem Haus?«

Möllenkamp holte tief Luft, doch er kam um die Antwort herum, weil plötzlich wie aus dem Nichts Werner Groll neben ihnen stand. Er sah ein bisschen geknickt aus.

»Moin zusammen. Ich sehe, ihr habt es schon bemerkt.«

»Ja, da habt ihr wohl nicht aufgepasst«, sagte Stephan bemüht neutral.

»Ja, der Wolfgang, der hat nicht aufgepasst und schon war's passiert.«

»Und welche Lösung habt ihr euch überlegt«, fragte Möllenkamp mit lauernder Stimme.

Werner Groll guckte verwirrt. »Wieso Lösung? Dem Wolfgang ist sein Handy in den Container gefallen, dann hat er's gesucht und dabei alles rausgeschmissen, und als er es schließlich gefunden hatte, hat seine Ische ihn angerufen und er musste schnell weg. Keine Zeit mehr, um alles wieder einzuräumen, aber morgen kommt das Gerümpel wieder in den Container. Macht euch keine Sorgen.«

»Lieber Werner, um den Container machen wir uns keine Sorgen. Eher schon um das, was wir im Haus vorfinden werden.«

Werners Verwirrung nahm zu. »Im Haus? Wieso?«

Möllenkamp hätte heulen können. Damit er das nicht tat, verwandelte er seine Hilflosigkeit in Wut. »Nun tu doch nicht so unschuldig! Ich seh doch, dass ihr die alten Fliesen zerstört habt. Ich hatte euch gebeten, sie vorsichtig herauszuklopfen, damit wir sie als Umrandung für den Schwedenofen wiederverwenden können. Aber ihr seid wahrscheinlich mit dem Bohrhammer rangegangen. Jetzt wirst du mir bestimmt gleich sagen, dass ein elektrischer Kamin viel weniger Dreck macht als ein Schwedenofen und darum auch keine Umrandung braucht, und dass die glasierten Ziegel, die du mir fürs Dach vorschlägst, auch weniger Moos ansetzen, und wie schön Halogenleuchten in der Decke strahlen, wenn man die Decke nur ein wenig abhängt. Oder? Was? Na, dann komm doch gleich mit, damit ich mir nicht hier draußen ausmalen muss, welche Verwüstungen deine Kettensägenmörder angerichtet haben! Los, gehen wir!«

Mit diesen Worten packte er Werner Groll am Arm, um ihn mit sich zu ziehen.

»Werner«, hörte er da auf einmal Meikes feste Stimme, »geh schon mal vor ins Haus. Wir kommen gleich nach. Ich glaube, wir müssen hier mal eben was klären.«

Groll drehte sich wortlos um und verschwand, während sich Meike zu Stephan umdrehte. Sie hatte die Lippen so fest aufeinandergepresst, dass man nur noch einen Strich sah, und ihr Gesichtsausdruck verriet nichts Gutes.

»So mein Lieber, jetzt ist aber eine Grenze überschritten. Ich werde nicht zulassen, dass du dieses Projekt mit deiner Hysterie torpedierst. Du hältst dich ab jetzt von der Baustelle fern und lässt mich machen. Sonst geht das hier komplett schief, weil du alle Bauarbeiter gegen dich aufbringst.«

»Aber du hast doch gesehen…«

»Gar nichts habe ich gesehen, wofür es nicht auch eine völlig harmlose Erklärung gäbe.«

Sie sah ihn noch einmal scharf an und er schwieg. Im Treppenhaus stand Groll und kickte mit der Fußspitze imaginäre Steinchen weg. Er sah dem Ehepaar Möllenkamp mit hochgezogenen Augenbrauen entgegen, kam dann aber ganz versöhnlich auf sie zu. »So! Na, geht's wieder? Was ihr durchmacht, ist ganz normal. Bei so einem großen Bauprojekt liegen die Nerven immer irgendwann blank. Es gibt sogar Ehepaare, die sich scheiden lassen, aber davon wollen wir gar nicht anfangen. Jetzt zeige ich euch mal, was meine ›Kettensägenmörder‹ so angerichtet haben.«

Immerhin ist er nicht nachtragend, dachte Möllenkamp, auch wenn ihm andere Eigenschaften an einem Bauleiter wichtiger gewesen wären.

Sie betraten die Wohnküche, an deren Übergang zum Wohnzimmer der Schwedenofen eingebaut werden sollte.

Der Großteil des Raumes war nach wie vor unfertig, aber es waren neue Elektrokabel verlegt worden. Zwei Wände waren fertig verputzt. Der Dielenboden war zur Hälfte geschliffen, und die Arbeiter hatten einige morsche Holzbretter durch neue ersetzt. Und an der Stelle, wo der Schwedenofen stehen sollte, lagen doch tatsächlich einige der alten

Fliesen aus dem Küchenbereich herum: genug, um damit eine schöne Umrandung zu bilden.

Möllenkamp räusperte sich. Hinter ihm trat Meike heran. »Das sieht ja schon toll aus. Kriegt ihr die Fliesen denn auch glatt da rein, so krumm wie die aussehen?«

Groll warf sich in die Brust und erläuterte, wie man mit so alten Zementfliesen umzugehen habe und was die besonderen Anforderungen in der Verarbeitung und Pflege seien. Möllenkamp hielt sich im Hintergrund. Er fühlte sich immer noch extrem unbehaglich. Während Meike sich mit Groll unterhielt, durchstreifte er das Haus, insgeheim auf der Suche nach irgendwelchen Verbrechen, die ihn im Nachhinein doch ins Recht setzen würden. Aber er fand nichts. Nur der halb leere Container vor dem Haus war irgendwie verdächtig und erinnerte ihn an den Verrückten aus Stapelmoor.

Im Juni 2000, Weenermoor

Er hockt auf dem Schlafsack und reibt sich die Augen. Dann steht er auf, langsam, streckt sich. Seine Glieder schmerzen, er fühlt sich so müde. Jeden Abend muss er sich mehr überwinden, um überhaupt aufzustehen.

Seit Wochen schon hält er sich hier versteckt. Noch an dem Tag, als er Fokko vor dessen Haus angesprochen hat, hat der ihn hierhergebracht.

»You stay here, you understand? Zeig dich niemandem! Don't let anybody see you. Niemand darf wissen, dass du hier bist. Ich regle das. I'll fix it.«

Er streckt die Arme seitlich aus und lässt den Kopf kreisen. Es kommt ihm fast vor, als sei er wieder auf dem Schiff. Nur dass er hier regelmäßig zu Essen und zu Trinken bekommt. Der Mann hat gesagt, er wird Geld haben, viel Geld, und dass er, Mariano, daran seinen Anteil bekommen soll. Einen gerechten Anteil, wenn der Mann zahlt, der schuld ist an dem Unglück, das ihm und den anderen auf der Anne Kuhlmann *zugestoßen ist. Er hat ihm alles genau erklärt, und weil er so offen und ehrlich ist, hat er ihm geglaubt. Was bleibt ihm auch anderes übrig, als ihm zu glauben? Ohne Geld wird er nicht nach Leyte zurückkehren. Eine Fahrt, wie sie hinter ihm liegt, wird er nicht noch einmal machen.*

Er hat alles auf eine Karte gesetzt. Wenn Fokko nicht Wort hält, dann ist seine Reise hier zu Ende. Dann wird er sich in den Schlafsack legen, und es wird einfach aufhören. Er schaut durch das Fenster in den Nachthimmel, sieht in die Sterne. Sie sind ihm fremd, die Sterne des Nordens.

Er steigt die knarrende Treppe hinunter bis in den Keller, klettert aus dem offenen Fenster und steht im Garten. Dort schaut er auf den halben Mond, der die Wiesen in ein weißes Licht taucht, und hört auf das ferne Rauschen der Autobahn.

Die Luft ist hier ganz anders feucht als in Leyte. Diese deutsche Feuchtigkeit bleibt draußen, sie umgibt dich, aber sie dringt nicht in dich ein. Der Monsun daheim geht tiefer, du saugst ihn ein, er durchdringt dich bis in die letzte Lungenfiber, wird Teil von dir. Die Menschen hier sind auch so, denkt er, sie umgeben einander, aber sie dringen nicht ineinander ein. Heimweh zerreißt ihm die Brust.

Er setzt einen Schritt vor den anderen, geht wie im Traum über die weißen, feuchten Wiesen. Jede Nacht, wie schon in den Wochen zuvor, geht er spazieren, läuft und läuft, begleitet von den roten, blinkenden Lichtern der Windräder am schwarzen Nachthimmel, gelangt an die Autobahn, folgt seitlich ihrer Spur über die Wiesen, kommt zum Emstunnel und zur Abfahrt Bingum. Er geht auf dem Seitenstreifen, sieht sich um, ob einer kommt, wendet sich nach links, überquert die Autobahn, biegt wieder links nach Soltborg ein, durchquert Holtgaste, St. Georgiwold, dann geht er nach links in den Middelweg und hält am Aussichtspunkt an. Von dort aus schaut er lange auf das Großsoltborger Sieltief, jede Nacht, und das Wasser im Sieltief steht still und erzählt ihm vom Himmel.

Wenn er genug gestanden und geschaut hat, geht er weiter den Middelweg entlang, der ihn unter der Autobahn hindurchführt, biegt nach rechts in den Vennenweg und dann wieder nach links in die Weenermoorer Straße ein, kommt am Spritzenhaus vorbei, in dem er die erste Nacht verbracht hat, geht durch die menschenleeren Straßen und fragt sich nicht zum ersten Mal, warum er hier ist. Und je öfter er diese nächtliche Runde geht, umso klarer wird ihm, dass er auf der Flucht ist.

Er hat sich eingeredet, diese Reise sei die einzige Lösung, um Amihan zu retten. Aber das ist nicht die Wahrheit. In Wahrheit wollte er weg, weil er es nicht mehr ertragen hat, Amihan sterben zu sehen. Seine Reise ist nicht hoffnungsvoll, dem Leben zugewandt. Sie ist eine panische, überstürzte Flucht vor ihrem Blick, den er nun, da er sich abgewandt hat, wie giftige Pfeile in seinem Rücken spürt.

Er greift mit beiden Händen an seinen Kopf, weil sich darin ein dumpfer Schmerz ausbreitet. Er hat das Heft des Handelns aus der Hand gegeben, als er dachte, es zu ergreifen. Jetzt sitzt er in diesem verlassenen Haus, das er inzwischen wieder erreicht hat, in der Falle. Er kennt niemanden, kann die deutsche Sprache nicht und darf sich nicht zeigen, weil dann Fokkos Plan auffliegen könnte. Sitzt einfach nur da und wartet. Darauf, dass dieser fremde Mann ihm ein paar Brosamen hinwirft. Warum sollte der das tun? Niemand kennt ihn, niemand darf ihn sehen. Wenn Fokko es will, dann wird er kommen, nimmt ihm die restlichen Hefte und Fotos ab und jagt ihn zum Teufel.

Auf einmal packt ihn die Wut. Er schleudert die Dose mit den Heften gegen die Wand, wirft die leeren Bierdosen und Wasserflaschen gleich hinterher, greift den Schlafsack, schmeißt ihn wieder hin, trampelt darauf herum und bricht schluchzend zusammen.

Nach einer halben Ewigkeit tastet seine Hand nach dem Seesack, kriegt ihn zu fassen, greift hinein, wühlt darin herum, reißt das blutige Hemd und andere Wäsche heraus, findet endlich, was sie sucht, und zieht ein kleines Fläschchen hervor, das ihm Jomel gegeben hat.

Er öffnet es, riecht daran, rümpft die Nase.

Dann dreht er es wieder zu.

Noch ist er nicht so weit.

Freitag, 21. Juli 2000

Er hatte sich tatsächlich zu einer kleinen Runde Lauftraining aufgerafft. Eine frische, aber nicht mehr so kalte Brise strich um seine nackten Beine. Mit etwas Fantasie lag ein Hauch von Sommer über der Ems. Am Abend zuvor hatte er mit Meike lange gesprochen. Sie hatten eine Flasche Rotwein entkorkt und sich den Schwedenofen im Katalog ausgesucht. Meike hatte seine Ängste messerscharf analysiert und ihn schließlich in den Arm genommen. Und heute war die Welt eine hellere.

Dass Abram wieder da war, machte ihn zuversichtlich, auch in Unterzahl das Spiel gegen die überraschend zahlreichen Verbrecher gewinnen zu können. Er ging durch, was er und sein Team bereits herausgefunden hatten. Inzwischen war er sicher, dass Fokko Fokken ermordet worden war. Zwar hatte er noch keinerlei konkrete Anhaltspunkte für Täter oder Motiv, auch hatte die Rekonstruktion von Fokkens letzten Lebenstagen keine Auffälligkeiten ergeben. Dafür hatte er eine Hausdurchsuchung bei Sabine Fokken beantragt, und die musste einfach irgendetwas bringen: entweder den ominösen Brief aus Übersee oder sonst einen Hinweis, zum Beispiel auf das Rizin. Die Witwe ging ihm mit ihrer Heulerei ganz schön auf die Nerven, aber eine Mörderin war sie nicht. Auch die Kinder schieden als Täter aus. Aber jemand hatte ihm definitiv das Rizin in die Trinkflasche getan. Irgendwo mussten sich Reste davon befinden. Und wo sollte er mit der Suche anfangen, wenn nicht bei Fokken zu Hause?

Er hoffte, dass er heute zu Engelke Terveer vorgelassen wurde und dass Bernd Steinfelder endlich vernehmungsfähig war. Bleeker würde er zu Steinfelder schicken. Er wusste nicht, ob der mit seiner Vermutung richtig lag, dass dieses Trio aus Spielhallenkumpels gemeinsam etwas ausgebrütet hatte. Der letzte Mord an Tadeus de Vries hatte ihn allerdings gelehrt, dass es sich lohnte, auf Wilfrieds

Instinkte zu vertrauen. Vielleicht würde er gemeinsam mit Johann Abram Engelke Terveer besuchen.

Er überlegte, ob es klug war, Anja mit Wilfried fahren zu lassen oder ob die beiden sich in die Haare kriegen würden. Doch dann verschob er die Entscheidung und beschloss abzuwarten, wie weit Anja bereits mit ihrer Umfeldanalyse von Engelke Terveer gekommen war. Frisch geduscht und beschwingt betrat er die Polizeiinspektion, wo sein Team schon im Besprechungsraum auf ihn wartete.

* * *

»Und, Wilfried? Ist deinem Fahrlehrer inzwischen irgendetwas Verwertbares eingefallen?«, fragte Anja Hinrichs betont beiläufig und strich sich über die langen blonden Haare.

Wilfried knurrte wütend.

Okay, dachte Möllenkamp, ich schicke sie nirgendwo zusammen hin.

»Guten Morgen zusammen. Ich wollte euch darüber informieren, dass ich für heute eine Hausdurchsuchung bei Sabine Fokken angeordnet habe. Diese Hausdurchsuchung sollte von jemandem begleitet werden. Außerdem steht die Vernehmung unseres Entführungsopfers Engelke Terveer und von Bernd Steinfelder, dem Freund unseres ermordeten Fokko Fokken an. Daher würde ich gerne dich, Anja, nach Weenermoor schicken, um die Hausdurchsuchung zu überwachen und dich, Wilfried, nach Emden zur Vernehmung …«

»Steinfelder ist noch nicht vernehmungsfähig«, unterbrach ihn Anja. »Ich hab heute früh schon angerufen.« Und bevor Möllenkamp sich über so viel Eifer wundern konnte, fügte sie hinzu: »Ich habe in der Sache Engelke Terveer noch etwas zu überprüfen. Darum schlage ich vor, dass Wilfried nach Weenermoor fährt und der Witwe das Händchen hält.«

Möllenkamp beobachtete Anja Hinrichs aus zusammengekniffenen Augen. Sie hatte offensichtlich den Verdacht, dass ihr Chef ihr die Aufgaben zuwies, die vermeintlich weiblicher Sekundärtugenden bedurften, während Wilfried Bleeker die attraktiveren Jobs an Land zog. Er konnte ihr diese Arbeitsverweigerung eigentlich nicht durchgehen lassen. Andererseits: Wenn sie auf einer Spur war und Wilfried diesen Bäcker sowieso nicht befragen konnte, gab es keinen Grund, nicht ihn zu schicken.

»Wilfried, was ist mit Rosema?«

»Schläft. Ich hatte ihn die halbe Nacht in der Mangel. Ohne Erfolg.«

»Hast du ihn nach der Trinkflasche und der Sporttasche gefragt?«

»Klar, mehrfach. Rosemas Antwort war immer dieselbe: In der Spielhalle hatte er nie eine Sporttasche dabei.«

Möllenkamp seufzte. »Okay, dann fährst du nach Weenermoor. Um unseren Fahrschullehrer kannst du dich später kümmern. Aber wenn du nichts Entscheidendes aus ihm herauskriegst, dann musst du ihn im Laufe des Tages wieder gehen lassen. Anja setzt ihre Recherche zu Engelke Terveer fort. Johann und ich fahren zunächst zu unserem Entführungsopfer. Später brauche ich dann noch jede verfügbare Hand für eine Telefonaktion unter den Fußballkollegen. Wir müssen wissen, wer sich an die Trinkflasche erinnern kann, oder an jemanden, der sich vielleicht an Fokkens Tasche zu schaffen gemacht hat.«

»Heißt das, du glaubst nicht, dass du Hinweise darauf bei der Hausdurchsuchung findest?«, fragte Hinrichs.

Möllenkamp zuckte mit den Schultern. »Mein Gefühl sagt mir: nein.«

* * *

»Unerhört ist das! Zu meiner Zeit war ein Gläschen Cognac ein Stärkungsmittel für Schwangere und alte Leute. Haben Sie Angst, dass ich hier vor Ihren Augen zur Alkoholikerin werde?«

Die Antwort war hinter der geschlossenen Tür nicht zu verstehen.

»Ich möchte sofort den Chefarzt sprechen. SOFORT!«

Möllenkamp und Abram sahen sich an, dann auf den Zettel, den Möllenkamp in der Hand hielt, und dann wieder auf die Zimmernummer. Kein Zweifel, hier musste es sein. Dafür sprach auch, dass vor der Tür eine Polizeibeamtin saß und Kreuzworträtsel löste. Sie nickten der Kollegin zu, die eine Grimasse schnitt und die Augen verdrehte.

Just als Möllenkamp anklopfen wollte, öffnete sich die Tür und eine entnervte Krankenschwester rannte die beiden Beamten fast über den Haufen.

»Was kann ich für Sie tun?«, bellte sie ihnen entgegen.

»Kriminalpolizei Leer. Möllenkamp mein Name. Wir wollten zu Engelke Terveer. Ist sie inzwischen ansprechbar?«

»Ansprechbar? Kommt drauf an, was Sie darunter verstehen. Aber versuchen können Sie's ja.«

Als die beiden Beamten nach dieser Einstimmung vorsichtig das Krankenzimmer betraten, fanden sie Engelke Terveer in ihrem Bett sitzend vor. Sie hatte die Arme vor der Brust verschränkt und blickte grimmig aus dem Fenster.

»Wussten Sie, dass Menschen im Krankenhaus schneller gesund werden, wenn sie von ihrem Fenster aus auf einen Baum sehen?«

»Äh, nein«, antwortete Möllenkamp, der nicht wusste, wohin das führen sollte, vorsichtig.

»Und? Was sehen Sie, wenn Sie aus diesem Fenster sehen?«

»Keinen Baum?«, riet Möllenkamp.

»Bingo! Man merkt, dass Sie ein kluger Kombinierer sind.« Engelke Terveers Stimme klang sarkastisch. »Und? Was schließen Sie daraus?«

»Dass auf dem Krankenhausgelände zu wenig Bäume stehen?«

»Richtig. Aber was bedeutet das?«

»Dass die Krankenhausplaner zu wenig über die psychologische Wirkung von Bäumen auf den Gesundungsprozess wissen?«

»Im Gegenteil. Sie wissen es ganz genau. Sehen Sie: Früher legte man Sanatorien in schöner Umgebung an, im Wald, in den Bergen, in großen Parks. Die Patienten sollten sich rundum wohlfühlen, an Körper und Seele genesen. Heute knallt man Bettenburgen in die Innenstädte und päppelt die Patienten so weit auf, dass man sie schnell entlassen kann. Aber man sorgt dafür, dass sie bald wiederkommen und niemals richtig vollständig genesen.«

Möllenkamp merkte, dass er jetzt sehr schnell umschwenken musste, sollte das Gespräch nicht in eine Erörterung über die Auswüchse einer kostenorientierten Gesundheitspolitik abgleiten. Er hatte einen Moment gebraucht, um sich von der Überraschung zu erholen, dass Engelke Terveer ganz und gar nicht dem Bild des Opfers entsprach, das er erwartet hatte. Sie war blass und sehr mager, aber ihre ganze Gestalt sprühte vor Trotz und Entschlossenheit. Sie musste doch nach der Erfahrung der letzten Tage vollkommen traumatisiert sein. Man merkte ihr jedoch davon nicht das Geringste an. Gut, umso besser würde sie sich an die Umstände ihrer Entführung und an ihre Entführer erinnern.

»Frau Terveer, darf ich kurz vorstellen: Ich bin Kriminalhauptkommissar Stephan Möllenkamp und das ist mein Kollege Kriminalkommissar Johann Abram von der Leeraner Polizei. Es freut uns sehr, dass es Ihnen schon wieder besser geht. Wir müssten dringend mehr darüber erfahren, was Ihnen widerfahren ist, damit wir die Leute, die Sie entführt und festgehalten haben, so schnell wie möglich fassen.«

»Gute Idee«, knurrte Engelke Terveer. »Ich hab mich schon gefragt, wann Sie endlich kommen. Wo sollen wir anfangen?«

»Sie erzählen uns am besten von Anfang an, wie es zu dieser Entführung kam, was Sie von dem Ort wissen, an dem man Sie festgehalten hat und Sie beschreiben uns bitte die Täter so genau wie Sie können.«

Tatsächlich schien sich die alte Dame vor ihnen nun ein wenig zu entspannen. Sie berichtete von dem Abend, als sie vom Bridge zurückgekommen war und nachts die Alarmanlage hatte anschalten wollen. Wie man sie mit Chloroform betäubt hatte und sie dann in diesem leeren Haus aufgewacht war, zuerst mit Handschellen, später mit Kabelbindern an ein Bett gefesselt. Dass da zwei Männer gewesen seien, von denen der eine unsicher gewirkt habe, der andere aber sehr entschlossen. Und dass der eine der Männer eines Tages von einem Rettungswagen abgeholt worden sei und sie gedacht habe, dass sie nun in diesem Haus verhungern und verdursten müsse. Schließlich aber sei doch der entschlossenere Mann gekommen und habe sie ins Auto gepackt. Sie seien dann eine Weile in der Gegend herumgefahren, woran sie sich aber kaum erinnern könne. Schließlich habe der Mann sie an der Autobahn aus dem Wagen gezerrt und einfach liegenlassen. Aber auch das wisse sie nur aus dem Bericht der Mutter und ihrer Tochter, die sie am Straßenrand gefunden hatten.

»Haben Sie sich das Bein gebrochen?«, fragte Möllenkamp mit einem Blick auf den dick bandagierten rechten Fuß.

»Mir ist eine Schublade auf den Fuß gefallen, als ich in meinem Keller von den Männern überfallen worden bin. Ich hatte die Schublade mitgenommen, um darin nach der Bedienungsanleitung für die Alarmanlage zu suchen. Tja, das war dann leider zu spät.«

»Können Sie die Männer, die Sie entführt haben, näher beschreiben? Sie sind sicher, dass es nur die zwei waren?«

Engelke Terveer bestätigte, nur zwei Männer gesehen zu haben. Die Beschreibung blieb freilich vage, weil die Entführer die ganze Zeit Masken getragen hatten.

»Was wollten die Entführer eigentlich von Ihnen?«

»Ja, sehen Sie, das war seltsam. Sie wollten von mir Geld, damit sie nichts über einen Schiffsuntergang verraten, der vor fünfzehn Jahren geschehen sein soll und an dem unsere Reederei angeblich schuld war. Das Merkwürdige ist nur: Wir hatten keinen Schiffsuntergang, nicht vor fünfzehn Jahren, auch nicht vor zehn oder zwanzig. Ja, klar hatten wir auch mal Verluste. Der eine war im Jahr 1958, der andere 1967. Da sind Schiffe von uns havariert. Aber es kam zum Glück niemand zu Schaden und die Unfallursachen waren schnell aufgeklärt.«

»Wie viel Geld sollten Sie zahlen?«

»Eineinhalb Millionen Euro.«

»Das ist eine sehr hohe Summe. Haben Sie denn eine Ahnung, warum Ihre Entführer glaubten, Sie würden ihnen so viel Geld geben?«, tastete sich Möllenkamp vorsichtig an das eigentliche heiße Eisen heran. Anscheinend hatten die Entführer ja vermutet, dass im Zusammenhang mit dem Schiffsunglück etwas geschehen war, wovon die Erpresste unter keinen Umständen wollte, dass es öffentlich würde.

»Ich weiß es nicht. Die Männer wussten, dass es unserer Reederei Mitte der 80er-Jahre schlecht ging und wir trotzdem überlebt haben. Aber offenbar haben sie die falschen Schlüsse daraus gezogen. Sie sagten, sie hätten Beweise, aber sie haben nicht gesagt, welche, und ich kann mir nicht denken, wie die denn aussehen sollten, weil es ja wie gesagt gar kein Schiffsunglück bei uns gab.«

Engelke Terveers Bericht ließ Möllenkamp und Abram ratlos zurück. Sie hatte die Tage ihrer Gefangenschaft in einem relativ neuen, aber weitgehend leeren Haus verbracht, von dem sie nur ein Zimmer, den Flur und die Toilette beschreiben konnte. Als die alte Frau nicht auf die Erpressung ihrer Entführer hatte eingehen wollen, war sie nicht mehr mit Nahrung und Wasser versorgt worden. Ohne Anhaltspunkt, wo das Haus gestanden haben mochte, konnte die Polizei mit ihren Angaben nicht allzu viel anfangen.

»Ist Ihnen sonst noch irgendetwas aufgefallen, was für uns von Bedeutung sein könnte?«

»Ich weiß nicht, ob es von Bedeutung ist, aber es roch immerzu nach frischen Brötchen. Weil ich so einen Hunger hatte, hat mich das fast verrückt gemacht.«

Die Frage, ob es in der Nähe vielleicht eine Bäckerei gegeben habe, konnte Engelke Terveer nicht beantworten. Im Haus sei nicht gebacken worden, da sei sie sich sicher. Was Möllenkamp und Abram aber am meisten Kopfzerbrechen bereitete, war das merkwürdige Ende der Entführung.

»Es entspricht einfach keiner Logik: Man entführt eine alte Frau, sperrt sie ein und versucht von ihr eineinhalb Millionen zu erpressen, indem man ihr erzählt, man habe Beweise für ihre Verstrickung in ein Verbrechen«, resümierte Möllenkamp später im Auto. »Und dann sagt sie: Nö, das stimmt nicht. Wir haben damit nichts zu tun. Tja, und dann …«

»Dann sagen die Entführer: Tschuldigung, war nicht so gemeint, und setzen die Frau einfach an der Autobahn aus«, ergänzte Abram. »Klingt nicht sehr professionell.«

»Ganz und gar nicht«, bestätigte Möllenkamp. »Und wir sollten nicht vergessen, dass ja der eine Entführer auch noch abhandengekommen ist, weil er die Nerven verloren hat.«

»Na das wissen wir nicht genau. An die letzte Zeit der Gefangenschaft bis zur Freilassung kann sich Frau Terveer ja nicht mehr erinnern.«

Ja, die Erinnerung von Zeugen und auch Verbrechensopfern war eine verzwickte Sache und oft irreführend.

»Okay, aber wenn er später wieder dazugestoßen ist, warum haben die beiden die alte Dame fast verdursten lassen? Am Anfang haben sie ihr doch auch zu essen und zu trinken gegeben. Nein, ich sage dir, der eine Entführer ist ausgestiegen und der andere, der sowieso härter drauf war und davon gesprochen hat, sie umzubringen, hat sie dann nur noch loswerden wollen. Er hat sich drauf verlassen, dass sie niemanden identifizieren kann und keine Ahnung hatte, wo sie war.«

»Was ist mit den Brötchen?«, fragte Abram, »Ein Streich des Unterbewusstseins?«

»Nein, das hat irgendetwas zu bedeuten. Ich weiß nur nicht was. Außerdem glaube ich, dass da mehr ist, als die alte Dame uns gesagt hat.«

»Denkst du, sie hat gelogen?«

»Das vielleicht nicht, aber zumindest hat sie uns nicht alles gesagt, was sie weiß. Oder was sie vermutet.«

Sie schwiegen eine Weile, dann fragte Abram: »Ich bin gespannt, was Anja inzwischen über das Umfeld der Familie und der Reederei herausgefunden hat. Da muss irgendetwas sein.«

* * *

Anja Hinrichs stand vor dem Zaun und linste zwischen den Tannen hindurch. Sie hatte die Hände in den Taschen ihrer Barbour-Steppjacke vergraben, die keine Barbour-Jacke war, sondern günstig bei Tchibo erstanden. Man konnte sich auch mit wenig Geld gut kleiden, wenn man Geschmack hatte. Leider hatten die meisten Leute keinen Geschmack.

Sie war noch einmal alles durchgegangen, was die Nachbarn über Engelke Terveer gesagt hatten. Sie schien wirklich speziell zu sein. Anja hätte sie gerne selbst gesprochen, aber die wirklich interessanten Termine teilten sich die Herren ja meist untereinander auf.

Anja ging am Zaun hin und her, man konnte fast nirgendwo wirklich etwas sehen, weil die Tannen, Eiben und Zypressen so dicht standen. Nur an einer Stelle war eine Lücke, die wie versehentlich einen Blick auf ein großes Backsteinhaus mit weißen Fensterläden freigab. Einer großflächigen Terrasse schloss sich ein Swimmingpool an, in dem vermutlich schon lange niemand mehr gebadet hatte. Von der Terrassenmöblierung über die Blumenkübel bis zur Vegetation wirkte alles ein wenig altmodisch, aber gediegen. Vor ihrem inneren Auge spielten sich Szenen ab: Ein Mann öffnete die Terrassentür, in der Hand eine Kaffeetasse. Er trug eine Anzughose, eine Weste, darunter ein helles Hemd. Noch hatte er sein Sakko nicht angezogen, weil er nach dem Frühstück auf der Terrasse noch eine Zigarette rauchte, bevor er zur Arbeit fuhr. Aus dem Haus drang das Geschrei der Kinder, die sich um die Cornflakes stritten. Eine Frau mit sorgfältig toupierten Haaren und einer Halbschürze über dem Rock trat auf die Terrasse und reichte ihrem Mann die Zeitung, die er auf den weißen Terrassentisch legte und mit einer Hand durchblätterte. Als er fertig war, stellte er die Kaffeetasse auf der Zeitung ab, drückte die Zigarette im Aschenbecher aus und eilte ins Haus, um sein Sakko anzuziehen und zur Arbeit zu fahren. Als vorne der Motor des Wagens zu hören war, kehrte die Frau auf die Terrasse zurück, räumte Zeitung und Kaffeetasse weg, sah stirnrunzelnd auf den braunen Ring, den die Tasse auf der Zeitung hinterlassen hatte, und rief nach ihren Kindern. Wenig später verließen auch die Kinder mit Schulranzen auf ihren Rücken das Haus. Nun betrat die junge Frau die Terrasse, sah sich vorsichtig nach allen Seiten um, als befürchte sie, entdeckt zu werden, und zündete sich eine Zigarette an, die sie aus der Tasche ihrer Schürze holte. Sie ließ sich in einen Gartenstuhl fallen und legte den Kopf nach hinten, blies den Rauch in die Luft und schien befreit.

Wie im Zeitraffer sah Anja vor sich die Kinder größer werden, die Frau schmaler, den Mann kahler, seine Bewegungen langsamer, die Schultern gebeugt. Die Last der Krise drückte ihn, seine Miene war ernst. Wieder stand er auf der Terrasse, nun hielt er ein Telefon in der einen, den Hörer in der anderen Hand. Als er aufgelegt hatte, fuhr er sich mit der Hand durch die wenigen Haare und über das Gesicht, als wolle er wegwischen, was er längst wusste, nämlich dass er pleite war. Er telefonierte erneut. Die Frau erschien mit sorgenvollem Blick in der Tür, er machte ihr Zeichen, und sie verschwand wieder im Haus. Das Telefonieren schien eine Lösung zu bringen. Die Gesichtszüge des Mannes entspannten sich, blieben aber ernst, und nachdem das Telefonat beendet war, stand er noch eine Weile auf der

Terrasse und rauchte nachdenklich. Seine Frau erschien, stand dicht vor ihm, er sagte etwas, berührte sie aber nicht, obwohl sie es anscheinend gern gehabt hätte. Ostfriesische Ehepaare fassten einander nicht an, nicht einmal dann, wenn sie sich mochten. Wieder ging er, doch nachdem er fort war, setzte sich die Frau auf einen Stuhl und schlug die Hände vor das Gesicht.

All das sah Anja durch das kleine grüne Guckloch vor sich. Sie hatte bei ihren Recherchen über die Familie Terveer einiges in Erfahrung gebracht: Die Reederei hatte in der Krise der 80er-Jahre kurz vor der Insolvenz gestanden. Die Banken hatten dem Unternehmer Sinus Terveer kein Geld mehr geben wollen. Im Jahr 1984 hatte er jedoch einen Privatkredit über eine halbe Million DM erhalten. Das Geld war von Karl-Heinz Schipper gekommen, einem anderen Reeder, mit dem er eng befreundet gewesen war. Offenbar hatte ihn die Zuwendung vor der Zahlungsunfähigkeit bewahrt.

Terveer hatte noch einige Jahre mit durchschnittlichem Erfolg weitergemacht, war aber nicht mehr wirklich auf die Beine gekommen. Eines Tages war er überraschend mit nur sechzig Jahren einem Herzinfarkt erlegen. Seine Frau hatte die Reederei verkauft – an Karl-Heinz Schipper. Damit hatte sich vermutlich die Frage nach der Rückzahlung des Kredits erledigt.

Anja Hinrichs hatte keinen Hinweis darauf gefunden, dass das geliehene Geld von Sinus Terveer wieder an Karl-Heinz Schipper zurückgeflossen war, auch nicht in Raten. Dafür aber hatte sie etwas anderes erfahren: Nicht Sinus Terveer, sondern sein enger Freund Karl-Heinz Schipper hatte in den 80er-Jahren ein Schiff eingebüßt. Der Frachter

Anne Kuhlmann war am 20. November 1984 in der Karibik gesunken. Von der 24-köpfigen Besatzung hatte nur ein philippinischer Matrose überlebt. Für Anja Hinrichs' Geschmack war das ein bisschen viel Zufall.

* * *

Kaum hatte Möllenkamp sein Büro in der Polizeiinspektion betreten, als sein Telefon klingelte. Gertrud war dran. Es war klar, was sie wollte.

Er berichtete ihr in groben Zügen von den Erkenntnissen aus seinem Gespräch mit Engelke Terveer. Ja, sie dürfe über das berichten, was er ihr gesagt habe. Nein, sie dürfe nicht ins Krankenhaus fahren und mit Frau Terveer sprechen. Die alte Dame sei noch sehr geschwächt, und zu ihrem Schutz habe man eine Wache vor der Tür postiert, die zudringliche Journalistinnen abhalten sollte. Natürlich könne es ihr niemand verbieten, mit der Verwandtschaft oder den Nachbarn zu sprechen, wenn sie sich etwas davon verspreche.

»Euer Zerberus sitzt nicht zufällig deswegen vor der Krankenzimmertür, weil ihr befürchtet, dass die Entführer es sich doch noch anders überlegen und versuchen, eine Zeugin aus dem Weg zu schaffen?«

»Dazu sage ich jetzt nichts.«

»Das musst du auch nicht. Das reicht mir schon. Noch mal zum Mitschreiben: Wonach, sagst du, hat es in dem Haus gerochen?«

»Nach Brötchen.«

Gertrud bedankte sich und legte auf. Gerade als Möllenkamp seinen PC anschaltete, um einen Bericht zu schreiben, wurde die Tür aufgerissen. Schnaubend trat Hinterkötter ein.

»Sind Sie von allen guten Geistern verlassen? Sie können doch nicht auf der Grundlage vager Vermutungen einen angesehenen Leeraner Geschäftsmann festnehmen und dann einfach so in Gewahrsam behalten!«

Möllenkamp war perplex. »Ich kann mich nicht erinnern, dass wir einen ›angesehenen Geschäftsmann‹ hier haben … Moment! Sie meinen doch nicht etwa diesen Fahrschullehrer Rosema?«

»Genau den! Wieso ist der hier?«

»Wir haben ihn zur Befragung mitgenommen, weil er ein enger Freund des Mannes ist, der vor knapp zwei Wochen in Weener auf dem Fußballplatz gewaltsam zu Tode gekommen ist.«

»Und?«

»Was und?«, stellte Möllenkamp sich dumm.

»Mit was für einer Begründung hat er bei uns im Keller eine Nacht auf der Pritsche verbringen müssen?«

»Also er … er hat sich der Befragung durch Flucht entzogen.«

»Hatten Sie ihm denn eine Vorladung zukommen lassen?«

»Dazu … dazu kam es noch nicht …«

Hinterkötter trat drohend näher. »Aber Sie hatten ihn gebeten, sich zu unserer Verfügung zu halten?«

»Nun, davon musste er als enger Freund des Landrats, äh … des Ermordeten ausgehen …«

Jetzt hatte er es endgültig vermasselt!

Hinterkötters Atem streifte inzwischen unangenehm Möllenkamps Nase. »Mir geht gerade ein Licht auf, Herr Polizeihauptkommissar.« Er hielt einen Moment inne, überlegte offenbar, ob er konkreter werden sollte, beließ es dann aber dabei und zischte nur: »Sie werden Herrn Rosema augenblicklich aus dem Polizeigewahrsam entlassen. Sie werden sich bei ihm entschuldigen. Und Sie können froh sein, wenn er sich bei niemandem über Sie beschwert. Und in Zukunft lassen Sie Herrn Rosema in Ruhe, es sei denn, Sie haben stichhaltige Beweise gegen ihn in der Hand!«

Damit war er aus der Tür. Möllenkamp stand wie erstarrt. Er war bis auf die Knochen blamiert. Wenn er auch ahnte, dass hinter diesem Auftritt irgendeine krumme Geschichte stand, die Rosema und der Landrat miteinander laufen hatten, so konnte er doch nichts anderes tun, als Wilfried anzuweisen, seinen Verdächtigen sofort gehen zu lassen.

* * *

Es war gegen 21 Uhr, als Gertrud in Charlottenpolder ankam. Sie fand Gottfried am Tisch über seinen Büchern vor, wie meistens. Immer wenn sie sich einige Tage nicht gesehen hatten, vermisste sie ihn sehr. Und obwohl sie am morgigen Samstag Dienst hatte, hatte sie ihn unbedingt sehen wollen.

Wie konzentriert er seine Schriften studierte, und wie sorgfältig er sich Notizen machte! Wenn er diese Akribie nur in einem geldbringenden Beruf einsetzen würde. Vielleicht sollte er noch einmal Jura studieren und Anwalt werden. Die Unterdrückten und Entrechteten warteten doch auf jemanden wie ihn, der ohne Ansehen ihrer Person oder monetäre Interessen für sie eintrat.

»Du bist spät. War viel los in der Redaktion?«, fragte er ohne jeden Vorwurf.

»Ich bin da auf eine Geschichte gestoßen, die mehr verspricht«, entgegnete sie, während sie sich ein Bier aus der Küche holte und ihm auch gleich eins mitbrachte. »Du kennst doch noch Friederike? Die hat Mittwochnacht tatsächlich eine alte Dame am Rand der A31 gefunden und vor dem Tod bewahrt.«

Gottfried blickte schuldbewusst. »Die aktuelle Zeitung hab ich noch gar nicht gelesen. Ich bin noch bei den Ausgaben von vor zwei Wochen. Was ist denn passiert? Eine alte Frau? Und das Mädchen, das sie gefunden hat, war Friederike?«

»Ja, ist das zu glauben? Erst der alte de Vries, nun die alte Terveer. Friederike scheint über die seltsamen Fälle nur so zu stolpern.«

»Die Ärmste, wie verkraftet sie es?«

»Wer? Friederike oder die Reederwitwe?«

Nun wurde Gottfried hellhörig: »Reederwitwe?«

»Ja, die alte Dame heißt Engelke Terveer. Sie ist die Witwe des Reeders Sinus Terveer. Offenbar hat sie sich einige Tage in der Gewalt von Entführern befunden, die sie schließlich an der Autobahn bei Jemgum ausgesetzt haben. Ich konnte noch nicht mit ihr persönlich sprechen, aber morgen fahre ich ins Krankenhaus und sehe, ob ich vorgelassen werde.«

»Was sagt dein Freund von der Polizei?«

»Stephan? Nun, der versucht mit allen Mitteln, mich von der Frau wegzuhalten. Ich verstehe ihn auch. Solange man nichts über die Hintergründe der Entführung weiß, ist eine Gefahr für das Entführungsopfer ja nicht auszuschließen. Die Polizei hat jemanden zum Aufpassen vor die Tür gesetzt. Wird also nicht so einfach, an sie ranzukommen. Aber er hat mir ein bisschen was erzählt, und ich hab es im Gefühl, dass an der Geschichte mehr dran ist. Wer nimmt denn eine alte Frau mit und setzt sie dann wieder aus? Normalerweise bringen Entführer ihre Opfer um, wenn etwas schiefgeht.«

Gottfried nahm einen Schluck Bier aus seiner Flasche. Seine Augen glänzten. »Da musst du dranbleiben. Da steckt sicher mehr dahinter. Und wenn das eine Reederin ist, dann würde ich auf jeden Fall noch mal genauer hinsehen.«

Gertrud blickte ihn verwundert an. »Wieso? Sind die Reeder ein besonders krimineller oder verachtenswerter Teil des Großkapitals?«

Sie hatte mittlerweile gelernt, Gottfrieds Spleens mit Humor zu nehmen. Und Gottfried ertrug ihre Sticheleien manchmal mit erstaunlicher Nonchalance. Manchmal allerdings auch nicht.

»Mach dich ruhig lustig über mich«, erwiderte er leicht verstimmt. »Kannst aber auch gerne mal dieses Buch lesen.«

Gertrud griff nach dem Buch, in dem Gottfried gerade gelesen hatte: »Was ist das denn?«

Auf dem abgegriffenen Buchrücken stand *Hans Pretterebner* und der Titel *Der Fall Lucona*. Das Buch war offenbar sorgfältig durchgearbeitet worden und strotzte vor Lesezeichen.

Nun, da Gottfried ihre Aufmerksamkeit hatte, bebte er

geradezu vor Empörung. »Das ist eine unglaubliche Geschichte, die bis heute nicht richtig aufgeklärt wurde. Wie auch? Es ist ja ein richtig großes Staatsverbrechen, und die werden sowieso nicht aufgeklärt, weil das System sich immer selbst schützt.«

Das System! Gertrud verdrehte die Augen und sagte dann: »Schon gut, aber irgendjemand hat diesem unaufgeklärten Fall immerhin ein dickes Buch gewidmet.«

»Das eigentlich jeder gelesen haben sollte. Also, halt dich fest: Da war in Österreich mal ein halbseidener und völlig durchgeknallter Typ, Udo Proksch hieß der. Die Eltern waren Nazis, und er ist auf die Napola zur Schule gegangen. Nach dem Krieg hat er Design studiert…«

»Halt, Stopp, was ist denn eine Napola?«

»Eine Nazi-Eliteschule, auf der sie ihre späteren Führungskräfte herangebildet haben. Dazu ist es ja Gottseidank nicht gekommen. Also, der Proksch war Prokurist der königlichen und kaiserlichen Hofzuckerbäckerei Demel. 1969 hat er den *Verein der Senkrechtbegrabenen* gegründet. Der Verein hatte zum Ziel, Tote in Plastikröhren einzuschweißen und senkrecht in die Erde zu stellen. Damit sollte die Plastikindustrie angekurbelt und der Platzmangel auf den Friedhöfen gelöst werden. Tolle Idee, oder?«

»Und dann haben sie ihn in die Klapse gesperrt?«

»Wo denkst du hin? Mitglieder in seinem Verein waren Größen des Wiener Kulturlebens, Schauspieler wie Helmut Qualtinger, Prokschs erste Ehefrau Erika Pluhar …«

»Die Schauspielerin?«

»Genau die. Proksch hatte allerdings noch mehr Ideen.« Gottfried durchblätterte seine Lesezeichen. »Hier: ›Wir

Männer haben keine Aufgabe in dieser Welt. Wir bringen keine Kinder zustande und unsere Kreationen sind gleich Null. Das einzige, was dem Geben von Leben vergleichbar wäre, ist das Nehmen von Leben, der Mord.‹ Er glaubte, Männer hätten einen unausrottbaren Tötungstrieb, darum sollte man sie in einem Sperrgebiet mit echten Waffen und Munition Krieg spielen lassen. Durch seine guten Verbindungen zum Verteidigungsminister durfte er auf einem Truppenübungsplatz in Tirol Sprengübungen durchführen und kam so ganz nebenbei in den Besitz von Sprengstoff aus Beständen des österreichischen Bundesheeres. Ist das nicht irre?«

Gertrud holte noch zwei Jever aus dem Kühlschrank, kehrte damit aber nicht an den Küchentisch zurück, sondern ließ sich auf das Sofa fallen. »Gottfried, wolltest du mir nicht eigentlich was über Reeder erzählen?«

»Nun wart doch mal ab. Jetzt kommt der Fall *Lucona*. Udo Proksch chartert also ein Frachtschiff, die *Lucona*. Das Schiff wird in Oberitalien angeblich mit einer Uranerzaufbereitungsanlage beladen und soll nach Hongkong gehen. Die Ladung wird mit umgerechnet rund 30 Millionen DM bei der Bundesländer-Versicherung in Wien versichert. So weit, so normal. Aber: Auf der *Lucona* ist gar keine Uranerzanlage, sondern angemalter Schrott aus einem aufgelassenen Kohlebergwerk. Mit dem Schrott und zwölf Mann Besatzung an Bord läuft die *Lucona* am 2. Januar 1977 in Chioggia aus. Was die Besatzung nicht weiß: An Bord ist auch eine Sprengladung und ein Zeitzünder aus österreichischen Heeresbeständen. Die Sprengladung explodiert genau drei Wochen später auf Höhe der Malediven. Sechs

Mann sterben, die anderen sechs können sich mit Glück retten. Das Schiff versinkt in 4.700 Meter Tiefe.«

Gertrud lauschte mit offenem Mund, während sie das Kondenswasser beobachtete, das außen an der Bierflasche entlanglief. Sie hatte sich aus reiner Liebe und Interesse an einem harmonischen Abend auf Gottfrieds Geschichte eingelassen, musste nun aber zugeben, dass die Sache mindestens so spannend war wie eine Krimiserie im Fernsehen.

»An dieser ganzen wahnsinnigen Angelegenheit ist schon beinahe das Verwunderlichste, dass die Bundesländer-Versicherung die Auszahlung der Versicherungssumme verweigert, weil sie den Verdacht hat, die *Lucona* habe nicht die angegebene wertvolle Fracht, sondern Schrott geladen. Womit sie richtig lag.«

»Und was ist dann passiert?«

»Nichts.«

»Wie – nichts?«

»Na ja. Es gab Zeitungen, die recherchierten, aber dem Justizminister war die Geschichte zu dünn.« Gottfried grinste sarkastisch. »Eigentlich hat erst dieses Buch hier die Geschichte so aufgearbeitet, dass die Justiz schließlich ermitteln musste. Zehn Jahre nach dem Untergang der *Lucona*. Hochrangige Politiker, Juristen und Spitzenbeamte mussten zurücktreten. Und Proksch hat man erst 1992 zu lebenslänglich verurteilt.«

Gertrud verstand, dass Gottfried eine riesengroße Verschwörung ausgegraben hatte, die ganz nach seinem Geschmack war: Nazis, Männerseilschaften in Politik und Industrie und dann ein großes Verbrechen.

Manchmal hatte er ja recht mit seinem Verfolgungswahn. Es gab Dinge in der Welt, die man gar nicht glauben konnte. Wenn ein Verbrechen erst richtig groß war, dann war die Wahrscheinlichkeit am höchsten, damit durchzukommen. Kurz dachte sie an Tadeus de Vries und an ihren Vater. Trotzdem war ihr jetzt nicht nach Verschwörung. Sie wollte einfach einen friedlichen Abend genießen und sich um die Probleme der Welt erst wieder am nächsten Morgen kümmern.

»Gottfried, ich gründe jetzt den Verein der Waagerecht-Begrabenen und betreibe eine Kampagne zur Förderung des Einschlags von Schlafenden in Federbetten. Machst du mit?«

Er wirkte ein klein bisschen enttäuscht, als er sie nach oben begleitete. Sicherlich hätte er mit ihr gerne noch die halbe Nacht über die Ungeheuerlichkeit dieses Filzes aus Macht, Geld, Prominenz und Skrupellosigkeit diskutiert. Aber vielleicht bildete sie es sich auch nur ein. So oder so würde es nicht lange anhalten, da war sie sicher.

Eineinhalb Wochen zuvor

Er sitzt auf seinem Schlafsack und kaut auf den Fingernägeln. Fokko ist tot. Irgendetwas muss schiefgegangen sein. Gewaltig schiefgegangen. Als Fokko am Samstag nicht gekommen ist, ist er unruhig geworden, weil er sonst jeden Tag kam. Am Sonntag ist er wie ein wildes Tier in seinem Käfig herumgewandert und fast verrückt geworden. Auf seiner nächtlichen Wanderung ist er vor dem Haus stehengeblieben und hat die Frau und die Kinder gesehen. Die Frau war schwarz gekleidet, und alle haben geweint.

Was immer passiert ist, er ist jetzt ganz allein. Niemand wird ihm zu Essen bringen, niemand wird ihm sein Geld geben. Er wird nicht wieder nach Leyte zurückkehren, und er wird seine Familie nicht wiedersehen.

Es sei denn, er bringt es alleine zu Ende. Zwei Nächte lang hat er mit sich gerungen, hat gelegentlich das Fläschchen aufgeschraubt und daran gedacht, dem Ganzen ein Ende zu setzen. Aber es gibt doch noch eine Möglichkeit. Sein Entschluss steht fest. Er muss es selbst tun. Niemand kennt ihn, das ist sein Vorteil.

Er hat einen Bleistiftstummel in dem Haus gefunden, in dem er nun seit Wochen sitzt und wartet. Jetzt reißt er eine leere Seite aus einem der Hefte, die er nun schon so viele Jahre aufbewahrt. Er hat sein halbes Leben auf diesen Moment der Gerechtigkeit gewartet, auch wenn er es jahrelang gar nicht wusste. Dann beginnt er zu schreiben. Als er fertig ist, faltet er das Blatt zusammen und steckt es ein. Er kennt den Namen und die Straße. Heute Nacht wird er weiter laufen müssen als sonst.

Samstag, 22. Juli 2000

Möllenkamp saß in der Küche, die Zeitung vor sich und schlürfte seinen Kaffee. Er war leise aufgestanden, um Meike, die sich am Wochenende gerne noch einmal umdrehte, nicht zu wecken. Er hatte sie ein Weilchen betrachtet und über die mögliche Entwicklung ihrer Kinnfalte nachgedacht. Kaffeedurst und die Sorge, sie könne durch allzu hartnäckiges Angestarrtwerden aufwachen, hatten ihn dann in die Küche hinuntergetrieben.

Möllenkamp schlug die Zeitung auf. Gertrud hatte wieder ganze Arbeit geleistet. Nur ihretwegen war Möllenkamp inzwischen zum Abonnenten des *Rheiderländer Tagblatts* geworden. Nicht nur, weil sie gut war, sondern auch, um die Dinge zu erfahren, von denen die Polizei vielleicht noch gar nicht wusste.

»Was wollten die Täter? Entführungsfall Terveer gibt Polizei weiterhin Rätsel auf. Im Fall der entführten Reederwitwe Engelke Terveer hat sich der Gesundheitszustand des Opfers zwei Tage nach ihrem Auffinden auf dem Standstreifen der A31 so weit stabilisiert, dass erstmals ihre Aussage zu Protokoll genommen werden konnte. »Dies ist ein wichtiger Fortschritt in den Ermittlungen zum Entführungsfall«, kommentierte der leitende Ermittler Kriminalhauptkommissar Stephan Möllenkamp den aktuellen Stand.

Wie die Kriminalpolizei Leer dieser Zeitung auf Anfrage mitteilte, wurde Engelke Terveer von Samstag bis Mittwoch von zwei Männern in einem leerstehenden Haus festgehalten. Die Entführer verlangten 1,5 Mio. Euro Lösegeld und drohten mit der Veröffentlichung von Beweisen für eine Verstrickung der Reederei Terveer in ein Schiffsunglück in den 80er-Jahren. Um welche Beweise es sich dabei handelt, ist bisher unklar, zumal es im Umfeld der Reederei Terveer in den 80er-Jahren zu keinem Schiffsunglück gekommen ist. »Möglicherweise handelt es sich hierbei schlicht um einen Irrtum, und als die Entführer merkten, dass sie aufs falsche Pferd gesetzt hatten, ließen sie ihr

Opfer wieder frei«, mutmaßte KHK Möllenkamp vom Fachkommissariat I der Leeraner Polizei gegenüber dem Rheiderländer Tagblatt.«

Möllenkamp ließ die Zeitung sinken. Das hatte er zwar gesagt, aber mehr so nebenbei. Nun jedoch, da er seine eigene Aussage schwarz auf weiß dort lesen konnte, erschien ihm dies wie eine reale Möglichkeit.

Er erhob sich, um seine Sportsachen aus dem Keller zu holen. Heute war ein fantastischer Tag, um bei einem ausgiebigen Lauftraining am Emsdeich mal wieder alle Optionen zu durchdenken. Vorausgesetzt, es gelang ihm, unbeobachtet an seinem Nachbarn vorbeizukommen. Gerade hatte er die Tür geöffnet und vorsichtig in alle Richtungen gespäht, da hörte er drinnen das Telefon klingeln. Er stürzte zurück und hob ab, damit Meike nicht durch anhaltendes Klingeln geweckt wurde.

»Hallo«, raunte er ins Telefon.

»He du«, raunte es zurück. »Willst du eine 8 kaufen?«

»Sehr witzig. Ich will keine 8 kaufen, sondern meine Frau nicht wecken. Wer ist denn da? Wilfried, bist du das?«

»Ja, ich bin's. Hör zu, ich weiß, das mit Horst Rosema war kein Highlight kriminalpolizeilicher Ermittlungsarbeit. Aber mir ist im Nachhinein etwas Wichtiges eingefallen, das ich übersehen habe, vielmehr überhört …«

»Und jetzt sollen wir ihn schnell noch einmal festnehmen?«, fragte Möllenkamp sarkastisch.

»Nein, ach, ich weiß nicht. Aber jetzt hör mal …«

»Wilfried, der Fahrlehrer ist tabu, hast du das noch nicht kapiert?«

»Ja schon, aber die Mutter von Rosema, die hat etwas gesagt, das ich zuerst nur für einen Versprecher gehalten habe. Jetzt bin ich mir aber nicht mehr so sicher …«

In diesem Augenblick klingelte es an der Haustür.

»Verdammt nochmal, da hab ich sie schon offen gelassen …«, fluchte Möllenkamp und drehte sich zur Tür, in der, wie er befürchtet hatte, sein Nachbar Müller stand und den Kopf neugierig vorstreckte.

»Guten Morgen«, flötete er.

Möllenkamp hob den Finger an die Lippen, obwohl er fürchtete, dass es ohnehin schon zu spät war, da er im Obergeschoss die Toilettenspülung hörte.

»Stephan, hör zu …«

»Wilfried, wenn du mir was erzählen willst, dann komm vorbei. Ich muss hier erst was regeln. Und bring Brötchen mit, dann sehe ich vielleicht von einer Degradierung ab, wenn es wirklich etwas Wichtiges ist.«

Damit legte er auf und eilte zur Haustür, wo sein Nachbar ihn schon erwartete.

»Herr Kommissar, ich sah die Haustür offenstehen und dachte, ich sehe mal nach, ob was passiert ist. Heute kann man ja nicht vorsichtig genug sein. Oft führt die Unachtsamkeit der Nachbarschaft dazu, dass schreckliche Verbrechen passieren, nicht wahr?«

»Vielen Dank, Herr Müller, Sie sind wirklich ein vorbildlicher Bürger. Ich bin sicher, so lange Sie hier über unser Wohl wachen, wird sich kein Verbrecher in die Nachbarschaft trauen. Aber Sie sehen ja, dass alles in bester Ordnung ist. Ich wollte nur gerade laufen gehen und da hat das Telefon geklingelt.«

»Ach, was Dringendes?«
»Nichts, was Sie beunruhigen müsste.«
Damit drängte Möllenkamp Herrn Müller sanft, aber entschlossen wieder aus der Haustür und schloss diese so leise, wie er konnte. Er stand ein Weilchen im Flur und horchte, ob Meike nun aufstehen würde. Aber anscheinend hatte sie sich wieder ins Bett gelegt. Also konnte er tatsächlich noch ein halbes Stündchen laufen gehen. Idealerweise würde er dann so rechtzeitig wieder eintreffen, dass er noch Tee für seine Frau aufsetzen konnte, bevor Bleeker mit den Brötchen kam.
Er griff nach der Türklinke – und zuckte zusammen, weil in diesem Moment die Klingel laut schrillte. Müller, ich bring dich um, dachte er, riss die Tür auf und prallte zurück.
»Hallo Stephan, kann ich reinkommen?«
Draußen stand Julia, Meikes Studienfreundin und radikalster Teil des Weiberzirkels, der sich ein- bis zweimal im Jahr an wechselnden Orten traf und sich bei gutem Essen und Rotwein in Erinnerungen an die gemeinsame Studienzeit und feministische Diskussionen verlor. Möllenkamp zog es für gewöhnlich vor, sich von diesen Treffen fernzuhalten, da sich die Gespräche jederzeit unversehens gegen ihn als Vertreter der Männerwelt im Allgemeinen richten konnten.
Julia wirkte angegriffen. Ihre Augen sahen rot und verweint aus, und der Rucksack, den sie trug, war so groß und vollgestopft, dass sofort sein Misstrauen geweckt wurde.
»Julia, das ist aber eine Überraschung. Was machst du

denn hier? Ist Weiberwochenende, und ich habe was verpasst?«

»Nein. Ich brauch nur für ein paar Tage ein Dach über dem Kopf. Warum, erklär ich euch später. Hast du vielleicht einen Kaffee für mich?«

Er überlegte kurz. Dann seufzte er leise, machte die Tür weit auf und sagte: »Komm rein. Ich setze Kaffee auf. Aber bitte sei leise, Meike schläft noch.«

»Wer soll denn da schlafen bei dem Lärm«, hörte er Meikes Stimme hinter sich. Sie griff nach Julias Arm und zog ihre Freundin an ihm vorbei ins Haus. »Na, ist das Experiment gescheitert?«

»Ja«, hauchte Julia und begann zu weinen. Während Meike ihre Freundin in den Arm nahm, scheuchte sie mit der Hand ihren Mann in die Küche, damit er das Frühstück vorbereite. Er trollte sich, hörte aber gerade noch, wie Julia sagte: »Frauen sind genau solche Schweine wie Männer.«

Das hört man gern, dachte Möllenkamp und streifte seine Laufschuhe ab.

Kurz darauf stand er in der Küche und deckte den Tisch, während aus dem Wohnzimmer Gesprächsfetzen drangen, immer wieder unterbrochen von Schluchzen.

»… hatten abgemacht, dass wir nicht so eine spießige Beziehung führen … ehrlich zueinander … lügt sie mich an wegen diesem Typ … auch noch in der FDP … kannst du dir das vorstellen?«

Möllenkamp stand vor dem Kühlschrank und zögerte. Meikes Freundinnen hatten immer so spezielle Ernährungsgewohnheiten. Vermutlich war Julia aus ihrer vegetarischen Phase noch nicht heraus. Andererseits, wenn schon ihre erste Beziehung zu einer Frau in die Brüche gegangen war, räumte sie vielleicht auch mit anderen Dogmen auf? Seiner Auffassung nach sollte man beim Essen überhaupt nicht dogmatisch sein.

Entschlossen nahm er nicht nur die Wurst aus dem Schrank, sondern auch den Speck und die Eier. Kurze Zeit später schmurgelte es behaglich in der Pfanne. Er wollte gerade Meike und Julia aus dem Wohnzimmer holen, da klingelte es an der Tür. Als er öffnete, stand Wilfried Bleeker vor ihm.

»Ach, Wilfried, du bist ja auch noch da«, rief Möllenkamp und nahm ihm direkt die Brötchentüte ab. Während er in die Küche verschwand, um die Eier zu retten, kam Meike Wilfried Bleeker im Bademantel aus dem Wohnzimmer entgegen.

»Ach, Wilfried, na sowas, hast du auch Liebeskummer?«

Hinter Meike erschien eine junge Frau mit roten Augen und weißblond gebleichten, raspelkurz geschnittenen Haaren, die sich die Nase im Ärmel ihres schwarzen Pullovers abwischte.

Wilfried war eigentlich nicht leicht aus der Fassung zu bringen, aber jetzt wirkte er verwirrt, als er Möllenkamp in die winzige Küche folgte.

* * *

»Ist das alles?« Möllenkamp legte die Gabel neben den Teller und trank einen Schluck Kaffee.

»Was soll das heißen?«, protestierte Meike. »Er ist extra nach Gelsenkirchen gefahren, spürt diesen Fahrlehrer auf und sagt dir, dass der etwas mit einer Entführung zu tun hat. Jetzt klemm dich halt dahinter!«

»Und was für eine Entführung soll das sein? Momentan haben wir nur einen bekannten Entführungsfall, und das ist Engelke Terveer. Und hier sehe ich keine Hinweise. Der Verdacht richtete sich gegen ihn, weil er etwas mit dem Tod von Fokko Fokken zu tun gehabt haben könnte. Da haben wir aber nichts Verwertbares aus ihm herausgekriegt. Und nun auf einmal eine Entführung, nur weil seine Mutter sich versprochen hat?«

»Ja, und wenn es so ist? Solltet ihr der Sache nicht nachgehen?«

»Da gibt es nichts, dem man nachgehen könnte. Wenn ich jetzt wieder jemanden zu Rosema oder zu seiner Mutter schicke, dann reißen mir Hinterkötter und der Landrat höchstpersönlich die Ohren ab!« Möllenkamp knallte die Kaffeetasse wieder auf die Untertasse, dass es klirrte.

»Funktioniert so der Rechtsstaat in Ostfriesland?«, mischte sich Julia ein. »Ein männliches Alphatier sagt, wo ermittelt wird und wo nicht, und alle kuschen?«

Das war ja wohl die Höhe! In einem Augenblick stand Julia wie ein Häufchen Elend vor seiner Tür, weil sie von ihrer lesbischen Freundin verlassen worden war, die sich als gar nicht so lesbisch herausgestellt hatte. Und im nächsten saß sie am Küchentisch und fiel ihm in den Rücken. Ihm, der sie nicht nur hereingelassen, sondern der ihr auch noch Rührei mit Speck gemacht hatte, das sie soeben restlos verzehrte.

»Liebe Julia, ich belehre dich nur ungern, aber bei uns ist es immer noch notwendig, einen Mord oder eine Entführung zu beweisen und nicht willkürlich unschuldige Personen festzunehmen.«

»Das stimmt nicht.«

»Wie bitte?«

»Dass du mich nur ungern belehrst. Ganz im Gegenteil: Ich sehe doch, wie überlegen du dich fühlst.«

Jetzt reichte es ihm. Er nahm eine Serviette, tupfte sich den Mund ab und stand auf. »Ihr entschuldigt mich. Ich muss mal eine Runde raus zum Laufen und Nachdenken. Vielleicht habt ihr ja alle Fälle gelöst, bis ich zurück bin.«

* * *

Als Gertrud in die Redaktion kam, lag auf ihrem Schreibtisch ein kleines Taschenbuch. Es hieß *Sagenhaftes Rheiderland*, enthielt das, was der Titel versprach, und war von einem heimatbewussten Vor-Vorgänger von Airbus zusammengestellt und herausgegeben worden. Ein Zettelchen steckte als Lesezeichen darin. Gertrud schlug das Buch an der markierten Stelle auf und las: *Der Blutstein von Stapelmoor*.

Die Sage handelte von dem Burgherrn der Bauernburg Drakemond in Stapelmoor. Drakemond bedeutete »Drachenmund«, und die Burg trug ihren Namen nicht umsonst. Sie war von einem finsteren Häuptling bewohnt, der in dem kleinen Ort Angst und Schrecken verbreitete und Händler und Kaufleute auf ihrem Weg aus dem Emsland ins Rheiderland überfiel. Nur ein alter Pfarrer wagte es, den Tyrann öffentlich von der Kanzel herab seiner Sünden anzuklagen und gegen das gottlose Treiben zu wettern. Der Burgherr schwor blutige Rache.

»So kam es nun, dass sich am Heiligen Abend die Dorfbewohner zur Christmette in der Kirche versammelten. Während die Kirche in festlichem Kerzenschein erstrahlte und die Menschen Weihnachtslieder sangen, näherte sich draußen eine finstere Gestalt dem heiligen Ort. Schließlich war der Gottesdienst zu Ende, alle Dorfbewohner strömten aus der Kirche, und der Pfarrer verließ als letzter das Gebäude. Da blitzte im Mondschein eine Klinge auf, und wie von Sinnen stach der Burgherr mit einem Dolch auf den Pastor ein. Der alte Mann sank sterbend auf einen alten Granitblock neben der Tür, so dass sein Blut den Stein benetzte. Der Tyrann wurde zum Getriebenen. Sein Gewissen trieb ihn fort von Drakemond, und er wurde nie wieder gesehen. Das Blut des ermordeten Pfarrers aber ließ sich nicht mehr von dem Stein der Kirche entfernen.«

Gertrud las die Geschichte mit gerunzelter Stirn. Was sollte das? Sie kannte den »Blutstein« in Stapelmoor, an dem angeblich heute noch die Blutspuren des Pfarrers zu erkennen waren. Sie hatte als Kind oft davorgestanden und irgendetwas zu erkennen versucht. Einmal hatte ein Spaßvogel mit roter Lackfarbe einige Streifen auf den Stein gemalt. Sofort war eine heftige Debatte über Vandalismus und die Traditionsvergessenheit der heutigen Jugend entbrannt. Der Streit im *Rheiderländer Tagblatt* hatte Züge eines Kulturkampfes angenommen. Gertrud, die damals noch ein Teenager gewesen war und den Täter sehr genau kannte, hatte sich gefragt, warum man nicht mal eine Diskussion über die Sehnsucht der Jugend nach Wahrheit führen konnte.

Aber das war jetzt nicht das Thema. Wenn jemand sie

mit der Nase auf diese Geschichte stieß, dann hatte das entweder mit ihrem Vater zu tun, oder mit Bernd Steinfelder. Unwahrscheinlich, dass die Sage vom Blutstein auf ihren Vater hindeutete. Warum jetzt und nicht schon früher? Es hätte genug Gelegenheiten gegeben, den alten Nazi mit dem finsteren Burgherren zu vergleichen und ihn zum Teufel zu wünschen. Jetzt war ihr Vater alt und schwach und hatte so gar nichts Dämonisches an sich. Bernd Steinfelder allerdings auch nicht. Der war ja bloß verrückt. Oder wollte irgendjemand, dass sie darüber noch einmal nachdachte?

Gertrud drehte sich zu ihrem Kollegen um: »Sag mal, weißt du, wer mir das hier auf den Schreibtisch gelegt hat?«

Wessels, der heute eigentlich keinen Dienst hatte, aber trotzdem in der Redaktion war, weil der Bildschirm ihm seine Moorhühner in wesentlich besserer Auflösung zeigte als zu Hause, knurrte über die Schulter: »Das war Gesine Kröger.«

Gesine Kröger, die Anzeigenleiterin? Sie war streng religiös, hatte aber bei Gertrud noch nie Bekehrungsversuche unternommen. Wenn sie ihr bedeuten wollte, dass man des Wegs kommende Fremde nicht berauben und erschlagen sollte: Nun, da ging Gertrud ohne Weiteres mit. Aber dies konnte ja nicht der wirkliche Grund sein. Sie würde Gesine am Montag fragen müssen, was sie ihr hatte mitteilen wollen.

»Wessels, ich fahr mal ins Krankenhaus und sehe, ob ich mit Engelke Terveer sprechen kann. Falls du später nicht mehr da bist: Erholsames Wochenende. Und geh mal raus. Is schönes Wetter.«

Wessels sah nicht mal hoch. Und das mit dem schönen Wetter stimmte ja auch nicht.

* * *

Kurz vor der Jann-Berghaus-Brücke erblickte Gertrud eine Gestalt in Sportkleidung, die ihr bekannt vorkam. Soso, dachte sie, der Kriminalhauptkommissar tut was für seine Gesundheit. Oder er hat Frust.

Auch er hatte ihren roten Polo gesehen und hob die Hand zum Gruß. Das ermutigte sie, rechts ranzufahren und die Scheibe an der Beifahrerseite herunterzukurbeln.

»Moin Stephan, wie läuft's? Gibt es etwas Neues in der Entführungssache?«

»Moin Gertrud, nein noch nichts Neues. Hab gerade deinen Artikel über die Entführung gelesen. Alle Achtung, du schaffst es ja immer, aus wenigen Informationen einen guten Beitrag zu machen.«

Gertrud sah ihn skeptisch an. »Lieber wäre mir ja, ich hätte mehr Informationen, um daraus einen noch viel besseren Beitrag zu machen. Aber manchmal wird man bei der Recherche nicht gerade unterstützt.«

»Na, ihr werdet nun wirklich gut bedient. Die Kollegen vom *Ostfriesen Kurier* beschweren sich ja schon, dass das *Rheiderländer Tagblatt* immer eine Vorzugsbehandlung genießt. Aber sag mal, wo willst du denn eigentlich hin?«

Gertrud zögerte. Sie konnte Stephan Möllenkamp unmöglich die Wahrheit sagen. Er würde auf jeden Fall dafür sorgen, dass sie nicht zu Engelke Terveer vorgelassen wurde. »Ach, ich muss nach Leer, weil ich noch ein Geburtstagsgeschenk für meine Mutter suche«, log sie. »Hast du vielleicht einen Tipp für mich?«

Möllenkamp suchte in den Taschen seiner Trainingsjacke nach einem Taschentuch, um sich die Schweißtropfen an der Stirn abzuwischen. Dabei zog er stirnrunzelnd eine zusammengefaltete Brötchentüte heraus und fragte sich wohl, wie die nun wieder da hineingekommen war.

»Brötchen? Das ist aber mal eine originelle Idee«, sagte Gertrud mit einem Anflug von Ironie. »Vielen Dank für den Tipp.«

Möllenkamp lachte. »Hier, darfst du gern behalten. Falls du eine Gedächtnisstütze für das Geschenk brauchst.«

»Danke, wirklich sehr großzügig, aber ich glaube, das ist für meine Mutter nicht das Richtige. – Ich seh schon, ich muss mir selbst was einfallen lassen. Dann trainier mal schön weiter.«

Sie fuhr schnurstracks weiter zum Kreiskrankenhaus und stellte ihr Auto auf dem Parkplatz ab. Als sie aussteigen wollte, fiel ihr Blick auf die zusammengefaltete Brötchentüte, die auf dem Beifahrersitz lag. Sie nahm sie in die Hand und strich nachdenklich über das braune Papier. Dann öffnete sie die Tüte und roch daran.

* * *

Als sie auf die Station kam, sah sie schon von Weitem den Stuhl, auf dem ein Polizeibeamter saß und in einem *Lustigen Taschenbuch* von Donald Duck las. Wie sollte sie an Engelke Terveer herankommen? Ob sie den Polizeibeamten mit einem Trick rausrufen lassen sollte? Ihn bestechen, vielleicht mit einem weiteren *Lustigen Taschenbuch*? Ihm ihren Presseausweis zeigen? Wenn sie noch lange auf dem Flur herumlungerte, würde sie Aufsehen erregen, und dann konnte sie die Befragung ohnehin vergessen.

In diesem Moment drehte sich der Polizeibeamte auf dem Stuhl herum und starrte auf die Tür hinter ihm, die sich eben etwas geöffnet hatte. Eine alte Dame in weißem Nachthemd beugte sich über ihn und flüsterte auf ihn ein. Ein Geldschein, jedenfalls vermutete Gertrud das, wechselte den Besitzer, und der Polizeibeamte verließ seinen Platz.

Gertrud stand der Mund offen. Wenn das Stephan Möllenkamp sehen könnte! Da sie nicht wusste, wie lange der Beamte weg sein würde, beschloss sie, die Gelegenheit zu nutzen und nun das Gespräch mit Engelke Terveer zu suchen. Entschlossen näherte sie sich dem Zimmer mit der Nummer 315.

»Das ging ja schnell«, hörte sie eine Stimme, als sie eintrat. Die alte Dame saß in ihrem Bett und blätterte in einer Illustrierten. »Wer sind Sie denn? Wollen Sie mir Vorhaltungen machen, weil ich den jungen Mann draußen losgeschickt habe, um mir ein Fläschchen Cognac zu kaufen? Die sind ja verrückt hier. So wie die mit mir umgehen, war es fast besser, als ich noch entführt war!«

Gertrud fragte sich, ob das heimliche Trinken von Cognac im Krankenbett eine spezielle Form der Traumabewältigung darstellte, oder ob die alte Dame schlicht alkoholabhängig war.

»Frau Terveer, mein Name ist Gertrud Boekhoff. Ich arbeite für das *Rheiderländer Tagblatt*. Wir helfen der Polizei dabei, die Umstände Ihrer Entführung aufzuklären.«

»Die Umstände meiner Entführung sind ja ziemlich klar.

Sie sollten lieber dabei helfen, diese Verbrecher zu fassen, wenn die Polizei das schon nicht alleine hinkriegt.«

»Das ist natürlich das Ziel.«

»Warum sagen Sie das dann nicht gleich? Dürfen Sie überhaupt hier sein? Die haben mir ja nicht umsonst diesen netten jungen Mann vor die Tür gesetzt. Ich schätze, Sie lungern schon eine Weile auf dem Flur herum und warten auf eine günstige Gelegenheit.« Engelke Terveer sah sie herausfordernd an.

Gertrud entschied sich für die Wahrheit. »Sicherlich hätte der Polizist mich nicht ohne Weiteres zu Ihnen gelassen. Allerdings glaube ich, er sitzt mehr zu Ihrem Schutz vor den Entführern hier. Je schneller die Täter gefasst sind, umso eher sind Sie den Polizeischutz und auch mich wieder los.«

Die alte Dame überlegte. »Der junge Mann ist gleich zurück. Er wird klopfen. Wenn er reinkommt, sollten Sie hier nicht herumsitzen, sonst brauchen wir unsere Unterhaltung gar nicht erst anzufangen.«

Gertrud nickte. »Soll ich mich ins Bad verziehen, bis er seine Besorgung hier abgeliefert hat?«

»Genau das sollten Sie tun.«

* * *

Cognac am Vormittag. Brr! Aber was tat man nicht für eine gute Story. Engelke Terveer hatte inzwischen rote Wangen bekommen und wirkte sehr munter. »Wissen Sie, was mich am meisten umgetrieben hat? Dass ich dann irgendwie gefunden werde und jemand merkt, dass ich mir ins Nachthemd gemacht habe. Das war ziemlich demütigend.«

»Waren Ihre Entführer grob zu Ihnen? Hatten Sie das Gefühl, dass sie Sie sterben lassen würden?«

»Hmm, ich weiß nicht. Der eine auf jeden Fall nicht. Der hatte selbst so viel Angst wie ich. Der andere: vielleicht. Aber vielleicht hat er auch nur so dahergeredet. Ich glaube, das waren keine Männer, die so etwas jeden Tag machen.«

»Und Sie haben keine Vorstellung davon, wo Sie waren?«

»Nein, das habe ich doch schon gesagt.«

»Haben Sie eine lange Fahrt gemacht?«

»Wie soll ich das wissen? Ich war doch nicht bei mir.«

»An was können Sie sich erinnern: an Geräusche, Gerüche, einen Eindruck von draußen?«

»Ich habe ja schon gesagt, dass es in dem Haus nach Brötchen roch. Wenn es nicht nach Brötchen roch, dann roch es wie in einem frisch gestrichenen Zimmer, das lange keiner mehr gelüftet hatte. Am Anfang habe ich versucht, nach draußen zu sehen, aber als ich am Fenster angekommen war, kam der eine Entführer herein und hat mich zurückgeholt.«

»Haben Sie etwas gehört? Stand das Haus alleine?«

Die alte Dame dachte nach. »Nein, alleine stand das Haus nicht. Ich habe manchmal Autos gehört, Geräusche von draußen. Aber geholfen hat mir keiner, auch nicht, als ich geschrien habe. Einmal nachts kam es mir vor, als hätte ich Geräusche gehört, so als würde jemand Sand schaufeln. Ich hatte furchtbare Angst, weil ich dachte, der gräbt jetzt mein Grab.«

* * *

Als Gertrud das Krankenhaus verließ, war sie sich ganz sicher: Bernd Steinfelder hing in der Sache drin. Und das Haus, in dem die Reederwitwe gefangen gehalten worden war, stand in Stapelmoor. Doch die Antworten auf die Fragen, die sie bekommen hatte, warfen weitere Fragen auf: Warum hatte die aufmerksame Nachbarin nichts davon mitbekommen, dass nebenan ein Mensch ans Bett gefesselt war? Warum hatte man ausgerechnet Engelke Terveer entführt? Die Geschichte mit dem Schiffsunglück war fragwürdig und musste untersucht werden. Warum war die Entführung abgebrochen worden? Und wer war der Komplize? Zwar hatte sie diesbezüglich einen starken Verdacht, aber noch keine weiteren Hinweise.

Kurz dachte sie darüber nach, jetzt schnurstracks zu Möllenkamp zu fahren, um ihm von der Sache zu berichten. Aber dann entschied sie sich dagegen. Es war besser, sich selbst erst einmal sicher zu sein.

* * *

Simon saß auf seinem Koffer, den er nach der Hausdurchsuchung wieder eingepackt hatte. Mama hatte wie immer viel geheult und nichts gewusst. Sie wusste wirklich nicht besonders viel.

Als Mama und Antonia erneut zu streiten anfingen, setzte er sich den Darth-Vader-Helm auf, damit er das Geschrei nicht hören konnte. Er hörte es trotzdem. »Es ist deine Schuld!«, schrie Antonia immer wieder: »Es ist deine Schuld!«

»Nein, nein«, schrie Mama. »Nein, nein!«

Dann hörte er es klirren. Teller oder Tassen flogen gegen die Wand.

»Hör auf«, hörte er Mama kreischen. »Antonia, hör auf!«

»Warum denn? Ist doch sowieso alles egal! Papa ist tot. Wir fahren nicht in Urlaub. Wir müssen ausziehen. Und was tust du dagegen?«

Mama rief mit tränenerstickter Stimme: »Was sollte ich denn wohl tun?«

Antonia rannte aus der Küche in den Flur. Er hörte sie schreien: »Vielleicht mal diese Briefe lesen? Du hast ja immer so getan, als ob dich das alles gar nichts angehen würde!«

Simon hörte, wie sie die Tür zum Wohnzimmer so heftig aufriss, dass die Klinke gegen die Wand schlug. Er hörte, wie aus dem Wohnzimmerschrank eine Schublade herausgerissen wurde. Anschließend flog etwas gegen die Wand.

»Hier! Was sind das alles für Schreiben? Die Telekom, die EWE, die Brandkasse und und und … Mahnung, Erinnerung, Zahlungsaufforderung. Und du hast das nicht gewusst? Hättest du die Augen aufgesperrt, dann hättest du's gesehen.«

Antonia raste offenbar wieder zurück in die Küche. »Aber vielleicht hättest du dann ja was machen müssen, nicht? Vielleicht hättest du arbeiten gehen müssen. Raus in die Welt. Aber das wolltest du nicht. Lieber hier in deiner gemütlichen Küche Kaffee trinken und ab und zu darüber klagen, dass man als Hausfrau ja gar keine Anerkennung kriegt!«

Seine Mutter antwortete undeutlich. Vermutlich weinte

sie. »Das ist unfair«, hörte er, »Papa hat unser Geld verzockt. Was sollte ich denn tun?«

»Ach, du Ärmste! Ja, was solltest du wohl tun«, äffte Antonia ihre Mutter nach. »Sieh dich doch mal an, wie du da hockst auf deinem Stuhl! Du hast Papa nicht geholfen, kein Stück. Er hat unser Bestes gewollt, aber du hast nichts gemacht, nichts!«

Antonia war wieder in den Flur gerast. Kurze Zeit später vernahm Simon, wie die Haustür zugeschlagen wurde.

Aus der Küche erklang Schluchzen. Er hoffte, dass Mama nicht nachher zu ihm kam, um sich trösten zu lassen. Irgendwie traf es immer ihn. Früher kam Papa zu ihm, wenn er nachts betrunken nach Hause kam und einen Moralischen kriegte. Jetzt war es Mama, die ihm das Bett nassheulte. Antonia war immer wütend. Zu der würde Mama nie gehen. Aber er, er konnte Mama nicht wegschicken, das brachte er einfach nicht über sich.

Mit Mallorca würde es nichts werden, Mama würde nicht aufhören zu weinen und nachts in sein Bett zu kommen, und Antonia würde nicht aufhören, wütend zu sein und ihr Tagebuch vollzuschreiben. Und er selbst würde keine Freunde haben, außer Lord Vader. Er sah auf das Poster. Dann stand er auf, nahm es vorsichtig von der Wand und faltete es zusammen. Er öffnete seinen Koffer, der immer noch gefüllt mit den Sachen für Mallorca gefüllt war. Obenauf lag der Brief mit dem blau-roten Rand. Er hatte ihn in Papas Nachttisch gefunden, wo er an der Unterseite der Schublade geklebt hatte. Alter Trick, aber Mama, Antonia und der Kommissar waren nicht drauf gekommen. Als die Leute kamen und das Haus auf den Kopf stellten, hatte er sich den Brief in den Hosenbund geschoben und den Pullover darüber gezogen. Jetzt war er etwas verknickt.

Simon lauschte nach unten. Mama schluchzte immer noch, aber dann hörte er, wie der Stuhl weggerückt wurde und sie anfing, die Scherben zusammenzukehren. Es würde eine Weile dauern, bis sie dort alles aufgeräumt hatte.

Simon suchte in seinem Nachtschrank nach der Taschenlampe, legte sie in seinen Koffer, schloss ihn und verließ das Zimmer. Leise zog er die Tür zu. Er verharrte einen Moment und lauschte, dann schlich er die Treppe hinunter. Er sah, dass die Tür zum Wohnzimmer weit offenstand. Antonia hatte die Schublade mit den vielen Briefen gegen die Wand geschleudert. Die meisten waren ungeöffnet, und die Beamten hatten sie nicht mitgenommen. Die Briefe lagen überall auf dem Fußboden verstreut. Er trat näher. Was für ein Durcheinander!

Hinter sich in der Küche hörte er seine Mutter rumoren. Dann wurde es still, und sie murmelte etwas: »Simon, der Ärmste. Was muss mein Baby alles mit anhören …« Ihre Schritte näherten sich.

Rasch zog Simon sich in das Wohnzimmer zurück und schloss die Tür. Er hörte Mamas Schritte auf der Treppe.

Als er in der Tür stand, die Schuhe in der einen, den Koffer in der anderen Hand, hörte er im Obergeschoss noch die klagende Stimme seiner Mutter: »Simon, warum sagst du denn nichts? Wo hast du dich versteckt? Spatz, das kannst du mir nicht antun.«

An diesem Nachmittag schien die Sonne, aber der Wind, der die Rotoren der Windräder an der A31 heftig rotieren ließ, war kalt. Er rannte über den Rasen, duckte sich hinter seinem alten Spielturm, der längst kaputt, aber nie repariert worden war, und sprintete dann zu den Büschen am Ende des Gartens. Vorsichtig sah er sich um. Seine Mutter suchte ihn offenbar noch im Haus. Auch von Antonia war keine Spur zu sehen.

Vor ihm lagen die langen, schmalen Wiesenstücke, die bis zur Autobahn reichten. Auf den Weiden grasten Kühe. Wenn er dorthin lief, dann würde man ihn schnell finden, und seine Flucht wäre vorbei, bevor sie richtig begonnen hätte.

Er hastete hinter den Büschen an den Nachbargrundstücken entlang. Die Autobahn war weit genug entfernt. Von dort aus würde man ihn nicht sehen und die Kühe konnten ihn nicht verraten. Schließlich erreichte er das verlassene Haus neben Meinders Plaats. Hier wohnte schon seit Jahren niemand mehr. Ein Kellerfenster war kaputt, da war er schon oft eingestiegen. Natürlich war es verboten. Mama hatte gesagt, das Haus sei einsturzgefährdet, aber das war jetzt egal. Hier konnte er erst einmal nachdenken. Er warf den Koffer durch das Kellerfenster, stieg ein und tappte die schiefe Holztreppe hinauf.

In der Küche standen jede Menge alte, rostige Konservendosen auf einem Tisch mit brüchiger Wachstuchdecke. Auf den Etiketten stand »Erbsen mit Möhrchen sehr fein« oder »Mockturtlesuppe«. Er wusste nicht, was das war. Im Badezimmer stank es, darum ging er gar nicht erst rein. Das Wohnzimmer war leer. Simon überlegte. Dann ging er ins Obergeschoss.

Wenig später saß er, noch zitternd vor Aufregung über seine eigene Kühnheit, in einem kleinen Zimmer auf einem umgedrehten Wasserkasten und nahm den Brief aus dem Koffer. Er hielt ihn gegen das Fenster. Der Brief war ziemlich dick, und natürlich schien die Sonne nicht hindurch. Er schaute in den Umschlag hinein. Darin waren mehrere zusammengefaltete Seiten Papier, ein Notizheft und einige Fotos.

Simon schüttelte die Fotos aus dem Umschlag und betrachtete sie. Er sah Schiffe, Kisten, ein Foto mit einem Mann in Uniform mit einer Kapitänsmütze auf dem Kopf, der einen Umschlag von zwei anderen Männern erhielt, und viele, viele Kisten und Container. Simon fand die Fotos ziemlich blöd. Warum machte man Fotos von so langweiligen Sachen?

Er sah wieder in den Umschlag und nahm den Brief heraus. *»Dear Mr. Fokken«*, las er da. *»You don't know me, but I knew your father.«* Simon ließ den Brief auf den Fußboden fallen. Er konnte kein Ausländisch. Dann blätterte er in dem Heft. Die Schrift war ziemlich krakelig, und er konnte nicht so gut lesen. Er legte das Heft wieder weg.

Er wandte sich wieder den Fotos zu: Auf einem Foto war eine Kiste zu sehen, in der unter Stroh Gewehre lagen. Das war nun weitaus spannender. Ein weiteres Foto zeigte eine Gruppe junger Männer, die nicht europäisch aussahen. Sie hatten sich in Reihen hintereinander aufgestellt wie auf einem Fußballbild. Sie lachten, und jeder von ihnen hatte ein Gewehr in der Hand. In der ersten Reihe saß ein Junge, kaum älter als Antonia. Er hatte dunkle Locken und strahlte in die Kamera. Das Gewehr hatte er ganz lässig über seine Beine gelegt. Cool, dachte Simon. Er drehte das Bild um: *Compañía BLI Sócrates Sandino* stand auf der Rückseite. Das sagte ihm nichts.

Wenn er ein Laserschwert hätte, könnte er es sich genauso lässig über die Beine legen. Aber er verstand nicht, warum dieser Umschlag mit dem Brief und den Fotos Papa so glücklich gemacht hatte? Das ergab doch alles keinen Sinn. Er nahm erneut das Notizbuch in die Hand, das er zuvor achtlos auf den Boden gelegt hatte, kniff die Augen zusammen und versuchte zu lesen, was dort geschrieben stand.

»10. November 1984. Mein lieber Fokko, wir liegen hier im Hafen von Ilhéus und kommen nicht weg. Ich stelle mir vor, wie es wäre, jetzt bei dir zu sein. Es ist Samstag, und bestimmt spielst du heute Fußball. Gerne würde ich am Spielfeldrand stehen und dich anfeuern. Wir könnten am Abend zusammen die Sportschau gucken und ein Bier trinken. Bestimmt gehst du heute Abend aus, während ich hier sitze und darauf warte, dass es weitergeht und ich in ein paar Wochen zu Hause sein kann. Fokko, ich habe eine Entscheidung getroffen: Ich will nicht mehr zur See fahren. Ich wollte es nie, aber ich konnte unsere Familie nicht anders über die Runden bringen als mit dem guten Geld, das man hier verdient. Ich dachte, wenn ich erster Offizier werde, dann könnte ich früher aufhören. Aber ich habe schon die besten Jahre mit dir verpasst. Ich will nicht noch mehr Zeit vergeuden.

Da ist noch etwas: Die Dinge hier laufen nicht so, wie sie laufen sollten. Irgendetwas ist faul. Wir haben den Kurs geändert. Eigentlich sollten wir direkt nach Boston fahren und von dort nach Hause, aber jetzt sind wir abgebogen und fahren nach Mittelamerika. Unser Kapitän gibt keine Auskunft. Er hat sich auf der Brücke eingeschlossen. Die Mannschaft weiß nicht, warum der Kurs geändert wurde. Ich habe den Ver-

dacht, dass in unserer Ladung irgendetwas ist, das nicht in den Papieren steht. Ich mache mir große Sorgen.«

Simon rieb sich die Augen. Er verstand das alles nicht. Er merkte, dass er sehr müde war. Vielleicht konnte er sich irgendwo hinlegen und etwas ausruhen. Seine Blicke glitten durch den Raum, in dem sich außer der Wasserkiste nur noch ein kaputter Stuhl befand. Sollte er zurückgehen? Aber Mama würde eine große Szene machen, sie würde wieder weinen und Antonia würde ihn anschreien, und am Ende säße er wieder auf seinem Koffer und alles wäre wie zuvor. Er öffnete den Koffer und holte das Darth-Vader-Plakat hervor, faltete es auseinander und starrte auf die schwarze Maske.

Er gab sich einen Ruck. Vielleicht gab es in einem anderen Raum ein Bett oder Sofa. Simon nahm Darth Vader unter den Arm, griff seine Taschenlampe und wagte einen Blick in die anderen Zimmer. Im nächsten Raum hatten sich Tauben niedergelassen. Sie flatterten mit großem Geschrei auf und durch das kaputte Fenster nach draußen. Simons Herz klopfte bis zum Halse. Der ganze Raum war voller Taubendreck. Er würgte und sah in das nächste Zimmer.

In der hinteren, dunklen Ecke sah er einen unförmigen Haufen, der sich bei näherem Hinsehen als ein Lager aus Schlafsack, Isomatte und Seesack entpuppte. Vor dem Arrangement stand ein Pappbecher mit einer angetrockneten braunen Flüssigkeit. Simons Nase sagte ihm, dass es Kaffee gewesen war. Daneben lag eine zerknüllte Brötchentüte. Er ließ den Lichtschein über den Schlafsack wandern, der silbergrau war und ihm irgendwie bekannt vorkam. Er beugte sich vor, hielt einen Moment inne, dann zog er den Reißverschluss des Schlafsacks auf und schaute auf das Waschetikett in der Innenseite: »A. Fokken« stand dort in der sorgfältigen Handschrift seiner Mutter.

Was war das? Hier hatte jemand campiert, und zwar im Schlafsack seiner Schwester. Aber Antonia konnte es nicht gewesen sein, die hatte immer zu Hause geschlafen, jedenfalls glaubte er das.

Oder doch nicht?

Papa war es auf jeden Fall nicht gewesen. Den hatte er selbst sterben sehen.

Da war noch der Seesack. Simon öffnete ihn. Darin fand er ein paar schmutzige, nach Männerschweiß stinkende Klamotten. Angewidert warf er sie hinter sich. Dann zog er eine zerknüllte Hose heraus, die voller dunkler Flecken war, die sich hart anfühlten und irgendwie nach Blut aussahen. Und schließlich war in dem Seesack noch eine Tupperdose mit Heften, die genauso aussahen wie dasjenige, in dem er vorhin geblättert hatte.

Er öffnete die Dose. Dieselbe Handschrift, viele Fotos, die er durchblätterte, bis er auf eines stieß, das seinen Vater zeigte. Viel jünger zwar als Simon ihn kannte, schlanker auch und mit einem zarten dunklen Flaum unter der Nase. Aber es war sein Vater. Was machte das Foto in dem Seesack, den er noch nie gesehen hatte? Und warum verschickte jemand diese Hefte mit der Post aus einem weit entfernten Land?

Simon ließ sich auf den Schlafsack sinken. Es knisterte. Er griff nach hinten, holte Darth Vader aus dem Hosenbund, faltete das Papier auseinander und legte sich darauf. Er musste kurz nachdenken. Es war alles sehr verwirrend.

* * *

Wilfried Bleeker parkte nun schon seit einer Weile vor der Fahrschule Rosema. Er hatte vorgehabt, seinen alten Bekannten Horst an einem normalen Samstagnachmittag spontan zu besuchen. Dagegen konnte ja nun niemand etwas einzuwenden haben. Bei einem Schwatz und einer Tasse Kaffee würde sich sicher eine Gelegenheit ergeben, noch einmal auf das gemütliche Frühstück bei Horsts Mutter zurückzukommen. Da sei doch dieses Wort von der »Entführung« gefallen. Wie sie das denn wohl gemeint habe?

Es war das Taxi vor dem Haus, das ihn am Aussteigen gehindert hatte. Das Taxi stand mit laufendem Motor an einer Stelle, die nun wirklich keine Laufkundschaft versprach. Es wartete also auf jemanden im Haus, und Wilfried wollte wissen, wer es war.

Als der kleine, drahtige Mann mit eiligem Schritt die Fahrschule verließ und in das Taxi stieg, war dies für Wilfried eine Überraschung – und dann doch wieder nicht. Bei einer seiner nächtlichen Kneipentouren war ihm zugetragen worden, dass Landrat Saathoff sich wegen seines alkoholbedingten Unfalls Ende letzten Jahres auf dem neuen Nüttermoorer Kreisel einem Idiotentest unterziehen musste. Natürlich hatte Enno Saathoff alle rechtlichen Schritte unternommen, um das zu verhindern. Aber der Rechtsstaat war manchmal unerbittlich und musste mit außergewöhnlichen Mitteln überwunden werden. Und diese Mittel hatte der Landrat offensichtlich bei Horst Rosema gesucht und gefunden. Also war es eigentlich nur logisch, dass er Druck auf Hinterkötter ausgeübt hatte, Rosema freizulassen.

Wilfried Bleeker hatte selbst schon einmal eine medizinisch-psychologische Untersuchung machen müssen, weil sein Punktekonto in Flensburg ihm keine Wahl gelassen hatte. Die MPU bestand aus mehreren Teilen: Fragebögen, Leistungstests, der medizinischen Untersuchung und schließlich dem psychologischen Gespräch. Es gab mehrere Untiefen, die für einen Probanden gefährlich werden konnten: Bei alkoholbedingten Auffälligkeiten konnte ein Abstinenzbeleg verlangt werden, der auf der Grundlage von Urin- oder Haarwurzelanalysen erstellt wurde. Beim psychologischen Gespräch wurden die Einsichtsfähigkeit in das vergangene Fehlverhalten sowie die Bereitschaft zur künftigen Verhaltensänderung geprüft. Da fiel gerne mal die Hälfte der Prüflinge durch.

Wilfried Bleeker versuchte sich vorzustellen, wie ein solches Gespräch mit Enno Saathoff ablaufen würde, und musste beinahe laut auflachen: Abstinenz über Monate und Einsichtsfähigkeit? Nein, Saathoff hatte bei der MPU keine Chance, es sei denn, jemand half ihm. Mit welchen Mitteln?

Die Tür der Fahrschule öffnete sich. Horst Rosema trat heraus und verschwand, ohne sich umzusehen, im Hinterhof des Gebäudes. Kurz darauf bog der schwarze Fahrschulwagen auf die Bremer Straße.

Wilfried ließ zur Sicherheit noch ein Fahrzeug vorbeifahren, um mit seiner Barchetta nicht die Aufmerksamkeit seines Bekannten zu erregen. Dann folgte er dem Wagen.

Etwa vierzig Minuten später parkte Horst Rosema sein Auto auf einem Parkplatz im Stadtzentrum von Oldenburg und verschwand in einem größeren Bürogebäude. Wilfried Bleeker ließ einige Minuten verstreichen, stieg dann ebenfalls aus und näherte sich der Tür. Unter mehreren Firmenschildern fand er schließlich das gesuchte: PUMA MPU GmbH. Er drückte auf den Klingelknopf. Es summte.

Als er die Räume der PUMA GmbH betrat, erlebte er eine faustdicke Überraschung: Hinter dem Empfangsschalter saß Desdemona, die er aus der Pharaonen-Spielothek kannte. Sie trug eine weiße Bluse und einen schwarzen Blazer und war nur an der kohlschwarzen Umrandung ihrer Augen als die Gothic-Braut zu identifizieren, die sie in der nächtlichen Hälfte ihres Lebens war. Sogar die Piercings waren größtenteils aus ihrem Gesicht verschwunden.

Ein schneller Blick nach allen Seiten: von Rosema keine Spur. Wahrscheinlich füllte der schon seinen ersten Fragebogen aus.

Auch Desdemona hatte ihn sofort erkannt. Ihr Blick wurde unsicher, sie straffte die Schultern. »Guten Tag, was kann ich für Sie tun?«, fragte sie förmlich.

»Desdemo …«, er fixierte das Namensschild auf dem Empfangstresen, »Äh, Frau Schmidt, ich bin zufällig in der Stadt und fahre hier vorbei. Und wen sehe ich? Meinen alten Freund Horst Rosema, wie er hier reingeht. Da wollte ich schnell guten Tag sagen. Aber dann dachte ich, vielleicht ist es ihm gar nicht Recht, wenn ich ihn hier in diesen Räumen … schließlich ist er ja Fahrlehrer, und ein Fahrlehrer bei der MPU, das ist ja auch eher ungewöhnlich, nicht wahr?«

»Hier ist kein Horst Rosema angemeldet«, entgegnete Desdemona unwirsch.

»Nicht? Und ich war mir doch so sicher. Wie heißt denn der Mann, der gerade hier einen Termin hat?«

»Ich darf Ihnen keine Auskünfte über unsere Gäste erteilen«, kam es prompt zurück.

»Liebe Desdemona – ich darf doch »du« sagen, weil wir uns ja kennen -, also, das verstehe ich natürlich. Und du machst Deinen Job sicher sehr gewissenhaft. So ein Institut muss auch auf seinen guten Ruf achten, und da gehört Diskretion unbedingt dazu. Ja, das ist schon ein Spagat: zwei so aufreibende Jobs miteinander zu vereinbaren ...«, er lächelte sie breit an. »Haben die Dir eigentlich so ohne Weiteres eine Nebentätigkeit in der Spielothek genehmigt? Oder sammelst Du dort gleich die Kundschaft ein, die später hier aufschlägt?«

Desdemona sank in sich zusammen.

»Weißt Du, es muss ja keiner erfahren, woher ich es weiß. Du könntest auch einfach mal aufs Klo müssen, und ich schaue schnell über die Theke hier in Dein Buchungssystem und bin gleich wieder weg. Niemand wird etwas erfahren.«

Wilfried betrachtete aufmerksam seine Fingernägel, während er Desdemona Zeit gab, ihre Optionen zu überdenken. Sie brauchte nicht lange. Als sie verschwunden war, umrundete er die Theke und schaute in den Terminplaner. Heute waren insgesamt fünf Unglücksraben angemeldet, denen man einen arbeitnehmerfreundlichen Termin am Samstag gegeben hatte. Der letzte Name auf dem Bildschirm lautete »Enno Saathoff«.

Wilfried Bleeker dachte kurz nach, drehte sich dann um und fuhr mit dem Fahrstuhl wieder nach unten. Der Nachmittag war anders verlaufen, als er es sich vorgestellt hatte. In der kriminalpolizeilichen Ermittlungsarbeit musste man flexibel sein. Man kam nicht immer an die Informationen, die man gesucht hatte, dafür manchmal an andere, die auch nutzbringend sein konnten. Er war zufrieden.

Er beeilte sich, nach Leer zurückzukommen, denn er hatte sich mit der Freundin von Meike Möllenkamp verabredet. Nachdem Julia beim Frühstück aufgehört hatte zu weinen, war sie sehr unternehmungslustig geworden, und er hatte ihr eine Tour durch Leers angesagte Kneipen zugesagt. Er hoffte auf einen spannenden Abend.

* * *

Vorsichtig betrat Möllenkamp das Haus, darauf gefasst, in hitzige Diskussionen über seine Polizeiarbeit oder feministische Streitigkeiten zu geraten. Er spitzte die Ohren, aber alles war ruhig. Er betrachtete das Stillleben der Schuhe im Flur. Nur Meikes Schuhe standen unter der Garderobe, genauer gesagt, drei Paar ihrer Schuhe, während er sein eines Paar meistens trug.

Nach seinem überstürzten Aufbruch zum Lauftraining hatte er den Tag außerhalb seiner vier Wände verbracht. Zuerst hatte er den Wagen zur Inspektion angemeldet. Dann hatte er in seinem Büro einen Bericht über die ergebnislose Hausdurchsuchung bei Sabine Fokken geschrieben, kurz in Esklum nach dem Rechten gesehen und bei Multi

Süd einen echten Männereinkauf gemacht. Dann waren ihm die Gründe ausgegangen, noch länger von zu Hause fernzubleiben. Außer den Gründen, die eben dort auf ihn warteten.

Und er hatte sich wieder zurückgewagt.

Er überlegte, dass er sich für den Fall einer erneuten Flucht duschen und umziehen sollte, denn er trug immer noch die Laufkleidung von heute Morgen. Aber es schien, als seien alle Störenfriede aus seinem Haus verschwunden. Erleichtert kehrte er um und machte sich daran, die Einkäufe aus dem Auto zu holen. Vorräte anzulegen beruhigte ihn ungemein, und der große Keller gehörte zu den wenigen Argumenten, die ihn am Hausprojekt in Eskluum wirklich überzeugt hatten.

»Ist Krieg angekündigt?«, fragte Meike, die ihm plötzlich im Hausflur gegenüberstand, als er mit einer Palette Heringsfilets in Tomatensauce durch die Tür kam.

»Man kann nie wissen«, murmelte er, schon auf dem Weg in den Keller. Da dort alles bereits voll war, schob er den Fisch in den Schrank zwischen seine Sportsachen, was ihm missfiel. Von seinem Vater hatte er einen Sinn für Ordnung geerbt, der klar, kompromisslos und zum Scheitern verurteilt war, da seine Absichten in der Praxis dauernd durchkreuzt wurden. Seine Feinde hießen Eile, Platzmangel, Bequemlichkeit. Und auch Meike, die seine Ordnungsprinzipien einfach nicht verstehen wollte – oder einfach sabotierte?

Er wischte sich den Schweiß von der Stirn und ging nach oben, um die Stimmung zu sondieren. Noch hatte er nicht raus, ob Meike eingeschnappt war.

»Kommst du jetzt noch mit einer Sackkarre voller Senf, weil der im Angebot war?«

Sie war es nicht, oder nicht mehr.

»Wo ist denn dein Gast«, fragte er so beiläufig wie möglich.

»Zieht mit deinem Gast um die Häuser.«

»Mit Wilfried?!«

»Jepp.«

Möllenkamp war baff, aber er erkannte schnell den Vorteil der Situation. Er blickte seine Frau an. Sie trug Gartenhandschuhe, ein T-Shirt mit Löchern und einen schwarzen Schmutzstreifen quer über das Gesicht. Sie sah zum Anbeißen aus.

»Du riechst wie ein Puma«; sagte Meike.

»Das machen die Hormone«, sagte Möllenkamp und nahm sie in die Arme.

* * *

Er wertete es als außerordentliche Versöhnungsgeste, dass sie später mit ihm zusammen Heringsbrote aß. Sie teilten sich ein Jever, und sein Zugeständnis war das Glas, aus dem er trank.

»Ich hab nachgedacht. Vielleicht hast du recht, und die Mutter von diesem Rosema hat sich tatsächlich bloß versprochen«, sagte Meike.

»Ich hab auch nachgedacht, und vielleicht habt ihr ja auch recht. An der ganzen Sache ist was faul, das sehe ich ja auch.«

»Nein, an der Sache ist vermutlich gar nichts faul.«

»Doch, wirklich!«

Sie schwiegen einen Moment, dann lachten beide.

»Wollen wir uns jetzt noch ein bisschen streiten, nur unter umgekehrten Vorzeichen?«, fragte Möllenkamp.

»Bloß nicht. Außerdem ist es ja nicht so, als ginge dir die Arbeit aus. Du musst ja auch noch die Entführung von dieser Reederin aufklären.«

»Ja, aber da kriege ich auch noch keines der losen Enden zu fassen.«

»Du hattest den Verdacht, dass es sich vielleicht um eine Verwechslung handelt?«

»Woher weißt du das?«

»Na, das stand doch in der Zeitung.«

»Ja, aber das habe ich eigentlich nur so dahingesagt. Ich kann es auch nicht wirklich glauben. Wer ist denn so blöd und entführt aus Versehen die falsche Frau? Vielleicht haben wir über die Firma Terveer einfach nur noch nicht genug herausbekommen. Ich habe Anja darangesetzt, das Umfeld zu beleuchten.« Er runzelte die Stirn. »Sie meinte gestern, sie sei da auf etwas gestoßen, das sie noch überprüfen müsse.«

»Was ich an dem Zeitungsartikel spannend fand, war der Hinweis auf den Brötchenduft in dem Haus, wo die Frau gefangen war. Habt Ihr nicht letzte Woche einen Bäcker aus Stapelmoor abgeholt, der wegen eines Containers Erde völlig ausgetickt ist?«

Möllenkamp setzte sich aufrecht hin. Da war es, das fehlende Puzzlestück. »Aber das kann doch nicht sein«, murmelte er. »Das glaub ich einfach nicht.«

Meike hob die Augenbrauen. »Was ist denn? Hast du eine Erscheinung?«

»Kommt mir fast so vor. Der Mann, von dem du sprichst, also der Bäcker, der heißt Bernd Steinfelder. Der wiederum ist ein Freund unseres Fahrschulbesitzers Horst Rosema, von dem Wilfried heute Morgen sprach. Und beide zusammen sind Freunde von Fokko Fokken. Vielmehr, sie waren Freunde von ihm. Wenn wir jetzt annehmen, dass Steinfelder etwas mit der Entführung von Engelke Terveer zu tun hat…«

»… dann haben wir es mit einem einzigen Fall zu tun – nicht mit zweien«, folgerte Meike.

»So ist es.«

»Dann hat Fokko Fokken möglicherweise auch schon Engelke Terveer erpresst und dafür mit dem Leben bezahlt?«

»Aber warum ist dann Fokken tot und die beiden anderen leben noch?«

»Vielleicht, weil sie Engelke Terveer freigelassen haben«, versuchte es Meike.

»Das ergibt keinen Sinn. Erpressung ist Erpressung. Und wer einmal einen Erpresser getötet hat, der tut es auch mit den nächsten Erpressern. Entweder man bringt sie alle um oder keinen.«

Meike runzelte die Stirn. »Vielleicht haben Horst Rosema und Bernd Steinfelder Fokko Fokken ermordet. Ein Mitwisser weniger, mit dem sie das Geld teilen müssen.«

»Das kann sein, passt aber irgendwie nicht ins Bild. Wenn sie so skrupellos sind, dann hätten sie die alte Dame auch ermordet, als sie merkten, dass es mit dem Geld nichts wird.«

Sie schwiegen.

»Nehmen wir an, die drei haben nicht von Anfang an zusammengearbeitet. Fokko Fokken hat jemanden erpresst. Vielleicht hat er Geld bekommen und dafür mit dem Leben bezahlt. Das würde immerhin erklären, warum er mit seiner Familie einen Urlaub plante, den er sich sonst eigentlich nicht hätte leisten können. Dann haben die beiden anderen auch versucht, ein Stück von dem Kuchen abzubekommen. Man hat ihnen klargemacht, dass ihnen das gleiche blüht wie Fokken, und sie haben lieber den Schwanz eingezogen und Engelke Terveer freigelassen.«

Möllenkamp grübelte. »Okay, aber wer ist ›man‹? Hat Engelke Terveer Komplizen? Wer könnte das sein? Ihre Kinder? Wer sonst aus ihrem Umfeld kommt in Frage? Die Reederei gibt es ja nicht mehr.«

»Was ist denn damit passiert?«

»Die Reederei wurde meines Wissens verkauft, als ihr Mann noch lebte.«

»An wen?«

»Das weiß ich noch nicht. Wie gesagt, Anja recherchiert gerade das Umfeld von Terveer.«

Möllenkamp schwirrte der Kopf. Er musste auch in Betracht ziehen, dass das meiste an der Geschichte von Engelke Terveer erfunden sein konnte. Es gab nicht viel, was ihre Version belegte, solange die Polizei nicht herausgefunden hatte, wo sie gefangen gehalten worden war.

Es klingelte an der Tür. Er blickte auf die Uhr: halb zehn. Da hatten es Wilfried und Julia ja nicht lange miteinander ausgehalten.

* * *

Möllenkamp öffnete die Tür einen Spalt und erstarrte. Vor ihm stand eine atemberaubend schöne Frau, die er noch nie gesehen hatte. Lange blonde Haare umrahmten ein ebenmäßiges, wenn auch verweintes Gesicht. Unwillkürlich öffnete er die Tür ein Stück weiter und ließ sie herein. Mit größter Selbstverständlichkeit streifte sie die Schuhe ab.

»Ja bitte?«, fragte Meike, die wie aus dem Nichts hinter ihm aufgetaucht war.

»Ich bin Vanessa. Ist Julia hier?«

»Nein.« Meikes Stimme hinter ihm war schneidend.

»Oh«. Die schöne Frau machte Anstalten, die Schuhe wieder anzuziehen, und Möllenkamp, der sie immer noch fasziniert ansah, erfasste die Angst, sie könne schon wieder fort sein, bevor er sich sattgesehen hatte. Schnell sagte er:

»Sie ist, äh, momentan unterwegs. Möchtest du hier warten?«

»Gerne, wenn es nicht zu viele Umstände macht.«

Meikes kniff die Augen zusammen.

»Julia ist mit einem Freund unterwegs. Wir wissen nicht, ob sie heute Nacht zurückkommt«, hörte er Meike sagen.

Vanessa sank in sich zusammen. Er unterdrückte den Impuls, sie in den Arm zu nehmen.

»Komm doch herein. Wir wollten gerade eine Flasche Wein aufmachen. Vielleicht trinkst du ein Glas mit?«

Der Ellbogen, den Meike ihm im Vorbeigehen in die Rippen stieß, würde ein schönes Hämatom zur Folge haben.

Wenige Augenblicke später saß sie im Sofa. Möllenkamp hockte ihr auf seinem Sessel gegenüber und suchte krampfhaft nach einem unverfänglichen Gesprächsthema. Ihr Aussehen anzusprechen war ein No Go, es schien ihm auch nicht ratsam, ihren gegenwärtigen Beziehungsstatus zu thematisieren. Dafür hatte er aber das dringende Bedürfnis, sich für sein bescheidenes Heim zu entschuldigen.

»Wir … wir ziehen bald aus«, brachte er hervor. »Wir renovieren einen Resthof in Esklum. Äh, Esklum, das ist auch ganz nahe an Leer. Man ist schnell dort.«

Vanessa nickte, ihre Wimpern flatterten.

»Leider kein Wein mehr da. Ich hab dir ein Jever mitgebracht.« Meike knallte die Flasche auf den Tisch. Das Bier würde beim Öffnen sofort überschäumen.

»Wo hast du denn deinen neuen Freund gelassen? Julia sagte, der sei auch politisch ganz interessiert?«

Möllenkamp fröstelte. Von einem Augenblick auf den anderen fühlte er sich wie der Schiedsrichter in einer Schlammgrube, in der gleich zwei Frauen um ihr Leben catchen würden.

»Er ist nicht mehr mein Freund«, murmelte Vanessa. »Es war ein Irrtum.«

»Manche Irrtümer können fatal sein.«

Möllenkamp vergewisserte sich durch einen Seitenblick, dass Meike nicht plötzlich einen Eispickel in der Hand hielt. Vor ihm begann Vanessa zu weinen, er starrte auf den Fluss ihrer Tränen, der glänzende Spuren in ihr Gesicht malte, auf die Tropfen, die auf ihren Pullover fielen und dunkle Flecken hinterließen. Was für ein Kummer!

Er räusperte sich.

»Ja … ich hol dann mal einen Flaschenöffner.«

In der Küche stand er eine Weile unschlüssig herum. Er würde jetzt schon mächtigen Ärger mit Meike bekommen. Er sollte es nicht noch schlimmer machen.

»So wie ich das sehe, war der Irrtum eher auf Julias Seite. Vielleicht wäre es besser, du lässt sie eine Weile in Ruhe über eure Beziehung nachdenken«, hörte er Meike sagen.

Die Worte alarmierten ihn. »Eine Weile« konnte ziemlich lang sein, und Julia war kein Hausgast, der sich unauffällig in die Abläufe ihres Lebens einfügen würde.

»Ich möchte, dass sie weiß, dass ich sie liebe und dass es mir leidtut«, schluchzte Vanessa. »Wir gehören zusammen.«

»Soweit ich Julia verstanden habe, hast du diese Zusammengehörigkeit aber anders gelebt, als sie sich das vorgestellt hat.« Meikes Stimme troff vor Sarkasmus.

»Sie war es doch, die gesagt hat, dass Treue ein patriarchales Konzept ist!« Vanessa war jetzt empört.

»Damit hat sie aber vermutlich nicht gemeint, dass du gleich mit dem erstbesten FDP-Heini in die Kiste hüpfen sollst!«

»Ach ja? Hätte ich etwa erst um Erlaubnis fragen müssen? Ihr den Kandidaten vorstellen? Liebe Julia, das ist Lars. Ich habe ihn kennengelernt und große Lust auf ihn. Darf ich?«

»Vielleicht wäre das eine vertrauensbildende Maßnahme gewesen«, gab Meike kühl zurück.

»Als ob sie das gemacht hätte, als sie mit ihrem Kollegen vom Lehrstuhl für ein paar Tage auf seine Hütte verschwunden ist, um einen Feldversuch zu machen.«

»Einen *was*?«

»Sie wollte herausfinden, wie lange man es als lesbische Frau in Gegenwart eines heterosexuellen Mannes aushalten kann.«

Möllenkamp hielt in der Küche die Luft an. Er hoffte, dass Meike nicht nachfragte und so eine umfangreiche Antwort über die visuellen, intellektuellen und vor allem olfaktorischen Zumutungen dieses Experiments provozierte.

Meike hatte diese Skrupel nicht. »Und?«

Vanessa schnaubte. »Lange genug, um viel Spaß zu haben.«

Sie nahm einen Schluck aus ihrer Bierflasche und wischte sich den Mund mit einer entschlossenen Geste ab. Ihr roter Lippenstift war nun auch nicht mehr an seinem Platz. Alles in allem sah die Gestalt vor ihm jetzt weniger wie ein Engel aus.

»Ich frage mich schon die ganze Zeit«, sagte Möllenkamp, der aus der Küche wieder ins Wohnzimmer kam, »ob euer Streit auch so eskaliert wäre, wenn du dir nicht gerade ein Mitglied der Freiheitlich Demokratischen Partei ausgesucht hättest, sondern einen grünen Müslifresser.«

Im darauf folgenden Schweigen traf ihn blitzartig die Erkenntnis, dass es genau jetzt an der Zeit war, für eine Weile auf die Toilette zu verschwinden. Zum Zeitvertreib nahm er eine Zeitung mit.

Während er auf der Toilette saß überlegte er, wie er aus seiner misslichen Lage wieder herauskommen sollte. Vermutlich hatte er gerade etwas nahezu Unmögliches geschafft, nämlich zwischen Meike und Vanessa eine Art Frauensolidarität herzustellen. Das war zwar besser als die feindselige Spannung, die zuvor zwischen den beiden geherrscht hatte. Aber der Preis war, dass sie sich jetzt vermutlich gerade gegen ihn verbündeten. Sollte er sich einfach davonschleichen und irgendwo noch ein Bier trinken gehen?

Er seufzte und faltete die Zeitung auseinander. Viel mehr als Gertrud Boekhoffs Artikel über die Entführung von Engelke Terveer hatte er heute Morgen nicht lesen können. Sein Blick überflog Schlagzeilen, glitt über die Nachrichten von Autounfällen und Ferienpassaktivitäten und nahm auch wahr, was nicht in der Zeitung stand. Zum Beispiel stand da nichts über die Denkmalplatzdemonstration. Auf Gertrud konnte man sich verlassen. Er bemerkte eine Anzeige der Fahrschule Rosema, nicht gerade klein. »In den Sommerferien garantiert zum Führerschein! Praxisunterricht in modernsten Fahrschulwagen von BMW.« Etwas kleiner darunter: »Lappen weg? Mit uns kommen Sie sicher durch die MPU.«

Auf der Panoramaseite berichteten sie, dass im Marianengraben ein Frachter vermisst wurde, der unter panamaischer Flagge fuhr.

Das brachte ihn zurück zu seinem Entführungsfall. Was war das für eine merkwürdige Geschichte! Er musste die Sache unbedingt intensiver recherchieren.

Als es an der Tür läutete, schrak er zusammen. Es half nichts, er musste seine Sitzung wohl beenden. Er spülte und ging in den Flur, wo Meike ihm entgegenkam. Sie sah ihn nicht an und eilte zur Tür.

»Hallo zusammen! Wir dachten, wir heitern euch noch ein bisschen auf.« Wilfried trat ein, gefolgt von Julia, deren Schritte schon leicht unsicher wirkten. Sie waren bester Laune, und Wilfried legte gleich den Arm um seine neue Bekanntschaft, um sie zu stützen.

»Meike, Leer hat viel mehr zu bieten als ich dachte«, verkündete Julia. »Warum hast du mich denn bisher nicht in die angesagten Schuppen …« Sie brach ab, als ihr Blick auf die Schuhe unter der Garderobe fiel. Schließlich blickte sie auf. Sie sah an Meike und Stephan Möllenkamp, der mit einer zusammengefalteten Zeitung vor der Toilettentür stand, vorbei und starrte auf die Erscheinung im Durchgang zum Wohnzimmer.

Im Gegenlicht war Vanessas Gesicht nicht zu erkennen. Aber Wilfried ließ sicherheitshalber seinen Arm sinken. »Wer ist das?«

* * *

Gertrud hatte ihren roten Polo im Wendehammer des Neubaugebietes abgestellt, weit genug von dem Haus entfernt, das sie sich nun doch noch einmal dringend ansehen musste. Sie hatte die Hände in die Taschen ihres Parkas geschoben, den sie sommers wie winters trug, und schlenderte die menschenleere Straße des Neubaugebietes entlang. Nervös fingerte sie in der Tasche nach ihrer Taschenlampe, knipste sie an und wieder aus. Sie hatte gewartet, bis es dunkel geworden war. Es regnete zwar nicht, aber nachdem die Sonne untergegangen war, war es ziemlich kalt geworden. Das bedeutete immerhin, dass keine Grillgesellschaften auf den Terrassen sie bemerken würden. Die regionale Angewohnheit, in der Dämmerung sämtliche Rollläden herunterzulassen, verschaffte nicht nur den Bewohnern dieser Siedlung ein Gefühl trügerischer Sicherheit, sondern schützte auch jeden Flaneur unabhängig von seinen Absichten davor, aus einem der Häuser gesehen zu werden.

Trotzdem konnte natürlich noch irgendein junger Familienvater von einem Sportfest kommen oder seine Frau von der Geburtstagsfeier ihrer Freundin heimkehren. Dann würde die einsame Spaziergängerin natürlich auffallen. Für den Fall hatte Gertrud sich die Ausrede einfallen lassen, dass eine Bekannte von ihr sich für einen Bauplatz interessierte und sie sich die Gegend einfach mal ansehen wollte.

Es kam aber niemand.

Das Haus lag im Dunkeln. Keine Außenleuchte brannte, um etwa vorzutäuschen, hier wohne jemand. An der verschlossenen Haustür gab es kein Namensschild, auch keine Klingel, nur ein paar Strippen ragten aus der Hauswand. Gertrud umrundete das Anwesen, passierte auch den leeren Container und den Sandhaufen daneben und versuchte es auf der Rückseite. Da gab es eine Hintertür, die sie probierte. Wie erwartet, war sie ebenfalls verschlossen. Auch in die Garage kam sie nicht hinein. Sie trat einen Schritt zurück und betrachtete das Haus. Unten waren alle Jalousien zu, aber im Obergeschoss hatte man an einem Fenster der Giebelseite die Rollos nur zu etwa zwei Dritteln heruntergelassen. Wenn sie dort bloß hineinsehen könnte! Sie sah sich um, konnte aber nirgends eine Leiter entdecken. Sie bewegte sich in größeren Kreisen auf dem Grundstück um das Haus herum, spähte, warf einen Blick auf die Nachbargrundstücke, entdeckte die Schaufel, die immer noch an der Wand des Nachbarhauses lehnte, sah aber keine Leiter.

Okay, weiter. Was konnte ihr helfen? Zwei Häuser weiter stand ein Spielturm wie eine texanische Ölförderanlage auf dem kahlen Rasen. Offensichtlich wussten die Erwachsenen, die ihn aufgestellt hatten, kaum noch etwas von der kindlichen Sehnsucht nach dem Unaufgeräumten, nach Büschen und Bäumen, nach alten Brettern, rostigen Nägeln und angeschlagenen Töpfen. Abenteuer fanden in diesen aufgeräumten, unfallfreien und anregungslosen Neubaugebieten nur noch drinnen auf dem Bildschirm statt. Kein Wunder, dass man niemals Kinder auf diesen Spieltürmen spielen sah, die ihnen wie eine Verhöhnung vorkommen mussten. Auch die Leiter, die an dem Ding lehnte, sah so aus, als sei sie niemals benutzt worden – bis jetzt!

Gertrud näherte sich dem Grundstück, das ganz im Dunkeln lag. Es war nicht schwierig, in den Garten zu gelangen. Zwischen den Grundstücken hatte man Durchgänge gelassen, so dass man hin- und herwechseln konnte. Wenn irgendjemand jetzt Gertrud aufgriffe, dann würde derjenige wohl vermuten, dass sie die Leiter brauchte, um in eines der ferienverwaisten Häuser einzusteigen, was der Wahrheit ziemlich nahekam.

Die Leiter hatte oben Haken und ließ sich leicht abnehmen. Als Gertrud sie an Steinfelders Hauswand lehnte, stellte sie fest, dass sie für einen Einbruch deutlich zu kurz gewesen wäre. Aber sie wollte ja auch nur einen Blick durchs Fenster werfen.

Sie musste sich auf die Zehenspitzen stellen, um ihren Kopf über den Sims zu bekommen. Mit ihrer Taschenlampe leuchtete sie durch den Spalt, den das Rollo offengelassen hatte. Der Lichtkegel glitt durch den Raum, streifte einen

Eimer, dann ein Bett mit verschnörkeltem Metallrahmen und streifte dann – nichts.

Gertrud ließ den Strahl der Taschenlampe mehrmals durch den Raum gleiten. Sie erfasste jede Ecke außer der Zimmerdecke, die sie wegen des Rollos nicht beleuchten konnte. Vergeblich versuchte sie, es etwas nach oben zu schieben, ließ es dann aber sein, weil das Rollo beim Zurückfallen Geräusche machte und die Leiter gefährlich wackelte.

Nichts. Da war nichts weiter.

Gertrud ließ sich ein Stück zurücksinken und kaute an ihrer Unterlippe. Der Raum, den sie gesehen hatte, sah exakt so aus, wie Engelke Terveer ihn beschrieben hatte. Er sah auch genauso aus, wie sie sich einen Raum vorstellte, in dem man jemand gefangen halten würde. Andererseits war aber auch nichts Eindeutiges in dem Raum zu sehen gewesen. Nichts, was nicht in Hunderten anderer Neubauten, in denen ab und an jemand übernachtete und den Innenausbau vorantrieb, auch herumstand. Würde das für eine Hausdurchsuchung reichen?

Noch einmal reckte sie sich und spähte angestrengt durch das Fenster. Mit der linken Hand stützte sie sich auf den Fenstersims, die rechte umklammerte die Taschenlampe.

Der Lichtstrahl erfasste das Bett. Gertrud kniff die Augen zusammen. Unter dem Bett lag etwas. Es war rund, schmal, ein fast geschlossener weißer Kreis.

Es konnte ein durchgeschnittener Kabelbinder sein.

Von Ferne drang ein Rauschen an ihr Ohr.

Noch näher. Sie musste noch näher an das Fenster herankommen. Sie musste sich sicher sein.

Ja, das war ein Kabelbinder.

Gertrud war wie elektrisiert. Das hier war das Haus, in dem Bernd Steinfelder und Horst Rosema Engelke Terveer gefangen gehalten hatten. Es lag so glasklar auf der Hand, dass sie sich fragte, warum sie nicht schon früher darauf gekommen war.

Da war das Rauschen wieder, diesmal deutlich lauter.

Ein Auto kam die Straße entlanggefahren.

Hastig ließ Gertrud sich auf die Sprossen zurückfallen, fasste mit beiden Händen nach den Holmen und griff ins Leere. Die Leiter schwankte. Sie verlor das Gleichgewicht.

Fiel.

* * *

Während Möllenkamp durch die Straßen des Stapelmoorer Neubaugebietes irrte, erschien ihm das Umbauprojekt in Esklum wieder in anderem Licht. Vielleicht sollte er alle Grübeleien einstellen und anerkennen, dass Meike einfach Recht gehabt hatte.

Sein erster Versuch, das Haus von Bernd Steinfelder zu finden, endete in einem Wendehammer, in dem jemand unberechtigterweise einen roten Polo abgestellt hatte.

Fluchend drehte er wieder um und versuchte es in einer anderen Straße.

Moment mal. Ein roter Polo?

Er drehte wieder um und fuhr zurück. Da stand der Wagen. Sein Scheinwerfer erfasste das Nummernschild.

LER-GB 1963.

Er stöhnte. Gertrud ermittelte wieder auf eigene Faust. Das hätte er sich auch denken können. Man durfte ihr einfach nichts erzählen! Jede Wette, dass sie um das Haus von Steinfelder herumschlich. Er traute ihr sogar zu, dass sie sich unerlaubt Zutritt verschaffte, wenn sich irgendeine Gelegenheit dazu ergab. Er merkte, dass er wütend wurde. Wohl auch, weil Gertrud wieder einen Tick schneller gewesen war?

Er erkannte das Haus schon von Weitem an dem Container vor der Tür. Erst jetzt ging ihm auf, dass er nicht genau wusste, wie er seine Anwesenheit hier jemandem erklären sollte. Es war mitten in der Nacht, er hatte keinen Durchsuchungsbeschluss und konnte nur hoffen, dass ihn niemand beobachtete. Kurz überlegte er, zum Wendehammer zurückzufahren und neben Gertrud zu parken. Sein Stolz hinderte ihn daran.

Er wollte ja nur mal gucken.

Als er langsam an dem Haus vorbeifuhr, sah er auf der Auffahrt eine umgefallene Leiter und einen unförmigen Haufen liegen.

Er hielt an. Der Haufen bewegte sich. Er trug einen Parka.

Möllenkamp stieg aus und konnte Gertrud jetzt stöhnen hören. Sie hatte das rechte Bein angewinkelt und hielt sich den Fuß. Er rannte zu ihr.

»Gertrud! Was ist los?!«

»Nichts«, presste sie zwischen den Zähnen hervor, »mir geht es prächtig.«

Er ging neben ihr in die Hocke.

»Der Fuß?«

Sie nickte.

Er hockte sich neben sie hin. »Lass mich mal sehen.«

Vorsichtig tastete er den Knöchel ab. Gertrud knurrte.

»Wir sollten ins Krankenhaus fahren. Komm, leg mir den Arm um die Schultern.«

»Konntest du dir einen Überblick verschaffen, bevor du von der Leiter gefallen bist?«, fragte er, während sie zum Auto stolperten. »Oder muss ich dort auch noch einbrechen?«

Sie knurrte wieder.

Fünf Tage zuvor

Heute Nacht wird er frei sein. Er wird das Geld holen, und dann frei sein. Er wird ein Flugticket kaufen und nach Leyte zurückkehren. Er wird Amihan retten können, und es wird für ein neues Leben reichen. Mayari wird ihm verzeihen, wenn er zurückkommt. Nur wenige Männer kehren zurück, und kaum einer bringt Geld mit nach Hause. Er wird der Erste sein. Sie werden weggehen aus Leyte. Er wird das Tuk reparieren und seine Kinder zur Schule schicken können. Sie werden es einmal besser haben als er.

Letzte Nacht ist er noch einmal auf dem Friedhof gewesen. Er hat lange nach einem passenden Platz gesucht, wo sie das Geld hinbringen sollen. Die Kirche in Holtgaste ist ihm auf seinen Wanderungen aufgefallen. Sie liegt versteckt in einer Kurve, eingerahmt von Bäumen und dichtem Buschwerk, das Gelände ist weder von der Straße noch von den wenigen Gehöften darum herum. Neben dem Kirchenschiff steht separat der kleine, gedrungene Glockenturm. Dort, in dem tief gelegenen Eingang zum Turm, werden sie das Geld deponieren. Eine halbe Million Dollar. Nachts um eins werden sie kommen, und er wird warten. Er hat sich den Platz ausgesucht, an der Soltborger Kreuzung vor dem Deich an diesem Fluss. Dort ist ein Gebüsch. Er wird den Wagen sehen, wenn er hinfährt und wenn er zurückkommt. Dann wird er gehen und das Geld holen.

Eine halbe Million für seine Tochter, für seine Frau, für das Baby. Eine halbe Million für den Sturm, für die Tage auf dem Kiel des Rettungsbootes, für den Durst, die gebrochenen Rippen und den gebrochenen Knöchel. Und für den Tod, den er gesehen und den er gebracht hat, die Angst, die Halluzinationen, die Erinnerungen, die ihn nicht mehr loslassen.

Hätte er mehr verlangen sollen? Wird das Geld die Erinnerungen zum Verstummen bringen? Wird er ein Boot kaufen und versuchen, ob er wieder aufs Meer hinausfahren kann?

Er sieht auf seine Sachen. Er muss den Seesack mitnehmen. Alle Unterlagen, die Hefte, die Fotos. Was ist, wenn sie ihn betrügen wollen? Er wird ein Heft behalten und das Foto mit den Waffen. Das wird er ihnen schicken, wenn er das Geld hat und heil davongekommen ist. Er braucht ein Faustpfand. Sie könnten ihn erschlagen und auf dem Friedhof liegen lassen. Aber dann hätten sie noch nicht alle Beweise, das hat er sie wissen lassen. Hier wird die Sachen niemand finden.

Nervös kramt er in seinem Seesack nach dem Päckchen Zigaretten, das ihm Fokko dagelassen hat. Acht Zigaretten waren noch drin gewesen, als Fokko ihm seine Marlboros gegeben hat. Jeden Morgen nach seinem nächtlichen Gang hat er sich eine gegönnt. Jetzt ist noch eine drin. Er steckt sie sich an, raucht langsam, lässt den Qualm durch seine Nase entweichen. Ihm ist ein wenig schwindlig. Das Nikotin. Die Anspannung.

Er tritt ans Fenster und blickt in den Garten hinaus. Es dämmert bereits. Bald muss er sich auf den Weg machen.

Im Zimmer nebenan hört er das Gurren und Flattern der Tauben. Er sieht, wie sie alle hinausfliegen und wünscht sich, er könnte es auch. Das Fenster nebenan ist kaputt. Seit Wochen schon hört er sie gurren und scharren, riecht den scharfen Kot, den sie auf dem Fußboden lassen.

Die Tauben wirken aufgeregt, sie flattern ums Haus, als müssten sie ebenfalls heute Nacht ihr Glück herausfordern. Am Horizont sieht er den Himmel, den die untergegangene Sonne blutrot gefärbt hat, davor die Windräder, die sich heftig drehen. Eine Tür schlägt. Hat er sie nicht richtig geschlossen?

Er nimmt noch einen Zug und tritt vom Fenster zurück. Irgendwo knarrt eine Diele. In diesem alten Haus knarrt immer irgendwo eine Diele.

Noch ein Knarren.

Er nimmt die Kippe aus dem Mund und tritt sie geräuschlos auf dem Fußboden aus. Angestrengt späht er ins Halbdunkel des Zimmers, nähert sich vorsichtig der Tür.

Dann hört er die Schritte.

Sonntag, 23. Juli 2000

Möllenkamp war dabei, sich die Schuhe anzuziehen. Er musste umgehend eine neue Hausdurchsuchung in die Wege leiten, und er musste unbedingt Bernd Steinfelder verhören. Das Ganze war so zu bewerkstelligen, dass er die

Sache als das überzeugende Ergebnis seiner eigenen Ermittlungsarbeit aussehen ließ und dabei Gertrud Boekhoff nicht in Schwierigkeiten brachte. Er hatte keine Ahnung, wie er das anstellen sollte, zog es aber vor, seine Argumentation gegenüber Staatsanwalt Peters im Büro zu durchdenken.

In Wahrheit war er mindestens ebenso sehr auf der Flucht vor der unübersichtlichen Situation daheim an seinem Küchentisch. Er hatte morgens keine Gelegenheit gehabt zu rekonstruieren, was sich in der Nacht noch im Einzelnen abgespielt hatte, aber einige Indizien ließen es ihm ratsam erscheinen, die Ermittlungen im Entführungsfall Terveer heute mit Macht in Richtung Lösung zu treiben.

Erstens: Meike mied seinen Blick und sprach nicht mit ihm. Schlimmer noch: Sie hatte nicht einmal wissen wollen, wo er am Abend zuvor gewesen und warum er erst spät in der Nacht zurückgekehrt war – und das noch nicht einmal schwer alkoholisiert.

Zweitens: Unter seiner Garderobe standen viele Schuhe. Zu viele Schuhe. Genau genommen standen dort die Schuhe von Vanessa, Julia und Wilfried. Wo alle diese Personen in seinem kleinen Reihenhaus genächtigt haben mochten, war ihm schleierhaft – und er wollte es auch gar nicht so genau wissen. Er sollte sich also beeilen, das Haus zu verlassen, bevor außer seiner schweigsamen Frau auch noch die anderen Übernachtungsgäste auftauchten.

Das Telefon klingelte. Möllenkamp hob ab.

»Der Junge ist weg.«

»Anja, bist du das? Welcher Junge?«

»Simon Fokken«, sagte Anja Hinrichs.

»Was heißt »weg«?«

»Er ist seit gestern Nachmittag verschwunden.«

Möllenkamp rieb sich die Stirn. »Ausgerissen?«

»Das wissen wir nicht«, erwiderte Anja. »Aber es gab gestern einen heftigen Streit zwischen Mutter und Tochter. Vermutlich ist er abgehauen.«

»Seit wann wissen wir das?«

»Gestern Abend gegen neun Uhr ging der Anruf bei uns ein, nachdem Sabine Fokken alle Freunde, Verwandte und Nachbarn angerufen hatte, bei denen er hätte sein können.«

Möllenkamp fuhr auf und sah im Spiegel, der in der Diele hing, sein eigenes zorniges Gesicht. »Und da hat uns keiner verständigt?«

»Der Kollege, der die Vermisstenanzeige aufgenommen hat, ging zunächst davon aus, dass der Junge bald von allein wieder auftaucht. Natürlich sind in der Gegend Streifen gefahren, auch an der Autobahn, aber sie haben nichts gefunden.«

»Der Junge ist acht Jahre alt! Und dann auch noch der Sohn eines Mannes, der vor ein paar Tagen ermordet worden ist! Und da fahren die ein bisschen Streife?«

Anja Hinrichs schwieg einen Moment. Vermutlich rollte sie gerade die Augen. »In der Notrufzentrale haben sie nicht richtig geschaltet und den Zusammenhang zum Fall Fokko Fokken übersehen.«

»Das wird ja immer schöner!«, tobte Möllenkamp. »Klar, bei derart vielen ungeklärten Todesfällen, die wir so in einer Woche reinkriegen, kann einem ja mal was durchgehen.« Er hörte im Obergeschoss Türenklappen. »Bist du in der Inspektion? Bleib dort, ich bin in zehn Minuten da.«

So schnell er konnte, verließ er das Haus. Als er in der Polizeiinspektion eintraf, hatte er sich sortiert.

»Anja, wir müssen uns jetzt erstmal aufteilen. Du fährst nach Weenermoor und versuchst Hinweise auf den Verbleib des Jungen zu finden. Ich muss zuerst zu Staatsanwalt Peters und mir einen Durchsuchungsbeschluss für das Haus von Bäcker Steinfelder in Stapelmoor beschaffen, bevor irgendjemand die Gelegenheit hat, dort alle Spuren zu verwischen.«

Das Gesicht von Anja Hinrichs war ein einziges Fragezeichen. Nachdem Möllenkamp ihr die Geschehnisse erklärt hatte, wobei er allerdings den Part, den Gertrud Boekhoff dabei gespielt hatte, aussparte, ließ sich Hinrichs auf einen Stuhl fallen. »Das is ja'n Ding!« Sie überlegte kurz und fixierte ihn dann belustigt: »Und du bist da nachts auf einer Leiter herumgekraxelt und hast dem Steinfelder in die Fenster geguckt? Hat dich jemand gesehen?«

Möllenkamp meinte, einen leichten Zweifel in ihrer Stimme zu hören. Es war an der Zeit aufzubrechen.

* * *

Bei Staatsanwalt Peters hatte er es erst gar nicht mit Tricks versucht. Er hatte es ganz offen angesprochen, dass ihm eine glaubwürdige Zeugin versichert habe, in dem leer stehenden Haus in Stapelmoor gebe es stichhaltige Hinweise, dass dort eine Person festgehalten worden sei. Da diese Erkenntnisse auf nicht gerichtsverwertbare Art ermittelt worden waren, hatte sich Möllenkamp aber auch schon eine indiziengestützte Herleitung überlegt, auf die Peters mit

Kopfschütteln reagierte. Er hatte etwas von Zumutung gesagt, darauf hingewiesen, dass Sonntag sei und er, Peters, sich lächerlich mache. Am Ende hatte er den Durchsuchungsbeschluss doch unterschrieben: »Dann sehen Sie mal, wo Sie am Sonntag die Leute herkriegen.«

Der Erste, den er hergekriegt hatte, war Johann Abram. Vermutlich wünschte der sich inzwischen schon wieder in seine katalanische Erziehungsanstalt zurück, aber er war ohne Murren nach Stapelmoor aufgebrochen. Allerdings hatte er sich die Bemerkung nicht verkneifen können, dass die ungewöhnliche Art der Beweissicherung ihn irgendwie an diese Redakteurin des *Rheiderländer Tagblatts* erinnerte.

Möllenkamp hatte nichts darauf erwidert, sondern war stattdessen nach Weenermoor aufgebrochen. Die Sache mit dem Jungen machte ihm wirklich Sorgen. Der Kleine hatte in dem ganzen Chaos, das um ihn herum tobte, so verloren gewirkt. Er konnte Meikes Sorge um die Kinder gut verstehen. Und jetzt war er verschwunden. Gut, dass Meike das noch nicht mitbekommen hatte. Es versetzte ihm einen kleinen Stich, dass er heute Morgen nicht im Guten mit ihr auseinandergegangen war. Er mochte aber auch nicht anrufen, obwohl er Wilfried gut hätte gebrauchen können.

Als er in Weenermoor vor dem Haus der Fokkens parkte, kam ihm Anja Hinrichs in Begleitung von Antonia Fokken entgegen. Das junge Mädchen hatte verquollene Augen, aber einen zielstrebigen Schritt. »Wir haben ganz lange nachgedacht, wo Simon hingegangen sein könnte«, sagte Anja. »Und dann ist Antonia eine Möglichkeit eingefallen, die wir jetzt überprüfen wollen. Willst du mitkommen?«

Möllenkamp dachte kurz über die Alternative nach, die darin bestand, der heulenden Sabine Fokken die Teekanne aus der Hand zu nehmen, und schloss sich den beiden Frauen an.

Das Haus war nicht weit entfernt und einmal hübsch gewesen, stand nun aber schon viele Jahre leer. Der Giebel besaß im Untergeschoss ein großes Fenster und zwei kleinere Fenster darüber, die wie Augen auf die stille Straße blickten. Von Weitem schien es in gutem Zustand zu sein, aber bei näherem Hinsehen konnte man erkennen, dass der Zahn der Zeit an Mauerwerk und Dach genagt hatte. Zur Seite hin schützte eine verwilderte Buchenhecke das Anwesen vor den Blicken der Nachbarn.

»Habt ihr schon geschaut, ob er da drin ist?«, fragte Anja.

Antonia schüttelte den Kopf. »Mama hat es ihm verboten, hier reinzugehen.«

Möllenkamp fragte sich, ob Sabine Fokken tatsächlich geglaubt hatte, ein Verbot könnte einen Achtjährigen davon abhalten, in dieses Kinderparadies einzusteigen. So schreckliche Monster in seinem Inneren konnte man sich gar nicht ausdenken. Er öffnete die Gartenpforte und stieg die Stufen zur überdachten Haustür empor. Sie war verschlossen. Anja und Antonia, die das offenbar gewusst oder geahnt hatten, umrundeten bereits das Haus.

»Hierher«, rief Antonia, »ein Kellerfenster ist offen, da kann man rein.«

Möllenkamp und Anja sahen sich an. »Okay, ich gehe«, sagte Anja und zu Antonia gewandt: »Du musst leider hierbleiben.«

»Ich will aber mit.«

»Es ist zu gefährlich.«

»Das ist mir egal.«

Möllenkamp widersprach: »Du wartest bitte hier draußen und lässt uns unsere Arbeit machen.«

»Mann, ich hab als Kind schon hier gespielt. Ich kenn mich da drin aus.«

»Nein.«

Sie ließen das Mädchen stehen und stiegen nacheinander durch das Kellerfenster ein.

Anja fluchte, als sie sich am zerbrochenen Glas den Ärmel ihrer Steppjacke aufriss. Dann standen sie im Halbdunkel des Kellers und sahen sich um. Anja ließ eine Taschenlampe aufflammen. »Hier ist nichts.«

»Lass uns nach oben gehen«, flüsterte Möllenkamp. Er überlegte, seine Waffe zu ziehen, aber warum sollte er einen kleinen Jungen, wenn er denn hier war, mit der Dienstwaffe erschrecken?

Im Erdgeschoss waren alle Räume leer. Es war staubig, auf dem Fußboden waren verschmierte Fußabdrücke zu sehen. Die Fensterscheiben waren blind, im ehemaligen Wohnzimmer hingen löchrige Vorhänge. Irgendjemand hatte in der Küche alle alten Konserven aus dem Schrank geräumt und auf den Tisch gestellt, aber auch das war lange her, denn die Dosen waren mit einer Staubschicht bedeckt. Nur die Dose mit Mockturtlesuppe glänzte am Deckel, als hätte sie jemand erst vor Kurzem in die Hand genommen. Möllenkamp nahm die Dose hoch. Sie war seit acht Jahren abgelaufen.

Auf der Treppe lag Bonbonpapier. Anja hob es auf. Es mochte von Simon stammen, konnte aber genauso gut anderen Kindern, die mit wohligem Gruseln dieses verlassene Haus erobert hatten, aus der Hosentasche gefallen sein. Die Stufen knarrten. Wenn der Junge tatsächlich hier war, dann schlief er entweder fest, oder etwas war passiert. Oder er war eben nicht hier.

Möllenkamp zuckte zusammen, als im Schlafzimmer des Obergeschosses einige Tauben mit riesigem Geschrei aufflatterten. Sie betraten den anderen Schlafraum. Er war klein, die Blümchentapeten von den Wänden teilweise abgefallen. Das Fenster hatte schon lange keine Vorhänge mehr, aber die Scheiben waren intakt. In der Ecke lag ein Schlafsack, daneben ein zerrissenes Poster. Irgendjemand hatte sich hier häuslich eingerichtet.

Anja schnupperte. »Es riecht so, als hätte hier jemand geraucht.« Sie blickte sich um. Dann bückte sie sich und hob einen Zigarettenstummel auf. »Der Junge?«

Möllenkamp zuckte mit den Schultern. Der Junge war acht, aber was wusste man schon.

»Darth Vader! Das ist sein Poster!«

Die beiden Kriminalbeamten fuhren herum. Antonia war hinter ihnen im Türrahmen erschienen und rannte jetzt auf das zerrissene Plakat zu.

»Wir hatten dir doch gesagt, du sollst draußen warten!«, herrschte Möllenkamp das Mädchen an. Doch Antonia reagierte nicht.

»Und das, das ist mein Schlafsack! Wie kommt der hierher?«

Sie riss den Reißverschluss des Schlafsacks auf und hielt Anja den Namenszug direkt unter die Nase. »Hier, da steht mein Name: A. Fokken. Simon muss hier gewesen sein!«

»Aber wo ist er jetzt?«, fragte Anja. »Gibt es hier noch mehr Räume?«

»Es gibt einen Dachboden, aber die Klappleiter ist kaputt. Da kann er nicht sein.«

»Raucht dein Bruder?«

Antonia schüttelte den Kopf. »Auf keinen Fall. Nein. Er findet den Gestank von Zigaretten ekelig. Das ist wegen Papa. Der … also, er hat immer so gerochen, wenn er nachts nach Hause kam … wenn er betrunken war …«

Sie fing an zu weinen. »Wenn er nicht hier ist … wenn er hier war … wo ist er dann jetzt?«

Möllenkamp nahm Anja den Zigarettenstummel aus der Hand und schnupperte daran. Er roch frisch und sah auch nicht so aus, als liege er schon Jahre auf diesem Fußboden. Auf dem Darth-Vader-Poster, das Antonia in ihren zitternden Händen hielt, war deutlich ein Fußabdruck zu erkennen, der nicht von einem Kind stammte.

In Möllenkamp keimte ein schlimmer Verdacht.

Antonia wurde von Schluchzen geschüttelt. Aller Trotz und alle Wut waren gewichen und mit ihnen die Kraft, die sie auf den Beinen hielt. Sie sank auf die Knie und Anja fing sie auf. Vorsichtig nahm Möllenkamp ihr das Poster aus der Hand. Während Anja das Mädchen in ihren Armen wiegte, sah Möllenkamp sich genauer um. Außer dem Schlafsack und dem Poster entdeckte er noch eine Brötchentüte und einen Kaffeebecher, in dem die Reste schon seit Längerem eingetrocknet waren. Weil er keine Asservatenbeutel dabeihatte, steckte er den Kaffeebecher und den Zigarettenstummel in die Brötchentüte und machte sich daran, die weiteren Räume zu inspizieren.

Im Badezimmer, in dem es unangenehm roch, drehte er am Wasserhahn. Das Wasser war abgestellt. Auch der Spülkasten war leer. In der Ecke stand ein Eimer, zur Hälfte mit Wasser gefüllt. Er roch daran. Das Wasser war frisch. Möllenkamp runzelte die Stirn. Er konnte sich nicht vorstellen, dass der Junge einen Eimer mit Wasser durch das Kellerfenster ins Haus gehievt hatte, um sich hier oben für längere Zeit einzurichten. Noch einmal ging er langsam die Treppe hinunter. Im Hausflur spürte er einen Lufthauch, der zuvor nicht dagewesen war. Eine Tür, die nach hinten in den Garten hinausging, stand halb offen. Er machte sie auf und sah Grashalme auf den Stufen zum Garten liegen.

Es knarrte hinter ihm. Anja kam langsam die Treppe hinunter, die zitternde Antonia fest im Arm.

»Antonia, wie bist du ins Haus gekommen?«

Das schluchzende Mädchen deutete auf die Hintertür. »Sie … sie war … offen.«

Im Garten war das Gras zertreten. An einigen Stellen sah es aus, als sei etwas über den Boden geschleift worden.

»Bring das Mädchen nach Hause«, sagte Möllenkamp zu Anja Hinrichs. »Ich rufe die Spurensicherung.«

* * *

Gertrud Boekhoff saß in Gottfrieds Wohnzimmer auf dem Sofa. Sie hatte den verbundenen Fuß hochgelegt und hielt einen Becher mit Kamillentee in der Hand, aus dem sie mit gewissem Widerwillen ab und an einen Schluck nahm.

Gottfried behandelte sie wie ein krankes Kind, dabei hatte sie doch nur einen verstauchten Fuß.

Letzte Nacht in der Notaufnahme des Kreiskrankenhauses hatte sie noch mit Stephan Möllenkamp darüber verhandelt, ob man sie nicht ganz kurz zu Engelke Terveer bringen könne, um die Beobachtungen aus dem Haus in Stapelmoor mit den Erinnerungen der alten Dame zu vergleichen. Stephan hatte sie angesehen, als sei sie von allen guten Geistern verlassen, und nur den Kopf geschüttelt. Sie hatte nicht darauf bestanden. Er würde eine Durchsuchung des Hauses veranlassen, und der DNA-Abgleich würde den Beweis erbringen, dass Engelke Terveer hier die Tage zwischen ihrer Entführung und ihrer Freilassung verbracht hatte.

Gertrud langweilte sich. Sie war es nicht gewohnt, unbeweglich auf einem Sofa zu sitzen und auf die Hilfe anderer angewiesen zu sein. Dummerweise war Gottfried nun auch noch zu seinen Bienen gegangen und hatte sie inmitten eines Stapels Bücher aus seinem neuesten Lieblingsforschungsgebiet zurückgelassen: der Seefahrt. Ihr Freund war regelmäßiger Kunde im Antiquariat der christlichen Buchhandlung Plenter in Leer. Hatte er ein neues Steckenpferd, dann sammelte er alles an Stoff, was darüber zu finden war. So war er nicht nur an die Skandalgeschichte um den Untergang der *Lucona* gekommen, sondern hatte das Thema mit dem Erwerb etlicher Bücher zu deutschen Reedereien zu einer umfangreichen Sammlung ausgebaut.

Sie hob eines der Bücher auf, *Das geteilte Wasser – deutsch-deutsche Seeschifffahrt nach dem Zweiten Weltkrieg*. Mit einem Seufzen nahm sie ein anderes und las: *Verbrecher in Kapitänsuniform*. Auf einem weiteren Buchdeckel stand: *Auferstanden aus Ruinen: Die deutschen Reeder nach 1945*. Johannes R. Becher würde sich im Grabe umdrehen!

Schließlich griff sie zu dem schmalen Einband, den sie in der Tasche ihres Parkas mitgebracht hatte. Das sagenhafte Rheiderland versprach mehr Unterhaltung. Als sie das Buch aufschlug, fiel ihr der Zettel entgegen, den Gesine Kröger ihr als Lesezeichen zwischen die Seiten gesteckt hatte. Sie nahm das Papier in die Hand und wollte es gerade beiseitelegen, als sie die Schrift in dem zusammengefalteten Zettel entdeckte: »Was tut ein Philippino in Weenermoor? Ruf mich an. G. Kröger«. Darunter stand eine Telefonnummer.

Ächzend richtete Gertrud sich auf und verzog dabei schmerzhaft das Gesicht. Was war das? Ein Philippino in Weenermoor? War das eine Geschichte?

Sie konnte sich darauf keinen Reim machen, aber sie kramte in ihrem Parka, der über der Sofalehne hing, nach dem Handy. 20 Prozent Akkuleistung und zwei kleine Balken links oben auf dem Display. Es war einen Versuch wert, der Sache auf den Grund zu gehen.

Gesine Kröger klang ein wenig gehetzt. »Gertrud, schön dass du anrufst. Ich bin gerade auf dem Weg in die Kirche. Vielleicht können wir später …«

»Nur ganz kurz: Was ist mit dem Philippino?«

»Ja, das hat mir eine Freundin aus Weenermoor erzählt. Merkwürdige Geschichte. Sie hat ein paarmal nachts einen Mann gesehen, der dort herumgewandert ist. Sie hat Schlafstörungen, weißt du, und da steht sie nachts öfter auf und …«

»Und das ist ein Philippino?«

Gesine lachte nervös. »Na ja, er sieht jedenfalls aus wie jemand, der aus der Gegend da unten kommt. Kann auch ein Indonesier sein oder ein Thai, was weiß ich … Jedenfalls kennt den keiner, aber er ist da, und zwar schon seit Wochen.«

»Wurde irgendwo eingebrochen oder ist sonst etwas passiert?«

»Nicht dass ich wüsste. Der geht einfach nur spazieren. Nacht für Nacht.«

Gertrud nahm noch einen Schluck Kamillentee und schüttelte sich. »Und das ist alles?«

»Das ist alles. Aber es ist doch unheimlich, oder nicht?«

»Hmm, ja. Deine Freundin, sagst du, leidet an Schlafstörungen?«

»Ja, sie …«

»Schlafwandelt sie?«

»Nicht dass ich wüsste.«

»Haben auch andere das beobachtet?«

»Das weiß ich nicht. Hör zu, ich hab's wirklich eilig. Aber wenn du nachher nochmal anrufst, dann geb ich dir die Nummer. Vielleicht ist das ja eine Geschichte. Ein Illegaler oder so etwas.«

Gertrud verabschiedete sich und legte auf. Ein Illegaler, na und? Sollte sie dem jetzt durch eine Geschichte die Polizei auf den Hals hetzen? Das würde sie bestimmt nicht tun. Fraglich war nur, warum er sich ausgerechnet Weenermoor als Versteck ausgesucht hatte. Wenn sie eine illegale Einwanderin wäre, dann würde sie versuchen, in einer Großstadt unterzutauchen. Am besten dort, wo es eine philippinische oder malaysische oder thailändische Community gab, die sie stützte und schützte. Bremen, Hamburg, Groningen, aber doch nicht Weenermoor.

Vielleicht war das ja doch ein Traum gewesen. Sie hätte fragen sollen, ob ihre Freundin gelegentlich ein Glas zu viel trank. Gertrud grinste. Vielleicht doch lieber nicht. Gesine Kröger würde einen solchen Verdacht sicher weit von sich weisen.

Sie versuchte, es sich auf dem Sofa so bequem wie möglich zu machen und schlug das Bändchen auf. Jetzt hatte sie gar nicht nach der Geschichte mit dem Blutstein in Stapelmoor gefragt. Vielleicht war der Zettel aber auch nur zufällig an dieser Stelle im Buch gelandet. Für ihren Teil hatte sie in Stapelmoor vorläufig alles aufgedeckt, was es aufzudecken gab.

Es polterte im Hausflur. Gottfried war wieder da. »Soll ich dir noch einen Tee machen?«

»Ich hätte lieber ein Bier.«

Er sah sie missbilligend an. »Bier gibt es um diese Zeit noch nicht.«

»Dann bitte einen Kaffee.«

Er trollte sich in die Küche.

* * *

Herta Albrecht saß in ihrem Büro. Durch die großen Scheiben sah sie auf den Emsdeich hinaus. Die Verwaltung der Reederei Schipper lag an der Deichstraße, die zur Autobahn 31 führte.

Sie war schon früh hergeradelt, um in Ruhe arbeiten zu

können. Außerdem hatte sie sowieso nichts Besseres zu tun, weil sie in Leer niemanden kannte und sich auch nicht sicher war, ob sie diesen Job lange genug machen würde, dass es sich lohnte, Freunde zu suchen.

Vor ihr auf dem Tisch lagen jede Menge Fotos. Auf allen waren Schiffe zu sehen. Herta konnte ein Kreuzfahrtschiff von einem Containerschiff unterscheiden, aber damit hatte es sich auch. Abgesehen von der Segeljolle, die ihr irgendwo untergekommen war, fand sie die Motive sterbenslangweilig. Und weil das vermutlich allen Gästen der großen Jubiläumsparty so gehen würde, mussten die Röcke der Hostessen besonders kurz sein. Das war ihr klar.

Herta nahm die Fotos eins nach dem anderen in die Hand, sortierte die Schiffe, die heute noch fuhren, zur einen Seite und legte auf die andere Seite, was man längst außer Betrieb genommen hatte. Sie ordnete zu, was die Standarten und was die Festschrift schmücken durfte. Lieber Himmel, wer würde sich das ansehen?

Ein Bild fiel ihr in die Hände, das sie nicht auf der Liste der aktuellen Flotte und auch nicht unter den außer Dienst gestellten Schiffen finden konnte. Es war ein Containerfrachter, an dessen Rumpf sie den Namen *Anne Kuhlmann* entzifferte. Sie betrachtete das Foto eine Weile, es war ein Farbfoto, vermutlich aus den 70er- oder 80er-Jahren. Das Schiff sah genauso langweilig wie die anderen aus, bloß dass es eben nicht auf der Liste stand. Vielleicht war es durch Zufall hier hineingeraten und hatte gar nicht der Reederei gehört?

Herta legte es beiseite, um Theo Weelborg danach zu

fragen. Eigentlich wollte sie ihn auch gerne fragen, warum er in seinem Manuskript die Seiten ausgetauscht hatte, und ob es vielleicht über die letzten zwanzig Jahre ausführlichere Aufzeichnungen gab. Aber sie war sich nicht sicher, ob sie ihn überhaupt noch etwas fragen sollte. Vorgestern hatte er sehr verstört gewirkt. Vielleicht waren seine psychischen Probleme zurückgekehrt. Ihre Gedanken glitten zur »Chefin«. Hiltrud Steppan war die Zweite im Umfeld dieser Firma, die wirklich eine Meise hatte. Und wenn sie selbst hier noch länger über alten Frachtern brütete, anstatt an einem Sonntag wenigstens mal ins Kino zu gehen oder auf dem Deich zu spazieren, dann würde sie auch einen Dachschaden bekommen. Das war sicher.

Sie packte die Sachen zusammen, steckte die Bilder in Klarsichthüllen, sah noch einmal die *Anne Kuhlmann* an und wollte gerade ihren Computer herunterfahren, als sie draußen auf dem Flur eine Tür hörte. Wer war denn am Sonntag außer ihr hier? Und dann auch noch auf der Chefetage? Wenn es Peter Steppan war, dann sollte sie die Beine in die Hand nehmen, bevor ihm neue Ideen für die Jubiläumsfeier einfielen.

Sie schlich auf Zehenspitzen den Gang entlang. Tatsächlich stand die Tür zu Steppans Büro offen. Herta zögerte. Sollte sie vorbeigehen und riskieren, dass Steppan sie bemerkte und den Eindruck gewann, sie habe ihm aus dem Weg gehen wollen? Oder sollte sie offensiv auf sein Büro zugehen und ihm zeigen, dass sie auch außerhalb der normalen Arbeitszeiten einsatzbereit war?

Sie hörte gedämpfte Stimmen aus dem Büro. Er war also

nicht allein. Dann würde er ihr Vorbeigehen hoffentlich nicht registrieren. Als sie an der Tür vorbeihuschte, vernahm sie die Stimmen deutlicher und blieb stehen. Da waren ein Mann und eine Frau in dem Büro des Geschäftsführers.

»Es holt uns ein.«

»Unsinn, das wird es nicht.«

»Ich sage dir, es ist nur eine Frage der Zeit, bis sie darauf kommen, dass wir es sind, die sie suchen.«

»Und? Was wollen sie beweisen? Sollen sie uns auch entführen und dann im Emstunnel aussetzen?«

»Vielleicht. Aber viel wahrscheinlicher ist, dass die Polizei Verdacht schöpft.«

»Ja, und dann? Es war ein Unfall.«

»Aber es ist alles aufgeschrieben. Ganz genau so, wie es war.«

»Ja, dann hilf mir doch mal, das Papier zu finden. Ich bin sicher, er hat es irgendwo. Alleine schon, damit er dich in der Hand behalten kann.«

Herta hörte, wie Schubladen aufgezogen und wieder zugeschoben wurden.

»Herrgott nochmal, jetzt steh nicht nur rum und jammere. Hilf mir suchen!«

Herta drehte sich lautlos auf dem Absatz um. Vorsichtig spähte sie durch den offenen Spalt der Tür. Vor dem Sideboard hockte die »Chefin« und wühlte im Hängeregister. Ihre Bewegungen und ihre Stimme heute standen in starkem Kontrast zu dem Eindruck, den sie bei ihrem Besuch in Hertas Büro vor ein paar Tagen gemacht hatte. Entweder hatte sie heute keine Drogen genommen oder andere als vorher. Am Fenster stand, steif wie eine Statue, der alte Schipper. Herta fühlte kalten Schweiß auf ihrer Stirn.

Sie war genau in seinem Blickfeld. Wenn er nur einen Moment seinen Blick hob, der wie gebannt auf die Hände seiner Tochter gerichtet war, dann würde er sie sehen. Sie durfte hier nicht stehen und die beiden beobachten. Sie waren in einem Raum, in dem sie nichts verloren hatten, und sie suchten etwas, das sie nicht haben sollten.

So klar ihr war, dass sie hier fortmusste, so unfähig war Herta, sich zu rühren. Eine winzige Bewegung konnte die Aufmerksamkeit des alten Patriarchen auf sie lenken. Mit rasendem Herzen beobachtete sie, was vor sich ging.

»Der Alte muss weg.«

»Was?«

Hiltrud Steppan drehte sich zu ihrem Vater um und sah ihn von unten herauf an.

»Papa, du weißt es doch genauso gut wie ich. Selbst wenn wir das Papier finden und Peter dich nicht mehr in der Hand hat: Weelborg weiß alles, das ist gefährlich. Wenn er auspackt, sind wir erledigt.«

»Er wird nicht auspacken.«

»Was macht dich so sicher? Er ist verrückt, und du weißt es auch.«

Der Alte drehte sich zum Fenster um.

»Niemals! Er ist mein eiserner Heinrich.«

Die blonde Frau erhob sich und trat hinter den alten Mann. Sie hielt einen Packen Papier in der Hand, den sie offenbar aus dem Sideboard gezogen hatte und hielt ihn von hinten ihrem Vater unter die Nase. »Das hier ist unsere

Versicherung gegen Peter. Aber was ist, wenn er bei Weelborg die Ketten anzieht?«

»Dann ist er doch selbst geliefert.«

Die »Chefin« lachte auf. »Peter ist ein Hasardeur. Der zieht seinen Kopf aus der Schlinge. Aber deiner bleibt drin, und das alles hier, dein Lebenswerk und das deines Vaters, Großvaters und Urgroßvaters wäre dann zerstört. Willst du das? Willst du ins Gefängnis?«

Der Alte schob unwirsch ihre Hand mit den Papieren weg. »Schluss jetzt. Theo hat all die Jahre dichtgehalten. Ich kann mich auf ihn hundertprozentig verlassen. Ich werde nicht …«

Motorengeräusche waren zu hören. Hiltrud Steppan reckte den Hals und zog rasch ihren Vater vom Fenster weg.

»Verdammt, da kommt Peter! Wir müssen weg. Schnell, über die Treppe!«

Herta ergriff die Flucht. Während hinter ihr die Schranktüren in Steppans Büro zugeknallt wurden, hetzte sie den Gang entlang in Richtung ihres Büros. Der Gang war endlos. Sie würde es nicht rechtzeitig schaffen. Steppans Frau und Schwiegervater würden sie erwischen, wenn sie nicht schnellstens von der Bildfläche verschwand.

Blindlings öffnete sie eine Tür und glitt in den Raum. Es war die Damentoilette. Sie schloss die Tür. Augenblicklich war es stockdunkel. Sie tastete sich in die Kabine, schloss die Tür ab und ließ sich auf den Klodeckel sinken. Jetzt saß sie in der Falle!

Sie versuchte, ihren Atem zu beruhigen. Draußen waren Schritte zu hören, und eine bemüht muntere Stimme erklang. »Karl-Heinz, wo bist du?«

Es war die Stimme von Steppan. Die Schritte klangen eilig. Türen klappten. »Karl-Heinz, hallo! Ich hab dein Auto unten stehen sehen. Was machst du denn hier am Sonntag? Das ist doch kein Tag zum Arbeiten, hmm?«

Die Stimme kam näher. Anscheinend schaute Steppan in alle Büros. Seine muntere Stimme verlor allmählich die Contenance. »Karl-Heinz, ich weiß, dass du hier bist. Versteckst du dich vor mir? Was ist los? Jetzt sag endlich etwas.«

Die Tür zur Damentoilette wurde aufgestoßen, ein Schalter betätigt. Herta blinzelte in das aufflammende Licht.

Sie hörte ein Rascheln, zwei Schritte, die unentschlossen verharrten. Ihr Herz hämmerte bis zum Hals. In was für eine Situation war sie da geraten! Wofür konnte Karl-Heinz Schipper ins Gefängnis gehen? Was wusste Theo Weelborg? Was hatten Vater und Tochter gesucht?

Immer noch stand Steppan im Vorraum der Damentoilette. Sie konnte seinen Atem hören. Sie überlegte, ob sie einfach aus der Kabine kommen sollte. Sie arbeitete am Sonntagvormittag hier und war eben mal aufs Klo gegangen. Aber dann würde er sich fragen, warum sie ihr Geschäft im Dunkeln verrichtete.

Ein Handy klingelte. Es kam ihr ohrenbetäubend laut vor. »Hallo?«, meldete sich Steppan. Dann hörte er offenbar eine Weile zu. »Ein Junge?« Seine Stimme klang fassungslos. »Ihr habt ihn mitgenommen? Seid ihr jetzt total verrückt geworden?« Wieder Stille, während irgendjemand aufgeregt auf der anderen Seite des Handys sprach. »Nicht vorgesehen? Natürlich war das nicht vorgesehen, ihr Idioten! Ihr könnt doch keinen Jungen mitnehmen! Wisst ihr, was das heißt? Dass wir jetzt bald sämtliche Polizeieinheiten der Gegend auf dem Hals haben!« Erneutes Schweigen. Dann brüllte er wieder los, und Gertrud legte die Hände über ihre Ohren. »Was ihr machen sollt? Verdammt nochmal, loswerden sollt ihr ihn. Hattet ihr Masken auf? … Na klasse.« Steppans Stimme wurde jetzt gefährlich leise: »Jetzt pass mal auf: Ihr werdet jetzt diesen Jungen los. Wie, ist mir egal. Und dann kümmert ihr euch um diesen Kerl. Ich hoffe, ihr habt nichts in dem Haus zurückgelassen.« Er hörte wieder zu. »Ich will die Sache ein für alle Mal aus der Welt haben. Und noch etwas«, hörte sie Steppan leise zischen, »wenn die Polizei hier auftaucht und dumme Fragen stellt, dann werde ich mal ein Wörtchen mit deiner kranken Frau reden. Besser wär's, du würdest dir schon mal die Brücke aussuchen, von der aus du in die Ems springst. Verstanden?«

Er beendete das Telefonat. »Scheiße«, hörte sie Steppan zischen, bevor das Licht wieder ausging und die Tür hinter ihm zufiel.

Herta blieb auf dem Klodeckel sitzen und atmete langsam aus. Ihr T-Shirt klebte am Rücken. Sie war schweißnass.

Sie hatte zwar nicht verstanden, worum es ging. Aber das, was sie gehört hatte, hätte sie niemals hören sollen, das hatte sie begriffen. Und sie mochte sich gar nicht ausmalen, was passiert wäre, wenn Steppan sie doch noch entdeckt hätte.

Immer noch wagte sie nicht richtig Luft zu holen. Ihr Herz hämmerte laut, und ihre Lungenflügel, die nach Sauerstoff schrien, schmerzten wie nach extremer Anstrengung. Alle ihre Sinne auf das Äußerste konzentriert, horchte sie auf das eilige Tappen der Schritte draußen auf dem Flur. Was, wenn Peter Steppan jetzt in sein Büro ging? Sollte sie bis morgen früh hier sitzen? Und was, wenn er ihr Büro betrat und merkte, dass dort der Computer lief? Dann würde er seine Suche fortsetzen, und er würde sie finden.

Sie vergrub den Kopf in ihren Händen und wartete ab.

Undeutliche Geräusche drangen an ihr Ohr, schließlich das Bimmeln des Aufzugs. Dann hörte sie nichts mehr.

Sie blieb sitzen, unfähig zu entscheiden, wann sie gehen konnte oder sollte. Erst als ihr die Beine eingeschlafen waren, erhob sie sich. Ihre Knie gaben nach. Sie schloss die Kabinentür auf und tastete sich zur Tür, öffnete sie einen winzigen Spalt und blinzelte mit einem Auge hindurch. Zuerst sah sie nichts, dann einen leeren Flur.

Sie musste es jetzt riskieren. Mit letzter Kraft erreichte sie ihr Büro und ließ sich auf den Stuhl fallen. Dann begann sie zu weinen.

Eine halbe Ewigkeit hatte sie auf ihrem Stuhl gesessen, während ihr die Tränen über die Wangen rannen. In was für eine Scheiße war sie hier hineingeraten? Sie hatte keine Ahnung, worum es ging, aber Steppan hatte irgendein ganz krummes Ding am Laufen. Sie versuchte, die Informationen zu sortieren: Hiltrud Steppan und ihr Vater, der alte Karl-Heinz Schipper, hatten im Büro des Geschäftsführers etwas gesucht und gefunden. Es war ein Papier, das von Weitem so ausgesehen hatte wie der fehlende Teil der matritzengeschriebenen Unternehmensgeschichte von Theo Weelborg. War es der Teil, der ausgetauscht worden war? Ging es um die Geschichte der Schipper-Werft in den 80er-Jahren, die ihr in dem Manuskript, das sie bekommen hatte, so dünn vorgekommen waren? Wenn ja, dann musste da etwas geschehen sein, das die Geschäftsführung und den alten Patriarchen ins Gefängnis bringen konnte. Aber was? Und dann war es noch um die Entführung dieser Reederwitwe gegangen, die man am Emstunnel gefunden hatte. Herta hatte davon in den Nachrichten gehört. Die Polizei stand vor einem Rätsel. Man hatte versucht, die alte Frau mit einem Schiffsunglück zu erpressen, das in den 80er-Jahren passiert war. Also genau in der Zeit, über die ihre Unterlagen sich weitgehend ausschwiegen. Offenbar gingen Peter Steppans Frau und sein Schwiegervater davon aus, dass die Entführung eine Verwechslung gewesen sein musste, und dass eigentlich sie gemeint waren.

Was aber hatte diese Geschichte mit dem Telefonat zu tun, das Peter Steppan in der Damentoilette geführt hatte? Ein Junge war entführt worden, und zwar von Leuten, die unter Steppans Kommando standen. Welcher Junge, und warum?

Was sollte sie tun? Zur Polizei gehen?

Sie öffnete eine Suchmaschine in ihrem Computer. Sie gab die Stichworte »Reederei Schipper« und »Havarie« ein und drückte die Enter-Taste. Das Suchprogramm lief.

Es dauerte nicht lange, bis auf dem Bildschirm Ergebnisse sichtbar wurden:

Auf der Reise von Ilhéus nach Boston sank am 20. November 1984 das deutsche Motorschiff Anne Kuhlmann, *das seit 1978 zur Flotte der Reederei Johann H. Schipper gehörte, in einem Orkan rund 50 Seemeilen nördlich von Grenada, nachdem die*

Containerladung verrutschte. Von den 24 Besatzungsmitgliedern konnte nur ein philippinischer Seemann gerettet werden. Das Seeamt Oldenburg untersuchte routinemäßig das Unglück. Doch weder im Hinblick auf den Zustand des Schiffes noch auf den Ausbildungsstand der Mannschaft konnten Unregelmäßigkeiten oder Versäumnisse festgestellt werden. Die Seeleute-Vertretung kritisierte zwar die Schipper-Praxis, lohnintensives deutsches Schiffspersonal durch vornehmlich philippinische Mannschaften zu ersetzen, doch befand der Bundesbeauftragte vom Seeamt Oldenburg, trotz einzelner Abweichungen in den Stabilitätsprüfungen und Ladungsstichproben sei mit der Ladung und der Stabilität alles »in Ordnung« gewesen. Nicht geklärt werden konnte nachträglich die Kursänderung des Containerschiffes, das nördlich von Grenada den Kurs Richtung Nordwest verlassen hatte, anstatt auf direktem Wege seinen Bestimmungsort Boston anzusteuern. Die Lloyds-Versicherung zahlte nach Abschluß der offiziellen Untersuchung die volle Versicherungssumme aus, nachdem die offizielle Untersuchung abgeschlossen war, ohne weitere Gutachten in Auftrag zu geben.

Herta wischte sich den Schweiß von der Stirn. Dann begann sie hektisch in den Bildern auf ihrem Schreibtisch zu wühlen. Sie hatte doch vorhin das Foto der *Anne Kuhlmann*, das sie auf keiner ihrer Listen gefunden hatte, beiseitegelegt. Es war weg.

Sie ließ sich gegen die Rücklehne ihres Bürostuhls fallen. Weitersuchen war zwecklos. Peter Steppan war in ihrem Büro gewesen und hatte das Foto an sich genommen. Vielleicht hatte er es für einen Zufall gehalten, dass sie das Bild an die Seite gelegt hatte. Möglich war aber auch, dass er Lunte roch. Sie hatte, ohne es zu wissen, in ein Wespennest gestochen. Und irgendetwas hatte auch der Junge, den Steppans Kumpane »mitgenommen« hatten, damit zu tun.

Plötzlich wurde Herta klar, dass sie nicht eine Sekunde länger in ihrem Büro bleiben durfte. Mit zitternden Händen löschte sie ihren Suchverlauf und fuhr den Computer herunter. Dann stürzte sie aus dem Gebäude. Sie wusste jetzt, wen sie anrufen musste.

* * *

Er streckte vorsichtig ein Bein aus, dann das andere. Einen Arm, dann den anderen. Er blinzelte, sah aber nichts. Eben war es noch so schön gewesen mit Darth Vader. Sie waren durch das Weltall geflogen und hatten haufenweise Feinde mit dem Laserschwert zur Strecke gebracht. Aber irgendwann war das Licht des Lasers schwächer geworden und schließlich ganz erloschen. So wie es immer mit den Batterien im Spielzeug war, wenn sie langsam leer wurden. Und Darth Vader war einfach weggewesen. Er hatte rufen wollen, aber es war nicht gegangen, seine Stimme hatte versagt, obwohl er sich so angestrengt hatte.

Dafür war er von der Anstrengung aufgewacht. Und jetzt tat ihm der Kopf weh. Er konnte nichts sehen und kaum atmen. Die Luft war stickig und schlecht.

Er versuchte sich zu erinnern, was vorgefallen war. Er war von zu Hause weggelaufen und dann in dieses Haus gegangen, in dem er auch sonst manchmal spielte. Dort hatte er Antonias Schlafsack gefunden und diese Dose mit den Notizbüchern und Fotos. Und dann hatte er sich auf den Schlafsack gelegt. Und jetzt war er hier im Dunkeln.

Wo war er überhaupt? Und wie war er hierhergekommen? Mama würde sich sicher schon Sorgen machen.

Irgendjemand musste ihn hierhergebracht haben, als er geschlafen hatte. Der Mann, dem die Dose mit den Fotos gehörte?

Langsam gewöhnten seine Augen sich an die Dunkelheit. Er sah einen schmalen senkrechten Streifen Helligkeit vor sich. Vorsichtig setzte er sich in Bewegung und stand auf. Ihm war schwindlig. Sein Kopf tat so weh. Was war das bloß? Er setzte einen Fuß vor den anderen, dann noch einen, doch er war nicht weit gekommen, ehe er über etwas Weiches stolperte. Schwer prallte er auf den Boden, es gab ein dumpfes, metallenes Geräusch.

Einen Moment wurde ihm übel vor Schmerz. Er war mit dem Knie auf etwas Hartes gefallen. Es tat höllisch weh. Er schluckte den Brechreiz weg.

Dann versuchte er, den Gegenstand zu ertasten, über den er gestolpert war: Er fühlte Stoff, glatt und weich. Darunter war etwas Festes, er tastete nach links, dann nach rechts. Es war länglich, wurde aber zur einen Seite schmaler. Weiter unten fühlte er einen Schuh. Erschrocken zog er seine Hand zurück. Dann streckte er sie vorsichtig wieder vor. Da war noch ein zweiter Schuh und daran ein zweites Bein!

Vor ihm lag jemand. Ein Mensch, und dieser Mensch regte sich nicht!

* * *

Gertrud hatte eine ganze Weile in den Sagen über das Rheiderland gelesen. Als sich aber ein naiver Seemann von den Seewiefkes im Dollart hatte betören lassen, waren ihr schließlich die Augen zugefallen. Gegen die Abenteuer der vergangenen langen Nacht kam selbst ein ertrinkender Matrose nicht an.

Das Klingeln ihres Handys schreckte sie auf. Sie brauchte einen Moment, um zu begreifen, dass sie auf Gottfrieds Sofa eingeschlafen war. In der Küche klapperte ihr Freund mit den Töpfen, was ein warmes Gefühl in ihrem Bauch hervorrief. Sie öffnete den Handydeckel und hörte harte Windgeräusche aus dem Lautsprecher. Dazwischen tauchte immer wieder abgehackt eine Stimme auf, die ihr entfernt bekannt vorkam. »Hallo? Hallo! Wer ist da? Ich verstehe nichts. Sie müssen aus dem Wind gehen!«

Es wurde nicht besser. Entnervt klappte Gertrud das Handy wieder zu. War das die Pressesprecherin von Schipper gewesen?

Es klingelte erneut. Gertrud verdrehte die Augen, klappte den Deckel aber wieder auf. Der Wind war weg, das Keuchen war geblieben. »So, jetzt muss es gehen. Können Sie mich hören?«

»Ja, schreien Sie doch nicht so.«

»Ich …« Husten. »Es tut mir leid. Ich … wusste nicht, wen ich sonst anrufen sollte. Es ist … hier bei Schipper, da stimmt was nicht.« Wieder Husten.

»Sind Sie das, Frau Albrecht?«

»Ich? Ach so, ja. Ja, der Peter Steppan, also der Geschäftsführer, der hat einen Jungen entführen lassen. Und außerdem sollte er selbst entführt werden, oder vielmehr der alte

Schipper … vielleicht auch seine Tochter, das weiß ich nicht genau. Und sie suchen einen Bericht über den Untergang dieses Schiffes, *Anne Kuhlmann* heißt es. Aber den haben sie jetzt gefunden. Und der Junge, also der Junge soll verschwinden und ich habe Angst, dass sie ihn umbringen …«

Gertrud saß aufrecht im Sofa. »Wer, der alte Karl-Heinz Schipper?«

»Nein, der nicht. Also, sie arbeiten nicht zusammen. Jedenfalls nicht mehr, glaube ich …«

»Moment! Stopp, Stopp, Stopp … Herta, haben Sie was getrunken?«

»Nein!«, die Frau am anderen Ende schluchzte verzweifelt. »Bitte, Sie müssen mir glauben, ich war gerade eben da! Ich habe alles belauscht. Etwas Schreckliches wird passieren, wenn wir nicht schnell was tun!«

Gertrud überlegte. »Rufen Sie die Polizei.«

»Die werden mir nicht glauben«, schluchzte Herta Albrecht kaum verständlich. »Die Schippers, meine Güte, das ist doch nicht irgendwer!«

»Hören Sie, es geht um die Entführung eines Kindes. Das haben Sie doch gerade gesagt. Vielleicht liegt ja schon eine Vermisstenanzeige vor.«

Am anderen Ende der Leitung war nur noch unkontrolliertes Weinen zu hören. »Helfen Sie mir, bitte.«

»Können Sie herkommen?«, fragte Gertrud.

»Wohin denn?«

»Charlottenpolder.«

»Wo ist das? Ich bin mit dem Fahrrad unterwegs.«

»Okay, okay, wir machen das anders.« Gertrud warf einen Blick zur Küchentür und dachte kurz nach. »Fahren Sie nach Hause. Wir kommen zu Ihnen. Dann erzählen Sie mir alles und wir gehen zur Polizei.«

Gottfried stand mit Küchenschürze und Kochlöffel in der Hand in der Tür. »Essen ist fertig.« Er runzelte die Stirn. »Was machst du da?«

Gertrud hatte sich vom Sofa gleiten lassen und saß nun mit ausgestrecktem Bein in einem Haufen Bücher, in denen sie hektisch blätterte. »Ich habe eben einen Anruf bekommen. Wir müssen schnell nach Leer. Vielleicht hast du mit deinen Reedern doch recht.«

Er zog die Augenbrauen hoch, während er sie mit wachsender Verwirrung beobachtete. »Ich versteh nur Bahnhof.«

»Ich erklär's dir im Auto. Hast du was über Schipper?«

»Schipper in Leer? Doch, warte mal…«

Er kniete sich neben sie hin und sah die Bücher eines nach dem anderen durch. Dann schüttelte er den Kopf und ging zu seiner Bücherwand, ließ den Finger über die Regale gleiten und landete schließlich bei einer Reihe gleich aussehender Folianten. »Hier, *Die deutschen Reedereien von A bis Z.* Das müsste der richtige Band sein …« Er blätterte. »Johann H. Schipper Schiffahrts GmbH & Co.«

»Okay, nimm es mit, und hilf mir bitte mal hoch.«

Er gehorchte, ohne weiter zu fragen.

Kurze Zeit später saßen sie in Gertruds rotem Polo. Während Gottfried den Wagen steuerte, saß Gertrud auf dem Rücksitz, auf dem sie ihren bandagierten Fuß gelagert hatte, und las mit wachsender Aufregung, was in dem großformatigen Buch über die traditionsreiche Leeraner Reederei geschrieben stand.

»Ich glaub das nicht, ich glaub das einfach nicht. Wieso

hab ich das nicht auf dem Schirm gehabt!« Wütend knallte sie das Buch zu.

»Würdest du mich bitte mal aufklären, was wir eigentlich hier machen?«, fragte Gottfried, der sie mit wachsender Ungeduld im Rückspiegel beobachtete.

»Ja, ja«, Gertrud blätterte noch einmal die Seiten durch. »Also, die Reederei Schipper in Leer hat 1984 in der Karibik einen Frachter namens *Anne Kuhlmann* in einem Sturm verloren. Die gesamte Besatzung von 24 Mann ist dabei ums Leben gekommen. Nein, halt, einer hat überlebt. Weil die Sache nicht koscher schien, hat das Seeamt Oldenburg die Sache untersucht, ist aber zu dem Schluss gekommen, dass der Reederei nichts nachzuweisen war. Die Sache wurde eingestellt.«

»Ist das alles?«

»Na ja, mehr steht hier nicht.«

»Warum hat das Seeamt eine Untersuchung eingeleitet?«

»Die hatten den Verdacht, das Schiff sei überladen gewesen.«

»Und?«

»Konnte nicht bewiesen werden.«

»Wer war der Überlebende? Was hat der gesagt?«

»Ein philippinischer Matrose. Der hat nur eine schriftliche Aussage gemacht, die aber keine Erkenntnisse gebracht hat.«

Gottfried schnaubte. »Ein philippinischer Matrose. Klar! Die nehmen immer die Billigsten. Und die armen Schweine gehen dann über Bord oder verletzen sich oder kriegen keinen Sold und können sich nicht wehren.«

»Ja, aber der hier hat über …« Gertrud blieb der Mund offen stehen. »Der Philippino!«

Sie tastete nach ihrem Handy.

»Gesine Kröger. Wer ist da?«

»Gesine, der Philippino, wie alt ist der?«

»Was? Gertrud, bist du das? Keine Ahnung, da musst du Inge fragen. Aber hör mal, ich hab mir das überlegt: Wenn das wirklich ein Illegaler ist, dann solltest du nicht darüber schreiben. Wir sollten versuchen, ihm zu helfen.«

»Gesine, darum geht es nicht. Kannst du mir die Nummer von Inge simsen?«

»Sicher könnte ich, aber ich weiß nicht …«

»Gesine, hör zu. Hier geht's vielleicht um was ganz anderes. Ich häng den Philippino nicht hin, ich versprech's. Aber vielleicht geht es um Leben und Tod!«

Schweigen am anderen Ende.

»Gesine!«

»Okay, aber du versprichst mir …«

»Was du willst, Gesine, was du willst. Jetzt die Nummer.«

»Ja, ja.«

Kurz darauf ertönte ein Klingeln, das den Eingang einer Nachricht anzeigte. Gertrud betrachtete nachdenklich den roten Balken, der ihr anzeigte, dass der Akkustand zur Neige ging. Dann wählte sie die Nummer.

Inge ging erst nach endlosem Klingeln dran, und es dauerte ebenso lange, bis Gertrud sie überzeugt hatte, mit ihr über den Mann zu sprechen. Der Philippino, oder was immer er war, war einige Wochen lang im Sommer regelmäßig nachts an Inges Haus in Weenermoor vorbeigegangen. Seit ein paar Tagen hatte sie ihn aber nicht mehr gesehen. Wie alt er war? Sie hatte es nicht genau sehen können. Sicher kein junger Mann mehr. Er war sehr schmal und sehnig gewesen und war vornübergebeugt gegangen. Zuerst hatte sie Angst gehabt, er könnte zu einer ausländischen Bande gehören, die Häuser ausspionierte, in die man einbrechen könne. Man hörte ja so vieles in letzter Zeit. Aber er war immer allein gewesen, und es hatte auch keine Einbrüche gegeben. Sie hatte keine Ahnung, wo er sich versteckt hielt.

Gertruds Handy fing an zu piepsen. Der Akku ging zur Neige, und sie beendete das Gespräch.

»Glaubst du, das ist der Seemann, der damals überlebt hat?«, fragte Gottfried in den Rückspiegel.

»Ich weiß es nicht. Aber was will der Mann in Weenermoor? Schipper wohnt doch in Leer. Und was ist mit dem entführten Jungen?«

Sie waren angekommen. Gottfried stieg aus und klingelte. Nachdem sich herausgestellt hatte, dass Herta Albrecht ein Dachstübchen in der Leeraner Fußgängerzone bewohnte, beschlossen sie, sich mit Rücksicht auf Gertruds Fuß im Auto zu besprechen.

»Also, ich fasse den Sachstand mal zusammen, soweit ich ihn verstanden habe«, sagte Gottfried. »Die Reederei Schipper hat in den 80er-Jahren den Totalverlust eines Schiffes erlitten, bei dem fast die gesamte Mannschaft ums Leben gekommen ist.«

»Bis auf einen Philippino«, ergänzte Gertrud.

»Ja, und bei diesem Unfall ist irgendetwas nicht mit rechten Dingen zugegangen. Dafür spricht, dass die Geschichte der Reederei, die von dem ehemaligen Chefbuchhalter Theo Weelborg verfasst wurde, genau diesen Zeitraum weitgehend ausspart.«

»Okay, aber er hat offenbar doch etwas aufgeschrieben, das nachträglich aus dem Bericht entfernt wurde. Denn danach haben ja der alte Schipper und seine Tochter gesucht.«

»Vielleicht hat Theo Weelborg den alten Schipper und seinen Schwiegersohn damit erpresst«, überlegte Gertrud.

»Aber Steppan hatte doch den Teil des Berichts in seinem Büro. Jedenfalls glaube ich das«, warf Herta ein.

»Wenn Weelborg der Erpresser ist, dann hat er sicher Kopien gemacht und sich abgesichert«, entgegnete Gertrud.

Herta schüttelte den Kopf. »Schipper hat gesagt, Weelborg sei sein treuer Heinrich. Das sagt man nicht über einen Erpresser. Ich habe eher das Gefühl, dass Weelborg von Steppan erpresst wird.«

»Dann hängt er mit drin«, sagte Gottfried.

»Erpressen die sich gegenseitig? Das klingt ziemlich abstrus«, meinte Gertrud.

»Außerdem hatten Hiltrud Steppan und Karl-Heinz Schipper eher Angst vor einer Entführung«, ergänzte Herta, »oder nein: Sie meinten wohl, die Entführer dieser älteren Reederin, die man am Emstunnel gefunden hat, hätten es in Wirklichkeit auf sie abgesehen.«

»Aber die Entführer dieser alten Dame sind doch dieser Fahrschullehrer und der Bäcker. Stimmt doch, Gertrud, oder?«, sagte Gottfried zweifelnd. »Stecken die mit Steppan und diesem Weelborg unter einer Decke?«

In Gertruds Kopf ratterte es. »Nein, es ist genau so, wie ich es in meinem Artikel geschrieben habe: Es war eine Verwechslung. Rosema und Steinfelder haben zwar die alte Dame entführt. Aber sie war nicht das richtige Opfer. Jetzt passt auch die Geschichte mit dem Schiffsunglück dazu. Die Trottel haben sich einfach vertan.«

»Okay, so weit verstanden.« Gottfried war wieder auf Kurs. »Aber was ist jetzt mit dem Jungen? Hat einer der beiden einen Sohn?«

Gertrud schüttelte den Kopf. »Die haben sich, soweit ich weiß, glücklicherweise nicht vermehrt.«

Eine Weile war es still im Wagen. Dann sagte Gertrud: »Ich rufe jetzt Kommissar Möllenkamp an. Wir kommen so nicht weiter.«

Sie klappte ihr Handy wieder auf und wählte. Noch bevor jemand abnahm, verabschiedete sich ihr Akku mit einem leisen Seufzer. »Gibt es hier irgendwo eine Telefonzelle?

In der Telefonzelle, deren Scheiben mit großer Sorgfalt zerkratzt worden waren, roch es nach kaltem Rauch. Aus dem Telefonbuch waren einige Seiten herausgerissen, aber glücklicherweise war der Buchstabe »M« vollständig.

»Meike Möllenkamp«, erklang es am anderen Ende der Leitung.

»Frau Möllenkamp, hier ist Gertrud Boekhoff vom *Rheiderländer Tagblatt*. Ist Ihr Mann zu sprechen?«

»Nein, der ist in Weenermoor.«

»In Weenermoor? Ist etwas passiert?«

»Ich weiß nicht viel, aber es ist wohl ein Kind verschwunden.«

»Ein Junge?«

»Ich glaube, ja.«

»Können Sie mir seine Handynummer geben? Mein

Handy ist leer, ich komm nicht ans Adressbuch. Es ist wirklich dringend.«

»Einen Augenblick.«

Kurz darauf humpelte Gertrud mit der Handynummer auf einem Fetzen Telefonbuchpapier wieder auf das Auto zu. »Hat einer von euch ein Mobiltelefon?«

Betretene Gesichter. Gertrud knurrte.

»Kleingeld?«

Mit einigen Münzen in der Hand humpelte sie wieder zurück.

Sie erreichte Stephan Möllenkamp sofort.

»Stephan, du bist in Weenermoor? Dort ist ein Junge entführt worden?«

»Woher weißt du das schon wieder?«

»Wer ist es?«

»Simon Fokken. Der Sohn von …«

»Schon klar. Hör zu, ich weiß noch nicht, was das zu bedeuten hat, aber hör mir kurz zu: Ich weiß, wer dahintersteckt. Es ist Peter Steppan, der Geschäftsführer der Schipper-Reederei.«

Sie erzählte ihm in groben Zügen, was er wissen musste. Dann war das Kleingeld alle.

* * *

Simon kauerte in einer Ecke seines Gefängnisses. Er hatte lange um Hilfe geschrien, so laut er konnte. Aber niemand hatte ihn gehört. Jetzt war seine Stimme heiser.

»Hilfe! Hilfe! Mama!«, wimmerte er. »Mama! Mama, ich lauf auch nie wieder weg. Mama, bitte komm!«

Lautlos liefen ihm die Tränen über das Gesicht. Er schmeckte das Salz der Tränen auf seinen Lippen, die ganz rau waren. Er hatte so schrecklichen Durst.

Zwischendurch hatte er auch Hunger gehabt. Sein Magen hatte wütend geknurrt. Richtig weh hatte es getan. Er war zu dem hellen Streifen gelaufen, es war keine richtige Tür. Er hatte eine Stange zu fassen bekommen und daran gerüttelt. Draußen klapperte das Schloss. Irgendjemand musste ihn doch hören! Aber keiner war gekommen.

Dann war ihm schlecht geworden, und er hatte würgen müssen. Aber es war nicht mehr als bittere Galle hochgekommen. Die hatte er ausgespuckt, und nun saß er in dem Gestank, der sich mit Uringeruch vermischte. Er hatte sich eingenässt vor Schreck und Panik, als er über den Toten gefallen war. Und der Tote stank auch. So etwas hatte er noch nie gerochen.

Draußen hörte er Möwen kreischen. Sonst hörte er nichts.

Wo war Darth Vader mit seinem Laserschwert, wenn man ihn brauchte? Was hatte er denn nur getan? Was würden sie mit ihm machen? Wer hatte ihn hierher gebracht? Waren es dieselben, die Papa umgebracht hatten? Würden sie ihn auch vergiften?

Er dachte an den Jungen von dem Foto, den mit der Waffe über den Knien. Der könnte sich wehren. Er könnte die Tür aufschießen, könnte das Gefängnis zerschießen und würde es irgendwie schaffen, sich zu befreien. Aber er, er hatte nichts. Keine Waffe, kein Werkzeug. Und jetzt auch keine Stimme mehr.

Vielleicht würden sie ihn einfach hier liegen lassen, bis er verdurstete. Er sehnte sich jetzt sogar nach Antonia, die ihn an manchen guten Tagen sogar in den Arm genommen hatte. »Mein kleiner Bruder«, hatte sie dann gesagt. »Wir müssen zusammenhalten, dann kann uns keiner was.«

Aber das stimmte nicht. Ihm hatte immer einer gekonnt. Der Axel, dessen Vater Arzt war und der immer »Asi« zu ihm sagte. Und Tom, der sich über ihn lustig machte, weil er immer zu kurze Hosen trug. »Schwuli« nannte der ihn und machte dann so Mädchenbewegungen. Als er erzählt hatte, dass sie in den Ferien nach Mallorca fliegen würden, hatte Tom ihn ausgelacht. »Das glaubst du doch selber nicht. Dein Vater hat das Geld längst versoffen.« Er hatte sich mit Tom geprügelt und dafür von seiner Lehrerin eine Strafarbeit aufgebrummt bekommen.

Und jetzt würde er sterben. Dann würde es ihnen leidtun. Nein, wahrscheinlich würde es ihnen nicht leidtun. Sie würden gar nicht merken, dass er nicht mehr da war. Er würde einfach weg sein.

Simon drückte seine Augen auf die Knie. Sie brannten, seine Kehle brannte, in seinem Magen war dieser Klumpen. Er war ganz allein auf der Welt.

* * *

»Das passt«, war Anja Hinrichs' Reaktion, nachdem Möllenkamp vor dem Haus der Fokkens sein Wissen mit ihr geteilt hatte.

»Wie bitte?«

Sie berichtete ihm, was sie über die Verbindungen der Reederfamilien herausgefunden hatte. »Die Entführer haben die falsche Person erwischt. Gemeint waren Karl-Heinz Schipper und sein Schwiegersohn Peter Steppan.«

Möllenkamp spürte die Wut in sich hochsteigen. »Und wann, dachtest du, wäre der Zeitpunkt gewesen, deinen Chef darüber zu informieren?«

Anja wurde kleinlaut. »Als das mit dem Jungen passierte, habe ich's vergessen.«

Möllenkamp fuhr sich mit der Hand durch die Haare. In seinem Kopf rasten die Gedanken durcheinander. »Verdammt nochmal! Wir sind die ganze Zeit auf der völlig falschen Fährte gewesen.«

»Aber das war doch ein ganz anderer Fall«, protestierte Anja. Nervös strich sie sich die Haare nach hinten.

»Eben nicht!«, schrie Möllenkamp ihr seine Wut auf sich selbst ins Gesicht. Am Straßenrand hin- und hertigernd setzte er sie ins Bild.

Anja begriff schnell: »Aber warum haben Steppans Leute den Jungen mitgenommen? Und vor allem: Woher haben sie gewusst, dass er sich in diesem Haus versteckt hält? Er kann ja noch nicht lange dort gewesen sein. Er war ein Kollateralfang. Die haben etwas anderes gesucht.«

»Aber was?« Möllenkamp sah in Richtung des Hauses, dann auf die Brötchentüte mit dem leeren Kaffeebecher und der Zigarettenkippe. »Oder sie haben nach jemand anderem gesucht. Nach jemandem, der Kaffee trinkt und Zigaretten raucht.«

Anja nickte. »Kann sein. Aber wer sollte das gewesen sein?«

»Ein Erpresser.«

»Wieso Erpresser? Wir haben doch die Erpresser! Der

eine sitzt in der Klapse und der andere in der Fahrschule. Hat den eigentlich schon einer abgeholt?«

»Johann hat den Auftrag, sich darum zu kümmern. Wenn Rosema nicht schon in der Polizeiinspektion sitzt, dann ist er zur Fahndung ausgeschrieben. Aber der hat sich nicht hier versteckt. Es muss noch jemand anderen geben.«

Anja kniff die Augen zusammen und sah in den bewölkten Himmel.

»Und wenn es doch ein anderer Junge ist?«

»Es ist niemand sonst vermisst gemeldet.«

Anja hatte begonnen, auf den Nägeln zu kauen, wobei sie Möllenkamp beobachtete, der immer noch hektisch hin und her lief. »Was machen wir jetzt?«, wollte sie von ihm wissen. »Wenn der Junge nicht mehr hier ist, dann brauchen wir hier auch keine Suchtrupps einzusetzen.«

»Ich fordere trotzdem Verstärkung an. Simon Fokken ist in Lebensgefahr. Wir müssen ihn finden, bevor es zu spät ist. Geh rein und frag Sabine Fokken, ob sie Karl-Heinz Schipper oder Peter Steppan kennt. Ich geh nochmal ins Haus. Vielleicht finde ich dort irgendeinen Hinweis.«

Wenig später stand er wieder in dem Zimmer, in dem sie den Schlafsack und das Darth-Vader-Poster gefunden hatten, und blickte hinaus in den Garten. Von oben war deutlich zu erkennen, dass jemand oder etwas aus dem Haus geschleift worden war. Ein Junge? Nein, einen Jungen würde man so nicht über das Gras schleifen. Simon Fokken war leicht, den würde man schultern können.

Also musste es tatsächlich noch jemanden gegeben haben, den man nicht so einfach hatte abtransportieren können. Hatten sie ihn hier gleich umgebracht? Es gab keine Hinweise darauf, keine Kampfspuren, kein Blut, trotzdem war es natürlich möglich. Möllenkamp schritt erneut die Wege ab, die Peter Steppans Handlanger zurückgelegt haben mussten. Aus dem Zimmer, über die Treppe hinunter, durch den Garten. Nichts.

Noch einmal zurück: Aus dem Zimmer, über die Treppe hinunter, in den Keller zum kaputten Fenster. Nichts.

Er fragte sich: Waren der Junge und die andere Person gleichzeitig hier gewesen? Eher unwahrscheinlich. Der Junge war nicht geplant gewesen. Er musste ihnen in die Quere gekommen sein. Und es war ihnen auch nicht darum gegangen, alle Spuren zu beseitigen. Schließlich hatten sie das Poster und den Schlafsack einfach liegen lassen. Sie hatten nur genommen, was ihnen wichtig vorgekommen war und was sie hätte verraten können. Hatten die Täter nicht damit gerechnet, dass man dieses Haus jemals untersuchen würde? Waren sie so in Eile gewesen, oder hatte es sie nicht gekümmert?

Möllenkamp schritt noch einmal den Weg zur Straße ab. Es musste ein Auto hier gestanden haben, vermutlich auf der Auffahrt, um die Wege kurz zu halten und eine Beobachtung zu erschweren. Und tatsächlich fand er Spuren von Autoreifen auf der Auffahrt. Er blickte sich um: Der Abstand zu den umliegenden Häusern war ziemlich groß, gut möglich, dass niemand etwas mitbekommen hatte. Sie mussten die Nachbarn befragen.

Sein Blick fiel auf den Postkasten vorne an der Straße. Er stand ziemlich schief und sah aus, als sei er lange nicht benutzt worden. Ein paar verwaschene Werbeprospekte schauten oben aus dem Briefschlitz heraus, um den Postkasten herum lagen weitere verwitterte Angebote von ALDI, famila, LIDL und Co. Einer Eingebung folgend trat Möllenkamp an den Postkasten heran und steckte seine Hand in den Schlitz. Da drin klemmte etwas, das nicht aus Papier war. Er zog es heraus. Es war ein Stofflappen, hastig und nachlässig entsorgt. Hier waren Täter in großer Eile gewesen. Er roch daran und erkannte sofort den süßlichen Geruch von Chloroform. Er steckte das Tuch ein.

* * *

»Kein Hinweis auf den Aufenthaltsort. Nur das hier.« Möllenkamp hielt Anja den Stofffetzen unter die Nase. Sie angelte ihn mit einem Kugelschreiber aus seiner Hand, um ihn in einer Asservatentüte verschwinden zu lassen. »Du wirst nicht glauben, was ich herausgefunden habe«, sagte sie. »Der Schwiegervater von Frau Fokken war Zweiter Offizier auf einem Schiff der Reederei Schipper. Dieses Schiff ist 1984 im karibischen Meer gesunken. Gustav Fokken, der Vater von Fokko, ist dabei ums Leben gekommen.«

Möllenkamp musste an die Bilder mit maritimen Motiven denken, die überall im Haus hingen. »Verdammt, so langsam ergibt das Ganze einen Sinn: Fokko Fokken hat seinen Vater durch ein Schiffsunglück verloren. Jahrzehntelang galt die Tragödie als Unfall. Dann aber muss er etwas herausgefunden haben, ein Indiz, das ihn von einer Schuld der Reederei überzeugte. Damit hat er Steppan erpresst.«

»Und dafür hat der ihn umgebracht«, ergänzte Anja.

Möllenkamp sortierte einen Moment lang seine Gedanken. Dann griff er zum Handy. Er zögerte einen Moment, überwand sich und wählte die Nummer zu Hause. »Meike? Hör zu, ist Wilfried noch bei dir? Dann hol ihn mir bitte ans Telefon. Es ist wichtig.«

»Habt ihr den Jungen?«

»Nein, der Junge wurde vermutlich entführt. Bitte, ich brauche Wilfried.«

Kurz darauf hatte er Wilfried am Apparat. Er klang verlegen. »Stephan, hallo, gerade wollte ich nach Hause gehen. Du, wegen gestern …«

»Spielt jetzt keine Rolle. Wilfried, ich brauche dich. Hör zu, sorg dafür, dass Karl-Heinz Schipper, Hiltrud und Peter Steppan so schnell wie möglich festgenommen und in die Inspektion gebracht werden. Ich komme jetzt zurück und erklär dir alles. Ach so: Und Johann Abram soll die Spurensicherung hierherschicken, wenn die in Stapelmoor fertig ist. Und er soll gleich mitkommen.«

Nachdem er sein Handy wieder eingesteckt hatte, bemerkte er Anjas Blick. »Anja, es ist wichtig, dass wir unsere Kräfte jetzt so effizient wie möglich einsetzen.« Er sah, dass sie in Verteidigungsstellung ging, aber er konnte es nicht ändern: »Du musst hierbleiben. Befrage die Nachbarn, ob irgendjemandem etwas an dem Haus aufgefallen ist, ob sie ein fremdes Auto gesehen haben, verdächtige Geräusche gehört, was weiß ich. Bleib mindestens, bis die Spurensicherung hier ist.«

Anja öffnete den Mund, um zu protestieren, sah Möllenkamps entschlossenes Gesicht und schloss ihn wieder. »Okay, ich frage in der Nachbarschaft herum. Gibt ja nicht so viele hier. Aber wenn die SpuSi hier ist, dann komme ich zurück. Ich habe übrigens die Polizeipsychologin in Gang gesetzt, weil ich fürchte, dass Frau Fokken uns sonst noch umkippt. Die Frau hat mehr mitgemacht, als ein normaler Mensch ertragen kann.«

Möllenkamp spürte einen Kloß im Hals, den er sich um keinen Preis anmerken lassen wollte. Wie er sich wünschte, dass Meike jetzt hier wäre! Er würde nur kurz seinen Kopf an ihren Hals legen, und sie würde irgendetwas sagen, das ihm Hoffnung gab. Er hatte in seinem Job schon viel Elend gesehen, mit Mord und Totschlag hatte er täglich zu tun. Aber verschwundene, misshandelte, getötete Kinder – das hatte immer eine andere emotionale Dimension. Das waren die Momente, in denen er überlegte, beruflich doch noch etwas ganz anderes zu machen, weil er es kaum aushielt.

Doch jetzt war Meike nicht nur weit weg, sondern sie war ihm vermutlich auch noch gram, so dass er nicht einmal aus der Ferne im Gefühl ihrer Zuwendung Halt finden konnte. Er wusste nicht warum, aber auf einmal stand ihm das Bild der kleinen Kim vor Augen, die von ihrer Mutter vor dem »schwarzen Mann« gewarnt wurde. Und dann schob sich noch ein Bild davor.

»Warte mal. Ich hab was vergessen!«, schrie er Anja zu und raste zu dem Haus, das er gerade erst durchsucht hatte. Atemlos stand er in der Küche, und da war er, der Gaskocher.

Er griff den Kocher und nahm ihn mit.

»Steig ein«, rief er und warf den Kocher auf die Rückbank seines alten Escort.

Anja sah ihn verständnislos an, setzte sich aber ins Auto.

Sie fuhren nur wenige hundert Meter, dann hielt Möllenkamp vor dem Haus, in dem laut Klingelschild Heiner, Heike, Hans-Holger, Henrike-Hannah und Kim Weelborg wohnten. Das Haus war aus schlichtem rotem Ziegel gebaut und unauffällig, bis auf die große Dreifach-Garage, die Stephan Möllenkamp schon bei seinem ersten Besuch aufgefallen war. Die Garage stand offen, und man konnte sehen, dass außer einem kleinen Opel Corsa und jeder Menge Fahrräder nichts darin war.

Als Möllenkamp an der Tür klingelte, sah er aus dem Augenwinkel, wie Anja sich vor das offene Garagentor stellte und das Innere aufmerksam betrachtete. Vermutlich hielt sie die Familie Weelborg für verdächtig. Er hätte ihr sagen sollen, dass es um etwas ganz anderes ging.

Die Tür öffnete sich und Heike Weelborg stand vor ihm. »Hallo Herr Kommissar. Sogar am Sonntag im Einsatz?« Offenbar hatte sich das Verschwinden von Simon Fokken noch nicht bis zu ihr herumgesprochen. Wie konnte das sein?

»Frau Weelborg, entschuldigen Sie bitte die Störung, aber können Sie mir sagen, ob das hier Ihr Gaskocher ist, den sich Fokko Fokken von Ihnen geliehen hat?«

Heike Weelborg nahm Möllenkamp den Gaskocher aus der Hand und sah ihn sich genauer an. »Tatsächlich, der gehört uns. Wo haben Sie den her?«

»Aus dem verlassenen Haus an der Weenermoorer Straße. Das Haus, das direkt neben Meinders Plaats steht.«

Heike Weelborg sah den Gaskocher an, als könnte der ihr sagen, wie er in das alte Haus an der Hauptstraße gekommen war.

»Wie – woher …? Was hat das zu bedeuten?«

»Das wissen wir auch noch nicht genau. Es gibt Hinweise, dass sich jemand in dem Haus aufgehalten hat. Mit dem Gaskocher wurden offenbar Konserven heiß gemacht. Hat Fokken vielleicht doch etwas darüber gesagt, als er sich den Kocher von Ihnen geliehen hat?«

Heike Weelborg schüttelte entschlossen ihren aschblonden Kurzhaarschnitt. Die Ohrringe, die sie heute statt der exotischen Halskette trug, baumelten heftig hin und her. »Nein, gar nichts hat er gesagt. Und wenn er jemand in dem Haus untergebracht hat, dann wollte er ja auch wohl nicht, dass es bekannt wird.«

Anja Hinrichs, die inzwischen hinzugekommen war, fragte: »Ist Ihnen in der letzten Zeit irgendetwas aufgefallen, etwas Ungewöhnliches?«

Heike Weelborg sah Hinrichs an, als hätte die Kriminalbeamtin einen Witz gemacht, und grinste dann höhnisch. »Sie meinen, außer dass Fokko Fokken umgebracht worden ist?« Dann wurde sie wieder ernst: »Warten Sie, da gibt es tatsächlich noch eine Sache: Eine Bekannte, Inge Haase heißt sie, die hat mir von einem Ausländer erzählt, der hier eine Zeitlang nachts durch Weenermoor gelaufen ist.«

»Ein Ausländer?«, fragte Anja Hinrichs.

»Ja, sie sagte, ein Philippino oder Indonesier. So jedenfalls hätte er ausgesehen.«

»Haben Sie den Mann selbst auch gesehen?«

Heike Weelborg schüttelte den Kopf. »Nein, wir wohnen ja nicht an der Hauptstraße. Da ist er wohl immer entlanggelaufen. Aber Inge denkt sich so was nicht aus. Fragen Sie sie selbst.«

Die beiden Kriminalbeamten bedankten sich und gingen die Auffahrt hinab zu ihrem Auto.

»Das wird ja immer verwirrender«, meinte Anja. »Wenn ich mich recht erinnere, dann hat vor fünfzehn Jahren nur ein einziger Matrose den Untergang des Containerschiffes der Schipper-Reederei überlebt, und das war ein Philippino.«

»Aber der wird ja kaum fünfzehn Jahre später hier in Weenermoor auftauchen«, zweifelte Möllenkamp.

»Sollen wir diese Inge Haase dazu befragen?«, schlug Anja vor.

Möllenkamp spürte, wie seine Spannung stieg. Per SMS hatte ihm Wilfried mitgeteilt, dass Karl-Heinz Schipper und Hiltrud Steppan in der Polizeiinspektion waren. Peter Steppan hatten sie nicht angetroffen. Eine Fahndung lief.

Er fuhr sich durch die Haare. »Ich muss zurück nach Leer. Fahr du zu dieser Frau Haase. Wir wissen ja nicht einmal, ob dieser Ausländer überhaupt von den Philippinen kommt.« Er ließ seinen Blick über die wie ausgestorbene Straße gleiten. »Aber einem so komischen Zufall sollten wir auf den Grund gehen. Fokko Fokken hat sich den Gaskocher geliehen, weil er jemanden versteckt hat. Das könnte natürlich auch dieser Mann gewesen sein. Aber war das ein Komplize? Und wo ist der Mann jetzt? Wer hat ihn zuletzt gesehen und wann? Nimm dir die Nachbarn vor, und zwar alle, die etwas bemerkt haben könnten. Abram müsste bald hier sein, der wird dich unterstützen.«

* * *

Er hörte das Quietschen der Tür von ganz weit weg wie durch Watte. Er lag auf der Seite, die Knie immer noch angezogen. Das Weinen hatte ihn geschwächt, irgendwann war er einfach an der Wand hinuntergerutscht.

Es wurde gleißend hell um ihn. Er kniff die Augen zusammen und wollte etwas sagen, aber mehr als ein Krächzen brachte er nicht heraus. Er sah Schatten, die in den Container drängten. Sie kamen ihm wie eine ganze Armee von Klonkriegern vor, die sich gleich über ihn hermachen wollte. Erstaunlicherweise ängstigte ihn die Vorstellung nicht einmal. Er nahm alles wie durch einen Schleier wahr. Es ging ihn gar nichts mehr an. Sie sollten ihn einfach liegen lassen.

Die Klonkrieger sprachen miteinander. Er konnte nicht verstehen, was sie sagten. Er sah, wie zwei von ihnen den Mann, über den er gefallen war, aus der Baracke herauszogen. Er hatte schwarze Haare und sah aus, als käme er von weit her.

Seine Augen brannten immer noch. Unter halb geschlossenen Lidern sah Simon wie im Traum, was um ihn herum geschah. Er suchte nach den anderen Klonkriegern, fand aber keine mehr. Wo waren sie? Es waren doch so viele gewesen.

Er konnte seine Lippen nicht mehr fühlen. Sie waren taub geworden. Er würde vermutlich sowieso nie mehr sprechen können. Die zwei Männer kamen zurück. Es waren tatsächlich nur zwei. Sie standen eine Weile in der Baracke und sahen sich um. Dann trat einer auf ihn zu, bückte sich und sah ihm aufmerksam ins Gesicht. Der Mann war schon älter und trug einen Bart. Er war kein Klonkrieger.

Für einen Moment meinte Simon in dem Gesicht so etwas wie Mitleid zu sehen. Dann roch er den Alkohol. Der Mann stank wie Papa. Er hob schwach die Hand, und drehte den Kopf, um seinen Vater zu begrüßen.

Da erhob sich der Mann mühsam und winkte den anderen zu sich. »Er wird nicht schreien. Lass es uns schnell machen. Er tut mir leid.«

Die beiden Männer ergriffen ihn, hoben ihn hoch und trugen ihn wie einen Zementsack an Armen und Beinen nach draußen und in einen parkenden Transporter. Sie legten ihn einfach neben den toten Mann, den sie zuvor dort hineingelegt hatten.

Nur für einen ganz kurzen Augenblick konnte Simon den Toten sehen, bevor die Türen zugeworfen wurden. Er war klein und dünn. Seine Haare waren ganz schwarz und seine Haut dunkel. Tiefe Falten durchzogen das hagere Gesicht, und seine Augen waren geschlossen.

Dann war es stockfinster um ihn. Gleichzeitig hatte er das Gefühl, der Mann neben ihm habe jetzt die Augen geöffnet und würde ihn im Dunkeln anstarren. Simon hielt die Arme an seinen Körper gepresst und wartete darauf, dass die kalten Finger des Toten gleich nach ihm greifen würden. Der Wagen hatte sich in Bewegung gesetzt und schaukelte und schwankte über die Straßen. In jeder Kurve glaubte Simon, der Tote werde gleich zu ihm herüberrutschen, werde sich auf ihn legen und ihn unter sich begraben. Kalt durchdrang ihn eine unheimliche Furcht. Wenn er schon mit einem Toten in ein Auto eingesperrt war, dann würde man sie beide irgendwo hinbringen, wo sie niemals jemand finden würde.

* * *

Gertrud saß in der Küche, während ihr Handy lud. Ihr Fuß pochte im Gleichklang mit dem Ticken der Küchenuhr, die Hertas Vormieterin freundlicherweise dagelassen hatte.

Tick. Tack.

Tick. Tack.

Das Ticken war wie ein Countdown, der den kleinen Simon Fokken seinem tödlichen Schicksal unerbittlich entgegentrieb. Gertrud verweigerte sich dem Gedanken, dass es vielleicht sowieso schon zu spät sein könnte. Schließlich schlug sie mit der Hand auf den Tisch. »Wenn nicht jemand diese Uhr abhängt, kann ich für nichts garantieren!«

Erschrocken stürzte Herta zur Uhr und trug sie ins Badezimmer, wo sie stoisch weiter tickte.

Gottfried rührte in seinem Kaffee. Er hatte die Stirn in tiefe Falten gelegt und schon seit geraumer Zeit nichts mehr gesagt. Schließlich stand er auf und begann, im Raum hin und her zu wandern. »Gott, du weißt, wo Simon Fokken ist. Ich bitte dich, sorge dafür, dass er heil zurückkommt. Gib uns einen Hinweis, wie wir helfen können.«

Gertrud hingegen murmelte: »Der Philippino. Ich hab vergessen, Stephan Möllenkamp von dem Philippino zu erzählen.«

Herta, die wieder in die Küche zurückgekehrt war, blickte von Gertrud zu Gottfried und schien sich zu fragen, ob sie wirklich die richtige Unterstützung an ihrem Tisch sitzen hatte. »Ist der Philippino denn wichtig?«, fragte sie verwirrt.

»Ich weiß es nicht«, gab Gertrud zurück. »Aber dass wir es nicht wissen, ist schon schlimm genug.« Sie schielte nach dem Handy, dann hob sie es hoch und wählte eine Nummer. »Inge? Ja, ich bin es schon wieder. Ja, ich weiß, dass bei euch eine Suchaktion nach Simon Fokken läuft. Nein, ich weiß nicht genau, was passiert ist. Aber wenn ich es rauskriege, erfährst du es als erste. Versprochen! Hör mal zu, der Philippino, den du gesehen hast: Hast du jemandem davon erzählt?«

Sie lauschte eine Weile, dann sagte sie: »Danke dir. Nein, das war völlig in Ordnung, das hätte ich auch getan. Mach dir keinen Kopf. Nein, keine Ahnung, ob Simons Verschwinden und der fremde Mann etwas miteinander zu tun haben, aber es könnte sein.«

Sie legte auf. Aus dem Badezimmer hörte sie immer noch das Ticken der Uhr. Dann sagte sie langsam: »Inge hat nur mit einer Nachbarin über den Philippino gesprochen. Und die hieß Heike Weelborg.«

Herta wurde blass: »Theo Weelborg hat mal etwas von einem Sohn und Enkelkindern erzählt. Aber vielleicht ist es auch nur Zufall, ich weiß nicht, wo sie wohnen … «

Gottfried, der sich zu ihnen umgedreht hatte, sagte mit fester Stimme: »Bestimmt ist es kein Zufall. Das war der Hinweis, um den ich gebeten habe.«

Wieder griff Gertrud zum Handy. Sie ließ es lange klingeln. Stephan Möllenkamp ging nicht ran. Es kribbelte in ihren Fingerspitzen. Zusammen mit dem Pochen im Sprunggelenk schien ihr ganzer Körper schmerzhaft unter Strom zu stehen. Ächzend erhob sie sich. »Wir fahren jetzt nach Weenermoor.«

Herta sah sie entgeistert an: »Und dann? Was sollen wir sagen, wenn wir dort sind? Ist es nicht viel wichtiger, erstmal den Jungen zu finden? Wer weiß, was die inzwischen mit ihm …«

Gertrud unterbrach sie. »Hast du irgendeine Idee, wo der Junge sein könnte?«, fragte sie scharf.

»Nein«, bekannte Herta kleinlaut.

»Ich aber«, sagte Gertrud, »Er ist da, wo der Philippino ist. Da gehe ich jede Wette ein. Der Mann ist der einzige überlebende Zeuge des Unglücks. Er hat vermutlich mit Fokko Fokken gemeinsame Sache gemacht. Also muss er aus Peter Steppans Sicht unbedingt verschwinden. Wir müssen der Spur des Philippinos folgen, und die beginnt in Weenermoor.«

Herta schüttelte verstockt den Kopf. »Das ist doch Unsinn! Die haben ihn ganz sicher nicht dort in ihrem Keller versteckt.«

Jetzt wurde es Gertrud zu viel: »Aber wo dann?«, schrie sie und stampfte mit dem gesunden Fuß auf dem Boden auf.

Herta, deren Nerven immer noch ziemlich angegriffen waren, begann wieder zu schluchzen.

Gottfried griff ein: »Es hilft doch nichts, wenn wir uns gegenseitig anschreien. Wir rufen jetzt noch einmal bei der Polizei an und berichten alles, was wir wissen. Es ist nicht unsere Aufgabe, Verbrecher zu fangen und auf eigene Faust zu ermitteln.«

Dabei sah er Gertrud intensiv aus seinen blauen Augen an.

Gertrud indes dachte überhaupt nicht daran, es dabei zu belassen. »Wenn ihr nicht wollt: Ich fahre jetzt nach

Weenermoor und checke die Familie Weelborg. Ihr könnt gerne bei der Polizei anrufen. Das kann ja nicht schaden.«

Sie nahm das Handy vom Kabel und schaute auf das Display. 40 Prozent Akkustand waren besser als nichts. Dann steckte sie es ein, nahm den Schlüssel vom Brett und humpelte zur Tür.

Gottfried sah ihr mit besorgtem Blick nach. »Du könntest auch einfach bei den Weelborgs anrufen …«

»Quatsch«, wischte Gertrud den Einwand weg. »Wenn da irgendetwas faul ist, dann sind die nach einem Anruf erst recht gewarnt. Besser, ich habe das Überraschungsmoment auf meiner Seite. Bleib du mal bei Herta, ich bin ja bald wieder da.«

Damit verschwand sie.

* * *

Der picklige Jugendliche, der ihr die Tür öffnete, sah sie verständnislos an. »Was wollen Sie?«

»Dir auch einen schönen Tag«, sagte Gertrud und trat ins Haus. »Und dann heißt es: Was kann ich für Sie tun?«

Der Junge glotzte nur.

»Okay, ich sehe schon, so kommen wir nicht weiter: Sind deine Mutter oder dein Vater da?«

»Nein. Die sind bei dem Haus, das die Polizei gerade durchsucht.«

»Und warum bist du nicht dort?«

»Weil meine Lieblingsserie im Fernsehen läuft.«

»Ja«, sagte Gertrud, »das wahre Leben kann nie so aufregend sein wie das Fernsehen, nicht wahr?«

Der Jugendliche schielte in Richtung Wohnzimmer. Man merkte deutlich, dass er den Besuch gerne schnell wieder loswerden wollte.

»Hast du einen Großvater namens Theo Weelborg?«

»Sagen Sie mal, wer sind Sie überhaupt?«

»Ach so, du hast Recht, das war unhöflich von mir. Ich bin Gertrud Boekhoff und arbeite beim *Rheiderländer Tagblatt*. Ich müsste mal dringend mit Theo Weelborg sprechen.«

»Opa ist nicht da.«

»Hast du eine Ahnung, wo ich ihn finden könnte?«

»Der ist meistens auf seinem Boot.« Der Junge nickte in Richtung Garage.

»Da drin?«

»Da? Ach so, nein. Im Winter hat er es hier untergestellt. Aber im Sommer liegt es in Greetsiel.«

»Besucht dein Opa euch öfter?«

»Manchmal.«

»War er gestern oder heute hier?«

»Nicht dass ich wüsste. Aber warum wollen Sie das alles wissen? Muss ich Ihnen das überhaupt sagen? Recherchieren Sie für irgendwas?«

»Nein, musst du nicht. Schönen Tag noch. Und nicht zu viel fernsehen. Kriegt man eckige Augen von.«

Der Junge starrte ihr nach, als sie, so schnell sie konnte, zu ihrem Polo humpelte. Der Fuß tat höllisch weh, aber sie hatte eine Spur.

Erneut versuchte sie Möllenkamp anzurufen. Wieder ohne Erfolg. Verdammt, wenn man ihn schon mal brauchte.

Der Junge hatte von einem Haus gesprochen, das durchsucht wurde. Vielleicht hatte man Simon ja bereits gefunden.

Sie bog aus dem Vennenweg in die Weenermoorer Straße ein und fuhr langsam Richtung Möhlenwarf. Schon von Weitem sah sie die Fahrzeuge vor dem verlassenen Haus neben Meinders Plaats, dem ältesten Hof des Rheiderlands. Darüber hatte sie auch schon mal einen Bericht veröffentlicht.

Vor dem Haus hatte sich eine kleine Menschentraube um das Absperrband versammelt.

»Ist der kleine Fokken schon wieder aufgetaucht?«, fragte sie eine Frau, die sich ein Fernglas mitgebracht hatte, um besser beobachten zu können, was vor sich ging.

Die schüttelte den Kopf. »Nein, is nicht hier. Haben ihn wohl weggeschleppt. Die arme Sabine, das hält die nicht aus.«

Gertrud zog ein mitfühlendes Gesicht, dann gab sie Gas.

* * *

Simon schreckte auf. Der Wagen hatte angehalten. Sein Kopf schien ihm platzen zu wollen. Es war immer noch stockfinster. Er hörte Stimmen von vorne aus dem Wagen.

»Wie willst du die auf Boot kriegen, ohne dass einer merkt?«

Die Männerstimme hatte einen starken Akzent. Simon hatte keine Ahnung, woher der Mann kam, aber es klang ausländisch.

»Ich hab eine Segelplane auf dem Boot«, sagte der andere. »Wir wickeln die beiden ein und tragen sie nacheinander hin. Das merkt keiner.«

»Der Junge noch lebt. Wenn schreit, was dann? Wir sollen hier erledigen.«

»Ich geb ihm was, dann schläft er.«

»Aber ich kann …«

»Du machst gar nichts. Du wartest hier, bis ich zurück bin.«

Dann schlug eine Autotür zu. Vorne wurde das Radio aufgedreht. *Living easy, living free. Season ticket on a one-way ride…*

Das hatte Papa auch oft gehört, wenn er das Auto saubermachte.

I'm on the highway to hell
On the highway to hell
Highway to hell
I'm on the highway to hell

Den Refrain hatte Papa immer laut mitgesungen, bis Mama kam und ihm sagte, er solle den Krach leiser drehen, weil die Nachbarn sich beschweren würden. Antonia hatte gesagt, das wäre Alte-Leute-Musik. Aber Simon hatte manchmal mitgesummt, auch wenn er nicht verstand, worum es ging.

Was wollten die Männer »erledigen«? Würden sie ihn auf ein Boot bringen? Er war noch nie auf einem Boot gewesen. Er hatte viele Piratenfilme gesehen. Zum Geburtstag hatte er sich Piratenbücher gewünscht und CDs. Einmal waren sie bei einem Theaterstück über den berühmten Piraten Störtebeker gewesen, danach hatte er sich beim Spielen oft als Pirat verkleidet. Er wollte immer schon auf einem Schiff fahren. Am besten auf einem mit großen weißen Segeln. Oben am Mast würde eine Piratenflagge hängen. Er würde die reichen Schiffe überfallen und den Armen das Geld geben. Für sich und seine Familie würde noch genug Geld für eine große, schöne Villa übrig bleiben, mit einem Swimmingpool und einem riesigen Abenteuerspielplatz im Garten.

Papa hatte gesagt, dass es gefährlich sei, zur See zu fahren. Sogar dann, wenn man kein Pirat war. Sein Opa war mit einem Schiff untergegangen und ertrunken. Ob Opa ein Pirat gewesen war? Er glaubte es eigentlich nicht. Aber er hatte sich vorgestellt, Opas Schiff hätte so ausgesehen wie die Schiffe in den Filmen. Ein großer Sturm musste gekommen sein und hatte das Schiff leck geschlagen. Und dann war es untergegangen.

Vielleicht aber war Opa ja auch von Piraten überfallen worden. Sie waren in einen Kampf geraten, Kanonen hatten geböllert, dann hatten die Piraten die Enterhaken ausgeworfen und waren auf das Schiff gesprungen. Sie hatten die Mannschaft gefesselt und alle Schätze von Opas Schiff geholt. Und dann hatten sie das Schiff mit Mann und Maus versenkt.

Als er kleiner war, hatte er davon geträumt, Opa zu rächen. Die bösen Männer zu finden und sie zur Rechenschaft zu ziehen. Vielleicht waren die Männer in dem Auto auch für Opas Tod verantwortlich. Wahrscheinlich wussten sie, dass er das wusste und vorhatte, Opa zu rächen. Und jetzt wollten sie ihn töten, damit er sie nicht mehr jagen konnte.

Er hörte die Autotür schlagen. Der Wagen wackelte, weil vorne jemand einstieg. Die Musik wurde leiser gedreht.

»Und? Geht weiter jetzt?«, fragte der Mann, der aufgepasst hatte.

»Ich hab alles. Wir müssen bald los. Ist windig. Nicht viel los draußen. Aber wir müssen die Flut abwarten.«

»Wie lange müssen warten? Die wissen, dass Junge weg ist.«

»Wir müssen warten…«

Es war still.

»Was machst du? Du sollst jetzt nicht trinken Schnaps. Du brauchst klaren Kopf. Ich kann nicht Boot steuern. Wenn du betrunken, dann alles geht schief.«

»Lass mich. Lass mich in Ruhe! Ich muss nachdenken.«

Wieder war es still.

Simon horchte, aber er hörte nichts. Er musste hier raus, musste weg von dem Toten, er wollte nicht auf das Boot. Behutsam streckte er die Beine aus. Es ging. Die Arme gehorchten ihm auch. Er rollte sich zusammen, drehte vorsichtig seinen Körper, versuchte sich aufzurichten. Ihm war sofort schwindlig. Er tastete, griff wieder in den Stoff der Hose des toten Mannes. Sein Magen drehte sich nach außen. Er hustete, horchte. Nichts.

Er befühlte die kalte Innenwand des Transporters. Da war ein Schlitz, vermutlich die Tür. Weiter nach oben. Dort war ein Griff. Er schob seine Hand in die Mulde und zog vorsichtig. Nichts.

Er zog stärker. Es gab ein Klacken. Es dröhnte in seinen Ohren. Er lauschte, hörte aber nichts mehr, nur leise, gedämpfte Musik.

Die Tür war offen!

Wenn er sich mit seinem ganzen Körper dagegen warf, würde er sie aufstoßen können. Er robbte sich näher ran, so dass er sein Gewicht gegen die Innentür drücken konnte. Er sah die Helligkeit draußen, war geblendet für einen Moment, glitt hinaus ins Freie, zog die Beine nach. Lag draußen eingerollt wie eine Schnecke und atmete schwer.

Er sammelte seine Kräfte und fing an, auf die Wildrosenhecke zuzurobben, die den Parkplatz umstand. Sein Herz pochte wie wild, Zentimeter für Zentimeter schob er sich auf das Gebüsch zu. Er wusste nicht, was er tun sollte, wenn er dort angekommen war.

Ein Schatten fiel auf ihn. Eine harte Hand packte ihn im Nacken und zog ihn an seinem Pullover hoch, als wäre er eine Puppe. Er krächzte, dann traf ihn eine Faust am Kopf, und es wurde schwarz um ihn.

* * *

Gertrud verließ die A28 am Dreieck Leer und fuhr auf die A31 Richtung Emden. Ihr Fuß tat höllisch weh. Sie versuchte, das Sprunggelenk nicht zu bewegen und trat mit der ganzen Sohle aufs Gas, so dass der Wagen beim Kuppeln immer einen Satz nach vorne machte. Das Bremsen war ebenso holprig. Jedes Mal biss sie die Zähne aufeinander, weil ihr Polo dabei so heftig reagierte. Was sie tun würde, wenn sie in Greetsiel angekommen war, wusste sie nicht. Aber die Angst, sie könne zu spät kommen, trieb sie weiter und verscheuchte die Gedanken an später.

Immer wieder ging sie alles im Kopf durch: Sie hatte Stephan Möllenkamp die Informationen gegeben, die er brauchte, um die ganze Schipper-Mischpoke zu verhaften. Wie das alles mit Horst Rosema und Bernd Steinfelder zusammenhing, war für den Moment zweitrangig. Sie war sicher, dass die größeren Verbrecher in dem Verwaltungsgebäude am Emsdeich saßen. Wenn Weelborg der Consigliere war, der für Steppan und Schipper den Dreck wegräumte, dann musste er es eilig haben. Zu viel war offensichtlich schiefgegangen. Es waren zu viele Mitwisser unterwegs, einer davon war dieser Philippino – wo auch immer der nach so langer Zeit hergekommen war. Der andere, um den sie sich die größten Sorgen machte, war der kleine Simon. Ein kleiner Junge, der unmöglich verstehen konnte, was um ihn herum vorging. Aber Simon musste etwas gesehen haben, was er nicht verstand, woraus jedoch andere Schlüsse ziehen konnten. Wenn er noch lebte, war er in höchster Gefahr.

Es konnte sein, dass sie vollkommen auf dem Holzweg war. Vielleicht lag der Junge längst mit einem Loch im Kopf irgendwo in einem Schlot*. Aber in Wirklichkeit glaubte sie das nicht. Wenn die Drahtzieher eines so großen Verbrechens, wie sie es hinter dem Untergang der *Anne Kuhlmann* vermutete, auch weiterhin davonkommen wollten, dann durften sie keine Spuren hinterlassen. Wer auch immer im Wege war, musste spurlos verschwinden. Vor allem, weil der Versuch, Fokko Fokken vor den Augen der Öffentlichkeit mittels eines inszenierten »natürlichen« Todes zu beseitigen, so gründlich schiefgegangen war.

Sie hieb auf das Lenkrad ein. Vor Schmerz und Frustration hatte sie Tränen in den Augen. Halb blind fuhr sie den roten Polo Richtung Emden.

Auf Höhe des Emder Flugplatzes verließ sie die Autobahn, kam an Suurhusen vorbei, dachte kurz an das verfluchte Fußballspiel, das alles ins Rollen gebracht hatte, und fand sich dann auf den Landstraßen durch Hinte,

---

* Graben

Cirkwehrum, Uttum, Jennelt, Eilsum und schließlich auf der langen Straße, die das Greetsieler Sieltief begleitete. Greetsiel war eines dieser ostfriesischen Fischerdörfer, die schon lange ihre ursprüngliche Identität eingebüßt hatten und nun den Touristen und Ausflüglern vorspielten, wie das Leben in einem ostfriesischen Fischerdorf nie gewesen war: aufgeräumt, sauber, idyllisch und wohlhabend.

In dieser Idylle sollte es Verbrechen geben? Gertrud fuhr durch den Ort, alle Hinweise auf Durchfahrtsverbote und Fußgängerzonen ignorierend. Trotz regnerischer Böen, die inzwischen aufgezogen waren, spazierten auch heute Ausflügler am Kai entlang, kehrten in die Gaststätten ein und beobachteten bei einer Tasse Tee oder einem Pharisäer, wie sich die Segelboote auf dem Wasser wiegten. Es gab kein schlechtes Wetter, nur unpassende Kleidung.

Gertrud stoppte am Hafen und sah sich um. Außer pittoresken Fischerbooten waren im Touristenhafen keine anderen Boote zu sehen. Hier lag das Boot von Theo Weelborg mit Sicherheit nicht. Ihr fiel ein, dass es einen Yachtclub gab, der auf der östlichen Hafenseite lag. Also steuerte sie ihren Wagen dorthin.

Ächzend stemmte sie sich aus ihrem Auto, trat mit dem falschen Fuß auf und knickte stöhnend ein. Ein älteres Ehepaar, das auf dem Weg zu seinem Auto war, lief besorgt hinzu. »Haben Sie sich etwas getan?«

Sie verneinte mit zusammengebissenen Zähnen und fragte dann nach Weelborg. »Nein, den kennen wir nicht. Aber wir gehören auch nicht zu den Bootsfreunden hier im Club. Wir gehen hier nur spazieren.«

Mühsam erklomm Gertrud den Deich und ließ ihre Blicke über den Yachthafen gleiten. Alles sah ziemlich verlassen aus. Offenbar hatten nur die ganz hartgesottenen Segler Lust, an diesem regnerischen Tag die Leinen loszumachen. Ihr Mut sank. Hier war kein Mensch. Kurz erwog sie, trotzdem zum Pier hinunterzugehen, da erfasste sie eine kalte Böe, und sie stemmte sich dagegen. Sie stöhnte auf, als erneut ein stechender Schmerz durch ihren verstauchten Fuß fuhr. Wenn sie jetzt dort hinunterging, musste sie auch wieder hinaufkommen. Und wofür? Da unten war niemand.

Sie drehte sich unschlüssig zum Parkplatz um. Das ältere Ehepaar war inzwischen weggefahren. Außer Gertruds rotem Polo stand nur noch ein dunkler Van einsam dort herum. Entweder war der Besitzer des Vans auch nur am Deich spazieren, oder er musste doch an diesem Tag segeln gegangen sein.

Gertrud seufzte und kletterte wieder vom Deich herunter. Auf dem Weg zu ihrem Auto glitt ihr Blick noch einmal zu dem dunklen Van, der am Rand des Parkplatzes vor einem Gebüsch stand. Er besaß ein Leeraner Kennzeichen. Konnte Zufall sein, vielleicht aber auch nicht. Sie ließ ihren Polo links liegen und steuerte auf das Fahrzeug zu. Der Wagen war abgeschlossen. Im Wageninnern konnte sie nichts Auffälliges entdecken, wenn man davon absah, dass auf dem Beifahrersitz

ein leeres Fläschchen Kümmerling lag. Aber das war in Ostfriesland nun auch nicht völlig ungewöhnlich. Sie umrundete das Fahrzeug und probierte die hinteren Türen.

Auch zu.

Sie ging in die Hocke und spähte unter den Wagen. Hinter dem Hinterreifen sah sie etwas liegen. Es sah aus wie eine Spielkarte. Gertrud streckte die Hand aus und zog die Karte hervor. Es war eine Star-Wars-Sammelkarte. Darauf war Obi-Wan Kenobi abgebildet, wie sie dem Aufdruck entnehmen konnte. Gertrud hätte das nicht gewusst, sie kannte sich mit Star Wars überhaupt nicht aus. Das Kärtchen war etwas zerknickt, aber sonst unbeschädigt. Vor allem sah es nicht so aus, als wäre es schon einmal nassgeregnet worden oder sonstwie der Witterung ausgesetzt gewesen.

Es war also wahrscheinlich, dass es jemandem aus der Hosentasche gefallen war, der in diesem Van gesessen hatte. Und dieser jemand war vielleicht ein Kind gewesen.

Scheiße! Das konnte natürlich alles ganz harmlos sein. Eine Familie mit Kind, die hier spazieren ging. Oder eine Familie mit Kind, die segeln ging. Es konnte aber auch sein, dass der kleine Simon hier ganz in der Nähe war.

Sie musste es jetzt wissen. Entschlossen drehte Gertrud sich um und hinkte zu ihrem Auto. Sie wühlte im Kofferraum herum und zog dann eine lange Grillzange hervor, die sie vor einiger Zeit bei ALDI im Sonderangebot gekauft hatte – in der irrigen Annahme, es würde diesen Sommer mal Grillwetter geben. Sie betrachtete die Zange. Es war nicht wirklich eine Waffe, aber besser als nichts. Sie steckte die Zange unter ihren Parka.

Der Pier hatte die Form eines Kamms mit vier Zinken. Die Boote lagen immer jeweils zu zweit zwischen zwei kleinen Stegen, die zum Bootseinstieg führten. Gertrud hinkte den ersten Zinken des Kamms hinab, sah aber auf keinem der Boote einen Menschen. Auf dem zweiten Pier war ebenfalls niemand zu sehen. Alle Kajütentüren waren geschlossen und die Segel eingerollt. Möwen kreisten schreiend über den Booten, der wiedereinsetzende Regen schlug ihr ins Gesicht. Sie kämpfte sich wieder zurück auf den Hauptpier und bog in den dritten Pier ein. Auf dem vorletzten Boot stand die Kajütentür offen. An Deck war niemand. Gertrud verlangsamte ihren Schritt, blieb stehen und beobachtete das Boot. Es war ein weißer Motorsegler mit Aufbauten aus Holz. Ein schönes Boot, auf dessen Rumpf der Namen »Kim« prangte.

Sie erinnerte sich daran, den Namen auf dem Klingelschild von Heike Weelborgs Haus in Weenermoor gelesen zu haben. Auf ihrem Rücken bildete sich eine Gänsehaut. Obwohl es sinnlos war, sich auf diesem Pier, der wie ein Präsentierteller war, anschleichen zu wollen, ging sie leicht gebückt weiter und versuchte, ihre Schritte zu dämpfen. Sie hatte das Gefühl, dass ihr linker Fuß zu Elefantengröße angeschwollen war.

Als sie näherkam, hörte sie Stimmen aus der Kajüte. Sie blieb stehen und lauschte. Es waren Männer, die sich unterhielten. Sie sprachen nicht leise, aber Gertrud konnte trotzdem nicht verstehen, was sie sagten. Wenn sie etwas mitkriegen wollte, dann musste sie auf das Boot. Sie hatte ihren Fuß bereits auf den Steg gesetzt und hörte die Stimmen nun deutlich:

»Ich habe Kippen in Auto vergessen. Ich geh holen«, sagte eine Männerstimme mit osteuropäischem Akzent.

»Vorhin hattes' du's doch noch so eilig. Kannstu nich warten, bis wir mit den beiden fertig sind?« Die Stimme des zweiten Mannes war ohne Akzent, dafür klang der Mann angetrunken.

»Nein, ich muss jetzt was rauchen.«

Der zweite Mann sagte noch etwas, aber Gertrud hörte es nicht mehr. Sie hatte sich auf den kleinen Seitensteg geflüchtet und hinter dem Nachbarboot verborgen. Da stand sie nun und sah dem breitschultrigen jungen Mann hinterher, der mit stampfendem Schritt Richtung Parkplatz ging. Ihr sank das Herz.

»Mit den beiden fertig sind«, hämmerte es in ihrem Kopf. Mit zitternden Fingern holte sie das Handy aus ihrer Tasche, klappte es auf und sah, dass Stephan Möllenkamp versucht hatte sie anzurufen. Sie hatte es nicht gehört. Sie drückte seine Nummer.

»Möllenkamp.«

»Stephan«, flüsterte sie, »sie sind in Greetsiel im Yachthafen. Ihr müsst kommen.«

»Gertrud, bist du das? Ich verstehe nichts. Sprich lauter.«

»Greetsiel«, zischte sie, »kommt sofort hierher …«

Da hörte sie, wie auf dem Schiff nebenan der Motor angelassen wurde. Sie klappte das Handy, aus dem sie Möllenkamp »Gertrud, Gertrud, hörst du mich?« rufen hörte, zu. So schnell sie konnte, hinkte sie zum Boot.

Ohne weiter nachzudenken, lief sie über den Bootssteg und drängte sich an der Kajüte entlang. An der Bugseite des Bootes lag eine Plane, unter der etwas Längliches lag. Sie schlüpfte darunter und deckte sich zu.

Keine Sekunde zu früh, denn jetzt hörte sie Schritte auf der Treppe der Kajüte. Der Mann von unten war auf das Deck getreten und wartete auf seinen Komplizen. Es roch nach Schiffsdiesel. Gertrud versuchte, ihre Atmung unter Kontrolle zu bringen. Der Fuß pochte, als wollte er zerspringen. Ihr Parka war ebenso klamm wie das Gefühl in ihrer Brust. Die Grillzange, auf der sie lag, spürte sie gar nicht mehr.

* * *

Stephan Möllenkamp hielt einen Becher mit kaltem Kaffee in der Hand und starrte durch die Glasscheibe in den Verhörraum. Er hatte die Befragung von Hiltrud Steppan an Wilfried Bleeker abgegeben, weil er fast wahnsinnig geworden wäre und unbedingt eine Pause brauchte. Jetzt beobachtete er von außen, wie Wilfried Bleeker mit Hiltrud Steppan sprach, vielmehr: zu ihr. Sie hingegen saß einfach da, ließ ihren irrlichternden Blick, der nichts einzufangen schien, durch den kahlen Raum gleiten und antwortete mit monotoner Stimme in Einwortsätzen.

»Was haben Sie im Büro Ihres Mannes gesucht?«

»Nichts.«

»Wissen Sie, wo Ihr Mann im Augenblick ist?«

»Nein.«

»Wann haben Sie Ihren Mann zuletzt gesehen?«

Schulterzucken.

»Können Sie bitte antworten?«

»Keine Ahnung.«

»Kennen Sie Fokko Fokken?«

»Nein.«

»Kennen Sie seinen Sohn Simon Fokken? Er ist acht Jahre alt.«

»Nein.«

Sie würden das Verhör bald abbrechen müssen. Offensichtlich stand die Frau schwer unter Drogen, und Möllenkamp wollte sich später nicht von irgendeinem Neurologen vorwerfen lassen, sie hätten eine psychisch kranke Frau im Polizeigewahrsam misshandelt.

Im anderen Verhörraum saß Johann Abram mit Karl-Heinz Schipper. Der Patriarch der Schipper-Werft war unter der Befragung geradezu zusammengebrochen.

»Ich hab's gewusst. Ich hab's gewusst. Er ist der Teufel.«

Schnell war klar, dass Schipper damit seinen Schwiegersohn Peter Steppan gemeint hatte. Karl-Heinz Schipper hatte zum Untergang der *Anne Kuhlmann* eine umfassende Aussage gemacht. Die Wirtschaftskrise Anfang der 80er-Jahre, als nach der zweiten Ölpreisexplosion der Welthandel einbrach, hatte die Schipper-Werft an den Rand des Ruins gebracht. Sein gerade als Geschäftsführer eingesetzter Schwiegersohn Peter Steppan hatte die Firma mit illegalen Geschäften über Wasser gehalten. Dass es sich dabei um Waffenlieferungen an Contra-Gruppen in Nicaragua handelte, habe er erst von seinem treuen Gefährten Theo Weelborg nach dessen Zusammenbruch erfahren. Der Frachter *Anne Kuhlmann* war im November 1984 überladen und mit Kriegsgerät an Bord im karibischen Meer gesunken. Dem Verlust von 23 Menschenleben stand eine stattliche Versicherungssumme gegenüber, welche die Schipper-Reederei gerettet hatte. Nur ein philippinischer Matrose hatte das Unglück überlebt. Karl-Heinz Schipper hatte damit auch seinem alten Freund Sinus Terveer mit einem Kredit über 500 000 DM aus der Klemme helfen können. Möllenkamp hegte Zweifel daran, ob man mit so viel Geld einen Konkurrenten päppeln würde, selbst wenn man befreundet war. Vielleicht war Terveer beteiligt gewesen oder hatte etwas gewusst? Das würde man gegebenenfalls später klären müssen.

Er lehnte seine Stirn gegen die Glasscheibe und rieb sich mit beiden Händen über das Gesicht. Sie hatten jetzt viel über die Vergangenheit erfahren, aber ihn quälte die Gegenwart. Der Name Fokko Fokken sagte Karl-Heinz Schipper nichts. Er hatte von Engelke Terveers Entführung erfahren und sofort geschlussfolgert, dass irgendjemand etwas über die Havarie der *Anne Kuhlmann* herausbekommen hatte, das ihm gefährlich werden könnte.

Sie waren weder Simon Fokken noch Peter Steppan auch nur einen Schritt nähergekommen.

Jemand trat an seine Seite, nahm ihm vorsichtig den kalten Kaffee aus der Hand und gab ihm eine dampfende Tasse zurück. Dankbar blickte er Meike an. Sie hatte ihn mit Wilfried Bleeker bereits in der Inspektion erwartet, als er abgehetzt dort eingetroffen war. Stumm hatte sie ihren Mann in den Arm genommen, und Stephan Möllenkamp hatte alle Mühe gehabt, nicht einfach loszuheulen – einerseits vor Erleichterung über ihren Beistand, andererseits vor Angst um den kleinen Jungen, die ihm fast die Luft abschnürte.

Sein Handy klingelte. Er drückte auf die Rufannahme, hielt den klobigen Apparat ans Ohr und nannte seinen Namen. Er hörte Wind, Möwen und dazwischen eine Frauenstimme, die viel zu leise sprach. »Gertrud, bist du das? Ich verstehe nichts. Sprich lauter.« Er lauschte angestrengt und runzelte die Stirn, dabei schüttelte er den Kopf. »Gertrud, Gertrud, hörst du mich?« Er nahm das Telefon vom Ohr und starrte beunruhigt darauf, als könnte es ihm noch etwas sagen, obwohl das Gespräch unterbrochen worden war. »Das war Gertrud Boekhoff. Ich glaube, sie ist schon wieder in Schwierigkeiten.«

»Wo ist sie?«, fragte Meike.

»Wenn ich richtig verstanden habe, dann hat sie Greetsiel gesagt.«

»Greetsiel? Was will sie denn dort?«

Möllenkamp spürte einen Grimm in sich aufsteigen. »Da hab ich schon einen Verdacht.«

»Willst du sagen, sie sucht den Jungen auf eigene Faust?«

»Das würde ihr jedenfalls ähnlich sehen.«

»Und was machen wir jetzt?«

Möllenkamp sah noch einmal in den Vernehmungsraum, in dem sich Wilfried Bleeker über das gegelte Haar strich und sich schließlich erhob. Sein Kopfschütteln deutete an, dass er mit Hiltrud Steppan nicht mehr weiterkam.

»Wir fahren hin.«

* * *

Gertrud fühlte das Vibrieren des Schiffsmotors unter sich. Es war dunkel unter der Plane, sie konnte nicht das Geringste sehen.

Schritte waren auf dem Steg zu hören, kamen näher, dann sprang jemand auf das Boot. Es schaukelte, ihr wurde übel. Bootsfahrten waren nicht ihr Ding. Sie drehte sich herum, um sich mehr Luft zu verschaffen. Dabei stieß sie gegen das, was neben ihr unter der Plane lag. Es war weich und gab nach. Sie streckte die Hand aus und berührte etwas, das sich wie ein Arm anfühlte. Sie tastete weiter und bekam eine kalte Hand zu fassen. Sie wollte vor Entsetzen aufschreien, biss sich aber auf die Lippe und rollte wieder in ihre Ursprungsposition zurück. Wenn oben am Steuer jemand stand, dann würde er jede Bewegung an Bug des Motorseglers sofort bemerken. Ihr Herz klopfte wild, sie glaubte sich übergeben zu müssen. Sie lag neben einer Leiche. War das der Junge?

Wenn die Männer auf dem Boot den Jungen getötet hatten, was würden sie mit ihr machen, wenn sie sie fanden?

Das Boot bewegte sich.

Gertrud brach der kalte Schweiß aus. Was hatte sie sich bloß dabei gedacht, auf dieses Schiff zu klettern, das sie jetzt nicht mehr unbemerkt verlassen konnte? Sie lag stocksteif unter der Plane und versuchte, gegen die aufkommende Panik anzuatmen. Würde man von oben sehen, dass sich nun zwei Erhebungen unter der Plane abzeichneten? Dann war sie geliefert. Das Boot war offenbar aus dem Hafen ausgelaufen, denn das Drehen und Wenden hatte aufgehört, und es ging geradeaus vorwärts. Sie hörte die Wellen gegen die Bordwand klatschen und machte sich im Geiste ein Bild, wo es hinging. Sie kannte sich in Greetsiel nicht gut aus, wusste aber, dass zwischen dem Ort und dem Meer noch das Naturschutzgebiet Leyhörn lag. Man musste einige Kilometer durch das Leyhörner Sieltief fahren und dann die Schleuse passieren, die erst vor ein paar Jahren gebaut worden war. Die Schleuse lag an der Spitze zweier künstlich angelegter Landzungen, die ein Speicherbecken umschlossen und die Form einer geschlossenen Krabbenschere besaßen. Nach der Schleuse war man im offenen Wattenmeer. Wenn sie es nicht schaffte, vor der Schleuse vom Boot zu kommen, dann war alles zu spät.

Sie schätzte, dass sie maximal eine halbe Stunde brauchen würden, bevor sie an der Schleuse ankamen.

Das war ihr Zeitfenster. Mehr nicht.

Über dem Schiff kreisten unablässig die Möwen. Sie hörte ihre Schreie, die wie Gelächter klangen. Vielleicht waren es ja Lachmöwen. Sie warteten wie die Geier auf ihre Beute. Möwen waren Aasfresser.

Sie musste herausfinden, ob das neben ihr der Junge war. Erneut tastete sie nach der Hand, die sie vorhin in Panik losgelassen hatte, wobei sie mit aller Mühe ihren Ekel herunterschlickte. Die Hand war hart und sehnig. Haare wuchsen auf dem Handrücken. Das war doch keine Jungenhand! Um sicherzugehen streckte sie ihren Arm aus und ließ ihn flach über den Körper neben sich gleiten. Dann winkelte sie den Ellbogen an und griff mit der Hand nach oben, bekam das Gesicht zu fassen und fühlte Bartstoppeln.

Neben ihr lag kein Junge, sondern ein toter Mann!

Ohne dass sie etwas hätte erkennen können, wusste sie instinktiv, dass das der Philippino sein musste. Mit ihm hatten Steppans Handlanger den einzigen Zeugen des Untergangs der *Anne Kuhlmann* getötet und waren nun auf dem Weg, ihn im offenen Meer endgültig zu beseitigen. Und das hatten sie auch mit dem kleinen Simon vor.

Wo war Simon? Hier war er nicht. Lebte er noch? Wenn er auf dem Schiff war, konnte nur in der Kabine sein. Wie sollte sie es schaffen, dorthin zu kommen, nur mit einer Grillzange bewaffnet?

Eine heftige Böe erfasste das Boot. Vom Schaukeln wurde

Gertrud gegen die kalte Leiche gedrückt. Sie roch den Tod und fing an zu würgen. Über ihr schrien noch mehr Möwen. In das Geschrei mischte sich ein anderes Geräusch. Schritte stampften auf der Treppe. Sie vernahm die Stimmen von zwei Männern, die sich unterhielten.

»Warum habt ihr den Jungen leben lassen? Ihr könnt ihn doch nicht lebendig über Bord werfen.«

»Ich hab Theo auch gesagt das, aber er wollte warten.«

»Warten bis was? Eine Möwe ihn greift und forträgt? Theo ist zu weich. War er immer. Du musst dem Jungen das Genick brechen.«

»Ja. Soll ich gleich machen?«

»Nein, warte bis nach der Schleuse. Dann erledigst du den Jungen, und wir werfen ihn und das Schlitzauge über Bord. Anschließend kümmerst du dich um Theo. Er wird gefährlich, er ist zu weich.«

Gertrud fror am ganzen Körper. Gleichzeitig wurde ihr heiß. Der Mann, der vorhin Zigaretten holen gegangen war, war nicht alleine zurückgekommen. Er hatte jemanden mitgebracht, und sie ahnte auch, wen. Gertrud kannte den Geschäftsführer der Schipper-Reederei nur vom Foto, aber er musste es sein.

Ihre Lage war so gut wie aussichtslos. Sie hatte es jetzt mit drei Männern zu tun. Sie überlegte fieberhaft. Das Boot war nicht groß. Wenn sie aufsprang, dann würde sie es vielleicht über Bord schaffen. Aber die Männer würden sie sofort bemerken. Vermutlich waren sie bewaffnet und würden sie erschießen. Und selbst wenn nicht: Sie hatte keine Chance, ihren Verfolgern zu entkommen. Außerdem war da noch der Junge. Er lebte. Seinetwegen war sie überhaupt auf das Boot geklettert. Selbst wenn sie es gegen alle Wahrscheinlichkeit schaffte, davonzukommen, war das Schicksal des kleinen Simon besiegelt. Und Theo Weelborg war ebenfalls zum Tode verurteilt. Sie schloss die Augen und lauschte dem Kreischen der Möwen. Das Geschrei ging ihr durch und durch.

Sie hörte die Männer wieder die Treppe hinabsteigen. Langsam, sehr langsam schob sie ihre Hand von sich weg und lüftete die Plane. Sie musste sich unbedingt orientieren, musste wissen, wo sie war. Sie sah die Holzplanken des Schiffes, die regennass glänzten. Die Bordwand war nahe genug, aber sie verwarf den Gedanken an Flucht.

Gertrud schob die eine Hand über ihren Kopf, dann nahm sie die andere Hand vom Körper des toten Mannes und streckte den Arm ebenfalls nach oben über ihren Kopf. Sie lag jetzt da wie ein Schwimmer vor dem nächsten Zug. Wie in Zeitlupe hob sie die Finger, legte den Kopf in den Nacken, lüftete die Plane an ihrem Kopfende – und sah direkt in das Gesicht von Peter Steppan!

Der Schock traf sie wie ein Schlag. Die Plane fiel, sie ließ den Kopf auf die Arme fallen und keuchte wie ein in die Enge getriebenes Tier. Hatte er sie gesehen? Würden gleich schnelle Schritte die Treppe hinauf stürmen, sie hochreißen und umbringen? Es war hell draußen, sie musste doch aufgefallen sein. Der Regen war jetzt stärker geworden und prasselte auf die Plane. Ihr Bauch war kalt und nass vom Wasser, das unter sie gelaufen war. Außer dem Regen, dem Wind und den Möwen war nichts zu hören. In der Kajüte hörte sie gedämpfte Stimmen. Anscheinend war sie nicht entdeckt worden.

Erneut hob sie die Plane mit den Fingerspitzen an und sah durch das kleine Kabinenfenster ins Innere. Peter Steppan saß immer noch am Tisch. Der andere Mann, unter dessen T-Shirt sich ein gut trainierter Oberkörper abzeichnete, holte zwei Dosen Bier aus dem Kühlschrank. Vom Jungen war nichts zu sehen. Vermutlich lag er irgendwo gefesselt am Boden an der Wand, die zu ihr zeigte, so dass sie ihn aus ihrer Position nicht sehen konnte. Eine andere Möglichkeit fiel ihr nicht ein. Von der Brücke oben hörte sie jemanden rufen.

Jetzt war es soweit! Theo Weelborg hatte sie entdeckt. Sie machte sich ganz steif und erwartete, dass gleich ihre Plane zurückgeschlagen wurde.

Wieder hörte sie Schritte. Zuerst schnelle Schritte, die nach oben gingen, dann schwere Schritte, die langsam, stolpernd nach unten liefen und sich am Heck des Schiffes verloren. Nach einer Weile kamen die Schritte näher, blieben dicht vor der Plane stehen. Gertrud atmete flach, die Grillzange drückte gegen ihre Rippen. Sie hörte, wie etwas aufgeschraubt wurde, eine Flüssigkeit schwappte gegen eine Plastikwand. Was war das? Ein Kanister?

Es gluckerte, als eine Flüssigkeit ausgegossen wurde. Unmittelbar darauf roch sie das Benzin. Es lief auf der Spur des Wassers unter die Plane und raubte ihr fast den Atem. Was sollte das werden? Wollte der Mann sie verbrennen? Aber dann würde er das Schiff abfackeln!

Plötzlich begriff sie den Plan. Theo Weelborg, der alte Kämpe, der mit Karl-Heinz Schipper durch dick und dünn gegangen war und ein grausames Verbrechen gedeckt hatte, war am Ende. Er ahnte, was Peter Steppan mit ihm vorhatte, wusste, dass es kein Entkommen mehr gab, und wollte sie alle untergehen lassen!

Hatte er das Benzin unbemerkt verschütten können? Und wann würde er es anzünden und sie alle mitsamt dem Boot verbrennen?

»Theo?! Kommst du mal?«

Es war die Stimme von Steppan. Die Schritte entfernten sich in Richtung Kajüte. Der Motor wurde gedrosselt, bis schließlich nur noch das Schlagen des Wassers zu hören war. Sie mussten an der Schleuse angekommen sein. Gertrud konnte das metallische Geräusch der Tore hören, die sich langsam öffneten. Der Motor startete wieder und sie fuhren ein.

Langsam schob sich das Boot in die Schleuse. Der Motor erstarb, und ein schabendes Geräusch verriet Gertrud, dass sie an der Spundwand entlangschrammten. Von der Brücke erklangen wieder Schritte. Es gab nur die paar Minuten, bis die Schleuse vollgelaufen war und sie auf das offene Meer hinausfahren würden.

Gertrud hob die Plane wieder an. In der Kajüte war niemand zu sehen. Offenbar waren jetzt alle drei Männer auf der Brücke, und sie konnte nur hoffen, dass sie auf die Schleusentore blickten und nicht nach unten auf die Plane, unter der sie nun vorsichtig hervorkroch und sich an die Wand der Kajüte drückte. Gebückt schlich sie an den Fenstern entlang und versuchte, im Innern den Jungen zu entdecken. Sie sah den Tisch und die Bänke, die den Tisch von drei Seiten umschlossen. Nun, da sie von oben durch das Fenster sehen konnte, erblickte sie Füße. Kleine Füße in Turnschuhen, die mit einem Panzerband aneinandergefesselt waren. Mehr konnte sie nicht sehen.

Gertrud hielt den Atem an und blickte nach oben, konnte aber aus ihrer Position nicht erkennen, was sich auf der Brücke abspielte. Es half nichts, sie musste in die Kabine. Sie schlich zur Treppe und schlüpfte so geräuschlos wie möglich hinunter.

Simon lag mit dem Oberkörper halb unter der Bank und hatte die Augen geschlossen. Ob er am Ende doch nicht mehr am Leben war? Gertrud näherte sich. Der Junge war nicht nur an den Füßen gefesselt, auch die Arme hatte man ihm hinten auf dem Rücken zusammengebunden. Auf dem Mund klebte ebenfalls ein silbriges Stück Panzerband.

Als sie den Jungen an der Schulter berührte, riss er in Panik die Augen auf und starrte sie an. Er versuchte zu schreien, brachte aber nur ein ersticktes, heiseres Geräusch aus den Tiefen seiner Kehle hervor. Gertrud legte den Finger an ihre Lippen.

»Ich will dir helfen«, flüsterte sie. »Ich mache jetzt das Klebeband ab, aber du darfst nicht schreien, verstehst du?«

Der Junge nickte.

»Du musst tapfer sein, es wird weh tun, aber du darfst nicht schreien.«

Mit einem Ruck riss sie das Panzerband ab, der Junge zuckte mit dem Kopf zurück, seine Augen füllten sich mit Tränen, aber er gab keinen Laut von sich.

Gertrud erhob sich und blickte sich um. Auf dem Kühlschrank lag ein Taschenmesser. Sie nahm es und schnitt dem Kind damit die Fesseln an Armen und Beinen durch.

»Kannst du schwimmen?«

Simon schüttelte den Kopf.

»Kannst du aufstehen?«

Wieder Kopfschütteln.

Das Boot stieß erneut an die Spundwand und wackelte. Die Dose auf dem Tisch fiel um und das Bier ergoss sich auf die Planken.

Simon lag erschöpft in derselben Position auf dem Boden wie vorher. Er hatte nicht einmal die Kraft, die Arme und Beine auszustrecken. Sie würde ihn tragen müssen. Aber was dann? Huckepack mit ihm die stählernen Leitern an der Spundwand hinauf, und das Ganze vor den Augen der drei Männer?

Plötzlich hörte sie wieder Schritte auf der Treppe. Jemand kam herunter. Gertrud drückte sich in die Ecke der Küchenzeile und zog die Grillzange aus dem Kragen ihres nassen Parkas. Sie bedeutete dem Jungen, still liegen zu bleiben, und hielt die Luft an.

Jetzt waren die Füße auf der Kabinentreppe zu sehen. Im nächsten Moment würde der Kopf auftauchen. Der Mann würde vermutlich zunächst nach dem Kind schauen. Das war ihre einzige Chance. Sie nahm die Griffe der Grillzange in beide Hände, presste sie zusammen, und hob das Gerät über ihren Kopf.

Der Russe betrat nun ganz den Kajütenraum. Sein Blick fiel auf den Jungen, der den Mund öffnete, um zu schreien. Er stieß einen erstaunten Laut aus. Im gleichen Augenblick, als er sich umwandte, ließ Gertrud die Grillzange von oben schräg nach unten sausen und traf den Mann an der Schläfe. Er sackte lautlos zusammen.

Sie warf die Grillzange zur Seite, stürzte zu dem Kind, zog es hoch und auf ihren Rücken. Simons Arme, die sie sich um ihren Hals gelegt hatte, drückten gegen ihren Kehlkopf. Sie griff unter seine Beine und zog die Knie hoch, so dass sie den Jungen Huckepack nehmen konnte. Das Ganze dauerte eine gefühlte Ewigkeit, dann war sie auf der Treppe. Sie dachte nicht nach, wie sie den Jungen vom Boot herunter und an Land bringen sollte, sie handelte instinktiv, nahm keuchend zwei Stufen auf einmal, erreichte die Tür – und prallte mit Peter Steppan zusammen.

* * *

Von Leer nach Greetsiel brauchte man an normalen Tagen etwa 50 Minuten. In dem Tempo, mit dem Stephan Möllenkamp zuerst über die Autobahn und dann über die Bundesstraße raste, würde er es deutlich schneller schaffen. Die Scheibenwischer kamen gegen den Regen kaum an. Meike saß neben ihm und hielt sich am Türgriff fest. Sie war ihm wortlos aus der Inspektion gefolgt und hatte sich mit solcher Selbstverständlichkeit auf den Beifahrersitz gesetzt, dass er sie erst gar nicht daran gehindert hatte. Schließlich hatte sie bei einem Polizeieinsatz eigentlich nichts zu suchen. Kurz hatte er überlegt, Verstärkung mitzunehmen, aber angesichts eines so vagen telefonischen Hinweises, den er zudem kaum verstanden hatte, lieber darauf verzichtet. Wenn es nötig sein sollte, würden die Kollegen aus Emden schnell vor Ort sein.

»Weißt du eigentlich genau, wo du hinwillst?«, fragte Meike.

»Nein«, gab er zu, »aber Greetsiel ist ja nicht so groß.

Wenn da irgendwo etwas Auffälliges passiert, kriegen wir es schon mit.«

»Willst du Gertrud nicht lieber nochmal anrufen und fragen, wo genau sie ist?«

Möllenkamp sah konzentriert auf die Straße. »Sie konnte vorhin nicht laut sprechen. Ich bin nicht sicher, ob ich sie in Gefahr bringe, wenn ich sie anrufe.«

Er spürte, dass Meike ihn von der Seite ansah. »Wenn du glaubst, dass sie in Gefahr sein könnte, warum fahren wir dann ganz alleine hin?«

»Ich weiß es ja nicht, es ist nur ein Gefühl. Vielleicht hab ich sie ja auch nicht richtig verstanden und sie ist gar nicht in Greetsiel. Der Wind war so laut.«

Er merkte, dass Meike mit seiner Antwort nicht zufrieden war, aber er war entschlossen, sich erst einmal in Greetsiel ein Bild von der Lage zu machen und dann zu entscheiden, wie es weitergehen sollte.

Der hereinbrechende Abend und der strömende Regen hatten selbst die hartgesottensten Ausflügler aus dem Ort vertrieben. Greetsiel lag fast ausgestorben vor ihnen. Möllenkamp steuerte den Wagen langsam durch das Dorf. Hinter den Fenstern der Häuser und Cafés schimmerten Lichter, alles wirkte ruhig und heimelig. Auch im Hafen mit den Fischerbooten war niemand zu sehen. Wo konnte Gertrud sein? Hatte sie eine Spur zu Simon gefunden?

Meike blickte sich unruhig um. »Was genau hast du verstanden? Hat sie nicht mehr als »Greetsiel« gesagt?«

Möllenkamp dachte angestrengt nach. Er hatte kaum etwas verstanden. »Ich glaube, sie sagte ›Hafen‹.«

»Komm, wir steigen aus und schauen, ob wir etwas finden.«

Sie brauchten nur fünf Minuten, um festzustellen, dass im ganzen Hafenbereich kein Mensch war.

»Es gibt hier noch einen Yachthafen«, sagte Meike plötzlich. »Vielleicht sind sie dort.«

Einige Minuten später hatten sie den Parkplatz des Yachthafens erreicht. Auf dem Gelände standen zwei Autos. Eines davon war ein schwarzer Porsche mit dem Kennzeichen LER-PS-51. Peter Steppan? Der andere Wagen war ein dunkler Van mit Leeraner Kennzeichen, der nur vorne Scheiben hatte. Während Möllenkamp den Deich hinaufstieg, um den Yachthafen in Augenschein zu nehmen, ging Meike, einem Instinkt folgend, auf den Wagen zu, umrundete ihn und spähte durch die Scheiben. Sie probierte die Türen, doch der Wagen war abgeschlossen. Hinter dem Fahrzeug sah sie etwas liegen. Sie trat näher und hob das völlig durchweichte Stück Pappe auf. Dann rannte sie den Deich hoch.

»Verdammt«, sagte Möllenkamp, als er auf Obi-Wan Kenobi blickte. Dann starrten beide auf den Yachthafen, der völlig ruhig unter ihnen lag.

»Sie wollen aufs Meer.«

Ihnen war klar, was das bedeutete. Ohne sich abzusprechen sprinteten sie den Deich hinunter zum Auto und fuhren los. Sie überquerten die Brücke des Störtebekerkanals, bogen mit quietschenden Reifen nach links auf die schmale Straße, rasten durch das Naturschutzgebiet, dass die Vögel erschrocken aufflogen, passierten das Speicherbecken Leyhörn und erreichten nach etwa zehn Minuten die Schleuse. Hinter der Schleuse lag das Wattenmeer. Jetzt bei Hochwasser und Regen war der Übergang vom Meer zum Himmel nicht mehr auszumachen. Wenn dort draußen ein Boot einen kleinen Jungen über Bord spuckte, dann konnten sie nichts mehr tun.

Möllenkamp bremste den Wagen abrupt ab. Der Motor war noch nicht aus, als Meike schon die Tür aufriss und aus dem Wagen sprang, um zur Schleuse zu rennen. Stephan Möllenkamp griff nach seiner Dienstwaffe und eilte ihr hinterher.

Die Schleuse war zur Land- und zur Seeseite geschlossen. Das Wasser stand bereits ziemlich hoch im Schleusenbecken, in dem sich nur ein Motorsegler befand. Auf dem Schiffsdeck war ein Mann zu sehen, der einen Kanister schwenkte. Vor ihm stand ein weiterer Mann, der mit einer Hand einen Jungen unter den Achseln hielt und mit einer Pistole in der anderen Hand eine korpulente Frau in einem Parka bedrohte.

Möllenkamp zog seine Waffe und zielte auf den Mann mit der Pistole.

»Nein«, schrie Meike, »du wirst das Kind treffen!«

Möllenkamp ließ die Pistole sinken. Der Junge schien ohnmächtig zu sein oder zumindest so schwach, dass er sich nicht auf den Beinen halten konnte.

Meike formte mit den Händen einen Trichter und rief: »Hier ist die Polizei! Lassen Sie das Kind los und werfen Sie die Waffe weg!«

Der Mann mit der Pistole fuhr herum, sah das Paar am Rand der Schleuse und handelte blitzschnell: In einer einzigen fließenden Bewegung packte er den Jungen fester, warf ihn über Bord, wirbelte herum und schoss.

Möllenkamp fühlte einen dumpfen Schlag an seiner linken Schulter, und während er fiel, sah er noch, wie Meike die Jacke abstreifte und sprang.

* * *

Gertrud hatte starr vor Entsetzen zugesehen, wie Peter Steppan den kleinen Simon über Bord geworfen hatte. Der Junge würde ertrinken, das stand fest. Sie hatte nur eine Chance ihn zu retten: Als Steppan sich umdrehte, um zu schießen, stürzte sie sich mit einem gewaltigen Sprung auf seinen Rücken. Unter der Wucht ihres Körpergewichts fiel der schmächtige Steppan nach vorne auf den Bauch. Seine Pistole schlitterte nach vorn, war aber außerhalb ihrer Reichweite. Sie hatte das Überraschungsmoment auf ihrer Seite gehabt, aber nun begann sich der Mann unter ihr zu wehren. Er war durchtrainiert und geschmeidig, und es würde nicht lange dauern, bis er sich befreit hatte.

Während sie versuchte, seine linke Hand festzuhalten, die er nach der Waffe ausstreckte, rammte er ihr unversehens den rechten Arm in die Leber. Gertrud entwich die Luft, ihr wurde schwarz vor Augen. In Sekundenbruchteilen hatte sich Peter Steppan ihr entwunden, war über ihr und drehte ihr den Arm auf den Rücken, so dass sie aufschrie.

»Gib mir die Waffe!«, rief er Theo Weelborg zu, der mit dem Kanister in der Hand einige Meter vor ihnen stand.

Sie erwartete jede Sekunde den kalten Lauf einer Pistole an ihrem Kopf. Doch nichts geschah.

»Nun mach schon!«, brüllte Steppan.

Doch statt der Pistole an der Schläfe hatte sie nun den

beißenden Geruch von Feuer in der Nase. Gertrud riss den Kopf hoch und sah die blau-gelbe Flamme brennenden Benzins in rasender Geschwindigkeit auf sich zulaufen. Schon hatte sie ihren benzindurchtränkten Parka erreicht und in Brand gesetzt. Sie spürte die Hitze des Feuers, das gleich den Stoff durchfressen und sie in eine lebende Fackel verwandeln würde. Steppan war aufgesprungen und vor den Flammen über Bord gesprungen. Auch Gertrud machte einen Satz zur Bordwand – und sprang.

Das Wasser schlug zischend über ihr zusammen. Der schwere Parka zog sie mit seinem Gewicht nach unten. Sie fingerte am Reißverschluss, bekam ihn aber nicht auf. Das Feuer hatte die Plastikteile des Reißverschlusses verformt. Mit aller Kraft strebte sie der Oberfläche zu, schnappte nach Luft und tauchte dann ab.

Sie musste Simon finden.

Gertrud öffnete die Augen und schloss sie gleich wieder. Das Salzwasser brannte ihr schmerzhaft in den Augen. Es war fast unmöglich, etwas unter Wasser zu sehen. Trotzdem schwamm sie weiter, vielleicht gelang ihr das Unmögliche doch, und sie bekam etwas zu fassen. Sie zwang sich, die Augen zu öffnen, doch das Wasser um sie herum war trübe, voller Sand und Schwebstoffe, die mit dem Öffnen der Schütze zur Meerseite eingedrungen waren und sich noch nicht gesetzt hatten. Es war aussichtslos, hier etwas zu erkennen.

Ihr wurde eng in der Brust, und sie schwamm nach oben, um Atem zu holen. Ihr Kopf durchstieß die Wasseroberfläche. Sie hatte kaum den Mund aufgerissen, als sie von hinten gepackt und wieder nach unten gedrückt wurde. Reflexartig wollten ihre Lungen Luft einsaugen, aber stattdessen drang Wasser in ihre Luftröhre ein. Sie wollte husten, strampelte verzweifelt, ihre Lungen krampften sich zusammen, verlangten nach Luft. Sie versuchte sich von dem festen Griff zu befreien, kam los, wurde am Bein wieder heruntergerissen und trat mit aller Macht nach unten. Sie meinte, das Knacken ihres Fußgelenkes hören zu können. Der Schmerz raubte ihr fast die Sinne, doch sie konnte sich befreien. Erneut erreichte sie die Oberfläche, hustete, schnappte nach Luft, nur um sofort ein weiteres Mal heruntergerissen zu werden. Wieder trat sie zu, doch der Griff lockerte sich nicht. Sie spürte ihre Kräfte schwinden.

In einem letzten Aufbäumen griff sie nach unten, bekam Haare zu fassen, zog daran mit Macht und stieß ihre gespreizten Finger dorthin, wo sie das Gesicht vermutete.

Der Griff um ihr Bein löste sich. Sie war frei.

Zurück an die Wasseroberfläche gelangt, blickte sie sich in Panik um. Sie war nur wenige Meter von der Spundwand entfernt, an der eine Steigeleiter angebracht war. Sie konnte sie erreichen! Hinter ihr hörte sie jemanden auftauchen, sie kraulte schneller. Dann ertönte ein Schuss.

Gertrud blickte sich nicht um. Sie griff die Sprossen der Leiter, zog sich hoch, setzte den rechten Fuß auf die Sprosse, dann den linken, schrie auf, zog sich mit den Armen und dem rechten Fuß nach oben, stieg weiter, sie wusste nicht, wie. Als sie sich schließlich über den Rand gezogen hatte, wurde ihr schwarz vor Augen.

* * *

Möllenkamp erwachte von dem pulsierenden Schmerz in seiner Schulter. Wie lange hatte er ohnmächtig dagelegen? Er rappelte sich auf, indem er sich auf seinen unverletzten rechten Arm stützte. Der Blick über den Schleusenrand war wie ein Fenster ins Fegefeuer: vor ihm im Wasser ein brennendes Schiff, darauf ein Mensch, der in Flammen stand. Im Wasser tobte ein erbitterter Kampf zwischen Gertrud und einem Mann, der versuchte, sie zu ertränken. Von Meike fehlte jede Spur.

Möllenkamp bezwang seinen Schwindel, hob die Pistole auf, die ihm bei seinem Sturz aus der Hand geglitten war und richtete sie aufs Wasser. Nein, es war aussichtslos, er würde entweder niemanden oder den Falschen treffen. Er näherte sich dem Schleusenrand und stützte sich auf das Geländer. Dann legte er vorsichtig den Arm auf das Metall und zielte. Nach einer Zeit, die ihm schier ewig vorkam, tauchte Gertrud auf und schwamm auf die Steigleiter zu. Hinter ihr teilte sich das Wasser, und der Mann, der versucht hatte, sie zu ertränken, tauchte auf. Möllenkamp schoss – und traf. Der Mann versank im trüben Wasser.

Er ließ die Pistole sinken, stützte sich mit seinem rechten Unterarm auf das Geländer und legte seinen Kopf darauf. Seine Knie wurden weich, alle Kraft wich aus ihm. Doch dann erfasste ihn die Unruhe. Er rappelte sich auf. Wo war Meike? Das brennende Schiff hatte inzwischen das ganze Schleusenbecken mit einer schwarzen Qualmwolke überzogen. Auf der anderen Seite sah er den Schleusenwärter heranrennen, der die inzwischen am oberen Ende der Steigleiter angekommene Gertrud auffing. Vorsichtig führte er sie zu einem Poller, wo sie sich hinsetzte.

Von Meike und dem Jungen war immer noch nichts zu sehen. Was, wenn sie sich beim Sprung ins Wasser verletzt hatte? Wenn sie ohnmächtig war? Was sollte er anfangen, würde er das Haus fertigbauen, weil es ihr Traum gewesen war? Was würde er tun mit dem Rest seines Lebens?

Alles in ihm zog sich zusammen. Er sank auf die Knie, schlug die gesunde Hand vors Gesicht und weinte hemmungslos. Was hatte er nur angerichtet!

Nach einer ganzen Weile sah er auf. Er blickte zu Gertrud hinüber, die ihm hektisch winkte und aufs Wasser deutete. Da, ein nasser, blonder Kopf an der Wasseroberfläche! Es war Meike, und sie zog einen Körper, den sie fest im Rettungsschwimmergriff hatte. Sie hatte Simon gefunden!

Der Schleusenwärter war wieder aufgetaucht. Ein Rettungsring flog ins Wasser, und der Mann begann die Steigleiter herabzuklettern, nahm Meike den Jungen ab und warf ihn wie einen Kartoffelsack über die Schulter. Das Wasser in der Schleuse stand inzwischen hoch, so dass er nur wenige Stufen zu bewältigen hatte. Meike folgte ihm.

Als würde er es sich in einem Film anschauen, sah er zu, wie der Schleusenwärter den Jungen auf das Pflaster legte und mit einer Herzmassage begann, während Meike eine Mund-zu-Mund-Beatmung vornahm. Von Ferne hörte er die Sirene eines Rettungswagens. Dann wurde er ohnmächtig.

Epilog

Drei Wochen später

Das Holz in der Feuerschale knackte, ein paar Funken stoben heraus. Er hielt sein Jever gegen den Feuerschein und beobachtete den gelben Schein, der die grüne Flasche in ein geheimnisvolles Licht tauchte. Die Stimmen um ihn herum vereinigten sich zu einem Klangteppich, der ihn warum umhüllte, obwohl die Nacht kühl war.

Von hinten reichte ihm jemand ein Glas mit »Brannwienskopp«, ein leckeres, aber gefährliches Getränk, das mit seiner Süße und seinem Alkoholgehalt für Kopfschmerzen am nächsten Tag sorgen würde. Aber das war im Moment egal.

Auf der Bank am Nachbartisch saß Werner Groll und erzählte Meikes juchzenden Schwestern Handwerkerwitze: »Vor der Himmelstür steht ein Handwerker und fragt Petrus: ›Warum musste ich so früh sterben? Ich bin doch erst 37!‹ Petrus schaut in seinem Buch nach und sagt: ›Nach den Stunden, die du den Kunden berechnet hast, bist du schon 93.‹«

Er regte sich nicht darüber auf. Nicht heute Abend. Der Himmel war schwarz und klar, noch nie hatte er so viele Sterne auf einmal gesehen.

Er beobachtete Wilfried Bleeker, der mit Julia und Vanessa an einem Tisch saß. Alle drei rauchten und amüsierten sich prächtig. Möllenkamp hatte immer noch nicht herausgefunden, was in der Nacht, als er Gertrud vor dem Haus von

Bernd Steinfelder aufgelesen hatte, bei ihm zu Hause wirklich passiert war, und er wollte es eigentlich auch nicht so genau wissen. Jetzt schien bei Meikes Studienfreundin wieder alles im Lot zu sein, und das war schließlich die Hauptsache. Vor allem, weil Julia und Vanessa bereits abgereist waren, als er nach vier Tagen aus dem Krankenhaus zurückgekommen war. Der Schulterdurchschuss, den ihm Peter Steppan verpasst hatte, hatte noch eine Operation notwendig gemacht. Trotzdem war er ziemlich glimpflich davongekommen. Meike hatte die Zeit, in der er aus dem Verkehr gezogen war, genutzt und die Dinge auf der Baustelle so geordnet, dass sie heute tatsächlich Richtfest feiern konnten. Und zum ersten Mal fühlte es sich so an, als könne er sich hier tatsächlich zu Hause fühlen.

Sein Team war fast vollständig erschienen. Ella Sieverts, die Redaktionssekretärin, hatte ihm zum bevorstehenden Einzug eine kleine Auswahl der Aloe-Vera-Produktlinie mitgebracht, die sie nebenberuflich vertrieb. Dabei hatte sie ihm augenzwinkernd erklärt, dass er, wenn er es sich mal richtig gutgehen lassen wollte, jederzeit bei ihr zum günstigen Preis Nachschub ordern könne. Sein Stellvertreter Johann Abram hatte ihm danach zugeraunt, dass die Wirkungsstoffe dieser Aloe-Vera-Cremes seinen Recherchen nach zu Teilen mit dem Mückenmittel identisch seien, wegen deren Nebenwirkungen seine Familie ihren Urlaub abgebrochen hatte. Einen kleinen, bösen Moment lang dachte Möllenkamp daran, das ganze Paket an seine Schwiegermutter weiterzureichen.

Doch Meikes Mutter unterließ heute Abend jede Stichelei über das Bauprojekt und redete auf Herta Albrecht ein, sichtlich stolz auf ihren »tüchtigen Schwiegersohn« und ihre »patente Tochter«. Herta hatte gemeinsam mit Gottfried Schäfer an jenem Sonntagabend in der Polizeiinspektion Leer auf dem Flur gesessen und bereits seit Stunden auf Gertrud gewartet. Als sie alle gemeinsam nass und völlig abgekämpft zurückgekommen waren, war sie Gertrud vor Erleichterung weinend um den Hals gefallen.

Gertruds Fuß war die Rettungsaktion in Greetsiel nicht gut bekommen, und man hatte im Krankenhaus einen Ermüdungsbruch festgestellt. Das hatte sie aber nicht daran gehindert, mit einem Gipsschuh am Fuß und ihrem Freund Gottfried Schäfer im Schlepptau auf die Philippinen zu fliegen und den toten Mariano Endrile seiner Familie »zurückzugeben«, wie sie sich ausdrückte.

Gertrud fehlte ihm heute Abend in dieser Runde. Auch wenn sie sich wieder einmal in seinen Fall eingemischt hatte. Aber ohne ihren tollkühnen Einsatz, das musste er zugeben, wäre Simon Fokken heute nicht mehr am Leben. Peter Steppan, der 26 Menschenleben auf dem Gewissen hatte, wenn man Theo Weelborg dazuzählte, der sich selbst verbrannt hatte, wäre vielleicht sogar davongekommen. Stattdessen wartete Steppan, den Möllenkamp mit seinem Schuss in den Arm getroffen hatte, nun in Untersuchungshaft auf einen Prozess, der ihn für viele Jahre ins Gefängnis bringen würde.

Möllenkamp wurde aus seinen Gedanken gerissen, als sich Lars neben ihn fallen ließ. Sein Schwiegerneffe, oder wie man das auch immer nennen mochte, hatte bereits ziemlich gerötete Wangen. Die Basecap hatte er wie immer mit dem Schirm nach hinten auf dem Kopf platziert, was

Möllenkamp ziemlich albern fand. »Was ist eigentlich aus diesen Typen geworden, die die alte Trulla entführt haben?«

»Kannst du dich vielleicht präziser ausdrücken?«, fragte Möllenkamp spitz zurück.

»Na ja, ich meine die Reederwitwe, die sie am Emstunnel gefunden haben.«

»Sie heißt Engelke Terveer.«

Lars rülpste zustimmend.

»Der eine von den beiden sitzt immer noch in der Psychiatrie, und der andere wartet auf seinen Prozess.«

»Und Fokken? Haben die den auch abgemurkst?«

»Nein.« Möllenkamp hatte nicht die geringste Lust, diesem präpotenten Aufschneider auf solche respektlosen Fragen eine Antwort zu geben. Aber Lars, der gegen menschliche Vorbehalte vollkommen unsensibel war, ließ nicht locker. »Wer war's denn dann?«

Nun war auch Meikes Mutter aufmerksam geworden und näherte sich Möllenkamps Tisch. »Es war dieser Reeder, nicht?«

Möllenkamp seufzte. »Es war vermutlich Theo Weelborg. Er war oft im Haus seines Sohnes. Die Schwiegertochter nahm häufiger die Sportsachen der Fußballer mit, um sie zu waschen. Eines Tages muss er dort die Sporttasche von Fokko Fokken gefunden haben. Er nahm die Trinkflasche aus der Tasche, füllte sie mit einem Energydrink und Rizin und tat sie wieder zurück. Vermutlich hat Fokken das Zeug während seines letzten Trainings getrunken. Es kann durchaus zwei, drei Tage dauern, bis man an einer Rizin-Vergiftung stirbt. Natürlich war es Zufall, dass er ausgerechnet während des Fußballspiels zusammenbrach und Theo Weelborgs

Schwiegertochter die Tasche dann erneut mit nach Hause nahm.«

»Warum hat Weelborg das getan?«, fragte Herta Albrecht, die inzwischen auch herangerückt war. »Er war ein verstörter alter Mann, aber doch kein Mörder.«

»Er hatte sein Leben so sehr mit der Reederei Schipper verwoben, dass er zum Komplizen wurde. Das war schon in den 80er-Jahren so, als die illegalen Waffenschiebereien begannen. Weelborg hatte zwar einen Bericht über die 80er-Jahre und den Untergang der *Anne Kuhlmann* geschrieben, den man wie ein Geständnis lesen kann, aber auch Steppan hatte belastendes Material gegen Weelborg.

Er hat einfach nicht mehr aus dieser Verstrickung herausgefunden und hat beim Mord an Fokko Fokken als Steppans willfähriges Werkzeug gehandelt.«

»Aber das alles ist doch schon so lange her.

Warum ist das jetzt eskaliert?«, bohrte Herta nach.

»Ist doch klar«, meinte Lars gönnerhaft. »Fokken brauchte Kohle und hat diesen Schipper erpresst.«

Möllenkamp wiegte seinen Kopf hin und her. »Wir wissen, dass er Steppan erpresst hat. Ob Karl-Heinz Schipper oder seine Tochter davon auch etwas wussten, können wir immer noch nicht beweisen.«

»Und dieser Ausländer? Was hatte der damit zu tun?«, fragte Rena Brandt, deren Wangen vom Branntwienskopp schon glühten. Möllenkamp wandte sich seiner Schwiegermutter zu: »Mariano Endrile war der Auslöser der ganzen Geschichte. Er ist das einzige Besatzungsmitglied der *Anne Kuhlmann*, der das Unglück überlebt hat. Damals, bei dem Unglück, bei dem Fokko Fokkens Vater Gustav ertrank, rettete er dessen Seesack. Endriles Tochter war offenbar sehr krank. Er brauchte Geld für ihre Behandlung. Da hat er sich an die Fotos und Hefte erinnert, die er in dem Seesack gefunden hatte. Er hat zunächst wohl nur auf Finderlohn spekuliert, wenn er die Sachen an Fokkens Familie übergibt. Das Material, das wir bei Steppan gefunden haben, beweist die illegalen Geschäfte der Reederei in den 80er-Jahren. Fokken muss sofort erkannt haben, dass das Material brisant ist. Endrile ist hierhergekommen, weil er seinen Anteil haben wollte. Fokken hat ihn wochenlang versteckt, und als Fokken tot war, hat Endrile auf eigene Faust versucht, die Erpressung durchzuziehen. Aber Steppan hat ihn genauso beseitigen lassen wie vorher Fokken.«

»Und der kleine Simon? Warum wollte Steppan ihn verschwinden lassen?«, hakte Herta Albrecht nach. Sie fühlte sich dem Jungen gegenüber besonders verantwortlich, und das war wohl auch so, denn schlussendlich verdankte er ihr sein Leben. Ohne das Telefonat, das sie mitgehört hatte, hätte die Polizei weiter im Dunkeln getappt und Simon wäre nicht mehr rechtzeitig gerettet worden.

»Simon war einfach zur falschen Zeit am falschen Ort. Er ist von zu Hause abgehauen und hat sich als Versteck ausgerechnet das Haus ausgesucht, in dem Peter Steppans Handlanger Mariano Endrile aufgespürt haben. Simon fand die Fotos und Tagebücher seines Großvaters. Vermutlich hat er gar nicht verstanden, was er da in Händen hatte. Aber Steppans Leute sind zurückgekommen, um die Beweise zu holen, und da fanden sie ihn – einen unliebsamen Zeugen.«

Lars hatte sich eine Zigarette angezündet und blies den Rauch in Kringeln in die Luft. Dann schob er die Basecap nach vorne und kratzte sich im Nacken. »Der Abgang von diesem Weelborg war ja spektakulär, wie innem Hollywoodstreifen. Ich kapier bloß nich, warum er sich selbst und das Schiff in Brand gesetzt hat. Wenn alles gutgegangen wäre, hätte ihm doch keiner was gekonnt.«

»Wir können ihn nicht mehr befragen. Wir vermuten, dass er gemerkt hat, dass er aus dieser Spirale des Verbrechens niemals wieder herauskommen würde. Wenn er schon den Jungen nicht mehr retten konnte, wollte er wohl sich selbst und Steppan bestrafen und der Sache so ein Ende machen.«

Sie schwiegen eine Weile, dann sagte Rena Brandt: »Am Ende hat Gott doch alles zum Guten gewendet, den kleinen Simon gerettet und die Verbrecher bestraft.«

Möllenkamp dachte an Simons Vater, die 24 toten Seemänner und den armen Endrile, der in seinem Leben niemals Glück gehabt hatte. Nach seiner Meinung hätte Gott ruhig ein wenig mehr Güte walten lassen können. Aber er sagte nichts, trank einen Schluck Bier und ließ die Sterne auf sich wirken.

* * *

Gertrud und Gottfried lagen schon seit einer ganzen Weile nebeneinander auf dem Hotelbett und starrten an die Decke. Draußen prasselte der Regen, der sie seit ihrer Ankunft ununterbrochen begleitete. Dass dies kein gewöhnlicher Urlaub werden würde, war ihnen klar gewesen. Nachdem die Behörden in Leyte über Mariano Endriles Tod verständigt worden waren, hatten sie in der kurzen Zeit, die ihnen blieb, Geld für seine Familie gesammelt. Es war Gottfried gewesen, der den Vorschlag gemacht hatte, die Überführung der sterblichen Überreste von Endrile zu begleiten und der Witwe das Geld persönlich zu übergeben. Er wollte wenigstens seinen Teil dazu beitragen, die Folgen des »Raubtierkapitalismus«, der in seinen Augen den verzweifelten Endrile in den Tod getrieben hatte, an der Familie wiedergutzumachen. Gertrud hatte diesmal nicht widersprochen. Auch sie fühlte sich der Familie irgendwie verpflichtet.

Sie hatten gehofft, das Geld würde vielleicht für eine anständige Behandlung von Endriles Tochter reichen, und sie wollten sehen, was sie sonst noch tun konnten, um zu helfen, bis vielleicht irgendwann ein deutsches Gericht der Familie eine Entschädigung zusprechen würde.

Nun waren sie hier. Sie hatten eine verzweifelte, trauernde Witwe erwartet, eine Familie in Armut und ein schwer krankes Kind.

Aber alles war viel schlimmer gekommen: Amihan, die Tochter Mariano Endriles, die an schwerer Tuberkulose litt, hatte nicht überlebt. Sie war bereits vor einem halben Jahr verstorben. Mayari Endrile war kurz darauf verschwunden. Niemand wusste, wo sie war, in der Nachbarschaft waren verschiedene Gerüchte im Umlauf. Mayari sei im Drogensumpf versunken, sei entführt worden oder habe sich umgebracht. Das Baby hatte sie zurückgelassen. Es war zunächst von Nachbarn aufgenommen worden, doch niemand hier hatte die Mittel, um noch mehr Mäuler zu stopfen, als ohnehin schon zu Hause auf Essen warteten.

Und so war das kleine Mädchen in die Obhut der Behörden gekommen, die es in irgendeinem Kinderheim untergebracht hatten. Ihre Reise war sinnlos gewesen.

»Lass uns nach Hause fahren«, sagte Gertrud, die ihre Arme hinter dem Kopf verschränkt hatte. »Ich halte diesen ewigen Regen nicht mehr aus. Es ist alles so deprimierend.«

Gottfried schwieg und starrte weiter an die Decke, an der sich ein dunkler Wasserfleck abzeichnete.

»Wir können nichts mehr tun«, beharrte Gertrud. »Amihan ist tot, die Mutter verschwunden. Wir können das Geld einer Hilfsorganisation geben oder einem Kinderheim. Und dann lass uns wieder nach Deutschland fliegen. Wir haben getan, was wir konnten.«

Gottfried rührte sich immer noch nicht. »Hast du eigentlich mal über Kinder nachgedacht?«, fragte er.

Gertrud richtete sich abrupt auf. »Was?«

Durch seine Nickelbrille sah Gottfried sie ernst an. »Hast du, oder hast du nicht?«

»Nie«, erwiderte Gertrud, »und ich glaube nicht, dass jetzt der richtige Moment ist, um das zu besprechen. Wir kennen uns ja gerade erst ein paar Monate. Wir sollten uns damit noch Zeit lassen.«

»Warum?«

Gertrud war völlig perplex. »Weil ..., also weil das doch nichts ist, was man übers Knie bricht.«

»Hmm«, sagte Gottfried und richtete den Blick wieder an die Decke.

Gertrud dachte an ihre Eltern, die einander so fern waren. Sie dachte an ihre Kindheit, in der sie sich als pummeliges Mädchen meistens unglücklich gefühlt hatte. Wie oft sie sich gewünscht hatte, jemand ganz anderes zu sein! Niemals hatte sie einen Gedanken daran verschwendet, dieses Kleinfamilienelend zu wiederholen. Sie zog die Knie an, schlang ihre Arme um sie und blickte aus dem Fenster, durch das nur wenig Licht in das Hotelzimmer drang, weil die Regenwolken draußen jeden Sonnenstrahl schluckten. Der Slum, in dem Mariano Endrile mit seiner Familie gewohnt hatte, war in der Regenzeit ein einziger Sumpf, in dem zahllose Kinder in nassen Kleidern und schmutzigen Flip Flops hin- und herrannten und sich gegenseitig mit Schlamm bewarfen. Unvorstellbar, wie man dort hausen konnte.

Sie spürte, wie Gottfrieds warme Hand sich auf ihren Arm legte. Langsam löste sie ihre Hände vom Knie und ließ sie sinken. Die Finger ihrer linken Hand verschränkten sich mit seinen. Es war nicht alles schlecht gelaufen in ihrem Leben.

»Lass uns noch ein paar Tage bleiben und Endriles kleine Tochter suchen«, bat Gottfried. »Wir sind hier noch nicht fertig.«

Gertrud ließ sich in die Kissen zurückfallen und drehte sich auf die Seite, so dass sie Gottfrieds Profil sehen konnte. Seine Nase war lang und spitz, und in den Augenwinkeln hatte er Krähenfüße, als habe er in seinem Leben viel gelacht, obwohl er doch mindestens ebenso oft zornig auf die Welt war. Seine Bartstoppeln waren stellenweise weiß, wie auch seine Schläfen. Leise hob sie die Hand und strich darüber.

»Was meinst du mit ›noch nicht fertig‹?«, fragte sie langsam.

Er drehte ihr das Gesicht zu und lächelte.

»Noch nicht fertig«, sagte er.

Ende